흥화진의 별들

민강 장편소설

흥화진의 별들

역바연

일러두기

1. 이 소설은 『고려사(高麗史)』, 『고려사절요(高麗史節要)』, 『요사(遼史)』 등의 역사서를 바탕으로 작가의 상상력을 덧붙여 집필되었다.

2. 소설의 토대를 이루는 각종 인명, 지명, 연도, 한자어, 사건 등은 대부분 '한국민족문화대백과사전'에서 참고 및 차용하였다.

3. 작중 용어, 대화체, 문법, 표현 방식 등은 모두 현대 한국어를 기준으로 집필되었다.

4. 소설의 원활한 진행과 독자의 읽는 재미를 위하여 역사적 사실에 반하거나 고증적으로 부족한 부분이 다소 존재한다.

5. 소설에 등장하는 실존했던 인물들에 대한 묘사와 표현은 순전히 작가의 상상력의 산물임을 밝힌다. 아울러 그 묘사와 표현들이 해당 인물에 대한 절대적 평가 기준이 되어서는 안 된다는 점을 당부한다.

고려 측 배경 인물

성종 成宗
고려의 제6대 왕 | 재위 981-997

최승로의 시무28조를 수용하고 2성6부二省六部제를 확립하였다. 10도道와 12목牧 설치 등 중앙관제와 지방제도를 정비하고 유교를 수용하여 향후 고려의 행정과 사상 토대를 마련하였다.

993년 거란의 제1차 침략 당시 서희를 외교 총책임자로 임명하여 국난을 극복하고, 강동 6주를 편입시켜 영토를 확장하였다.

목종 穆宗
고려의 제7대 왕 | 재위 997-1009

18세의 나이로 즉위하여 문무 양반 및 군인전시과를 개정하고, 과거시행법을 정하는 등 왕정체제의 확립을 꾀하였으나, 모후 천추태후와 김치양 등의 영향에서 벗어나지 못하였다. 천추태후와 김치양이 둘 사이의 아들을 왕위에 올리려 유일한 왕위 계승자였던 대량원군(훗날의 현종)을 살해하려는 음모를 꾸미자, 당시 서북면 도순검사의 지위로 흥화진에 주둔하던 강조에게 입궁을 명하였다. 강조에 의해 천추태후, 김치양, 유행간 등의 세력이 축출되었으나 이어진 강조의 정변으로 목종은 폐위를 당하고 충주로 유폐되던 길에 시해되었다.

현종 顯宗
고려의 제8대 왕 | 재위 1009-1031

항상 암살 위협에 노출되어 승려가 되는 등 다난했던 유년 시절을 보내다가 강조의 정변으로 목종이 시해되자 입궁하여 재위에 오른다. 즉위 직후 거란의 제2차 침략을 겪으며 남쪽으로의 파천을 단행한다. 보위하던 신하들이 달아나고 지방 세력에게 위협을 받으며 위기에 직면하지만 양규와 하공진 등을 비롯한 전쟁 영웅들의 분전으로 가까스로 국난을 극복한다. 이어 거란의 제3차 침략에 청야淸野작전을 감행, 결사항전을 단행하였고 개경을 지켜 냈다. 강감찬의 귀주대첩으로 거란과의 30여 년에 걸친 전쟁의 종지부를 찍었다. 이후 100여 년을 넘기는, 고려사를 뛰어넘어 한반도에 존재했던 모든 국가들을 통틀어서 최고의 태평성대라 할 만한 시대의 기반을 닦은 성군으로 평가받는다.

강조 康兆
고려 전기의 무신 | ?-1010

1009년 목종의 부름에 응하여 전횡을 일삼던 천추태후와 김치양 일파를 축출하였다. 후에 목종을 폐위, 시해하고 현종을 옹립하여 실권을 장악한다. 이듬해 목종을 시해한 자신의 죄를 묻고자 군사를 일으킨 거란의 침략에 행영도통사의 지위로 30만 주력군을 이끌고 맞섰다. 통주 인근 삼수채에서 분전 중 적의 기습에 생포되었다. 전향을 권하는 거란 황제의 뜻을 단호히 거절하였고 허벅지 살을 베이면서도 끝내 고려에 대한 충절을 지켜 냈다. 거란 황제가 행영도통부사 이현운에게 전향을 권하였고 현운이 기다린 듯 수락하자 그를 걷어차며 분개하였다고 한다. 결국 회유가 불가능하다는 판단을 내린 거란 황제의 명에 주살되었다.

천추태후 千秋太后
고려의 제5대 왕 경종의 3왕비 | 964-1029

목종의 생모이자 본 시호는 헌애왕태후獻哀王太后이다. 그녀가 거처하며 정치 활동을 펼치던 천추전의 이름을 따 보편적으로 천추태후로 불린다. 목종이 당시 기준 성년의 나이에 즉위하였지만 천추태후는 목종의 즉위 직후 섭정을 시작한다. 섭정이 끝난 후에도 목종의 치세에 직간접적으로 많은 영향을 끼쳤을 것으로 추정된다. 김치양과 사통하여 아들을 낳고 그 아들을 목종의 후계로 삼으려 대량원군을 살해하려는 음모를 지속적으로 펼친다. 후에 목종에 의해 군사를 남하한 강조에게 실각 및 축출된다. 황주로 유배되어 여생을 보내다 말년에 환궁하여 사망한다.

김치양 金致陽
고려 전기의 권신 | ?-1009

천추태후의 외척으로 천추태후의 실질적 연인이자 정치적 동반자였다. 유행간 등의 일파와 함께 실권을 장악해 전횡을 일삼았다. 대량원군을 살해하여 자신과 천추태후 사이의 아들을 보위에 올리려 하였으나 암살에 실패하자 직접 난을 일으키려 한다. 계획 실행 전 유충정의 밀고로 음모가 발각되고 이어 입궁한 강조의 세력에 진압당한다. 아들과 함께 처형을 당하였고 그 일파와 잔당은 추살되거나 유배형에 처해졌다.

하공진 河拱振
고려 전기의 무신 | ?-1011

고려 전기 압강도구당사, 중랑장, 상서좌사낭중 등을 역임하였다. 강조의 정변에 합류하였다. 거란의 제2차 침략으로 현종이 파천 중이던 때 왕의 사절로 거란 성종을 알현해 고려 임금이 이미 남쪽 수천 리 밖으로 피신하였다는 거짓 정보로 거란군을 철수하게 하고 자진해서 포로가 된다. 종전 후 거란 측의 후한 대접에도 귀향의 의지를 저버리지 않았고 현재의 북경 지역인 연경으로 거처를 옮기고 양가의 여인과 혼례를 올린다. 준마를 사들여 고려행을 은밀히 모의하다 발각되어 거듭되는 회유에도 굴하지 않다가 처형된다. 회유 과정에서 거란 황제에게 심한 모욕적인 말을 하는 등 강경한 자세를 보여 처형 후 거란 성종은 그의 간을 꺼내 씹었다고 한다. 진주 하씨의 시조이다.

거란 측 배경 인물

거란 태조 야율아보기 契丹 太祖 耶律阿保機
거란의 초대 황제 | 재위 907-926

거란족 질랄부의 추장으로 시작해 수많은 부족을 병합 및 흡수하여 거란국을 세우고 황제를 칭하였다. 서쪽으로 탕구트, 동쪽으로 발해, 북쪽으로 몽골 고원을 복속해 대제국을 건설하였다. 10세기 이후 펼쳐지는 유목 민족들의 국가화를 넘는 제국화에 초석을 다진 인물로 유목 민족사의 입지전적 인물로 평가받는다. 발해를 멸망시켜 한반도 국가의 만주, 요동 지역의 직간접 영향권을 소실시킨 것으로 한국인의 입장에서는….

거란 성종 야율융서(문수노) 契丹 聖宗 耶律隆緖(文殊奴)
거란의 제6대 황제 | 재위 982-1031

11세에 즉위, 예지황후의 섭정을 시작으로 48년에 걸쳐 정치, 경제, 문화, 군사 등 대부분의 국가 역량을 최대치로 끌어 올린 성군으로 평가받는다. 30여 년에 걸친 여요전쟁의 결과, 고려의 승리로 동아시아 전체 역사에서 차지하는 비중에 비해 한국사에서 인지도가 낮은 편이다.

예지황후 소蕭씨 睿智皇后
거란 성종의 모후 | 953-1009

거란 성종 즉위 후 섭정을 시작으로 그를 성군으로 키워 낸 인물이다. 공사의 구분과 상벌에 지위고하나 친인척을 가리지 않는 공정한 잣대를 적용하였다. 거란인과 한인의 차별을 없애는 정책을 실시하였으며 본인부터 한족 출신인 훗날의 대승상 한덕양과 공공연한 연인 관계였다. 송나라와의 전쟁에 친정하는 등의 활약으로 전연의 맹澶淵之盟을 이끌어 내었고 분야를 가리지 않고 여걸의 발자취를 남겼다. 거란의 제1차 침략을 실질적으로 주도하였을 것으로 추정된다.

한덕양 韓德讓

거란의 대승상 | 941-1011

한족 출신으로 거란의 최고 관직에 오른 인물로 예지황후의 연인이자 정치적 동반자였다. 공평무사한 일처리와 점잖은 언행으로 거란 경종~성종 대에 중용되었으며 성종은 그를 양아버지로 대우하였다고 한다. 대고려 제2차 침략 때 대승상의 직위로 참전하였다.

소배압 蕭排押

거란의 장수 | ?-1023

거란의 불세출의 명장으로 대고려 제2차, 3차 침략의 최고지휘관이었다. 귀주대첩의 패배로 한국사에서는 인지도가 낮지만 그가 일생의 대부분을 보낸 대송나라와의 전쟁에서 활약은 실로 어마어마했다고 한다. 정치에서도 뛰어난 감각을 보여 성종의 총애를 받았다. 그 인생의 최대 오점이라 할 수 있는 고려 정벌의 실패로 실각하게 된다.

소손녕 蕭遜寧

거란의 장수 | ?-997

소배압의 동생으로 그 또한 형에 못지않은 용장이었다. 본명은 항덕恒德이며 한국사에서 쓰이는 손녕이라는 명칭은 이름이 아니라 자이다. 대고려 제1차 침략의 최고지휘관으로 서희와의 협상에서 강동 6주를 쉽사리 내준 식으로 자주 묘사된다. 훗날 자신의 아내이자 예지황후의 딸인 월국공주의 병중에 그 시녀와 간통하여 그 일을 눈치챈 공주가 시름하다 죽게 되었고 그 사실을 알게 된 예지황후가 대노하여 그를 처형한다. 전쟁에서 보여 준 용병술과 전략에 비해 개인의 처신이나 정치, 협상 등에는 여러가지로 의문이 남는 인물이다.

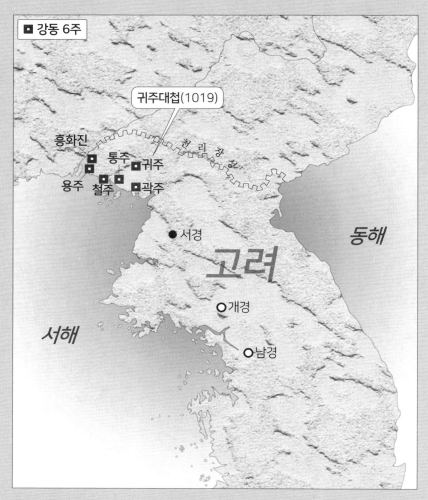

'작중 귀주龜州는 구주로 표현함'

| 목차 |

흥화진 수성

1010년 11월, 거란의 군주 야율융서는 강조의 정변을 구실 삼아 얼어붙은 압록강을 건너 고려를 침공한다. 병사의 수가 40만에 이르렀으며, 스스로 의군천병義軍天兵이라 칭하였다.

00 장막 帳幕

달빛에 녹은 눈뭉치 아래로 살얼음이 서로 엉켜 성첩 위를 감싸고 있다. 손바닥을 내리깔아 회색 돌과 얼음의 경계를 스치자 낯설지 않은 통증이 피부 끝을 타고 사내의 뇌리로 쏜살같이 달려들었다. 사내가 손을 들어 달빛에 그 끝을 비추어 보았다. 덕지덕지 붙은 굳은살 위로 점점이 맺힌 물기가 천천히 아스러져 갔다. 사내는 손가락 끝에 초점을 한껏 집중한 채 시린 공기를 들이마시고는 데워진 숨을 다시 내뱉었다. 그의 숨결이 서린 허연 기운은 손끝을 지나 천천히 밤공기 사이로 섞여 흩어져 갔다. 돌연 사내는 방황하던 초점을 한곳으로 옮겨 집중하기 시작했다.

어둠이 물러가고 머지않아 몰아치는 북풍과 함께 저들은 쏟아지는 햇빛을 품은 채로 이 차가운 돌덩이를 두드릴 것이다.

온몸 구석구석을 옥죄어 오는 깊은 어둠 너머 저들의 막사 주위를 환하게 비추는 불빛들이 일렁이고 있었다. 그 일렁임의 물결을 사내는 예측할 수 없었다. 그 불빛 한 덩이에 몇 명의 심신이 녹아내리는지… 그들의 숫자와 형상은 그저 환영처럼 눈동자에 비칠 뿐이었다. 다시 흐려져 가는 초점을 잃지 않기 위해 사내는 급히 고개를 들어야만 했다.

검은 하늘을 빼곡히 수놓은 별들이 잔잔히 빛나고 있었다. 자신들의 궤적을 지닌 채 어둠 위를 배회하는 별들 앞에서 감히 한 인간의 눈으로는 그 흐름을 꿰뚫어 볼 수 없었다. 누구도 알아채지 못하게 움직이는 별들은 잠시 다른 곳을 쳐다보던 사내가 시선을 돌리기도 전에 다른 공간에서 빛을 내고 있을 것이었다. 그럼에도 사내는 기어이 그 궤적을 찾아내려는 듯 시린 공기를 얼굴에 가득 얹은 채 어둠과 빛의 점을 하염없이 눈동자에 담아내었다. 무의미한 사내의 바람에 어떤 응답이었을까. 일순간 점점이 간격을 둔 별 조각들 사이로 희미한 선들이 사방으로 뻗치며 천천히 서로를 이었고 그 이어진 선 사이로 어지러이 광채가 휘날렸다.

눈 깜박일 틈도 없이 그 광채는 서로 어우러져 사방에서 오색의 빛을 번갈아 뿜으며 겨울의 얼어붙은 땅덩어리로 향했다.

이윽고 광채는 성벽과 북쪽의 군막 사이 어느 즈음에 자리를 잡고 고요한 밤공기에 그 몸을 맡기며 느릿하게 일렁거렸다. 오색의 빛을 뿜으면서도 밝은 흰색이었다가 또 어느새 어두운 빛을 발했다. 그것들은 태초의 자연이 간직하고 있는 고유한 색상을 뿜으며 남쪽의 성벽과 북쪽의 군막 사이를 가로질러 넓게 퍼져 갔다.

사내의 눈동자에서 광채를 찾을 수는 없었지만 그의 뇌리에는 그 광경이 선명하게 남아 있었다. 그것은 아와 적 사이에 걸쳐진 찬란하고 거대한 빛의 장막이었다.

곧 그 장막을 사이에 두고 생사의 갈림길을 스스로 결정지어야 할 그들에게 그 선은 생의 선이 될 것인가, 사의 선이 될 것인가. 혹은 두 선이 모두 겹쳐져 사람들을 덮치게 될 것인가. 가늠할 수 없는 그 움직임에 사내의 명치 한곳이 저릿하게 떨려 왔다.

　사내는 급히 눈을 감았다 뜨며 고개를 돌렸다. 성루 위에서 미동도 없이 장막 쪽을 바라보는 병사의 모습을 쳐다본 그는 고개를 푹 숙이고 다시 깊은 숨을 내쉬었다.

　어둠이 물러가고 머지않아 저들은 장막을 젖히고 그들의 생과 사를 결정지으려 이 돌덩이를 두드릴 것이다.

　그들은 사내의 눈에 비친 장막의 존재 자체를 알 수 없을 것이다. 그저 그뿐이다. 사내는 장막을 넘는 자들의 죽음을 재촉할 것이고, 장막을 넘는 자들은 사내를 비롯한 성 안 모든 이들의 피와 살을 원할 것이다.

　성첩에 닿은 손끝이 얼어붙는 것조차 잊은 채 사내는 그저 고개를 숙이고 어깨를 스산하게 떨 뿐이었다.

01 사신 使臣

서북면의 겨울바람은 주로 북풍이었다. 삭풍이라고 불렀고 어떤 이들은 살풍이라고도 했다. 끝을 가늠할 수 없는 북쪽 어딘가 시작된 바람은 초원의 눈먼지와 혹한의 계절을 버틴 동식물의 내음을 얹은 채 압록을 건너 성벽을 맹렬하게 때리며 성루로 치달렸다.

서장대西將臺[1] 위에 모여 비슷한 숨소리를 내며 같은 곳을 주시하고 있는 이들의 표정에 겨울바람을 닮은 서늘함이 비쳤다.
"성주! 흰색 기는 보이지 않습니다. 어찌 응할지요."
붉게 상기된 낯빛으로 판관判官 장호가 성주라 하는 이의 얼굴을 살폈다. 성주는 지긋이 다문 입을 쉽사리 열지 않고 성벽에 다다른 이의 발걸음에 놓인 시선을 청명하게 물든 겨울 하늘로 옮겼다.
하늘을 향한 짙은 갈색 눈동자 위로 평평한 이마에는 윤기가 돌았고, 미간

---

1 성 위에 지어진 지휘 망루. 동, 서, 남, 북을 붙여 각 방향을 나타낸다.

에서 시작되어 강직하게 뻗은 콧날 아래로 굳게 다물어진 입가에는 겨울의 건조함이 맴돌았다. 성첩을 훌쩍 넘는 키와 적당히 각진 턱 밑으로 곧게 뻗은 목선과 직선으로 벌어진 어깨 아래로 숨길 수 없는 무인의 기질이 잔뜩 묻어 그 체취를 풍기고 있었다.

고려의 서북면 도순검사都巡檢使[2]이자 흥화진의 성주, 형부낭중刑部郞中 양규이다.

어찌 보면 적들의 선전 포고 이후 양국의 첫 공식적인 만남이 될지도 모를 이 순간 다가오는 적국 사신의 모습이 점점 선명해질수록 규의 감정은 흐릿하게 갈피를 잡지 못했다.

화려하게 장식된 말안장 위에 올라 붉은 비단 정복을 차려입은 이의 꼿꼿한 허리는 단아하게 북풍을 등지고 있었다. 어스름한 하늘을 걷어 올리며 드러난 햇빛이 그의 왼 어깨를 사선으로 비껴 지나며 고운 빛을 비치고 있었다.

언제부터 이적夷狄[3]들의 복색과 행동거지가 저러했다는 말인가. 예로부터 그들의 상징은 야만이 아니었던가. 재단되지 않은 가죽을 난잡하게 걸치고 질 낮은 철제를 손에 들며, 때와 장소를 가리지 않고 교간을 해 댄다던 그들의 위명은 어디로 가고 저토록 선명한 모습으로 남진하고 있다는 말인가. 야만이 모이면 지성이 될 수도 있는 것인가.

주위의 의아한 시선에도 아랑곳 않고 사신을 뚫어져라 응시하던 규가 지난 밤 일렁이던 장막의 흔적을 찾으려 눈을 움츠리다 무겁게 숨을 내쉬었다.

"흰 기는 들지 않았으나 전할 말이 있는 듯하니, 들어 보고 결정하겠다."

성 위의 인기척을 느낀 사신은 앞에 있는 성벽을 바라보았다. 만져 볼 수 없지만 돌의 무게와 성벽의 견고함을 사신은 느낄 수 있었다. 성첩에 가려져 겨

---

2 지역을 순행하며 관리 및 감독 등의 업무를 수행하던 고려와 조선 시대의 임시 관리직. 작중 '검사'라는 호칭으로 요약되었다.

3 이민족을 지칭하는 한자어. 흔히 오랑캐라고 부른다.

우 사람의 머리 정도만 스쳐 보이는 위를 올려다보며 사신은 입을 열어 거친 음성을 쏟아 내기 시작했다.

규는 귀 끝을 대고 한껏 집중한 채 아래에서 올라오는 고려의 것이 아닌 낯선 소리를 끌어 모았다. 그들의 소리는 고려의 것과 확연히 달랐다. 단어와 문장 자체가 다른 것은 물론이고 말의 시작과 끝, 의문과 확신 모든 부분에 그들 고유의 높낮이가 투박하고 유연하게 엇박과 정박을 오가며 듬성듬성 섞여 있었다. 간파할 수 없었지만 신기하게도 그 소리는 고려의 산봉우리와 들과 하천을 닮아 있었다. 규는 복잡한 머릿속을 급히 정돈하며 역관에게 눈길을 돌렸다.

시원찮은 표정으로 입을 움찔거리기만 하며 말을 꺼내지 못하는 역관 장서교에게 흥화진 진사鎭使 호부낭중戶部郎中 정성의 장난스러운 음성이 들렸다.

"장 형, 노상 따닥따닥 시끄럽던 양반이 왜 갑자기 어버버하시오?"

"아, 아니 그게, 보자. 승상부에 성… 재… 흐…."

"통사, 왜 그러시오? 저자가 하는 말이 거란말이 아니오?"

"아닙니다, 성주. 것이…."

"장 형, 관직명이 생소하여 그러는 것이지요?"

차분하게 깔린 중저음의 목소리가 서교의 귓가로 파고들었다. 훤칠한 키에 허리를 경직되어 보이게 꼿꼿이 세우고 가늘게 뜬 눈으로 성 아래를 유심히 살피는 그는 흥화진 부사副使 장작주부將作注簿 이수화이다. 갑주 위 왼 어깨에서 오른 골반까지 사선으로 멘 붉은 띠가 공교롭게도 적국 사신의 정복과 같은 빛을 띠고 있었다.

"아! 부사께서도 거란어에 능하셨지요! 맞습니다. 관직명이 들어 본 적이 없는 것이라…."

"능하다니요. 그저 안부 몇 마디 묻고 답할 정도이니, 장 형에 비하면 한참 모자랍니다."

"허허, 겸손이… 한데, 혹 부사께서는 알아들으셨는지….”

둘의 대화를 듣고 있던 정성이 서교의 말을 끊어 냈다.

"아이고, 장 형. 저놈들 관직명이 뭣이 중하다고 그러오. 내용이나 말해 주시오.”

"그래. 통사, 괜찮소. 내 관직명에는 관심이 없으니 전하는 말만 알려 주시오.”

장대한 체격에 걸맞은 호탕한 목소리로 눈웃음치는 정성과 차분하게 울리는 규의 목소리에 그제야 서교가 꼬던 몸을 멈추고 천천히 입을 움직였다.

"대, 대거란국 황제께서 친히 칙서를….”

"뭣이? 대거란? 황제? 니미럴….”

"이, 이 썩을 것들이!”

"조용.”

규가 슬쩍 몸을 돌려 분개하는 부관들을 제지했다.

"예, 성주. 송구합니다.”

규가 어깨를 움츠린 부관들로부터 시선을 거두고 서교를 바라보았다.

"계속하시지요.”

"예, 예. 보자….”

다소 애매한 분위기에 적국의 위상을 표하는 단어를 입에 올리기 불편해진 서교가 잠시 머뭇거리다 한숨 섞인 음성을 천천히 뱉었다.

"그저, 뭐 전할 문서가 있다는 말입니다.”

"그래. 내용이야 그렇겠지.”

장황하게 한참을 늘어놓던 적국의 말이 찰나의 문장으로 정리된 상황 속에서 규는 입을 굳게 닫고 성벽 아래를 내려 보았다. 햇빛을 받을수록 더욱 광채를 발하는 붉은 비단옷의 사신은 의기양양하게 허리를 세우고 고개를 들어 규의 눈을 마주했다.

"문서를 받아 올리거라."

눈빛의 교환을 멈추지 않은 규의 음성이 나긋하게 울렸고 이내 성문이 열렸다. 어기적거리며 성문 밖으로 나와 목책 건너편에서 자신을 바라보는 병사에게 사신은 따가운 눈빛을 쏘고 가슴팍에서 금실로 묶인 검은 비단 권자본卷子本[4]을 천천히 꺼내 들었다.

---

4 두루마리 형태의 문서나 책.

02 명문 明文

성루 위 모든 이들의 눈길이 권자본으로 향했다. 수종을 짐작기 어려운 흑 갈색 나무에 가지런히 말려 있는 검은색 비단 안쪽에는 이 겨울 수많은 사람 들의 향방을 좌우할 글귀가 새겨져 있을 것이었다. 규가 두루마리를 들고 금실 을 풀어 헤쳐 그 내용을 천천히 읽어 내려갔다.

듣거라. 이는 대거란국의 황제께서 친히 고려의 임금에게 내리는 글이니 그곳을 지키는 성주는 조속히 너희 임금께 황제의 뜻을 전하도록 하라. 일찍이 우리 선 조께서 초원을 점거한 대씨의 나라를 멸하고 귀국 또한 정벌하려 하였다. 허나, 그대들이 국호를 고려로 삼고 스스로 고구려를 이은 민족이라 자부하니 그 뜻이 갸륵하여 아우를 달래는 심정으로 재물과 초원의 짐승을 내렸거늘, 그대들의 선 조가 그 뜻을 거스르고 낙타를 다리 밑에 속박하고 굶겨 죽였느니라. 허나, 우리 선조께서는 부처의 자비를 깨우친 성자였으므로 너희의 잘못을 그저 철없는 아 우의 투정으로 받아들이고 용서하였도다. 허나, 짐은 공경과 천의가 자비와 관대함만큼 중함을 알고 있다. 우리 대거란국이 중원을 도모하는 동안 너희는 끝없이 국경을 어지럽히고 우매한 여러 부족을 이간하여 끊임없이 침략과 살생을 감행하니, 이 어찌 천의에 어긋난다 하지 않겠는가. 일찍이 모후께서 너희 나라의 산천을 갈가리 찢어 놓고 논밭을 초원의 말발굽으로 두드리려 하였으나 너희의 왕과 백관이 거듭 사죄를 구함에 내 친히 너희에게 자비를 베풀었던 적이 있다. 허나, 짐이 베푼 자비가 불러들인 지금의 결과에 무척 참담한 심정이다. 너희는 스스로 너희의 왕을 시해하고 또한 마땅하지 않은 이를 그 보위에 앉혔으니 스스로 나라를 버리는 것과 무엇이 다르다는 말인가. 내 애통한 심정을 억누르고 너희에게 마지막 기회를 줄 것이다. 지금이라도 천하의 역적 강조와 그 일당을 포박하여 초원의 법도대로 처결하도록 한다면 짐은 다시 한번 못난 아우를 달래는 심정으로 군사를 돌릴 것이다. 만약, 그렇지 않다면 내 선대부터 이어져 온 이 악연을 스스로 끊어 낼 것이다. 짐이 지나가는 고려 땅 모든 곳이 천년 동안 초목이 자라지 않는 땅이 될 것임을 결의하며 너희 모든 백성들은 아이부터 노인까지 단 한 명도 예외 없이 초원으로 끌려가 대운하를 만들고 그 위를 지나는 대교량을 만들게 될 것이다. 그 후에 모든 이와 그의 후손까지 대대손손 그 교량 밑에 목을 매달게 될 것이다.

"후우⋯."

권자본을 장수들 쪽으로 넘기며 내뱉는 규의 한숨에 끝없는 공허함이 맴돌았다. 여러 감정들이 소용돌이치고 있었지만 그중 가장 큰 감정은 단연코 짜증이었다. 저들의 협박에 대한 짜증보다 더욱 큰 것은 글 자체가 명문이라는 점에 대한 것이었다. 헛웃음이 나오다가 순간 치미는 분노에 관자놀이가 욱신거리던 규는 당장 칼을 빼어 들고 성루에서 뛰어내려 저 붉은 옷을 온통 피로 덮어버리고 싶다는 욕구가 일었다. 그러나 결국 규에게 남은 것은 공허함이었다. 누가 저들을 야만의 족속이라고 싸잡아 칭했던가. 저들이 이토록 강성한 군사를 이끌고 생전 본 적 없는 광채의 비단을 몸에 걸치며 이런 명문을 지어내는 동안 도대체 고려는 무엇을 하였는가. 고려의 땅을 밟고 고려국왕과 모든 백성들을 위협하는 저들을 그저 야만인이라고 손가락질할 자격이 있는가. 공허함 뒤로 느껴지는 두통에 손가락을 관자놀이로 가져가자 규와 똑같은 감정을 느낀 이들의 포효가 귓속을 파고들었다.

"염병하고는!"

"이런, 미친 것들."

"성주! 당장 저 사신 놈의 목을 치고 효수하십시오."

"성주! 이런 글에는 붓이 아니라 칼로 답을 하여야 합니다!"

온갖 욕설이 뒤섞이며 광기가 어린 성루 위로 일순간 돌풍이 불어 깃발이 급히 방향을 좌우로 틀었다.

"그만!"

바람 소리에 섞인 규의 비장한 음성에 장수들이 잠시 심신을 정돈하며 눈길을 규에게 향했다.

"화기로 해결할 일이 아니오. 그들이 정녕 바라는 게 무엇이겠는가. 이리 주시오."

차분한 음성과 함께 내민 손에 두루마리가 올려졌다. 규는 잠시간 침묵 후 화로 위로 그것을 던져 넣었다.

"우리는 우리의 할 일을 한다."

순간 치솟는 화로의 불길을 살펴보던 사신의 눈가에 어떤 물체가 들어오자마자 그것은 빠르게 바닥으로 곤두박질을 쳤다. 반쯤 타 버려 온전치 않은 권자본을 바라보던 사신이 당장이라도 말에서 뛰어내릴 듯 안절부절 어쩔 줄을 모르다가 자세를 고쳐 잡고 성벽을 향해 고성을 질렀다.

"장 형, 뭐라는 겁니까? 이번에는 관직명이 아닌 것 같은데…."

"그…."

서교가 다시 몸을 꼬며 입을 열지 못하자 수화가 눈을 찡그리며 말했다.

"그게, 욕이네. 쌍욕. 생전 처음 들어 보는 것도 있구먼."

"하하!"

수화의 말에 부관들이 화기가 풀리기라도 한 듯 웃음을 터뜨린 순간에도 규의 눈길은 사신에게 향해 있었다.

"성주. 이런 모욕적인 글을 받는데 어찌 저자를 몸 성히 돌려보내겠습니까?"

"맞습니다. 이건 고려의 수치입니다."

"명을 주소서. 성주!"

한결같은 부관들의 요구에 규는 심사가 불편했다. 어느 쪽의 말이 맞느냐의 문제보다 사실상 이 조우는 앞으로 이어질 두 나라 간 모든 전쟁의 서막이라 할 만한 것이었다. 그런 막중한 순간에 자신의 결단 하나가 앞으로 두 나라에 어떤 영향을 미칠지 가늠할 수 없었고 또한 자신이 이 같은 중대사를 결정하는 것이 맞는지 쉽사리 판단이 되지 않았다.

"성주! 제가 당장 저놈의 목을 잘라 말안장에 묶어 보내겠습니다. 명을 주십시오!"

정성의 다그친다는 느낌이 들 정도로 화기가 가득한 말에 규는 일말의 불편함이 일었지만 쉽사리 묵살할 수 없었다. 모든 전쟁을 좌우하는 첫 번째 요소라 할 수 있는 사기를 생각해서라도 장졸들의 화기를 달래고 그들의 기운을 북돋아 줄 필요는 분명히 있었다.

"그래. 제장들의 말이 옳다. 허나, 고금에 사신을 죽이는 법도는 없으니…."

"하지만 성주!"

"조용!"

순간 터져 나온 규의 일갈에 장수들이 눈짓을 주고받으며 몸을 추슬렀고 곧 찌푸렸던 규의 미간이 펴지며 무거운 음성이 흘러나왔다.

"허나… 사신이라고 해서 꼭 말을 타고 돌아갈 필요까지야 있겠는가…."

"허헛…."

난데없이 장졸들 사이에서 헛웃음이 터져 나왔다. 정성이 슬며시 입꼬리를 올리며 옆의 병사에게서 활을 받아 들었다.

위의 사정을 알 길 없는 사신은 타다 만 권자본을 애처롭게 바라보다 이내 독기 서린 눈빛을 성루로 올려 보냈다. 그 순간, 눈빛을 거스르는 빛줄기가 비치며 말의 미간으로 화살이 꽂혔고, 즉시 몸부림을 치는 말 등에 타고 있던 사신이 미끄러지며 바닥으로 떨어졌다. 꺽꺽거리는 신음을 내뱉으며 온몸을 떨던 사신이 이내 몸을 털고 천천히 일어나 고개를 들었다. 아까처럼 욕설은 없었지만 여전히 매서운 눈빛을 받아 내던 규는 옆에서 박장대소를 터트리는 장수들과 달리 심사가 불편했다.

야만의 무리라 생각했던 이들의 진면목은 그렇지 않았고, 오히려 야만을 행한 것은 자신과 고려였다. 여전히 불편한 마음으로 멀어져 가는 사신의 뒷모습을 바라보던 규의 뒤로 성 안의 모든 이들이 바쁘게 움직였다.

03 야만 野蠻

하늘을 거슬러 올라가던 태양이 그 방향을 서쪽 산등성이로 넘기며 어스름한 햇빛을 비출 때까지 흥화진에는 무거운 긴장감이 맴돌았다. 적들의 군막에 밥 짓는 연기가 올라오기 시작하자 그제야 병사들은 긴장된 몸을 슬며시 흔들며 풀었다. 동장대東將臺 위에는 장졸 여럿이 오를 맞춰 앞을 살피고 있었다.

"이 형, 아까 한 말은 어디서 들은 거요?"

산원散員 석지가 낭장郎將 이길상에게 물었다. 석지는 무장치고 다소 작은 키였지만 다부진 몸과 근육은 촘촘한 찰갑札甲[5]으로도 가려지지 않았다.

"뭔 말?"

무표정으로 답하는 길상의 얼굴이 검붉게 그을려 있었다. 불혹을 훌쩍 넘긴 나이에도 굳은 투지를 뿜는 그의 기운은 타고난 군인의 것이었다.

"그, 붓이 아니라 칼로 답한다는 말을 하셨잖소. 거 제법 있어 보입디다."

"흐… 그랬는가? 그 들은 것이 아니라 내가 생각한 것이네."

---

5 금속이나 가죽 등의 조각을 이어 붙여 만든 형태의 갑옷.

무표정이던 길상의 얼굴 근육이 미묘하게 떨렸다.

"에이, 아닌 것 같은데. 나도 어디서 들어 본 적이 있는 것 같아서 물은 건데…."

　순간 길상이 의기양양하던 표정을 순간 감추고 자신보다 머리 하나는 작은 석지를 잠시 내려 보고는 입을 삐죽거렸다.

"을지문덕 장군이셨던가…."

"으응? 문덕 공께서 그런 말씀을?"

"염병들하고! 무관이라는 것들이 강이식 장군도 모르고 자빠졌네?"

　들려오는 소리에 길상과 석지가 동시에 몸을 돌렸다.

"엥? 어르신!"

"형님, 저녁 바람도 찬데 뭣 하러 거동하셨소…."

"뭣하기는. 언제 다 같이 뒤질지도 모르고 심란하니 바람 좀 쐬러 왔지. 근데 자네들 말하는 걸 보니 더 깝깝하구먼."

　어둡게 그을린 낯빛 위로 겹겹이 짙게 잡힌 주름에 한껏 힘을 준 채 교위校尉 노주상이 두 사람을 쏘아보았다. 가늘게 뜬 날카로운 눈매에 성성한 백발 밑으로 하얗게 센 잔털은 그을린 피부와 대비되었고, 나이에 걸맞지 않게 곧게 펴진 허리와 찰갑 사이로 비치는 목과 손등을 비롯한 살결에는 잔근육이 거칠게 일어 꿈틀거리고 있었다.

"거, 노친네. 갈수록 입이 걸어지네…."

"이놈이 산원 벼슬 하나 달았다고. 아주 그냥!"

"그러니까! 품계는 금상께서 내리시는 건데 사사건건…."

　주상과 석지의 언쟁에 휘말리지 않으려 고개를 돌린 길상의 눈에 먼 곳을 바라보며 허둥대는 병사들의 모습이 비쳤다.

"저기 좀!"

"갑자기 이놈이 고함을 쳐! 귀 멀겠네!"

주상이 길상을 흘겨보며 성벽으로 다가가 병사들에게 물었다.

"뭐가 있는가?"

"저기… 사람 아닙니까?"

주상의 뒤로 다가온 석지가 눈을 찌푸렸다.

"사람? 작아 보이는데….."

말을 흐리며 한껏 찌푸린 장졸들의 눈가로 그 모습이 점점 선명하게 나타났다. 동시에 그 존재를 알아차리기 시작한 장졸들이 다급히 몸을 움직였다.

"빨리 성주를 모셔라. 아이다! 고려의 복색을 하고 있다!"

*

묵직하게 열어젖혀지는 성문 사이로 조그마한 몸짓의 소년을 품에 안은 병사가 몸을 떨며 걸어 들어왔다.

"안으로 들이고 성문을 다시 닫아라."

규의 목소리에 맞춰 장졸들이 아이를 안은 병사에게 급히 달려가 아이를 받아 들고는 천천히 몸을 돌렸다.

"대거란국… 황제폐하… 고려를 멸한다. 대거란국 황제… 폐하… 고려…."

병사의 품에 안긴 채 양손을 힘없이 늘어뜨린 소년이 가쁜 숨을 몰아쉬며 계속해서 같은 말을 반복하고 있었다.

"의원을 불러라! 얼굴을 가린 천을 걷어 주어라!"

손으로 눈을 가린 천을 걷어 젖히던 병사가 순간 손을 멈추고 규에게 천천히 다가왔다. 아이의 숨결은 점점 가빠졌고 가려진 천 사이를 비집고 붉은 핏방울이 뚝뚝 떨어졌다.

"설마…."

병사들과 장수들이 일제히 탄식과 한숨을 내쉬며 그 광경을 지켜보던 그때, 규는 천천히 소년에게 다가갔다.

"거란국… 화… 고려…."

점점 얕아지는 음성과 함께 가빴던 숨결조차 급격히 희미해지고 있었다. 규가 눈을 질끈 감으며 천천히 천을 걷어 젖혔다. 순간 늘어지는 소년의 팔과 같이 규의 팔이 늘어지며 천이 바닥으로 떨어졌다.

"이런, 제기랄."

"하, 이게 무슨…."

"멸… 한…."

사방에서 터져 나오는 욕설과 탄식 사이 소년의 입이 천천히 멈추었다.

규는 느껴지는 어지럼증에 재빨리 고개를 들어 하늘을 바라보았다. 어스름한 햇빛마저 빠져나가는 공간은 서서히 어둠으로 뒤덮였고, 그 사이를 비집고 나온 별들이 하나둘 빛을 발하고 있었다. 점점이 눈에 새겨지던 그 빛들은 천천히 뭉개지며 흐려졌고, 눈가를 비집은 물기가 고개를 떨구는 동작에 차디찬 바닥으로 떨어져 핏물과 엉겨들었다. 어떤 이는 어금니를 갈았고 누군가는 힘줄이 끊어질 듯 주먹을 움켜쥐었다. 성 안의 많은 이들이 쇠잔한 고요 속에 각자의 방식으로 울음을 옥죄고 있었다. 어지럼증과 무력함에 빠진 규는 한참 바닥을 들여다보았다. 자신의 눈에서 흐르는 눈물과 소년의 눈에서 흐르는 핏방울이 어지러운 형상으로 일그러졌다. 규와 모든 이들은 적들의 야만을 목도했다. 그 야만은 성 안의 모든 이들이 일깨운 것이었고 또한 규 스스로가 내린 결정의 결과였다. 숨겨져 있던 적의 야만을 자신의 야만으로 들춰낸, 생전 느껴 본 적 없는 감정 속에서 바닥을 바라보던 규는 천천히 손을 들어 감길 수 없는 아이의 눈가에 손을 가져갔다.

04 목책 木柵

적들의 군막을 살피던 정찰병의 보고와 함께 첫 전투의 서막이 올랐다. 솥을 데우며 피어나는 허연 연기 대신 어지러이 퍼진 흙먼지에 그 실체가 가려진 적의 함성 소리가 천지를 가득 메웠다. 수천 기병들의 말 발길질에 흙먼지가 끝없이 일었고 온갖 병장기 부딪치는 소리가 불쾌하게 서서히 다가왔다. 곧 성벽 밖 마름쇠가 널려 있는 지점 앞에서 군마들이 천천히 그 발길을 멈췄다. 자욱하게 퍼지던 흙먼지가 스멀스멀 가라앉으며 그들의 모습이 점점 선명해지고 있었다. 횡대로 죽 늘어선 기병대 중간중간에 눈을 가리고 손을 포박당한 이들의 모습을 뒤늦게 인지한 성 위의 사람들은 하나같이 미간을 찌푸리며 이를 갈았다.

"성주! 고려 백성들입니다."

"저, 쌍. 우라질 것들!"

"진정들 하거라. 예상했던 일이 아니던가."

"허나, 성주. 기회를 봐서 구할 수 있는 백성들은 구해야 하지 않겠습니까."

"아니다. 구할 수 있는 경우는 없을 것이다."

"성주…."

"장수들은 병사들이 동요치 않게 독려하여라. 저들을 구하려다 성을 내 줄 수는 없다."

"명을 따르겠습니다."

연신 성을 향해 날 선 고함을 질러 대던 거란 장수가 슬며시 한쪽 입꼬리를 올리며 손을 들었다. 이내 말 위에 있던 이들의 손이 바삐 움직이기 시작했고 포로들의 입에서 참혹한 비명이 터져 나오기 시작했다. 채찍질을 견디지 못한 포로들은 머뭇거리던 발을 점점 빠르게 움직이며 눈을 가린 채 필사적인 몸짓으로 성벽을 향해 달리기 시작했다.

"악! 아악!"

"사… 살려 줘…."

선두에서 달리던 이들의 비명이 제각각 울렸지만 그 소리의 울림은 모두 같은 것이었다. 온갖 공포와 통증으로 뒤섞인 선두의 포로들은 땅에 고꾸라져 몸을 굴렀다. 그 과정에서 마름쇠 꼭지에 낭자하게 찢어진 살갗 사이로 핏줄기가 사방으로 튀었다. 뒤따르던 이들은 어느 정도 앞의 상황을 짐작할 수 있었지만 차마 발길을 돌릴 수 없었다. 혹 운이 좋다면 마름쇠를 덮은 시체를 밟고서라도 성벽에 다다를 수 있을 것이리라… 쓰러져 땅을 구르던 이들의 찢어진 뱃가죽 밖으로 오장육부가 튀어나와 널브러지고 운 좋게 마름쇠를 피한 이들은 그 찌꺼기를 밟아 미끄러지며 그대로 넘어져 다른 부산물을 토해 내었다. 계속해서 달리는 자들의 발길질에 넘어진 이들의 머리가 밟히며 뇌수가 어지럽게 튀었고 점점 바닥에 쌓여 가는 포로들의 시체가 넓게 퍼져 갔다. 격한 몸짓에 팔을 둘렀던 포승을 겨우 풀어낸 포로 한 명이 기력을 다 써버린 듯 시체들 사이에 무릎을 대고 앉아 눈을 가린 천을 풀고 천천히 주위를 살피다 이내

웠다. 그리고 얇은 끈으로 동여매고 나서 다시 새끼를 여러 번 꼬아 만든 두꺼운 줄로 몸통 사이사이를 엮었다. 그 다음에는 장정 수십이 달려들어 망치질을 해서 바닥 밑으로 최소 반 자 정도를 박아 넣고 나무 위의 끝을 갈고 또 뾰족하게 깎았다. 그것으로 부족해 수많은 못과 깨진 병장기를 나무통 군데군데 박아 넣었다. 전투 직전에는 많은 물을 뿌려 물기를 흠뻑 머금게 한 다음 적의 화공에 대응하게 하였다. 전투가 끝났다고 해서 쉽사리 철거할 수도, 다른 전투에서 재활용할 수도 없는 오직 흥화진만을 위한 목책이었다.

목책과 성벽의 거리는 멀지 않았다. 망루에서 조준 사격이 가능한 거리였기에 목책에 달라붙은 거란 병사들 위로 화살비가 끊임없이 쏟아졌다. 아래에서 대응 사격을 하는 거란 병사들의 화살 또한 성벽 위를 향했으나 위에서 아래를 향하는 것보다 위력적이지는 못했다. 필사적인 저항만큼 적들의 투지도 끈덕졌다. 어떻게든 목책을 뚫으려 수천 병사들이 나무판과 방패를 들고 도끼질을 하며 지렛대를 움직였다. 이내 그들은 기름을 뿌려 가며 불을 붙였고 다시 한번 어둠이 내려올 즈음, 기어이 몇몇 목책에서 불길이 치솟기 시작했다.

"목책들이…."

"제 임무를 다한 것이지."

말 그대로였다. 적들은 목책을 철거하기 위해 족히 천여 명의 병력을 잃었지만 아군의 피해는 미미했다. 그보다 더욱 큰 성과는 하루의 시간을 온전히 버텨 준 것이었다. 규모에 따라 다르겠지만 성의 함락에 필요한 여러 요소를 보았을 때 흥화진은 40만 대군을 맞아 3일만 버텨도 이미 그 위용을 다했다 할 것이었다. 하루가 지날 때마다 적들의 사기는 떨어질 것이었고, 하루를 더 버텨낼 때마다 성 안의 모든 기운은 더없이 솟아오를 것이었다. 강동 6주를 비롯한 개경까지의 모든 성이 흥화진이 보여 준 정도의 기세만 보인다면 적들은 결국 제 풀에 지칠 것이다. 압록이 녹기 전 모든 전쟁을 끝낼 수 있을 것인가. 눈앞에서 낭자하게 튀는 혈흔만큼이나 시간은 양군에 있어 가장 중요한 요소였다.

"오늘은 끝인가 봅니다. 성주."

마름쇠 뒤 멀찍이 커다란 붉은 깃발을 종일 내세우고 성을 관찰하던 가마가 돌연 등을 돌렸다.

"그렇겠지. 허나, 방심은 금물이다. 교대로 번을 철저히 세우고 나머지 인원에게 충분한 식수를 제공하라. 다들 기진맥진할 테니 충분한 수면과 체력을 보충하라 명하거라. 술은 엄금한다. 술을 입에 대는 자는 이유 불문 목을 벨 것이다."

"예, 성주."

"제장들은 내 방으로 모이게."

*

방 안을 밝히며 정신없이 타오르는 화롯불에 비친 장수들의 낯빛에 하나같이 고단함이 가득했다.

"정찰병은?"

"오후 늦게 보고가 있었습니다."

"아직도 압록을 넘는 군세가 있는가?"

"예, 성주. 여전히 강을 넘어 집결하는 부대가 끊이지 않는다고 합니다."

"그럼… 나흘 전 이후로도 계속 집결 중이니…."

"깃발과 행렬을 추산해 보면 적어도 20만은 확실히 넘겼을 듯합니다."

"추산이니 그보다 훨씬 많을 수도 있겠군."

고단함과 근심을 얹은 규의 이마에 주름이 깊게 패었다.

"아마… 이미 저쪽 황제의 깃발도 확인했으니 총력전이 맞는 듯합니다. 일찍이 송과의 전쟁에서도 이 정도 규모의 집결은 없었으니…."

"투석차는? 여전히 보이지 않고?"

"그것이 참으로 이상한 게… 대열과 집결지 어디에도 석차는 보이지 않았습니다. 그것이 숨겨지는 것도 아니니…."

"알겠네. 성이는 잘 준비하고 있는가?"

"예. 지금 따로 챙길 것들을 점검하고 있는 듯합니다."

"그래. 일단 내일을 잘 넘겨야 하네. 잘 막든 그렇지 않든 내일 이후의 전투 한두 번이 모든 것을 결정지을 것이야. 다들 돌아가 쉬도록 하게."

"예, 성주."

홀로 남은 방의 침상 위에서 규는 쉽사리 잠들지 못했다. 고단함에 잠이 몰려오다가도 막상 잠이 오지 않는 기분은 생소했다. 한참 눈을 감았다 뜨며 한숨을 내쉬던 규의 귓가에 은근한 기척이 느껴졌다.

"유나?"

대답 대신 문 안으로 미세하게 파고드는 부스럭거리는 소리에 규의 눈꺼풀이 무거워졌다.

"내가 잠들지 못하니 네가 고생이구나. 나는 괜찮으니 돌아가 좀 쉬거라."

자신을 의지하면서도 동시에 지키려 하는 유의 기척 속에서 자신을 향한 흥화진의 사람들과 장막 너머에서 내일을 준비하고 있을 적들의 심정을 번갈아 머릿속에 그리며 규는 천천히 눈을 감았다.

"예, 성주."

규의 말에 장호가 재빠르게 몸을 움직이며 지시를 내렸다. 곧 성벽 위로 일전과 다른 간격의 뿔나팔 소리가 퍼졌다.

들려오는 소리에 궁수들과 그 옆을 지키던 방패병들이 동시에 몸을 숙이며 성첩 밑으로 숨어들었다. 갑자기 멎은 화살비에 거란 장수들은 칼자루를 앞으로 뻗으며 괴성을 질렀고 이내 거란 병사들이 맹렬히 달려들어 성벽 위로 사다리를 걸치기 시작했다. 사다리를 오르기 시작하는 그들 뒤로 거란 궁수들이 잠시 사격을 멈추고는 숨을 고르기 시작했다.

"자, 다들 훈련했던 대로 한다. 이적 놈들 단 한 명도 흥화진으로 들이지 않는다!"

수화의 악다구니 가득한 외침에 다시 한번 함성이 터져 나왔고 그 함성과 함께 성벽에 걸쳐진 사다리들의 윗부분이 천천히 바깥으로 밀려 나왔다.

"할라! 두어! 섯! 넛!"

성 위를 가득 채운 일정한 박자의 외침 속에 점점 밀려 나던 사다리들이 기어코 뒤로 넘어가기 시작했다. 사다리를 오르던 병사들은 영문을 살필 틈도 없이 그대로 바닥으로 곤두박질쳤고, 둔탁한 소리와 갖은 신음 소리가 여기저기에서 새어 나왔다. 자신의 진영으로 넘어지는 사다리에 거란의 장수와 병졸들이 한껏 눈을 찌푸리며 안절부절 어쩔 줄 몰라 하던 그때, 정신없이 성벽을 향해 달려가는 병사에게 화살이 날아들었다.

"쏴라!"

바닥에 처박힌 사다리와 흐트러진 진영 위로 다시 화살비가 내렸다. 그제야 상황을 인지한 거란 장수 하나가 다급한 손짓을 해 대며 괴성을 지르던 찰나, 날아오는 창에 얼굴이 꿰뚫리며 그대로 말 위에서 떨어졌다. 바닥에 꽂혀 흔들리는 그것을 보던 거란군들은 그 정체를 금세 알아차렸다. 창보다는 짧았지만 일반 화살보다는 길고 두꺼운 쇠뇌용 살이었다. 고려군은 화살과 쇠뇌용 살을 구분하기 위해서 쇠뇌용 살을 대살이라고 불렀다. 이어서 땅으로 내리꽂히는 묵직한 대살에 횡대를 유지하던 기마 지휘부가 급격히 그 진열을 흐트러뜨리며 뒤로 물러나기 시작했다.

[이리 멀리 날아가는 화살이 있었던가?]

[쇠뇌입니다! 예부터 고려는 활과 쇠뇌가 뛰어난 나라입니다.]

기마 지휘부 중간에 자리를 잡고 두터운 갑주 위 여러 빛깔의 실로 화려하게 치장된 털가죽 외투를 두른 장수가 옆의 부관에게 근심 어린 말을 건넸다.

[이런, 어찌해야 하는가. 황상께서 오늘 안으로 성을 가져오라 하셨거늘….]

[장군, 일단 군사를 조금 물리시지요. 어차피 수는 고려보다 우리가 많습니다.]

[사다리는 왜 넘어가는 것인가?]

[위에서 갈고리 같은 것으로 미는 것이 아닐지요.]

[하… 6주를 쌓을 때부터 저놈들은 준비를 하고 있었던 것이야. 애초에 그리 협상은 안 된다 하였는데… 망할 소씨 놈들 때문에 이 무슨 고생인지.]

[자, 장군… 듣는 귀가 많습니다.]

[닥치거라! 언제부터 야율씨가 소씨 눈치를 보았던가! 마음껏 듣고 말을 옮길 자들은 그리해 보거라!]

격한 감정이 가득한 목소리에 주위를 수행하는 거란 병사들의 눈빛이 일제히 흔들렸다. 장수가 싸늘한 눈빛으로 주위를 슬쩍 둘러보았다.

[병사들을 더 독려해라! 오늘 안으로 성을 함락시킨다!]

[허나, 장군. 아군의 피해가 너무 큽니다. 일단 군사를 물리시는 게….]

[닥쳐라!]

[허나….]

44

[저들이 아무리 저항한다 한들 우리는 대초원의 전사들이다! 지휘부만 쇠뇌의 사정거리 밖으로 물리고 병사를 계속 진격시켜라!]

잠시간의 머뭇거림 뒤로 거란 장수들이 더욱 맹렬히 괴성을 지르며 병사들에게 손짓을 보냈다. 다시 한번 거란 병사들의 발걸음이 빨라졌다.

"물러가지는 않을 요량이군."

"예, 성주. 허나 적군 병졸들의 표정이 일전보다는 어둡습니다."

"장수의 오만에는 병사들의 희생이 따르는 법이지. 허나, 방심할 틈은 없다. 다들 자리를 지키고 항전한다!"

적군의 사다리가 성벽 위에 걸쳐지는 순간, 장대 끝에 달린 갈고리가 사다리 위로 걸쳐졌다. 갑주를 걸치지 않은 사람 네 명이 한 조로 장대를 잡고 있었다. 중간중간 발목에 사슬이 채워진 이들도 있었고, 이마와 손등에 제법 주름이 잡힌 초로의 사내들도 한껏 고성을 지르며 장대를 밀었다. 때 묻은 치맛자락을 걸친 아낙들이 계속해서 물이 든 양동이를 들어 나르며 사내들에게 물을 먹이고 또 흥건히 맺힌 땀을 닦아 주었다. 3천의 병사와 수를 헤아릴 수 없는 백성들은 주어진 소임에 몸을 아끼지 않았고 모든 과정이 유기적으로 매끄러웠다. 몇몇 성벽에서는 사다리 위로 기어이 거란병이 올라왔지만 이내 창검에 찔려 바닥으로 떨어졌고 사다리는 여지없이 뒤로 넘어갔다. 자신의 몸통보다 커다란 방패를 든 방패병들은 궁수들의 몸을 철저히 지켜주었고 궁수들은 그들을 믿고 계속해서 활을 쏘았다. 때때로 발생하는 사상병들은 금세 성루 밑으로 옮겨져 치료를 받고 그 빈자리는 대기 중이던 병사들이 메웠다. 흥화진의 성벽만큼이나 그곳을 지키는 고려인의 심신은 굳건했다. 그 굳건함을 꺾지 못한 거란 병사들의 시신이 쌓여만 갔다.

해가 서쪽으로 기울고 다시 찬바람이 일기 시작하자 거란 병사들이 썰물처럼 천천히 성벽에서 멀어져 갔다.

06 투전 鬪牋

"보고하게."

"예. 병사들 중 사상이 187명입니다. 죽은 이가 64명, 중상이 39명, 발을 다쳐 걷기 힘든 이가 17명이고 나머지는 위급할 때 투입은 가능할 정도로 경상입니다. 백성들은 죽은 이가 28명이고 거동이 힘들 정도로 상한 이가 14명입니다."

"시신은 잘 수습해 두었는가?"

"예, 성주."

시신에 관한 이야기에 규와 장수들의 얼굴에 같은 애석함이 비쳤다.

"그래… 정찰병 쪽 보고는?"

"마지막 보고는 오시午時쯤이었고 강을 넘는 수가 많이 줄었다고 합니다. 투석차는 여전히 보이지 않는다고 합니다."

"적들은 얼마나 상했는가?"

"그것이… 최소 이천 가까이는 죽은 듯하고, 부상병까지 하면 삼천에서 사천 정도는 되어 보입니다.”

“그리 치열하게 항전했는데 비율로 보면 우리 피해가 더 크군.”

“그렇긴 하오나… 오늘 저희의 위세를 느꼈을 테니 저들의 사기 또한 크게 저하되어 있을 것입니다.”

“무슨 의미가 있겠는가. 저들에게 삼사 천은 있으나 마나 한 병력이니….”

말끝을 흐리는 규의 이마의 주름이 꿈틀거렸다. 슬쩍 눈치를 보던 장호가 말했다.

“허나, 저들이 여기에 발이 묶인 시간만큼 통사의 주력군이 방비하기 충분할 것입니다.”

“주력군이라….”

“무슨 근심거리라도 있으신지….”

“아니네. 다들 이만 돌아가서 쉬지.”

“예, 성주. 고단하실 텐데 편히 쉬십시오. 번은 차질 없게 소장들이 챙기겠습니다.”

“그래. 모두 충분히 휴식하게나.”

평소보다 더욱 크게 내쉬는 규의 한숨에 장수들이 슬그머니 눈치를 살피다 일어났다. 의미 없이 빈 의자를 바라보던 규의 뇌리에 문득 그리운 감정 하나가 일었고 이내 그림처럼 천천히 뇌중을 덮어 갔다.

*

펼쳐진 군막 사이로 횃불들이 어지럽게 어둠을 밝히고 있었다. 군마들이 얼굴을 숙여 건초 더미를 씹고 있는 울타리 옆으로 한 사내가 군막 하나의 천 자락을 젖히며 슬금슬금 안으로 사라졌다.

"보자, 여덟이 내 손에 있으니… 동해 용왕님을 만나면 그야말로 오늘 용궁 구경 가겠구나."

꽉 쥔 왼손 주먹의 엄지를 나무조각에 문지르는 사내의 입꼬리가 연신 흥겹게 움직였다.

"지랄하고는. 네 허세질에 또 당할 성싶으냐?"

"허허. 이 친구 또, 또 역정이네. 자신 있음 까보든가."

"이놈이…."

어금니를 씹으며 찰나 고민하던 사내가 맞은편의 사내 머리 뒤로 비치는 그림자에 눈썹을 추켜올렸다.

"그래! 오늘 장 한번 보자. 내 새벽번 걸 테니 용궁 구경 한번 시켜 주게."

"뭐, 뭣이? 번이라니… 내 자네 생각해서 한번 물려 줄 테니 그냥 덮고 죽지 그래?"

나무를 꽉 쥔 손을 떨던 사내가 얼굴에 안쓰러움을 한껏 드러내며 맞받아쳤다.

"됐으니 까 보래도!"

"아, 아니…."

"동해에 용왕님이 납시면 만사가 형통이지만, 이를 어쩌나? 고려 임금께서는 서해 용왕이시니!"

"아, 아니! 양 산원!"

"허허허!"

어느새 두 사내 주변에 둘러앉은 이들이 동시에 박장대소를 터뜨렸다. 엄포를 놓던 사내가 울상을 지으며 나무조각을 바닥으로 던졌다.

"사내가 두말하지는 않겠지?"

맞은편에서 입가에 웃음을 걸친 사내가 패를 들이미는 바람에 울상이던 사내는 입을 다물고 애꿎은 신음 소리를 뱉으며 뒤에 있는 규를 쏘아보았다.

"이놈들이 신성한 군막에서 투전판이라니… 아주 그냥 형조로 압송을 해서 장을 쳐야겠구먼."

"아, 그만하십쇼. 그 어찌 매번 나한테만 깽판을 치시오."

"허허허. 자네가 매번 문을 등지고 앉으니 그런 거 아닌가."

"그야… 문을 보고 앉으면 끗발이 떨어지니… 그 투전판 법도도 모르는 분이… 하아…."

"됐고. 마저 해야지? 이대로 새벽번을 설 텐가?"

"거… 참, 아니 근데 매번 하지는 않으면서 왜 이리 사람을 괴롭히오?"

"허허… 나 같은 이가 어찌 자네 같은 맹수들을 이기겠나. 내 그저, 어깨너머로 구경하는 것이 재미지니…."

"참… 그… 이보게, 패 섞게!"

새벽번을 피하려는 마음으로 사내가 금세 얼굴 표정을 고치며 맞은편으로 손짓했다. 규가 살짝 고개를 내밀어 사내의 어깨 위로 걸쳤다.

"어허, 그 좀! 보려면 저짝 가서 보슈!"

"걱정 말게. 내 이번에는 자네랑 같이 용궁 유람 한번 떠나 볼 테니…."

"여기 혹시 양 산원께서 계십니까?"

규의 말과 동시에 울린 낯선 목소리에 사내들이 다급한 손짓으로 나무패를 엉덩이 아래로 가져갔다.

"양 산원이라니… 그런 사람이 여기 있는가?"

천을 슬쩍 걷은 채 서 있던 사내가 규를 발견하고는 화들짝 놀라며 급히 군막 안으로 들어섰다.

"서북현 훈련대 양규 산원 아니십니까? 일전에 애산에서 훈련 때 뵌 적이… 그때는 교위셨지만요."

"아! 그래. 날 찾은 거였구먼. 보자, 자네… 혹시…."

"맞습니다! 평장사平章事[9] 대감의 시중을 들고 있는 유학선…."

규가 급히 사내에게 달려들어 그를 끌어안으며 등 뒤로 손짓을 보냈다.

"아이고! 자네였구먼. 그래, 이게 얼마 만인가. 그나저나 이 누추한 곳에 무슨 일로?"

"평장사께서 찾으십니다."

"응? 평장사께서? 누구를?"

"양 교위… 아니, 양 산원을요."

"왜?"

천진한 학선의 얼굴에 규가 의아함을 가득 표했다.

"글쎄요, 이유는 말씀을 안 하셔서…."

이상한 낌새에 학선이 발끝을 세우며 규의 어깨 너머를 살피려 하자 규가 급히 그 어깨를 붙잡아 돌리며 뒤의 사내들에게 눈짓을 보냈다.

"아, 아니 이럴 게 아니지. 평장사께서 찾으신다는데 감히 지체할 수야… 가세나!"

의아하게 끌려 나오다시피 한 학선의 양어깨를 잡으며 규가 슬그머니 물었다.

"혹시, 서희 공께서 풍기를 단속하시는 건가?"

"소인은 까닭은 잘 모르나… 혹 투전이라도 하신…."

"예끼! 이 사람, 투전이라니. 가당치도 않은 소리를!"

규의 두 눈이 한껏 아래를 향했고 눈동자에 횃불이 애처롭게 비쳤다.

"아, 아닙니다. 단속을 하신다면 어찌 산원을 지목하셔서 찾아오라 하셨겠습니까."

---

9 고려 시대 중서문하성의 정2품 관직. 작중 '서희'를 지칭한다.

"응? 그렇지? 그럼 왜 평장사께서 하찮은 이 사람을…."

"그야, 가 보시면…."

규의 목젖을 타고 침 넘어가는 소리가 낮게 울렸다.

"이를… 텐가?"

"아핫, 아닙니다, 산원. 저는 시중드는 일에만 관여합니다. 평장사께서 격무가 많으셔서 따로 말을 올릴 시간도 없습니다."

"참인가? 참으로 넘어가 주는 것이야?"

"예, 산원. 산원께서는 서북면에서 소문난 의인이시지 않습니까."

"으응? 그래, 그런 소문이 있다고는 하던데… 자, 일단 가세나. 서희 공께서 기다리시겠네. 참, 자네 술 좋아하나?"

"예? 뭐, 저는 술보다는 차가 더 좋긴 한데…."

학선의 어깨에 올려진 규의 손이 불안을 다 떨치지 못한 듯 잔잔히 떨렸다.

"평장사 어른, 양 산원을 모셔왔습니다."

"그래, 들이게."

학선이 천을 젖히며 조심스레 고개를 숙였고 이내 규가 절도 있는 발동작으로 따라 들어왔다.

"평장사 어른을 뵙습니다. 소인 서북현 훈련대 산원 양규 인사드립니다."

군인의 태를 한껏 뽐내며 규가 오른손을 가슴팍에 올려 고개를 숙였다. 탁자 위의 지도를 살피던 희가 온화한 표정으로 일어나 규를 맞았다.

"그래, 잘 오셨네. 학선이는 나가 보게. 오늘 더 살필 일은 없으니 돌아가 쉬게나."

"예, 평장사 어른. 평안한 밤 되십시오."

학선이 고개를 숙이고는 이내 군막 밖으로 사라졌다. 화로 위로 일렁이는 불빛을 바라보며 규가 몹시 긴장된 몸으로 어쩔 줄 몰라했다.

"자, 저기 앉게나."

"아, 아닙니다. 어찌 소인이…."

"앉으래도."

조용히 내려 앉는 말에 담긴 중압감에 규가 뻣뻣한 몸짓으로 허리를 펴며 의자에 앉았다.

"그래, 서북… 아니, 내 편히 이름을 불러도 되겠는가?"

"예. 응당 그리하셔야지요."

"그래. 규, 자네… 내가 갑자기 불러서 의아하겠지?"

"예? 예 그야…."

허벅지에 놓인 규의 두 주먹이 부르르 떨리며 그 떨림이 어깨로 전해졌다.

"응? 자네 추운가?"

"아니, 그것이 아니라…."

"소문을 들어 보니 자네 기상이 군막 안에서 추위를 탈 정도는 아닌 것 같던데…."

"송구합니다, 평장사 어른. 본디 소인이 노름 같은 것과 거리가 멀긴 하나, 그게 막상 남들이 하는 것을 보면 그토록 흥미로울 수 없는 데다가… 아! 하지만 제가 구경한 곳에서는 일절 재물이 오가지도 않았고… 그러니, 제 말은…."

규가 대뜸 경직된 몸을 일으켜 숨을 헐떡였고 희는 초점 잃은 눈으로 규를 살피다 돌연 입가로 손을 가져갔다.

"허허!"

"어, 어른?"

"자네, 혹시 내가 자네를 책잡으려 불렀다 생각하는가?"

"그… 게 아니시면 평장사께서 일개 산원과 야밤에 독대하실 이유가…."

"허허허… 여러모로 소문과는 다른 친구일세….."

"무슨 말씀이신지….."

"일과가 끝나면 병졸들이 더러 나무패를 던지며 논다는 것을 내 모르겠는가?"

"그러시면….."

규가 슬그머니 무릎을 맞붙이고 비볐다.

"도를 넘는 재물이 오가는 게 아니라면 내 그것을 책잡을 생각은 없네. 설한에 고향을 떠나 군영 생활을 하는 것도 고될 것인데, 그 정도 유희거리는 있어야 그들도 버틸 테지."

"하면….."

희가 흰 수염을 만지작거리며 턱 끝으로 손을 가져갔다.

"그래. 내가 자네를 부른 것은 투전과는 무관하네. 자네가 말하지 않았다면 몰랐을 테고."

"이… 입을….."

규가 몸을 비틀며 손등으로 입가를 가렸다.

"허나, 과도한 재물이 오가거나 흥이 과해 사람이 다치거나 하는 일이 있으면 내 엄벌할 것이야."

돌연 엄중한 경고를 보내오는 눈길을 마주치지 못하고 규가 슬쩍 눈길을 돌렸다.

"예, 평장사 어른. 그런 일은 결단코 없을 것입니다."

"그래. 근데 자네는 왜 투전 구경하는 것을 즐기는 건가?"

"그것이 사실… 손에 패를 쥔 자들의 눈빛은 저 같은 무인들과 상통하는 곳이 많습니다."

"그래? 어떤 면에서?"

의아함을 표하는 희의 눈빛이 반가운 듯 규의 목소리가 커졌다.

"손에 쥔 것으로 상대를 제압하는 것이 우선 같사옵고, 그 방식은 다르지만 자신이 가진 것을 어떻게 활용하느냐에 따라 승패를 좌지우지하는 것도 그렇습니다. 소인이 말재주가 미천하여 자세한 설명을 드리지 못하나… 그, 결정적인 순간에 승부를 가늠하는 것이 눈빛에 다 담겨 있고…"

"나 같은 이는 섣불리 이해가 되지 않는다만, 무슨 말을 하는지는 대략 알 것도 같네."

"예, 평장사 어른께 드릴 말은 아니지만…"

"괜찮으니 계속해 보게."

"검에 맞고 쓰러지는 이들의 눈빛과 패를 확인하고 좌절하는 이들의 눈빛이 거의 흡사합니다. 아니, 제 경험에 비추어 보면 대부분 흡사했습니다."

"그래. 자네는 창검에 쓰러지는 적들의 눈빛을 누구보다 가까이서 마주했을 테니…"

"송구하옵니다. 이리 험한 말을 하려던 것이 아닌데…"

"허허, 괜찮네. 그러니까… 전장에서 목숨을 잃는 자들과 투전에서 재물을 잃는 자들이 느끼는 감정은 비슷한 결이라는 말이구먼. 자네는 아마 목숨을 걸지 않고도 그런 눈빛을 비칠 수 있는지 신기하면서도 은근히 그 분위기를 즐기는 것이고… 내 말이 맞는가?"

"예, 어른. 허나 즐긴다기보다는… 음… 마땅한 어구가…"

마땅한 단어를 생각하지 못한 규의 동공이 희미하게 풀려 초점을 찾지 못했다.

"그래. 되었네… 여하간에 너무 과하게 즐기지는 마시게. 내 살면서 노름이나 유곽에 빠지고도 무병장수했다는 이는 본 적이 없으니."

"예, 어른. 물론 그리 해야지요. 허나, 무인으로서 무병장수를 바라지는 않습니다. 어떤 일이든 소인이 목숨을 걸고 완수하겠습니다."

"으응? 일이라니?"

"그… 투전 때문이 아니라면 시키실 일이 있으신 게?"

"아, 아니네. 그런 것이 아니라…."

돌연 몸을 돌려 손을 뻗은 희의 손에 책자 하나가 들려 있었다.

"보자, 서북현 훈련원 교위 양규… 자네가 산원이 되기 전에 쓰여졌구먼. 을미乙未년 늦겨울 오십의 병졸을 이끌고 관은산 일대 타재말갈부족을 습격하여 수급 84급을 베고, 노획한 포로의 수가 264명에 말이 52필, 양과 염소, 개… 가축 500여 마리를, 맞는가?"

"예, 평장사 어른."

"어찌 오십으로 84명을 베었는가? 아니지, 수급이 84개면… 더 많았겠군."

"예, 여인과 어린아이, 노인을 제하면 적병은 200여 명쯤 되었습니다."

"여기 보니 그중 수급 24두를 자네 혼자 베었다고 되어 있는데, 사실인가?"

"예… 그렇습니다…."

돌연 낮아진 규의 어조에서 희가 무엇인가를 느꼈다.

"딱히 자랑스러워하지는 않는군."

"예. 쓰는 말이 다르고 다른 선조를 모신다고는 하나… 그들 또한 저와 같은 피와 살로 이루어진 한 명의 사람에 불과할진대… 어찌 사람 죽인 일을 자랑스럽다고만 할 수 있겠습니까. 물론 저는 군인으로서 저의 할 일을 한 것뿐입니다만…."

"흐음… 보통 장수들 같으면 여기저기 떠들고 다니느라 바쁠 내용일 텐데 자네는 오히려 숨기는 쪽이구먼. 내 우연히 이 병첩을 보지 않았다면 몰랐을 테니 말이야."

"송구합니다."

"허허… 자네가 뭐 송구할 일이 있겠는가. 보자, 병신丙申년 초여름… 응? 이 건 반년 정도 되었구먼. 애향산에서 벌목을 하던 축성 인부 30여 명이 잔혹하게 살해당하고 그 시신들이 토막 나 있었다. 흐음….."

"예, 토벌을 피해 산으로 숨어든 여진족들입니다. 어느새 조직화되어 여러 곳에서 말썽이었던지라…."

"그랬지. 그때 그들을 토벌하기 위해 별장別將 강조, 산원 양규, 대정隊正 장서 셋을 필두로 30여 명의 정예로 구성된 특군이 50일에 거쳐 그들 모두를 토벌하였다고 되어 있네. 맞는가?"

"예, 맞습니다."

"그래. 내 보고받은 기억이 나네. 여기는 간략하게 적혀 있지만 내 분명 그때 양규 자네의 이름을 들었었지. 서북면의 온 산을 종횡무진하며 여진족을 가차 없이 참했다지? 그 잔당들은 자네 이름만 들어도 벌벌 떨면서 압록을 넘었다 던데."

"과찬이십니다."

"겸손까지… 자네 같은 젊은이야말로 고려의 충신이고 미래네."

"아…."

다부진 체격과 어울리지 않게 몸을 꼬며 어쩔 줄 몰라 하는 규의 모습을 지긋이 바라보던 희가 책 끝을 덮으며 눈빛을 빛냈다.

"여하간, 내가 자네를 부른 이유가 궁금하겠지?"

"예, 평장사 어른."

"사실 별다른 이유는 없네. 내 매일 책상에서만 서북면의 모든 것을 관장하다 보니 현장의 실태를 알고 싶어 자네를 부른 것이네. 막상 자네를 보니 여러모로 의외이기도 하거니와 대화가 제법 유익한 듯한데…."

"그리 말씀해 주시니 감읍할 따름이옵니다."

"내 종종 자네를 불러 이것저것 묻고 대화를 나누고 싶은데, 괜찮으시겠는가?"

"예, 평장사 어른. 언제건 불러만 주옵소서."

"고맙네. 사실 자네의 여진족 토벌 얘기를 더 듣고 싶다만… 자네가 얼떨결에 오느라 마음의 준비가 안 된 듯하니 오늘은 이만 돌아가고 만간에 또 보도록 하세."

"그리하겠습니다."

"그래. 또 투전판에 들르지 말고 고단할 텐데 어서 돌아가시게나."

"예, 평장사 어른. 불러주실 때 다시 찾아뵙겠습니다. 평안한 밤 되시옵소서."

규는 서희의 군막을 나와 투전이 열리는 군막으로 천천히 걸어갔다. 어느새 다다른 군막 앞의 화로 위에 손을 올린 채 규가 여러 번 얼굴을 굳혔다 펴다 순간 입을 굳게 닫고 군막에서 등을 돌렸다.

*

일렁이는 화롯불에 넋을 뺏긴 채 그리운 얼굴과 목소리를 떠올리던 규는 고개를 저으며 눈을 감았다.

07 북풍 北風

"성주께서는?"

"오전에 계속 순시하시다 지금 호부낭중을 만나러 가셨습니다."

"저놈들은 언제까지 저러고 있으려나⋯."

성벽을 향해 거세게 밀어붙이던 전일과 달리 오늘의 적군은 대규모의 대열을 갖추지 않고 있었다. 수십의 기마 병사들로 구성된 대열은 동틀 무렵 이후로 내내 같은 행적을 그리며 동토를 두드려 흙먼지를 일으키고 있었다. 성벽과 일정 거리를 유지한 채 횡으로 말을 달리며 간간이 화살을 쏘아 댔지만 대부분이 목책이나 성벽에 부딪치며 떨어졌다.

"아마, 공성을 할 요량은 아닌 듯합니다."

"그렇겠지."

무료함이 담긴 장호의 대답에 별장 고의가 별다른 말 없이 적들의 동태를 살폈다. 전방을 향한 고의의 진중한 기운 속에 날렵한 턱선과 곧게 떨어진 콧날 위로 갈라진 짙은 눈썹이 미세하게 떨고 있었다. 변함없는 적들의 움직임에 가라앉은 분위기를 깨우려는 듯 장호가 하품을 섞어 가며 말했다.

"하암. 우리 측 사거리를 제대로 확인하려는 것이겠지."

"그렇지 않아도 성주께서 응사를 하지 말라 명하셨습니다."

"힘 뺄 필요야… 엇!"

바람 소리와 함께 눈가에 비친 그림자에 장호가 급히 몸을 엉거주춤 성첩 뒤로 숙였다.

"판관! 괜찮으십니까?"

"괜찮네. 화살이 닿을 거리가 아닌데 어찌 갑자기…."

무거운 숨을 뱉으며 고개를 들어 바라본 곳에는 말을 멈추고 활을 든 적군이 어깨를 들썩이고 있었다.

"저, 저놈이!"

아랫입술이 뜯어질 듯 깨무는 장호의 모습에 고의가 손바닥을 눈썹 위에 대고 하늘을 살폈다.

"북풍입니다. 보통 이 시각쯤에… 화살이 바람을 타서 사거리가…."

"쇠뇌가 닿겠는가?"

"예. 역풍이긴 하지만 쇠뇌는 충분히…."

"거, 거! 성주께서 응사하지 마라 하셨는데 어찌하려고?"

주상이 한쪽 귀를 후비며 찡그린 얼굴로 장호를 훑었다.

"오셨습니까. 뭐 어찌할 게 아니라…."

"이런 모자란 놈을… 성주께서 힘 아끼자고 응사하지 마라 하셨겠나? 저놈들이 우리 노 사거리 계산하려고 오전부터 저 난리들인 것을… 쯧."

놈이란 단어에 언짢을 만할 텐데 장호가 슬그머니 양손을 앞으로 모았다.

"송구합니다. 순간 화기가 치밀어…."

먹잇감을 쏘아보는 뱀의 눈과 같이 주상의 눈동자가 번득였다. 품계상으로 자신보다 높은 장호나 석지를 놈이라 칭하는 저 늙은 혀를 감당할 자는 흥화진 성 내에 규가 유일했다. 많은 이들이 매번 망신당하고 곤혹을 치르면서도 그를 쉽사리 대하지 못하는 것은 평생을 전장에서 보내며 굵어진 잔뼈와 그 오랜 세월을 사지 멀쩡하게 버텨 냈다는 사실에 대한 경외감에 의한 것이었다.

"됐고. 석지 이놈은 어디 갔는가?"

"성주님을 따라갔습니다. 정낭중과 전황 회의를 하러….”

찾고 있던 먹잇감이 없다는 것에 실망한 듯 주상의 입이 삐죽거렸다. 장호는 제발 주상이 난간 밑으로 발길을 돌리기를 염원했지만 주상이 발을 성루 위로 올리며 주위를 천천히 둘러보는 순간 그 염원은 곧 깨어졌다.

주상이 새로운 먹잇감을 찾는 눈으로 고개를 돌리자 부관들과 병사들은 하나같이 그 눈빛을 피하기 바빴다.

"에잇! 놀려먹기는 석지 놈이 제일인데… 성주님과 같이 있다니. 여기는 죄다 뻣뻣한 놈들뿐이라 흥이 안 돋는구먼!"

그럼 돌아가서 쉬라는 그 말이 쉽사리 입 밖에 나오지 않음에 장호는 괜시리 뒷목을 긁어 댔다.

"보자, 북풍이 조금만 더 거세어도 살이 꽤 위협적이겠네. 다음 전투는 만만찮겠어….”

바람을 살피던 주상이 대뜸 옆구리에 양손을 가져다 대며 고개를 빳빳이 들었다.

"자신의 위치를 지키고 흥화진을 사수한다!"

"에, 예!"

대뜸 경직된 표정으로 소리치는 주상의 모습에 병졸들이 자세를 고쳐 잡았다. 주상이 의아한 눈빛을 보내는 장호를 신경 쓰지 않고 나지막이 읊조렸다.

"고작 사다리 정도로 흥화진을 넘으려 했느냐."

"어르신, 설마…."

"에헴. 어찌 비슷한가?"

"아무리 그래도 그렇지, 어찌 성주님을…."

장호가 경악스러움과 민망함을 동시에 표하며 주위를 살폈다. 여지껏 지위 고하를 가리지 않고 성격을 표출하던 그였지만 흥화진 성 내에서 단 한 명 성주만은 그 대상이 될 수 없었다. 단순히 그가 성주라는 높은 직책을 가졌기 때문은 아니었다. 서북면에서 양규라는 그 두 글자가 가져오는 절대적 존재감, 누구보다 그것을 잘 알고 있을 주상의 뜬금없는 행동에 장호의 겨드랑이가 금세 축축해졌다.

"허허. 왜, 성주께서 아시면 경이라도 치실까 봐?"

"그런 문제가 아니라…."

"쯔… 아무럼 성주께서 이 늙은이를 곤장이라도 치실까."

여전히 찡그린 눈으로 자신을 살피는 장호의 얼굴에 주상이 겸연쩍은 듯 주위를 둘러보았다.

"그, 자네들은 성주님을 무슨 염라대왕 보듯 구는데… ."

"사실이잖습니까? 검술이 고려 제일이라던데."

갑자기 고의가 눈을 번뜩이며 주상을 향해 몸을 돌렸다.

"뭐? 자네가 봤는가?"

"그것은 아니지만, 서북면에 소문이 파다하지 않습니까."

"에잇… 어찌 사내가 보지도 않은 것을 그리 맹신하나."

"사실이 아닙니까?"

"흐흐… 사실이긴 하지. 하긴, 나도 보기 전에는 그저 풍문이겠거니 했지."

"그럼 보셨다는 말씀이시군요. 말씀 좀 해 주십시오."

고의와 주변의 젊은 병졸들이 눈을 빛내며 주상을 채근했다.

"뭐, 말하고 말고 할 게… 그래! 하나는 확실하지!"

"무엇입니까?"

"성주께서 성주이신 것이 저 이적 놈들한테 천만다행인 것이지. 만약, 성주께서 그저 병졸이라 면전에서 칼을 휘둘렀다면… 저기 이적 놈들 태반은 똥오줌을 지리면서 압록을 넘었을 걸세!"

"아… 그리 대단하시다는…."

"저도 직접 칼 쓰는 것은 못 봤지만… 근데, 처음 뵈었을 때만 해도 지금 같은 기운을 풍기지는 않으셨는데…."

장호가 슬그머니 대화에 끼어들었다.

"응? 자네는… 아! 자네는 흥화진이 축성될 때부터 여기만 지켰을 테니… 그래, 성주께서 이곳에 부임하시고는 직접 칼을 휘두를 일이 없으셨겠구먼."

"예. 그런데 칼을 쓰시는 걸 떠나서…."

"왜 말을 흐리나?"

"그, 안 계시니 말씀이지만… 뭔가 처음 오셨을 때는 뭐랄까…."

"뭐? 사람이 얼빠져 보였다고?"

"예? 아니, 그게 아니라 그 정도는 아니…."

"여기, 여기! 장은 자네가 맞아야겠구먼. 어찌 하늘 같은 성주님께 얼빠졌다는 소리를…."

장호의 낯빛이 금세 사색으로 물들었다.

"아니, 어르신. 그 말은 어르신께서 하셨잖습니까… 그러니까 제 말은…."

"흐흐… 걱정 말게. 안 이를 테니. 자네가 무슨 말을 하고 싶은지는 내 알고 있네."

"무슨?"

"무슨은 무슨이야! 말 그대로지. 성주께서 무인으로서는 가히 적수가 없다

하겠지만, 그 이면에 좀 얼떨떨한 구석이 있다는 말이지."

"아이고 어르신…."

장호가 목을 떨며 살피는 주위로 어느새 병졸들이 다가와 귀를 쫑긋 세우고 있었다.

"자, 자네들 무료할 테니 내 얘기해 줌세. 거 입조심들 하고!"

"예!"

"그, 내가 처음 성주님을 뵈었을 때… 그래 뭐, 사실 그랬지. 젊은 놈이 집안 연배로 교위 벼슬을 달고 있었으니… 아니꼽긴 했었지. 그저 허우대나 멀쩡하고 사람 찔러 본 적이나 있겠나 했지. 하, 그런데… 이 참… 그 말갈 놈들 토벌할 때…."

장호와 고의는 물론 주위의 병졸들 모두가 주상 옆으로 모여들어 침을 삼키고 있었다.

"그 참, 신묘하도다. 내가 배운 게 없어나서 뭐라 말해야 할지를 모르겠는데… 그 뭐냐, 수라나 야차 같은 게 있다면 저러지 않을까? 딱! 그랬다네. 무슨 칼을 한번 휘두르면 말갈 놈들 모가지가 서너 개씩 떨어지는데… 빠르기는 어찌나 또 빠른지. 그 덩치에 땅을 밟고 뛰면 땅이 이만큼씩 패이고는 했다니까."

주상이 손바닥을 벌리며 천천히 움직였다.

"내 전장서 정신 나간 놈들 숱하게 봤지만 그날은 내가 정신이 다 나갈 지경이었으니…."

"그리 대단하시다는 말씀입니까?"

"뭐… 이게 말로 하면 잘 안 믿기긴 하겠지만… 그래 보자. 어느 정도냐면…."

주상이 주변을 천천히 둘러봤다.

"보자. 한 20명 즈음 있구먼. 내 장담하는데 거기 자네."

"예!"

가장 멀리 떨어져 얘기에 집중하던 병졸이 주상과 눈이 마주쳤다.

"그래. 저 친구가 눈을 감고 열 정도 세면은 여기 있는 모든 이들 목이 다 떨어져 있을걸세."

"…."

"에이…."

주상의 말이 끝나자 잠시간의 침묵이 이어졌고 여러 반응이 동시에 일었다.

"아무리 그래도 혼자 어찌 열 명이 넘는 장정을…."

"뭐, 믿든 말든 알아서들 하고. 근데 더 중요한 건…."

흐려지는 주상의 말에 다시 병졸들이 눈과 귀를 집중했다.

"이 썩을 놈들이 경계는 안 서고 모여서 잡담들이나 하고 다들 곤장을!"

"어어…."

급작스레 소리치며 몸을 휘두르는 주상의 몸짓에 몇몇 병졸들이 놀라며 뒤로 자빠졌다.

"허허. 자, 다들 자리나 잘 지키게나. 저놈들이 떼로 몰려와도 성주께서 다 베어 죽일 테니 걱정들 말고."

아쉬운 듯 뒷걸음질 치는 병졸들을 바라보며 장호가 주상에게 다가왔다.

"그, 아까 일은…."

"뭐? 얼빠진 거?"

"쉿! 어르신!"

"됐네. 그, 사내가 고자질은… 근데 사실이라네."

"뭐가 말입니까?"

"성주 말이네. 지금이야 몇천 명의 생사를 쥐고 계시니 어쩔 수 없이 무게를 잡고 계시는 거지. 원래는 얼마나 얼빠진 사람인데…."

"어르신!"

버럭하는 장호의 고성에 주상이 급히 손을 귀로 가져갔다.

"에잇! 이놈이… 귀 아프게… 그 성주께서도 이런 얘기를 해도 별로 개의치 않네. 오히려 한술 더 뜨실 걸…."

"그게… 사실 저도 처음에는 좀 이상하기는 했었습니다만…."

장호의 눈빛이 묘하게 빛났다.

"그래. 알 만한 사람은 다 아는 사실이래도. 그 노름은 하는 법도 모르는 사람이 맨날 남의 투전판에서 깽판이나 치고 실없는 소리나 해 대고는… 붙임성은 또 얼마나 좋은지 눈만 잠깐 마주쳐도 다가가 형님 동생하고… 나중에는 장졸들이 그 눈빛을 피하려 얼마나… 으구, 맞다! 나중에는 평장사 대감께도 무슨 동네 손윗사람 보듯 대하더라니까!"

"에이, 평장사라면… 서희 공 말씀하시는 겁니까? 아무리 그래도…."

고의가 불신으로 가득 찬 눈빛으로 뒷걸음질을 쳤다.

"에? 진짜라니까! 내가 이 나이 먹고 뭣 하러 말을 지어내? 것도 성주님을 가지고!"

"참입니까?"

"됐네! 거, 번이나 잘 서게! 화살 날아올라!"

휙 등을 돌리는 주상의 몸짓에 병졸들이 아쉬워하며 자리를 찾아 발길을 옮겼다.

"농이겠죠?"

"음… 근데 그게…."

슬쩍 고개를 젓는 장호의 모습에 고의가 눈을 찡그렸다.

"뭐가 있습니까? 말씀 좀 해 주십시오."

"하… 아니… 입 밖으로 꺼내기도 민망해서…."

고의의 애절한 눈빛에 장호가 표정을 일그러뜨리다 헛기침을 섞어 가며 말했다.

"흐흠… 그러니까… 막 부임하셨을 때 성을 안내해 드리는데 대뜸 돌아보시더니… 자네 관을 어디다 파 놨는가? 하고 혼자 한참을 배를 잡고 웃으시지를 않나…. 뜬금없이 말 같지도 않은 소리를 해 대시니…."

"예? 관을 파다니… 그 뭔 말도 안 되는… 에엥? 설마… 판관… 관직명을…."

"흐, 흠…."

의아한 표정의 고의의 눈빛을 흘기며 장호가 입맛을 다셨다.

"세상천지 그런 말이… 허… 성주께서요? 참으로요?"

"그래… 이 사람아…."

민망함을 다 숨기지 못하는 장호의 얼굴을 바라보는 고의의 표정이 괴이하게 일그러졌다. 두 사람과 주변 병졸들을 감싼 어색한 침묵을 흐트러뜨리려는 듯 북풍이 더 거세게 불기 시작했다.

08 본의 本意

　눈구름에 가린 태양빛이 가장 높은 곳에서 드문드문 빛을 내리쬘 때 적병들이 모습을 드러냈다. 전일과 비슷한 구성을 갖춘 기병들은 여전히 바람을 살피며 같은 지점을 배회했다. 규는 한참 그 움직임을 살피다 턱을 천천히 들어 올렸다. 소수의 기병들에게 흥화진의 이목을 끌어 놓고 성벽 너머 적들의 본체는 무엇을 하고 있는가… 집결마저 끝난 저 대규모 병사들은 어찌하여 이틀간의 전투 이후 몸을 움츠리고 있는가… 본의는 무엇인가… 그들의 본의를 찾던 규가 눈을 감고 얼굴을 하늘로 향했다.

　규의 머릿속에서 그는 평시의 흥화진 곳곳을 정처 없이 걷고 있었다. 병기창 앞을 지키는 병사들이 자신을 알아보고 숙이는 고개에 슬쩍 손을 들어 답을 하였다. 대장간이 모여 있는 곳에서는 요란한 망치질 소리에 쇠들의 비명이 끊이지 않았고, 매캐한 냄새와 섞인 뜨끈한 공기는 허공으로 퍼져 눈송이를 녹여 냈다. 눈을 쫓는 아이들의 발소리와 고함 소리가 어지럽게 민가를 오갔고, 자신을 쫓아오며 돌을 던지는 소년들에게서 벗어나기 위해 몸부림치는 검은 개의 입에서는 깨갱거리는 소리가 다급하게 흘렀다. 장독을 머리에 인 여인들의 눈인사를 따라 발이 닿은 곳에는 구수한 토장 냄새로 가득한 독들이 널려 있었다. 각각의 맛을 지닌 검고, 누렇고, 희멀건 장이 단아하게 독에 담겨 축적된 시간의 냄새를 풍겼다. 다시 발길을 옮기자 노상에서 짚이 가득 실린 지게를 메고 허리를 땅에 닿을 듯이 숙이던 노인이 거멓게 썩은 앞니를 드러내며 웃어 보였다. 우물가를 둘러싸고 여인들이 치맛자락을 슬쩍 걷고 앉아 가지와 오이에 소금을 뿌리며 염장을 하면, 무명자락을 이마에 둘러쓴 사내들이 연신 희롱이 섞인 말을 뱉으며 대야에 옮겨 담아 부지런히 들어 날랐다. 꼬리를 느긋이 흔들며 여물을 씹기 바쁜 말들의 주변으로 병장기를 잡기에는 아직 이른 소년들이 모여 삽자루를 들고 마른 똥을 퍼서 수레에 옮겨 담았다. 수성 중에 말이 할 일은 딱히 없었지만 그 배설물은 후일 나름 요긴하게 쓰일 것이었다.

언제 이적들이 압록을 넘어 성벽이 뚫리고 허물어질지 모르는 최전방의 성에서도 사람들은 그저 자신의 할 일을 하고 있었다. 흥화진은 그 자체로 거대한 말뚝처럼 북녘땅에 단단히 박혀 있었고, 눈송이는 그저 땅에 이끌려 떨어질 뿐이었다. 저들의 본의를 고민하는 순간에도 그들은 이곳을 범할 생각으로 그에 따른 행동을 할 것이었으며 자신은 그것을 막아낼 뿐이다. 본의는 그뿐이다. 더는 필요 이상의 복잡함 속에서 허우적거릴 필요도, 여유도 없었다. 규가 천천히 눈을 떴다.

한층 얕아진 눈구름 사이를 뚫고 나온 노을빛이 하늘을 감싸고 있었다. 종횡무진이던 바람이 차츰 멎자 깃발이 깃대에 몸을 늘어뜨렸다. 곧 고요한 공기 속에 좁쌀만 한 눈이 천천히 내려앉았다. 노을빛에 비친 헤아릴 수 없는 그것들이 순간순간 빛나며 은하수의 모습을 흥화진에 재현하듯이 천천히 떨어져 내렸다. 그 장관에 압도된 규의 넋이 둥실둥실 아른거렸다.

09 황제 皇帝

한결 따스해진 공기 속 흥화진의 아침은 온갖 고성으로 뒤덮였다. 매일같이 적의 군막에서 치솟던 연기가 멈추는가 싶더니, 다시 한번 지축을 울리는 소리와 함께 적군들이 다가오고 있었다.

"저, 저게 뭐고?"

"에… 정자 아닙니까?"

당혹스러운 주상의 말에 수화가 눈을 찡그리며 멀리서 천천히 움직이는 그것을 살폈다.

"정자치고는 큰데… 집 아닌가?"

"에이… 집이 어찌 움직이오? 장 판관, 저게 뭘로 보이나?"

"어쨌든 바퀴가 달린 것 같으니… 어가御駕[10]가 아니겠습니까?"

"어가라… 뭐, 저런… 가만, 저것을 끄는 짐승은 또 뭣인가, 소? 말인가?"

눈앞에 펼쳐진 광경에 장수들이 채 말을 잇지 못하고 규를 바라보았다. 그

---

10 임금이 거동할 때 타던 이동식 거처나 수레.

와중 고의가 곁눈질로 규의 근엄한 표정을 살피다가 남들 모르게 슬쩍 고개를 저었다.

규 또한 어떤 말도 하지 않고 그저 앞에 놓인 광경에 넋을 빼앗길 뿐이었다. 사람들의 정신을 흔들어 놓는 어가는 얼핏 보아서는 말 그대로 어떤 건물과도 같았다. 굵직한 나무 기둥으로 둘러싸고 검은 기와를 올린 어가는 누각의 모습과 닮아 있었다. 마치 제단 위에 올라선 듯 중간에 자리 잡은 의자에 앉아 주위를 살피는 이의 몸을 빛나는 황색 비단이 감싸고 있었고, 그의 손에는 역시 황색 실로 장식된 등채가 들려 있었다. 그 앞에는 본 적 없는 검은 털로 뒤덮인 커다란 짐승 수십 마리가 동시에 어가를 끌고 있었고, 수백의 정예 철갑 기병이 포진하여 그 주위를 둘러싸고 있었다.

"성주, 저기 앉은 이가…."

"저들이 황제라 칭하는 자겠지."

황제의 위용을 목도한 이들은 하나같이 입을 다물었다. 그저 문서에서 황제와 40만 대군을 칭할 때는 감히 상상조차 하지 못했던 모습들이 눈앞에 펼쳐져 있었다. 애써 부인하려 했던 것들이 현실로 등장함에 모든 이들은 그 기운에 압도될 수밖에 없었다.

"다들 심신을 굳건히 하라!"

적에게 압도당한 공기를 바꾸려 규가 기합을 넣었지만 여전히 장졸들은 그 자리에서 침만 삼켰다.

"이런, 장 판관!"

"예, 성주!"

"모든 팔우노八牛弩[11]를 최대한 당기고, 궁수들은 모두 현궁을 들게 하라!"

"허, 허나… 그리하면 열에 두셋은 분명 다시 쏘기 힘들 것입니다. 전투를 길

---

11 쇠뇌의 한 종류. 여덟 마리의 소가 끌어야 장전할 수 있다 하여 지어진 이름이다.

게 하려면…."

"듣거라! 지금 긴 전투를 생각할 겨를이 없다! 이대로 가면 해가 중천에 솟기도 전에 이미 성이 함락될 것이다. 저들의 계략을 모르겠는가?"

"예! 성주. 따르겠습니다."

장호의 지시에 성벽 위로 일제히 검은 깃발이 모습을 나타냈다. 방패조가 분주히 움직여 검은색 시위가 걸린 각궁을 궁수들에게 건넸고, 쇠뇌를 장전하는 병사들의 기합도 평소보다 더욱 격하게 울렸다.

"성주, 준비는 되었습니다. 다행히 아직은 바람이 없어 저쪽 선두에는 닿을 겁니다."

"아직… 적들이 달리기 시작해서 탄력을 받을 때 그때 일제 사격한다."

"예."

북쪽을 주시하는 장졸들의 어깨 위로 무거운 공기가 내려앉았다.

*

돌연 성벽 위에 일정한 간격으로 세워진 검은 깃발을 보고 거란의 진영에는 일단의 동요가 일었다.

[왜 저들이 깃발을 바꿨는가?]

[폐하. 적들의 세세한 전법은 당장 간파키 어려우나 대세에는 지장이 없을 것입니다.]

[참으로 그러한가? 공성 며칠 동안 같은 말을 반복하지 않았던가!]

[송구하옵니다.]

[그것밖에 할 말이 없는 것인가!]

[적의 규모를 보고 너무 쉽게 생각한 소장의 불찰이옵니다. 허나, 이제는

폐하께서 직접 강림하셔서 병사들을 내려다보고 계시니, 오늘만큼은 흥화진을 함락시킬 것입니다.]

[흠음….]

황제의 다물어진 입에 어가 주위의 장수들이 무겁게 고개를 숙였다. 황제는 그 침묵을 음미하듯 슬며시 눈을 감았다 뜨며 마른 음성을 뱉어 냈다.

[성루 위에 모인 이들 중에 흥화진 성주가 있는가?]

[예, 폐하. 그자는 직접 성루에서 지휘를 해 왔습니다.]

[멀어서 잘 보이지 않는구나… 짐은 저 성주라는 이를 만나 보고 싶다. 성을 조속히 함락시키되 저자를 생포해서 내 앞에 무릎을 꿇리도록 하라.]

[예, 폐하. 오늘 중으로 저 성루 위에 오르셔서 무릎 꿇은 성주를 만나게 되실 겁니다.]

[시작하라.]

황제의 명과 함께 북과 나팔 소리가 천지를 울렸다. 기수들이 깃발을 들어 세차게 흔들었고 이내 오와 열을 점거한 각각의 부대들이 몸을 앞으로 기울였다.

[대초원의 전사들은 모두 달려 나가 성벽을 허물고 그 벽돌을 짐에게 가져오라!]

황제의 외침에 북과 나팔 소리가 더욱 거세졌고 수만의 거란 군사와 군마들의 발길질에 지축이 틀어질 듯 땅이 요동쳤다.

*

"북소리가 요동칩니다. 성주, 곧…."

"우리 쪽은 북과 나팔을 불지 않는다. 신호하면 일제히 사격한다."

개미 떼를 연상케 할 만큼 빽빽한 덩어리가 성벽을 향해 움직이기 시작했다. 이전과 달리 군마까지 철갑을 두른 철갑 기병들이 선두에서 칼을 높이 들었고, 보병들은 더욱 중무장한 모습으로 사다리를 들었다. 황제의 친정이라는 영향이었을까. 이전과 적이 외치는 함성의 격이 달랐다. 적들은 거대한 폭포수처럼 성벽을 향해 떨어져 내리듯 밀려왔고 검은 덩어리들이 점점 하나하나의 개체로 인식될 만큼 가까운 거리로 접근해 왔다.

"지금이다! 쏴라!"

침방울과 함께 거칠게 튀어나온 규의 괴성에 수십 개의 쇠뇌에서 살들이 동시에 쏟아져 나갔다. 난데없이 하늘에서 떨어지는 장대 같은 살에 선두에 있던 기병들이 당황하며 멈칫하는 사이, 수십의 살들이 거란의 진영 여기저기에 박혔다.

[아니, 아직 쇠뇌의 사거리 밖이 아니던가… 이 무슨… 대열을 정비하라!]

거란 장수들은 예상 밖의 쇠뇌의 사거리에 주춤하면서도 병사들을 다독였다. 위력과 사거리가 아무리 뛰어나도 결국 쇠뇌는 다시 장전하는 데 많은 시간이 소요될 것이니 아군의 희생이 있더라도 성벽에 닿는 것에는 무리가 없을 것이었다.

"다시 장전하라! 다들 힘을 내거라!"

장호의 외침에 병사들이 다시 쇠뇌의 시위를 걸쇠에 걸었다. 그 순간, 쇠뇌의 줄 하나가 끊어지며 탄력을 받아 옆으로 튀었다.

"악!"

걸쇠 옆에 있던 병사들이 순식간에 튄 줄에 비명을 지르며 고꾸라졌다.

"성주, 팔우노가 버티지 못합니다. 이대로 계속 장전하면 한두번밖에… 병사들도 계속 상할 것입니다."

그 광경을 둘러보던 장호가 규를 바라보았다.

"이제 평시대로 장전하라. 다친 병사들은 조속히 옮기고, 궁수들은 현궁을 들게 하라."

궁수들이 일제히 현궁을 들고 시위를 당겼다. 거란군도 주춤했던 대열을 추스르고 다시 움직이기 시작했다.

[진격하라!]

거란 장수의 외침과 함께 다시 진격이 시작되었다. 그 순간, 다시 한번 대살들이 날아들었다. 몇몇은 기병을 뚫었고 대부분의 대살은 병사들을 향했다. 대살이 날아오는 방향으로 방패를 치켜든 병사가 눈을 질끈 감는 순간 대살이 방패와 그의 몸을 동시에 뚫었다. 이내 병사는 그 자리에서 뒤로 쓰러지다 몸을 관통한 대살 때문에 땅에 닿지 못한 채 양손을 늘어뜨렸다. 막아낼 수 없는 쇠뇌의 위력에 발길을 멈출 법도 했지만 거란 병사들은 처음과 달리 그 발걸음을 더 늦추지 않았다. 어차피 물러날 곳은 없었고 한시라도 빨리 성벽 가까이에 붙는 것이 그나마 생존의 가능성을 높이는 길이었다. 자연스레 생겨나는 내성에 힘입어 병사들의 발길은 더욱 바삐 움직였다. 방금 살이 날아왔으니 다음까지 제법 시간이 걸릴 것이고 그 안에 아군의 활의 사정거리가 닿는다면… 비슷한 생각으로 달리던 병사들의 귓가에 이전과는 다른 소리가 공기를 갈랐다.

[이, 이런….]

흠칫하며 바라본 하늘에 수백의 화살비가 쏟아지고 있었다.

[쇠, 쇠뇌가 아닌데 어찌 활이 이리 나는가. 다, 다들 방패를 들어라!]

순식간에 선두의 대열이 화살에 맞아 쓰러진 이들의 몸부림으로 흐트러지며 뒤를 따르던 병사들에게 혼란으로 이어졌다. 아직 활의 사거리 밖이라 생각했던 탓에 방비를 하지 않았기 때문이었다.

[다들 대열을 잡아라! 어차피 화살일 뿐이다! 대열을 잡아라!]

겨우 상황을 인지한 병사들이 방패를 촘촘히 들고 쓰러진 동료들을 밟고 다시 진군을 시작했다. 그 위로 계속해서 화살비가 쏟아져 내리자 진군 속도가 주춤해지는 틈을 타고 다시 한번 살들이 날아들어 선두를 헤집었다. 쓰러져 가는 옆의 병사들의 모습에 선두의 병사들이 몸을 떨며 제대로 나아가지 못했고 기어이 몸을 돌려 좌우로 이탈하는 이들이 하나둘 생겼다. 집단으로 쌓였던 내성조차 한두 명 이탈자에 전염되듯 급속히 대열이 무너졌다. 직접 피를 보는 과정에서 무너져 주춤하는 선두와 달리 후방의 진군은 처음과 같았다. 멈칫거리는 앞과 나아가려는 뒤의 사이에 압력이 생기며 이내 진영의 중간까지 대열이 무너지고 있었다. 쉬지 않고 날아오는 대살과 화살, 무너져 가는 대열에 연신 이를 갈던 기병 장수 하나가 문득 뒤에 있는 황제의 어가를 바라보았다. 무언의 압력과 이대로 대열이 무너졌을 때의 결과를 교차로 머릿속에 그리던 장수가 입술을 물어뜯으며 선두의 병사들을 창으로 찌르기 시작했다.

[나아가지 않으면 모두 나의 손에 죽을 것이다. 초원의 용사들이여, 적을 두려워 말라!]

괴성을 지르며 아군을 찔러 대는 장수의 모습에 다른 기병 장수들이 동조하며 칼을 휘두르기 시작했다. 이미 진영의 선두는 무너졌지만 살아남은 병사들은 결국 성벽으로 달릴 수밖에 없었다. 화살에 맞든 대살에 꿰뚫리든, 적어도 동족의 손에 의미 없는 죽음을 당하는 것에 비할 바가 아니었다. 기어이 죽음을 감수한 선두가 움직이기 시작하자 다시 대규모 병력이 성벽을 향해 몰아치기 시작했다.

"오늘은 정말 뒈질 수도 있겠구먼… 석지 이놈아 유서는 잘 써놨느냐?"

"…."

　처절한 항전에도 끊임없이 밀려드는 적군의 모습에 주상이 허탈함을 표했다. 석지는 입을 다물고 말이 없었고 장호는 눈을 찡그렸다. 헐떡거리며 연신 시위를 당기는 궁수들의 턱 밑으로 땀방울이 끊임없이 떨어졌다. 장대를 움켜쥔 사내들은 간격이 짧은 콧바람을 내뱉으며 요동치는 심장을 달랬다. 황제의 존재가 저들을 저리 끈질기게 하는 것인가… 문득 스치는 고려의 어린 임금의 모습에 규가 얇게 뜬 눈에 힘을 주며 황제의 진영을 바라보았지만 그의 형체는 흐릿할 뿐이었다.

10 거한 巨漢

거란군이 끊임없이 날아드는 대살과 화살비를 뚫고 기어이 성벽 인근에 다다랐다. 성첩을 향해 사다리를 든 병사들은 화살을 쏘는 병사들의 틈을 파고들어 성벽 위로 사다리를 걸쳤다. 전투는 전과 비슷한 양상을 띄었지만 적들의 투지는 남달랐다. 어떻게든 사다리가 넘어가지 않게 두세 명이 동시에 사다리에 올라 무게 중심을 잡아 주었다. 장대 부대의 분전에도 사다리는 넘어가지 않았다. 한 켠에서는 사다리를 오르는 병사에게 끓는 기름이 쏟아졌고 이내 불화살이 날아들어 성벽 밑은 지옥도의 한 장면처럼 불길에 휩싸였다.

"성이는?"

"준비되었습니다. 신호를 내리시면 바로… 성주!"

활을 들고 연신 아래로 시위를 당기던 규의 물음에 마찬가지로 시위를 당기던 장호가 별안간 고성을 질렀다. 화살 하나가 바람을 타고 성루로 날아와 규에게 향했고, 장호의 고성과 동시에 규의 옆을 지키던 유가 급히 팔을 휘두르며 화살을 튕겼다.

"성주! 괜찮으십니까!"

"그래, 괜찮네. 바람이….."

"슬슬 북풍이 더 거세질 듯합니다."

안도의 숨을 내쉬며 규와 유를 살피던 장호가 고개를 들어 바람을 살폈다.

"후… 성이에게 신호를 내릴 준비를 하게. 곧….."

이마를 훔치며 주위를 둘러보던 규가 순간 눈을 찌푸렸다.

"저게… 무엇인가?"

규의 손가락을 따라 동장대 쪽으로 시선을 놀리는 장호의 눈에 또 하나의 대규모 적병이 들어왔다.

싸움은 정오를 넘기도록 끈질기게 이어졌고 대부분의 전투는 서쪽에서 이루어졌다. 지형 고저에 의한 당연한 수순이었던지라 상대적으로 동장대에 배치된 병력은 적었고 적들의 공세 또한 덜했다. 그러던 찰나, 적의 진영에서 동장대 방향으로 수백의 기병을 앞세운 병사들이 괴성을 지르며 달려들고 있었다.

"기병들인데… 동쪽으로 힘을 주는가 봅니다."

"지형이 저들에게 불리할 텐데….."

"그러게 말입니다. 충원을 지시할까요?"

"이쪽도 여유가 빠듯하니… 방어는 되겠는가?"

"예, 당장은… 허나 성문 쪽이 봉쇄되면… 별동대의 움직임이….."

눈을 찡그리고 동쪽을 살피며 말끝을 흐리던 장호의 동공이 순간 부풀어 올랐다.

"서, 성주! 저게….."

"응? 저건… 사람인가?"

자세히 바라본 기병대의 중간에 어떤 검은 물체가 섞여 움직이고 있었다.

"사람 치고는 너무 크지 않습니까?"

"음… 곰인가?"

"예? 무슨… 곰이 어찌…."

마갑을 씌우고 전신을 쇠붙이로 무장한 기병대 주변으로 화살이 튕겨 나갔다. 그 기병대 중간에서 주위의 엄호를 받으며 같은 속도로 달리는 검은 물체는 멀리서 정체를 가늠키 힘들었다. 서장대와 마찬가지로 그 모습을 살피며 응전하는 동장대 위로 길상이 눈을 찡그리며 검은 물체를 살피고 있었다.

"무슨 말이 저리 거대한가? 저 위에 있는 게 뭔…."

"낭장! 저 기병들이 사다리를!"

기병대 행렬 중간에서 기병 넷이 달리는 말 위에 올라 앉아 균형을 맞추며 사다리를 들고 달리고 있었다. 보병들이 든 사다리에 비해 그 살이 굵고 묵직해 보이는 모습에 길상의 입에서 다급한 신음이 흘러나왔다.

"미친… 걸음마만 떼면 말 타는 법을 배운다더니…."

네 명이 한 몸처럼 같은 보폭으로 사다리를 들고 달리는 그 모습에 장졸들이 순간 고개를 흔들었다. 한 걸음만 어긋나도 다 같이 넘어지거나 사다리를 쥔 손을 놓쳐 옆 사람에게 피해를 끼칠 것인데 네 명의 기수와 말들의 호흡은 신기에 가까웠다. 경이로움에 감탄을 내뱉는 와중에도 기병들은 점점 성벽에 가까워졌고 그 모습도 점점 선명해졌다.

"저, 사람이다! 화, 활을 쏴라! 저곳에 집중하라!"

선명해지는 적의 모습에 겨우 그 실체를 파악한 길상이 다급히 소리쳤고 궁수들의 조준이 일제히 검은 물체로 옮겨 갔다. 이내 한 지점으로 빨려들 듯 화살들이 검은 물체로 향했지만 수십의 화살 중 단 한 개도 검은 물체에 꽂히지 않았다.

"안 돼! 저것이 올라오면…."

다급한 길상의 소리에도 기병들은 서서히 성벽에 다다랐고 사다리를 든 네 기수가 온전히 통제된 움직임으로 사다리를 머리 위로 들쳐 성벽 위에 밀어 걸쳤다.

"어, 엇! 막아라!"

쿵 하는 육중한 소리를 내며 거한이 말에서 뛰어 사다리로 몸을 옮겼다.

"화살! 화살을 쏘고 기름을 부어라!"

이내 거한은 육중한 몸을 천천히 움직여 사다리를 오르기 시작했다. 그 위로 수많은 화살이 쏟아져 내렸지만 이내 다 튕겨 나갔고, 뒤이어 허연 연기를 뿜는 기름이 부어졌다. 그 기름 위로 불화살들이 날아들어 거한의 온몸이 불길에 휩싸였지만 사다리를 오르는 움직임은 멈추지 않았다. 불길을 휘감고 오르는 그 모습에 궁수들과 병사들이 혼비백산 몸을 떨었고 아무리 밀어도 밀려나지 않는 사다리에 장대를 든 장정들이 손을 놓고 이마를 훔치는 찰나 성벽 위로 거한이 서서히 모습을 드러냈다. 길상이 검을 들어 거한의 머리 위를 내리쳤지만 그 순간 도신이 깨어지며 성벽 아래로 떨어졌다. 날이 부러진 검을 쥔 길상의 손이 파르르 떨렸고 그 순간 상체를 성벽 위로 다 끌어올린 거한이 한쪽 팔을 뻗어 길상의 멱살을 잡고 그대로 성벽으로 끌어당겼다. '벅' 소리를 내며 성벽에 부딪힌 길상의 머리에서 뇌수가 튀어 올랐고 수십 년 칼을 잡고 숱한 전장을 누비던 그 단단한 몸뚱이가 힘없이 축 늘어졌다.

"이 낭장!"

눈앞에서 일어난 광경에 넋이 나간 부관이 자신의 얼굴 위로 튀는 길상의 핏방울에 괴성을 지르며 거한에게 달려들었지만 육중하게 휘두르는 거한의 팔짓에 등허리가 꺾이며 그대로 성벽 아래로 떨어졌다.

[하흐…]

성벽 위로 발을 디딘 거한이 짐승의 소리를 내며 몸을 움츠리다 괴성을 지르며 몸에 걸친 검은 덩어리를 휘둘러 던졌다. 여러 짐승의 가죽을 덧대어 만들어진 거대한 가죽 덩어리는 불길이 붙은 그대로 주위 병사들을 덮쳤다. 가죽 덩어리를 벗어 던진 거한의 머리 위에 거대한 솥뚜껑이 올려져 있었고 형체만 봤을 때 곰이라고 해도 믿을 정도로 거대한 그 덩치 위로 수많은 쇠판들이 얼기설기 엮여 그 몸을 감싸고 있었다. 어찌 화살 하나가 박히지 않고 불길을 뒤집어 쓰고도 그리 움직였는지 알아차린 그 찰나 동장대 위의 병사들은 순식간에 지휘관 둘을 잃었고 상대의 위용에 압도되어 날숨조차 제대로 뱉지 못하고 있었다. 거한이 성 위에 오른 모습에 성을 향해 달리는 거란 보병들이 연신 고함을 치며 발걸음을 빨리했다.

"성주! 큰일입니다! 빨리 지원군을!"

"이런!"

찰나에 일어난 그 일들에 서장대의 장졸들마저 혼이 빠지기는 마찬가지였다. 예상치 못한 변수 하나에 동장대가 흔들리면 이내 그 여파가 흥화진을 집어 삼킬지도 몰랐다.

"지원을… 아니… 지원군은 안 된다."

"어, 어찌?"

"성벽 위는 길이 좁아 종대로 저것한테 달려들면 되려 위험해질 터… 확실히 끝낼 수 있는 소수가… 내가 가야 한다!"

"허나 성주! 본선을 비울 수는 없습니다! 성주께서 서장대를 비우시면 적병의 사기가…."

"허나 저 정도를 처리하려면…."

규가 한껏 인상을 쓰고 상황을 타개할 방법을 생각했다.

"유! 당장 가거라! 힘으로 못 당할 테니 최대한 거리를 두고 틈을 노려 한번에 숨통을 끊어야 한다!"

"으, 유….."

고민을 마친 규가 유를 향해 다급히 외쳤고 좀처럼 입을 열지 않던 유가 입을 떨며 급히 몸을 움직였다.

"혼자로는 안 됩니다. 성주 저도 따라 가겠습니다!"

이미 발을 디디며 동쪽으로 뛰어가는 유의 뒷모습을 살피며 석지가 소리쳤다. 흥화진에서 가장 몸이 날랜 유를 바로 뒤따르지는 못하겠지만 혹시 모를 다음을 대비해야 했다.

"그래! 석 산원, 노 교위! 날랜 병사 몇을 이끌고 유를 따라 후속을 대비하라! 혹 유가 당하더라도 절대 저것과 근접해서 싸워서는 안 된다!"

"예, 성주! 어르신!"

"이놈이… 뒈질려면 혼자 뒈질 것이지… 굳이 이 늙은이까지….."

주상이 쓴소리를 내뱉으면서도 허리춤에 찬 단도를 슬며시 휘어잡으며 다급히 몸을 돌렸다.

달려드는 병사들 사이를 몸을 크게 휘저으며 거한이 성벽 위를 헤집어 댔다. 화살은 여전히 튕겨 나갔고 그 몸짓 한번 한번에 칼바람에 떨어지는 낙엽처럼 병사들이 성벽 아래로 떨어져 내렸다. 어느새 성벽에 다다른 보병들이 사다리를 밀어 올리기 시작했다.

"할라 두어… 야야야! 왜 안 미니! 니미럴!"

장대를 잡은 사내들의 얼굴이 점점 가까워지는 거한의 모습에 일그러졌다. 어찌할 바를 몰라 어버버하는 사내들 틈에서 연신 욕지거리를 쏟아 내던 사내 하나가 순간 신경질을 내며 장대를 잡은 손을 놓았다.

"육갑들 떨고 있다! 에잇!"

신경질을 내며 몸을 일으킨 사내의 팔과 다리를 속박한 쇠사슬들이 차랑거리는 소리를 냈다. 어지럽게 풀어 헤쳐진 머리카락 사이로 안광이 희미하게 빛났고 육중하고 단단한 몸에서 허연 연기들이 슬그머니 일어났다. 거한에 비할바는 아니었지만 범인들 사이에서는 좌중을 압도할 체격을 가진 사내였다. 이내 사내 앞의 성첩으로 사다리가 걸쳐졌고 곧 알아들을 수 없는 외침이 성첩 위로 울려 퍼졌다.

"엥? 이놈들이!"

빗발치는 화살과 거한의 움직임에 아수라장이 된 상황 속에서도 사내는 재빠르게 주변 상황을 눈에 담으며 기민하게 머리를 굴렸다. 쇠사슬에 묶여 자유롭지 않은 팔다리를 재차 확인할 때 성첩 위로 적병이 모습을 드러냈다. 성벽을 오르자마자 보이는 범상치 않은 사내의 용모에 거란 병사 하나가 허리춤에 도끼를 빼 들고 저돌적으로 사내에게 달려들었다. 순간 덩치에 어울리지 않는 민첩함으로 사내는 뒤로 물러나며 양손을 벌려 앞으로 내밀었고 투박한 쇳소리와 함께 얕은 불꽃이 튀며 쇠사슬이 끊어져 나갔다.

"헤… 고맙다!"

씨익 입꼬리를 올리며 사내는 중심을 잃고 앞으로 쓰러지는 병사의 투구 끝을 끌어 쥐고 그대로 무릎 한쪽을 위로 내질렀다. 찰나의 비명과 핏덩이들을 남긴 채 병사는 힘없이 쓰러졌고 사내는 급히 허리를 숙여 늘어진 손에 쥐어진 도끼를 낚아 챘다.

"쓸 만하네."

도끼를 슬쩍 들어 살피던 사내가 이내 바닥을 향해 도끼를 찍었고 다시 한번 불꽃이 튀었다. 끊어진 쇠사슬에 자유로워진 팔다리를 휘휘 저으며 잠시 자유를 만끽하던 사내의 귓가에 바람 가르는 소리가 들렸다. 본능적으로 몸을 숙이던 사내의 옆으로 그림자가 지나며 툭 소리와 함께 화살이 바닥에 떨어졌다.

"후아… 썩을 놈들이 화살을… 누가?"

안도의 숨을 쉬며 자세를 고쳐 잡는 사내의 눈에 날렵한 발짓으로 바닥을 박차고 달리는 유의 모습이 보였다.

"저놈이?"

달리는 와중에 자신에게 향한 살을 쳐내고 유유히 거한을 향해 달려가는 유의 모습에 사내가 눈길을 빼앗겼다. 쇠붙이 하나 걸치지 않은 몸에 환도環刀[12] 한 자루를 들고 거한에게 달려드는 그 모습은 위태해 보이기 그지없었다.

"끙…."

아무리 기민해도 거한의 급소를 베거나 찌르기 전에 단 한번이라도 공격을 받게 되면 상대적으로 가냘픈 그 몸은 순간 성벽에 부딪혀 터져 나갈 것이었다. 그런 사내의 판단과 걱정에는 아랑곳 않고 유는 날아드는 화살들 속을 제집 앞마당인 것처럼 자연스레 뛰었다. 화살들이 운 좋게 비껴가는 것인지 혹은 의도적으로 피해 내는 것인지 알 도리가 없었지만 어느새 유는 거한의 지척에 다다랐다. 거한은 여전히 거대한 솥뚜껑을 머리에 인 채로 팔다리를 쉬지 않고 휘저었다. 접근조차 하지 못하고 창끝을 세우고 거리를 둔 병사들은 다리를 떨었고 그 일대는 이미 전의를 상실한 상태였다. 점점 성첩으로 걸쳐지는 사다리는 늘고 있었다. 가슴팍에서 꺼낸 비수 한 자루를 거한 쪽으로 던지며 유가 환도를 빼어 들었다. 돌연 날아든 비수는 몸을 돌리고 있던 거한의 솥뚜껑 밑 몇 안 되는 빈틈을 파고들었다. 거한의 뒷목줄기에서 핏발이 튀어 올랐다.

[그어어억!]

우레 같은 비명을 지르며 거한이 몸을 돌려 달려오는 유를 향해 손을 뻗었

---

12 고려군의 주력 도검. 역사 문헌상 환도의 첫 등장은 고려 충렬왕 때지만 작중의 원활한 진행을 위해 고려군의 도검은 대부분 환도로 표기하였다.

다. 손끝이 닿기 직전 유는 급히 몸을 틀어 회전하며 성첩에 발을 디뎠다. 뻗어져 있는 손과 측면으로 몸을 비틀어 회전을 실은 검. 단 한번의 기회에 거한의 목을 떨어뜨리지 못한다면 자신의 사지가 찢길 것이었다. 혼신을 실은 유의 검 끝이 몸의 회전에 실려 거한의 목에 닿았다. 끼기긱 하는 차가운 쇳소리에 유의 도신이 깨어져 나갔다. 솥뚜껑을 머리에 이고 고정하기 위해 쇠사슬을 붙이고 그 위에 가죽이 감싸져 있었다. 깨어진 칼날들 속에서 유의 눈가가 찡그러졌다. 가죽을 보고 쇠사슬을 보지 못했다. 무거운 쇳덩어리가 가죽끈으로 고정될 일이 아니었다. 그 하나의 실수로 단 한번의 기회는 깨어진 칼날과 같이 흩어져 없어졌다. 짧은 순간의 위기에도 아랑곳 않고 거한은 재빨리 왼팔을 뻗어 떠 있는 유의 허리춤을 감쌌다. 불의의 일격에 기분이 상한 것일까 거한은 이전과 같이 한번에 상대를 제압하지 않고 몸을 빙글거리며 돌다 그대로 유의 몸을 공중으로 던졌다. 공중에서 점점 멀어지는 거한의 모습에 유의 동공에 생기가 비치지 않았다. 이대로 땅으로 떨어지면 그것을 느낄 틈도 없이 죽음이 찾아올 것이었다. 그나마 다행인 점은 거한이 흥분한 탓일까 자신의 몸이 향한 곳이 성 밖이 아니라 성 안이라는 것… 유는 천천히 눈을 감았다.

// 수급 首級

쇠사슬을 끊은 도끼를 허리춤에 찬 사내가 허공에 뜬 유의 모습에 고개를 숙였다. 두 동강으로 바닥에 널브러진 화살을 살피는 사내의 얼굴이 험상궂게 굳어졌다. 혹, 그가 화살을 쳐내지 않았더라면 자신의 목에 그것이 박혔을까. 어깨를 스쳐 돌바닥으로 떨어졌을까. 괜시리 느껴지는 여러 감정 속 미동도 없는 사내의 주위로 날아드는 화살 소리가 쉬지 않고 맴돌았다. 거한의 등장에 그 일대 궁수 몇몇은 창을 쥐고 거한에게 달려들었고 또 몇몇은 성벽 아래로 자취를 감추었다. 느슨해진 공세를 기다리기라도 한 듯 화살이 빗발쳤고 사다리를 넘는 적병들도 하나둘 늘고 있었다.

"니미럴…"

나긋이 욕설을 뱉으며 일으키는 사내의 몸짓에 끊어진 쇠사슬이 서로 부딪치며 쇳소리를 울렸다. 하늘에 떠 있는 화살의 방향을 대략 짐작하며 사내는 성첩으로 달려가 사다리 끝을 움켜쥐었다. 마침 사다리를 오르던 적병과 눈이 마주치자 사내는 입꼬리를 올렸다.

"시벌것들이 어디 남의 구역에서…."

사다리를 잡은 양 손등으로 굵은 핏줄이 번뜩 솟아났다. 사내가 좌우 주먹의 방향을 달리하며 사다리를 비틀 듯 움켜쥐고 성첩에서 떼어 내자 이내 바닥에 닿은 사다리의 한쪽 다리가 땅에서 떨어졌다. 축이 비틀린 사다리는 올라탄 병사를 매단 채 그대로 성벽을 따라 옆으로 기울어 서서히 성벽을 긁으며 바닥으로 떨어졌다. 바닥에 널린 시체 더미 위로 병사의 등이 떨어졌고 그 위를 사다리가 덮쳤다. 그 상황을 잠시 살핀 사내가 다시 성첩 아래로 몸을 숙였다. 여전히 하늘 위로 공기를 가르는 화살 소리가 가득 차 있었다.

"하…."

하얀 숨결을 내뱉으며 사내가 고개를 돌렸다. 창을 움켜쥐고 달려드는 병사의 몸짓을 옆으로 흘리며 거한이 병사의 목을 잡고 들어 올리며 그대로 비틀었다. 힘없이 축 늘어지는 병사의 손을 보며 창을 잡은 다른 병사들이 우물쭈물 망설이고 있었다.

"에잇!"

사내는 손을 뻗어 도끼를 들고 달려들던 이의 발끝을 끌어당겼다. 이내 왼쪽 어깨에 그 몸을 비스듬히 들쳐 업고 거한 쪽으로 걸음을 옮기기 시작했다. 발걸음을 옮기는 중에 어깨를 통해 시체에 박히는 화살의 감촉이 느껴졌다. 어느 정도 거한과 인접하자 화살 소리가 들리지 않았다. 적들은 의도적으로 거한 쪽에는 화살을 날리지 않는 듯했다. 사내는 어깨를 슬쩍 수그려 시체를 미끄러뜨렸다. 자세를 낮추고 손을 옮겨 손목을 둘러싼 차가운 쇳덩이의 감촉을 살피던 사내가 허리춤의 도끼로 손을 옮겼다. 거한은 등을 돌리고 있었고 화살이 날아들지 않는 그 공간을 다시 벗어나기에는 이미 늦었다. 사내는 본능적으로 단도를 집어 던지던 유의 몸짓을 흉내냈다. 사내의 손을 떠난 도끼는 회전하며 거한에게 향했다. 빙글거리던 도끼의 날이 솥뚜껑 끝부분에 부딪히며 빗나갔다. '딩' 하는 쇠의 진동음과 함께 거한이 재빠르게 몸을 돌렸다.

"시벌꺼…."

입술을 깨물며 사내는 양 주먹을 꽉 움켜쥐었다. 그때, 몸을 돌리던 거한의 몸이 휘청거렸다. 웅웅거리며 울리던 쇠의 진동이 좀 전에 유의 일격에 끊어질 듯 느슨해진 쇠사슬까지 전달되어 결국 쇠사슬을 끊어 냈다. 요령껏 흉내 낸 동작에서 본능적으로 사내의 힘이 실린 도끼날은 의도치 않게 그 역할을 수행한 것이었다. 한쪽 쇠사슬이 끊어진 여파로 몸을 돌리는 거한의 몸짓에 솥뚜껑이 기울어지며 떨어지기 시작했다. 육중한 쇳덩이의 무게에 이끌려 거한의 머리가 급속히 땅으로 떨어지는 찰나, 거한은 기어이 양손을 솥뚜껑 아래로 받쳐 들고 천천히 들어 올렸다. 순간, 솥뚜껑이 올려지는 힘에 의해 거한의 머리가 뒤로 넘어갈 듯 기울었다. 중심을 잡는 거한의 둔한 몸짓에 사내가 입가에 피가 흐를 만큼 입술을 세게 깨물다 이내 괴성을 지르며 무릎을 굽혀 땅을 박차고 뛰어올랐다.

"아아악!"

줄을 풀어 둔 각궁처럼 허리를 바깥으로 둥글게 꺾으며 뛰어오른 사내는 양 손목을 맞댄 채 그대로 거한을 향해 떨어져 내렸다. 사내의 고함에 엉거주춤하던 자세를 고치며 위를 바라보는 거한의 이마 위로 묵직한 쇳덩이의 감촉이 느껴졌다. '벅' 하는 소리가 나며 거한의 이마에 핏방울이 튀었다. 손목으로 전해지는 감촉에 안도의 한숨을 내쉬는 찰나 사내의 양 겨드랑이 사이로 묵직한 감각이 느껴졌다. 무릎을 꿇고 이마 아래로 흐르는 핏줄기에 눈을 감은 거한은 양손을 사내의 겨드랑이에 쑤셔 넣고 힘을 주기 시작했다.

느껴지는 통증에 사내의 얼굴이 다급히 일그러졌다. 이대로라면 숨을 한두 번 내쉬기도 전에 늑골이 부러지고 심장과 폐가 으깨질 것이었다. 그 순간, 사내의 머릿속을 하얀 연기 같은 무언가가 뒤덮었다. 다가올 일에 대한 자기 방어적인 어떤 현상이었을까, 사내의 뇌리에는 상황을 대처할 그 어떤 이성도 존재하지 않았다.

화살비를 피하며 동장대를 향해 달려가던 주상과 석지의 눈에는 모든 일련의 과정들이 비치고 있었다.

"저, 저!"

다급한 석지의 외침 덕이었을까, 사내의 뇌리를 가득 채운 하얀 연기가 곧 흐트러지며 좁쌀만 한 검은 점 하나가 돌연 연기 사이를 종횡무진으로 움직이기 시작했다.

"이… 익!"

거한의 손끝이 사내의 겨드랑이를 파고드는 찰나 사내가 고개를 뒤로 한껏 젖히며 그대로 거한의 콧잔등으로 이마를 내리꽂았다. '퍽' 하는 소리를 내며 핏방울과 함께 봄 햇살에 잘 익은 커다란 매실만 한 동그란 물체가 허공으로 튀어 올랐다가 떨어졌다.

"이, 이거…."

"으… 눈깔이네."

발끝으로 굴러온 동그란 물체를 의아하게 바라보던 석지를 향해 주상이 오만상을 찌푸렸다.

"어, 어이…."

손사래를 치는 석지의 옆으로 주상이 천천히 거한과 사내에게 다가갔다. 무릎을 땅에 붙인 거한의 손이 천천히 사내의 겨드랑이에서 빠져나왔고, 이내 중심을 잃은 몸짓에 왼쪽으로 기우는 솥뚜껑에 끌려 바닥으로 고꾸라졌다. 겨우 날숨을 뱉는 사내가 뒤로 넘어질 듯 엉덩방아를 찧었다.

"그… 참, 세상 별 놈들이 다 있네. 곰 같은 놈 앞에 산돼지 같은 놈이…."

초점을 잃은 사내의 얼굴을 주상이 천천히 살폈다. 넙데데한 얼굴빛은 거뭇

했고 빽빽하게 일자로 뻗은 눈썹 밑으로 눈꼬리가 축 처져 있었다. 어울리지 않게 길게 뻗은 속눈썹 사이 뭉툭한 미간 밑으로 콧잔등이 넓게 퍼지며 얼굴을 좌우로 갈랐다. 굵고 빽빽하게 솟은 턱수염들이 사방으로 규칙 없이 뻗어 뒤엉켜 있었다.

"그놈, 안면이 있는데. 어디서 봤지…."

고개를 갸우뚱 기울이는 주상의 뒤로 석지가 다가왔다.

"어르신, 다행히 어느 정도 정리가 된 것 같습니다.

"아, 이놈아! 정리는 무슨. 후딱 모가지부터 따라!"

"에? 제가요?"

질색하는 석지의 얼굴 위로 주상의 침이 어지럽게 날아들었다.

"이놈이… 그럼, 내가 하랴? 저 짐승 같은 모가지 함 봐라. 늙은이 손목으로 가당키나…."

"아! 네, 네! 그, 참 노친네. 더럽게 침을, 에잇!"

"이놈이!"

석지가 마지못해 거한에게 다가가며 칼을 빼어 들었다.

"칼로 어림없다. 도끼로 해라!"

이내 장대에 꽂힌 거한의 머리가 성벽 위로 흔들거렸다. 멀리서 봐도 확연히 눈에 띄는 거대한 수급의 존재감에 성벽 아래 거란군들의 눈빛에는 하나같이 당혹감이 비쳤다.

12 개마무사 鎧馬武士

주상과 석지의 진땀나는 대처에 동장대의 소요가 차츰 잠잠해졌다.

"성주, 다행입니다. 어느 정도 진정이 된 듯합니다."

"다행이라…"

말을 흐리는 규의 다소 어두운 얼굴에 장호가 불현듯 몸을 떨었다. 거한의 수급이 성 위에 걸리고 혼란이 정리된 것과 별개로 희생된 이들, 길상과 장졸들, 규의 명을 받고 급히 몸을 움직였던 유, 성벽의 높이를 가늠해 보았을 때 그의 낙사는 확연한 사실이었다.

"희생을 헛되게 해서는 아니 된다."

장호의 생각을 알아챈 듯 규의 음성이 결연히 울렸다.

"성주, 기마대를 슬슬 움직이시는 게…"

규가 입을 다물고 전장을 천천히 살폈다. 여전히 빽빽하게 밀려오는 적병들의 얼굴에 비친 투기는 온전히 흥화진을 향하고 있었다. 정녕 수천, 수만의 희생을 감수하고서라도 성벽을 넘으려는 것인가… 흥화진이 그 정도의 가치가 있는 것인가… 기마병을 주력으로 삼는 그들이 어찌하여 이토록 이 석성을 탐하는가… 병력을 돌려 남하하면 그뿐이지 않은가… 종내에 흥화진은 언제까지 버텨 낼 것인가… 무엇 하나 온전한 답이 없는 생각 더미 속에서 규는 눈을 가늘게 뜨고 몰려드는 병사들 너머 황제의 어가를 바라보았다. 바람에 나부끼는 거대한 깃발 아래로 황제의 얼굴을 볼 수는 없었지만, 규는 어느새 그 존재를 어렴풋이 느끼고 있었다. 그가 내뱉는 언어와 날숨이 바람에 섞여 자신에게 닿은 것일까… 눈앞에 놓인 적이 아닌 보이지 않는 형체를 느끼며 규는 어가를 주시했다. 그 또한 흥화진을 또 자신을 찾고 느끼려 시선을 이곳에 향하고 있을까… 자욱하게 피어오르는 시체 타는 냄새와 건조함으로 어깨를 짓누르는 겨울의 공기, 드문드문 바람에 날리는 마른 눈송이 사이 그 어딘가에 규와 황제의 시선은 맞닿아 있는 듯했다. 규는 구름 너머의 해를 살핀 후 잠시 눈을 감았다. 서쪽으로 한껏 기울어 노란 환영으로 구름을 뚫는 햇빛에 눈꺼풀이 무거웠다. 감은 눈 아래 난데없는 고단함이 규의 온몸을 휘감았다. 늑골 아래로 뱃속에는 공기가 가득 찬 듯 답답함이 일었고 손끝과 발끝에는 한기가 서렸다. 오금이 저리며 골반 언저리가 따끔거렸다. 규는 천천히 눈을 떠 성 아래를 바라보았다. 여전히 몰아쳐 오는 적병을 맞서는 흥화진은 그저 힘겨이 버티고 있었다. 자신이 느끼는 고단함은 곧 흥화진의 고단함이었다. 더 이상 전투를 끌어서는 안 된다. 오늘을 막아 낸다고 내일 또한 막으리란 확신이 없었다. 적들이 자신과 흥화진의 고단함을 눈치채고 물고 늘어지게 해서는 안 된다. 사기나 의지와는 별개로 물리적 힘의 한계가 드러나기 전에 결단을 내려야 한다. 결론에 다다른 규의 입에서 흥화진의 운명을 좌우할 명령이 흘러나왔다.

"북을 치고 나팔을 불어라. 적기赤旗를 띄운다."

"예, 성주!"

기다리던 명령에 장호가 반가움을 답하며 급히 몸을 움직였다.

성루 위로 고高자가 굵게 새겨진 붉은 깃발이 오르며 북과 나팔 소리가 울렸다. 돌연 성에 퍼지는 그 소리에 거란 병사들이 잠시 흠칫 놀라는가 싶었지만 발길을 멈추지는 않았다. 전투가 끝나기를 기다리는 까마귀들의 날갯짓과 울음이 하늘을 울리는 북과 나팔 소리에 밀려 허공으로 흩어졌다. 힘겹게 적들의 공세를 막아 내고 있는 서장대의 사정과 달리 동장대의 성문은 홀대를 받고 있었다. 거한의 수급이 걸린 이후 동장대 적병들의 기세는 한껏 누그러져 있었고 성 위에서 날아드는 화살을 피할 겸 몇몇 병사들은 성문에 달려들어 도끼질을 하고 있었다. 느닷없이 도끼질을 하는 병사들의 귓가에 나무가 땅에 닿아 끌리는 소리가 들렸다. 이윽고 천천히 열리는 성문에 의아함을 느끼던 차에 그들이 알아들을 수 없는 구호가 울렸다.

"진!"

"군!"

정성의 호기가 가득한 선창에 이은 수백의 목소리가 말발굽 소리와 함께 땅을 흔들었다. 쏜살같이 성문을 박차고 나오는 쇳덩어리에 도끼를 든 병사들의 머리가 땅으로 떨어졌다. 정성을 필두로 한 수백의 철갑 기병은 달려 나오는 속도를 유지하며 천천히 대열을 형성하기 시작했다. 성문 동쪽으로 쏟아져 나와 종대로 길게 뻗어 이동하던 그들은 성벽과 오르막이 끝나는 지점을 지나 천천히 기수를 서쪽으로 돌리며 자신들의 위치를 향해 고삐를 움직였다. 어느새 서쪽을 향해 거대한 화살촉 모양의 전열을 형성한 기병들은 굳게 입을 다물고 선두에 있는 정성의 뒷모습을 바라보았다. 이어 정성이 손에 쥔 철퇴를 들어 흔들고는 몸을 숙였다. 소리 없이 같은 모습으로 말 위에 몸을 붙인 기수들이 하나같이 등자를 밟은 발끝에 힘을 주었다. 슬쩍 뒤의 전열을 살핀 정성이 거칠게 고삐를 흔들었다. 얼굴을 가린 철갑 사이로 말의 입김과 울음이 섞여 터져 나오며 수백 기병의 진군이 시작되었다. 높은 지형의 동쪽에서 서쪽으로 내려오는 기병들의 발걸음이 탄력을 받아 점점 속도가 빨라졌다. 정성을 중심으로 대각선으로 뻗은 대열의 선두 기수의 손에는 철퇴가 들려 있었다. 중무장한 철갑 기병의 발길질은 바닥을 깊게 파며 대량의 흙먼지를 일으켰다. 철갑 기병의 출현에 거란 병사들이 일제히 방패를 들고 동쪽으로 몸을 틀었다. 거대한 땅울림과 사막의 모래 폭풍을 몰고 오는 흙먼지의 위용에 병사들은 손을 떨었고 곧 그 떨림 위로 흙먼지가 덮쳐 왔다. 수백 철갑 기병의 거친 움직임에 둔탁한 쇳소리가 병사들의 신음과 비명을 지워 냈다. 흙먼지의 움직임 옆으로 온갖 신체의 조각과 쇠붙이가 피칠갑이 되어 여기저기에 튀었다. 보병들이 어육이 되어 갈리는 모습에 기병들이 급히 창을 들었지만 이내 힘없이 팔을 내렸다. 숱한 전투에서 그들 스스로가 익힌 전투의 결과들… 멈춘 기병은 돌진하는 기병을 당해 내지 못한다. 이미 속도를 붙여 혼신을 다하는 상대를 맞아 돌진하기에는 전열을 갖출 시간이 부족했다. 더군다나 자신들의 주변에는 이미 정신을 잃은 보병들이 길을 막고 있었다. 당장 돌진하는 적 기병을 막을 재간이 없었다. 방법은 하나 우선 피해서 적들의 체력을 빼낸 다음 추격 하는 것. 철갑 기병의 유일한 약점이라 할 지구력을 물고 늘어져야 했다. 비슷한 깨달음에 도달한 기수들이 급히 손을 들고 주위로 소리쳤다.

[길을 터라! 맞서지 말고 물러나라! 방패를 내려라!]

기수들의 명령에 보병들이 몸을 움직이려 했지만 이미 물러날 곳은 없었다. 성벽을 향해 진군하던 병사들은 여전히 성벽에 오르지 못하고 화살에 맞아 쓰러졌고 그 뒤를 재촉하며 앞을 밀던 병사들은 어느 쪽으로 몸을 돌릴지 우왕좌왕 헤맸다. 그 사이에 서로가 서로의 몸에 끼어 빽빽하던 그 대열은 그 자체로 움직임을 멈추는 지경에 이르렀다. 그 사이로 철갑 기병은 쉬지 않고 거란군의 대열을 가르며 달렸다. 도저히 통제되지 않는 혼란으로 가득 찬 거란군 속을 헤집던 철갑 기병들이 점점 줄어드는 속도 속에서 천천히 멈춰 섰다.

"이적들을 섬멸하라!"

"아아악!"

동장대 보다 한참 더 나아간 지점에서 멈춰 선 철갑 기병의 선두에서 정성이 철퇴를 흔들며 소리치자 기병들이 일제히 악을 쓰며 답을 보냈다. 흙먼지를 휘감으며 회전하는 철퇴가 지나간 자리에 신체 일부를 잃은 시체들이 널부러졌고 모래 뒤에서 찔러 오는 장창에 핏방울들이 쉴 새 없이 튀었다.

[붙어라! 화살을 쏘고 붙어… 도망가면 벤다!]

고성으로 맞대응하며 병사들을 독려하던 거란 기병이 뒷걸음질하는 병사의 목 뒤로 창을 찔러 넣으며 연신 고함을 질렀지만 거란 병사들의 뇌리에는 동료들의 뇌수 터지는 소리가 더 크게 울릴 뿐이었다.

[소배압!]

[폐… 하….]

자리를 박차고 일어서는 황제의 목에 솟은 굵은 핏대가 잔뜩 떨렸다. 자신의 이름을 직접 부르는 황제의 격노에 배압이 급히 무릎을 꿇으며 고개를 숙였다.

[이… 짐의 위신을 얼마나 더 떨어뜨릴 것인가!]

황제가 여전히 떨리는 몸을 주체하지 못하고 등채를 잡은 손을 머리 위로 올렸다가 천천히 내렸다.

[송구하옵니다. 허나, 저것은 적의 기습에 일시적인….]

[그대와 나의 눈 중에 하나가 먼 것인가?]

[황망하옵니다. 폐하! 죽여 주시옵소서!]

[이런… 하….]

입술을 잘근거리던 황제가 깊게 숨을 들이켜고 뱉더니 등을 기대며 천천히 앉았다.

[그대의 목숨을 논할 때가 아니다! 상황을 어찌할 텐가?]

[폐하, 소장 일찍이 이보다 더한 악천후를 수차례 겪었습니다. 이는 적의 일시적인 위세일 뿐이니 전열을 가다듬고 때를 기다리면 그 위세가 꺾일 것입니다. 이미 저들은 피해가 크고 저희의 군세는 여전히 강성하니….]

[강성이라 하였는가? 지금, 저 성 하나에 짐의 백성 몇 명이 죽어 나간 것인가!]

[폐하, 무릇 공성에서는 수성의 10배의 병력으로도 함락이 어렵다 하였습니다. 일찍이 소장의 격언대로… 투석차를 비롯한 공성 기계를….]

[지금 짐을 책망하는 것인가!]

[어찌 그러하겠습니까. 다만….]

배압이 미간을 찌푸리며 슬쩍 고개를 들어 주위를 살폈다.

[폐하! 최소한의 전투로 신속히 개경을 함락하고 고려왕을 잡는 것을 최우선으로 하는 것은 이미 군부에서 논의가 끝난 일이옵고 소 장군 또한 동의한 일입니다. 지금 묵은 일 하나로 폐하의 심기를 어지럽히는 그의 행태는 마땅히 사지를….]

[너는 닥치거라! 네놈이야 말로 황성皇姓을 가지고 태어나지 않았다면 진즉 사지를 떼어서 개들에게 먹였을 것이다!]

[폐, 폐하….]

발을 앞으로 내밀며 대화에 끼어들던 이가 급히 고개를 숙이며 뒷걸음질을 쳤다. 그 발길을 살피던 배압이 잠시 코웃음을 치는 얼굴 모양을 짓고 다시 고개를 들었다.

[폐하! 무슨 수를 써서라도 오늘 중으로 성을 넘겠습니다! 소장을 조금만 더 믿어 주시는 황은을 내려 주시옵소서!]

간곡한 배압의 말에 황제가 깊은 숨을 내쉬었다.

[그대는 황족의 부마이자 모후의 핏줄이며 중원을 수차례 공략한 큰 공이 있으니 어찌 믿지 못하겠는가! 일어나라! 해가 얼마 남지 않았으니 그대의 언행을 즉시 행하라!]

[황공하옵니다. 폐하!]

[한데, 언제부터 고려에 저런 철기병이 있었다는 말인가? 적이긴 하나 그 기세가 참으로 칭찬할 만하지 않은가.]

[폐하. 고려는 스스로 고구려를 이은 나라라 칭하고 있사오니… 예로부터 전하는 말 중에 고구려의 개마무사는 마치 신의 군대와 같다 하였습니다.]

[개마무사라….]

황제가 슬쩍 몸을 일으켜 자신을 둘러싼 기마병을 둘러보며 속삭이듯 입을 열었다. 그러나 뒷말은 들숨과 함께 삼킨 것인지 들리지 않았다.

13 해자 垓子

"해자를 파는 건 어떻습니까?"

"해자?"

"예, 어르신. 왜국에 가면 거의 모든 성마다 해자가…."

"허허허!"

희가 허리를 한껏 뒤로 젖히며 웃음을 터뜨렸다.

"어르신?"

"이런, 미안하네. 나도 모르게… 허허."

웃음과 함께 떨리는 턱수염을 다듬어 만지며 희가 규의 얼굴을 뚫어질 듯 쏘아보았다.

"진심인가 자네? 해자라니…."

"그야, 수성에 도움이 될 만한 것을 물어보시니…."

"검술은 그리 뛰어나다더니… 자네, 참."

가라앉지 않는 희의 웃음에 규가 곤란한 표정을 지으며 뒷머리를 긁자 희가 입가를 가려 헛기침을 뱉었다.

"자, 내 말을 잘 들어 보게."

"예, 어르신."

"우선, 서북변에 여섯 개의 성을 축성하는데 어느 정도의 인부가 필요한지 알고 있는가?"

"그야, 꽤… 많이…."

"그렇지. 말 그대로 꽤 많이 필요하지. 그럼, 성 주위에 해자를 두르려면 얼마나 더 많은 일손이 필요할까?"

뒷머리를 긁던 규의 손이 멈칫했다.

"당장 육성의 축성에도 힘이 부치는 실정이니 어찌 더 인력을 동원하여 해자를 두르겠는가."

"하면, 성을 다 짓고 나서…."

"성을 짓고 백성을 이주시키고 기간 시설을 짓고… 족히 10년은 더 걸릴 텐데 또 백성을 동원해서 해자를 판다고?"

"음…."

"그래, 어찌 됐든 인력에 여유가 생겨서 해자를 팠다고 치세. 물길은 또 어찌 잡고 유지를 할 텐가?"

"어르신, 제가 생각이…."

"마저 듣게. 그 마저도 어찌했다 치고… 이적들이 재차 침범하면 정녕 해자가 도움이 되겠는가?"

"그야… 완성만 하면 수성에 큰 도움이 되지 않을까요?"

"자네… 후…."

희가 깊은 숨을 뱉으며 다시 입을 삐죽거렸다.

"이적들이 언제 쳐들어오는가?"

"보통, 한겨울에… 압록이 얼면… 어엇!"

규가 다급히 양손을 입가로 가져갔다.

"흐… 압록이 어는 동안 해자가 얼지 않게 고사를 지내야 하겠구먼."

"송구합니다. 별안간 물어보셔서 소인이 생각 없이…."

"허허… 아니네, 아니야. 자네 덕에 근래 들어 가장 크게 웃은 듯하니…."

민망해하는 규의 모습을 보며 웃던 희의 눈가가 순간 번득였다.

"허나, 더 중요한 것은… 잘 듣게!"

"예, 어르신."

"해자가 얼지 않는다고 치면… 저들은 굳이 공성을 하지 않으려 들 수도 있다네. 그것이 가장 중요하네."

"공성을 하지 않는다면, 그것이 어찌 중요한지…."

"그것이 이 전쟁의 원론이네! 저들은 그 뿌리를 유목에 두고 있는 이들이라 땅 그 자체를 중요시하지 않는다네. 게다가 저들 입장에서 당장 급한 것은 고려가 아니라 송나라지."

"그야 그렇지요."

"고려를 침공한다는 것은 저들 스스로의 후방을 든든히 하고자 함이 그 첫째이니… 굳이 고려의 모든 성을 공략할 필요가 없는 것이지."

"그 말씀은… 성과 인근의 점령이 아니라…."

"그렇지! 저들 입장에서 가장 쉬운 승리의 방법을 생각해 보게."

규가 한 손을 턱에 가져다 대고 잠시 생각에 빠졌다.

"주상 전하…."

"그렇네! 성들을 우회하고 개경으로 진격하여 전하를 납거하는 것이지."

"아!"

"그런데 왜 서북면에 성을 짓고 전 지역을 요새화하고 있는가. 그것도 여섯 개씩이나?"

"으음…."

규가 한참 고개를 숙이고 미간을 찌푸렸다.

"어찌 되었든 저들도 보급선이 있어야 할 테니… 모든 성을 무시하기에는… 너무 많은 지역을 그냥 지나치면… 뒤가 찜찜하기도…."

"얼추 비슷하네. 자, 잘 보게."

희가 검지를 뻗어 탁자 위의 지도를 가리켰다.

"우선, 다가올 전쟁은 모두 서북면 안에서 마쳐야 하네. 저들이 고려 땅을 밟는 가장 효율적인 길은 얼어붙은 압록일 테니… 그 앞에 흥화진을 세워 첫 번째 방어를 하는 것이지. 그 후 저들은 서쪽을 돌아 용주와 철주를 통해 곽주로 가거나 동쪽으로 우회해 통주나 구주를 지나 안융진으로 향할 걸세. 혹은 부대를 나눠서 양방향을 다 지날 수도 있겠지."

"그렇군요. 안융진을 지나면 서경이 지척이니…."

"맞네. 우리 측 작전의 마지막 선은 곽주라네. 안융진까지 적들이 도달한다면…."

"서경을 지나… 개경이 위급…."

"그렇지. 혹여나 개경이 함락되고 변괴이 일어나서 전하께서 납거되신다면 전쟁은 끝이지. 그러니 애초에 적의 병력을 서북면에 묶어 두는 것이 최선의 전략이네."

"물론 그러하겠지요. 허나 예상치 못하게 적들이 속공으로 개경을 향한다면…."

"그러니 서북면에 육성을 축조하는 것이지."

"허나, 어떻게 저들이 우회하지 않게끔 할 도리가 있을지…."

지도를 짚은 희의 검지가 슬쩍 떨렸다.

"전쟁에 방패만 들고 참전하는 병사가 있는가?"

"예? 무슨….”

"육성은 고려의 방패이네… 그리고….”

희가 손을 옮겨 목각 전차를 집어 들고 지도 위에 올려 놓았다.

"이게 고려의 창이지!"

"헛….”

"육성의 수성 병력 외 고려의 병사들을 총집결하여 진을 칠 것이네. 저들이 어느 정도의 숫자로 침범해 올지는 몰라도… 고려 또한… 그에 못지 않는 병력을 동원할 걸세. 그리고 그 본대가 어느 한곳에서 진을 치고 버틴다면….”

"아! 저희 본대를 그대로 두고는 남하할 수가 없겠군요!"

불빛에 비친 규의 안색이 천천히 밝아졌다.

"그렇지. 그러니 이 전쟁의 원론이자 핵심은….”

"그들의 남하를 막는 것!"

"그렇다네. 저들은 송과의 일전이 끝나지 않는다면 절대 고려를 통째로 먹으려 들지 못하네. 그저 후방을 안정화하기 위한 전쟁이라면 압록이 얼어 있는 동안 이 땅을 유린하고 빠른 종전을 원하겠지. 그러니 우리가 할 일은….”

"압록이 녹기 전까지 버틴다."

"맞네. 그래서 성을 쌓고 군비를 축적하고 군사를 훈련시키는 것이네."

"저들이 우리 본대의 병력에 부담을 느낀다면 분명 성을 한두 개 정도 함락하려 하겠군요!"

"그렇지! 결국 육성 중 어느 한 곳이라도 점령하려 할 테니….”

"엄두가 안 날 정도로 방비를 하면… 오히려 다른 변수가 생길 수도 있겠군요. 더군다나 수성을 하면 적은 병력으로 많은 적군을 상대할 수 있으니. 어떻게든 성을 공격하게 만들어야….”

희의 얼굴에 다시 웃음기가 돌고 있었다.

"아주 바보는 아니구면."

"아, 어르신…."

"허나, 전쟁이 탁자 위의 지도에서 오가는 목각 인형처럼 흘러가지는 않는 법이니…."

"항상 예상치 못한 변수가 있긴 하죠…."

잠시 입술을 깨물던 희가 눈을 감았다 뜨며 규를 응시했다.

"지금으로서는 너무 막연한 얘기니… 그래, 하던 얘기나 마저 하세. 그 해자 말고는 더 좋은 수가 없겠나?"

규가 몸을 움츠리며 입술을 떨었다.

"없습… 니다…."

"거, 내 면박은 주지 않을 테니 편히 얘기해 보게. 어떨 때는 말도 안 된다 생각하는 것들이 큰 파장을 불러오기도 한다네. 머리도 식힐 겸 더 들어 보고 싶네."

"참으로 면박 주시지 않는다 하셨습니다!"

"허허, 그래. 뭐가 있긴 한가 본데?"

"그게… 여러 번 생각해 본 것인데… 혹, 저희 측 각궁과 쇠뇌의 사거리를 더 늘리는 것이 어떨지요?"

"응? 사거리를? 그리 된다면 응당 좋은 일이지 않은가!"

"그, 그렇지요?"

뿌듯한 웃음으로 말을 흐리는 규를 희가 의아하게 바라보았다.

"그런데 사거리를 어찌 늘릴 텐가?"

"그야… 각궁에 대는 짐승 뼈와 시위의 두께도 바꿔 보고, 궁시장弓矢匠[13]들

---

13 활이나 화살 등을 제작 및 관리하는 장인을 말한다.

이…."

잠시간 침묵 속에 희가 눈을 번득였다.

"이런 정신 나간 자를!"

대뜸 지르는 희의 음성에 규가 화들짝 놀라며 의자에서 엉덩이를 들었다.

"아니! 면박 안 주신다고 하시고는…."

엉거주춤 자신을 바라보는 규의 눈길에 희가 이내 헛웃음을 터뜨렸다.

"허허, 자네도 참 얼빠진 구석이 있구먼?"

"평장사 어른…."

"그 얼빠진 소리 하는 김에 하나만 더 얘기해 보세. 어디까지 하나 한번 봅세!"

"참입니다. 하라니까 하는 겁니다!"

다소 높아진 두 사람의 언성에 놀란 학선이 슬그머니 천막 안을 들여다보았다.

"그러니까… 성 뒤의 산 같은 곳에 투석기를 설치하는 것은 어떠신지요?"

희가 잠시 눈을 내리깔고 생각에 잠겼다.

"참 기발한데… 그 육중한 것을 어찌 산 위로 옮기려고?"

"목공들이 산에 올라가서 만들면 되지 않습니까?"

"이자가!"

희가 결국 자리를 박차며 일어나자 규가 급히 몸을 돌려 뒷걸음질을 쳤다.

"아니, 그래. 만들었다 치자! 그럼 던질 돌은 어찌 산 위로 나를 건가? 자네가 할 텐가?"

"그야 뭐! 쟁여 놓았다 한두 번만 쏘면 되지요!"

"그래도 이자가!"

희가 기어이 지도 위 목각 전차를 들고 규에게 달려들자 규가 재빨리 몸을 입구로 향했다.

"어르신… 양 산원…."

문 앞을 지키고 선 학선의 모습에 멈칫한 두 사람이 서로를 멋쩍게 바라보았다.

"흠… 음… 그… 학선아 술상 한번 봐주게."

"예? 어르신? 술상을요?"

"내 참으로 요망한 소리를 들은 터라… 간만에 한잔 하고 자야겠네."

"엣헴… 어르신, 그럼 제가 술 상대라도."

"헛! 이런, 요망한… 자네 참!"

"아니, 대고려의 평장사 어르신께서 자작을 하시는 게 가당키나 하겠습니까!"

규가 콧김을 뿜으며 슬그머니 자리로 돌아가 앉는 모습에 희가 이마를 짚으며 다시 한번 헛웃음을 터뜨렸다.

/4 석우 石雨

고려는, 서북면은 십수 년을 전쟁에 대비해 왔다. 성을 쌓았고 여진족을 토벌, 융합했으며 서북면 전역을 요새화하였다. 소손녕과의 담판을 성공적으로 이끈 후 서희는 서북면의 평장사가 되어 수년간 심신을 공들여 서북면의 초석을 닦았다. 성을 짓고 병사를 기른 것 외에도 많은 변수들이 서희의 손을 거쳐 결과물로 남았다. 그중 으뜸의 결과물이라 할 만한 것은 단연코 '팔우노'와 '현궁'이었다. 쇠뇌를 개량하여 위급 시 사거리와 파괴력을 높일 수 있도록 조절이 가능하게 하여 팔우노라 불렀다. 전국의 궁시장을 서북면으로 불러 모아 보다 강력한 각궁 개발에 착수했다. 비록 서희는 살아 생전에 그 위력을 확인할 수 없었지만 여럿의 궁시장들은 실패를 거듭하면서도 결국 현궁을 만들어 냈다. 활의 몸통에 대는 뿔의 두께를 조절하고 바깥을 두르는 힘줄의 길이를 조절하여 각궁의 탄력을 최대치로 만들어 냈다. 그 과정에서 수많은 각궁이 화살을 한두 번 쏘고는 이내 부러졌다. 그럼에도 궁시장들은 끝내 활의 내구성과 파괴력의 적절한 타협 지점을 찾아내는 데 성공했다. 그렇게 만들어진 현궁玄

궁은 천궁天弓으로도 불렸다. 실험을 거친 이들의 최대 발사 횟수는 천 번 내외였지만 실전에서는 어느 정도를 버틸지 미지수였다. 궁시장들은 새롭게 탄생한 그 각궁을 일반 각궁과 구분하려 시위를 먹물에 담아 말린 후 활에 걸었다. 줄을 당길수록 검은색은 바랠 것이고 병사들은 시위의 빛깔로 그 수명을 어느 정도 가늠할 수 있을 것이었다.

"현궁을 거두어라."

"예, 성주."

규의 명령에 장호가 몸을 돌리며 명령을 전했다. 적들은 철갑 기병의 급습을 거치고도 여전히 성벽을 향해 몰려 들고 있었다. 눈앞을 가득 메운 적병 앞에서 보통의 활보다 체력 소모가 큰 현궁은 더 이상 의미가 없었다. 그 수명을 조금이라도 아껴 후일에 유용하게 쓰는 것이 현명할 것이었다.

"성주, 해가 제법 가라앉았는데도…."

붉은 노을이 지상의 수많은 병장기에 반사되어 빛났다. 곧 어둠이 내려 앉을 것인데도 적들은 물러날 기미가 없었다. 이대로 달빛을 맞아 가며 계속 싸운다면 여러 모로 위험했다. 성벽 위의 누구 하나 숨이 고른 이가 없었고 고민을 하고 있는 찰나에도 속출하는 부상병들이 신음을 뱉으며 성 안으로 옮겨지고 있었다. 성루로 날아드는 화살의 바람 소리가 점점 더 크게 귓가에 맴돌았다. 결단이 필요했다. 애초에 흥화진은 수십만의 공세를 버텨낼 정도의 규모가 아니었다. 이미 적들의 기세와 병력을 충분히 분쇄해 놓았으니 그 임무는 다하였다 할 것이었다. 남은 것은 달빛 속에서 밀려드는 수만의 군세를 맞아 옥쇄玉碎[14] 하는 것. 이미 모든 이들이 각오하고 있는 상황에서 규는 한두 가지의 변수를 머릿속에 그리고 있었다.

---

14 옥가루가 되어 부서진다는 뜻으로 목숨을 바쳐 항전하는 것을 뜻한다.

"회기灰旗를⋯."

"허나, 성주! 저희 기병 쪽까지 사거리가⋯."

다급한 장호의 외침에도 규는 미동치 않았다.

"저들은 이대로 군사를 물리지 않을 것이다. 해가 떨어지기 전에 저들의 기세를 완전히 꺾는다!"

규의 말에 장호가 기병대의 모습을 살폈다. 수많은 병사들 속에서 다소 체력이 빠진 철갑 기병의 움직임은 늪에 빠진 모습처럼 점점 둔하게 허우적대고 있었다.

"그럼 잠시 여유를 주시면 북을 쳐서 알리겠습니다! 어떻게든 피해를⋯."

"급히 움직여라! 여유가 없다!"

"예, 성주."

장호가 방패를 쥐어 들고 성루 앞으로 몸을 내밀어 기병대를 향해 소리치기 시작했다. 창과 철퇴를 휘두르기도 버거운 기수들이 그 소리를 눈치채지 못하자 장호가 급히 북을 든 병사에게 달려가 지시를 내렸다. 별안간 어떤 박자의 형태도 없이 거칠게 울리는 북소리에 기수들이 슬쩍 성루를 바라보았고 장호가 몸을 크게 흔들며 손을 성의 뒤쪽 산으로 뻗으며 가리켰다.

정성이 휘두르던 철퇴를 잠시 늘어뜨리고 장호의 움직임을 살폈다.

"지금인가? 이동! 이동한다! 퍼져서 성벽으로 붙어라!"

정성의 지휘에 몰려드는 병사들 틈에서 기수들은 필사적으로 몸을 움직였다. 넓게 퍼지며 성벽을 향해 역으로 달려드는 기병대의 몸짓에 거란 병사들 또한 다급히 몸을 피하며 성벽으로 달려들었다.

"성주! 정 낭중이 알아들은 것 같습니다!"

"회기를 띄워라!"

규의 명령에 성루 위로 올랐던 붉은 기가 떨어지며 석石자가 새겨진 회색 깃발이 모습을 드러냈다. 회색 깃발을 알아차린 성 내의 모든 병사와 백성들이 일제히 목이 찢어져라 괴성을 질러 댔다. 그 괴성을 앞세우고 산의 정상과 그 인근 여러 지점에서 나무들이 부딪치고 줄이 끌리는 소리가 천천히 퍼졌다.

[폐하! 성 위의 깃발 색이 바뀌었습니다.]

[흰색인가?]

들리는 말에 황제가 눈을 움츠리며 멀리 성루를 찾았다.

[흰… 아닙니다. 회색입니다. 무슨 글자가….]

[흰 기가 아니면 무슨 의미가 있다는 말인가!]

[폐하. 신경 쓰실 일이 아닙니다. 성이 무너지기 전에 마지막 발악을 하려는 허튼 짓일 뿐입니다.]

들려오는 소리에 황제는 계속 전장을 살폈다. 끝없이 쓰러져 가는 자신의 병사들의 시체 위로 그보다 더 많은 병사들이 성벽을 향해 달려들고 있었다. 각오했던 희생보다 더 많은 피가 흩날렸지만 황제는 크게 동요치 않으려 마음을 다잡고 있었다. 희생 없는 전쟁이 어디 있겠는가… 더군다나 보병의 손실은 거란에 별 타격이 아니었다. 결국 고려 땅에서 일어날 모든 전투의 핵심은 거란이 자랑하는 정예 기병일 것이다. 별다른 감흥 없이 전장을 응시하던 황제의 귓가에 미묘한 공기의 흐름이 느껴졌다.

[응? 저, 저!]

어가를 둘러싼 수많은 대신들이 돌연 손을 들어 흥화진의 하늘을 가리켰다. 달라진 공기의 흐름에 황제 또한 같은 곳을 바라보았다. 내려앉기 시작하는 어둠과 연붉은 노을빛이 맞닿아 섞이기 시작하는 하늘을 빼곡히 채워 날아드는 어떤 형체를 바라보는 이들의 정신이 급격히 혼미해졌다.

[저게 무엇인가!]

[폐하! 옥체를….]

어좌를 박차고 일어서는 황제 앞으로 급히 호위무관들이 달려들었다. 하늘을 수놓은 동그란 물체는 유려한 곡선을 그리며 천천히 또 묵직하게 땅으로 떨어져 내렸다. 무차별적으로 떨어지는 돌덩이들은 흥화진 성의 바로 앞은 물론이고 쇠뇌와의 거리를 계산하여 충분한 거리를 두고 자리를 잡은 황제의 어가 인근까지 닿았다. 그중 대부분은 흥화진 성과 어가 사이의 거란 병사 위로 쏟아졌고 곧 둔탁한 소리와 비명 소리가 여러 지점에서 동시에 터져 나오기 시작했다.

[투석기입니다! 폐하, 피하셔야 합니다! 어가를 뒤로….]

[뭐, 뭐라!]

황제가 급히 호위무사들의 어깨를 젖히며 앞으로 몸을 기울였다. 그리 멀지 않은 전방에 돌덩이를 맞고 상체가 짓이겨져 땅에 몸을 떨어트린 기병과 그 여파에 뒤로 넘어진 말과 기수들이 몸을 추스르지 못하고 있었다.

[이런….]

온몸을 부르르 떠는 황제의 동공에는 초점이 없었다.

[폐하! 우선 어가를 물리겠습니다. 무례를 용서하시옵소서!]

다급한 상황에서 배압이 큰 목소리로 몸을 돌렸다.

[그만!]

여전히 크게 떨리는 심신을 다잡는 황제의 동공에 검은 빛이 깊게 감돌았다.

[짐에게 등을 보이란 말인가!]

[허나, 폐하 상황이 위급하오니….]

[그만 하라지 않았는가!]

등채를 꽉 쥔 황제의 손등에 검붉은 핏줄이 살을 뚫을 듯 거칠게 솟아났다. 어떻게 수성을 하는 쪽에서 투석기를 쓴다는 말인가. 수많은 병서와 전법을 익히면서도 들어 본 적 없는 일이었다. 지금의 감정은 자신의 신체를 직접적으로 위협하는 것에 대한 단순한 분노나 언짢음이 아니었다. 그 감정을 채 정리할 틈도 없이 다시 한번 들려오는 그 바람 소리에 황제는 하늘을 살피며 입을 벌렸다.

떨어지는 돌은 대부분 다 자란 박 정도의 크기였다. 공성에서는 최대한 큰 돌을 던져 그 힘을 집중해 성벽을 허무는 것에 집중하겠지만 지금의 상황은 달랐다. 수년간의 연구를 통해 목공들은 한 번에 쏘기 좋은 돌의 크기와 파괴력 또 사정거리를 산출했다. 여러 개의 돌을 겹쳐 얹어 쏘는 바람에 일정한 사거리를 확보하지 못했고 심지어는 성 위로 떨어지는 돌도 있었지만, 투석기를 쓸 때는 그 정도의 희생을 감수해야 할 상황을 상정하고 제작되었다. 변수가 가장 많으면서도 적의 의표를 가장 날카롭게 찌를 수 있는 수단 그 자체였다. 그러나 그런 강력한 면모에도 분명히 약점은 존재했다. 산중이라는 협소한 공간을 이유로 대부분의 투석기는 많아야 세네 번 정도의 투석만이 가능했다. 회전추가 궤도에 오르기 전에 삐뚤어져 많은 돌덩이가 죄다 성 내로 떨어질 수도 있는 치명적인 약점도 있었다. 그런 위험을 감수하면서까지 쏘아진 돌덩이들은 다행히 대부분 적의 진영으로 떨어져 내리고 있었다.

"성주! 다행히 대부분 적들에게 쏟아지는 듯합니다."

다시 한번 떨어져 내리는 돌덩이를 보며 장호와 부관들이 들뜬 기색을 보였다.

"우리 기병대에도 몇 개 떨어진 듯한데 괜찮을는지…."

성벽을 따라 넓게 펴져 창과 철퇴를 휘두르는 기병대의 모습을 살피는 규의 음성이 불안했다. 그 불안함은 기병대 사상자에 대한 것이 아니었다. 두 번째로 쏟아져 내리는 돌덩이들 이후 남은 한두 번… 그 한두 번의 돌비 속에서 적들은 등을 돌릴 것인가 계속 진군할 것인가… 이미 손에 쥔 패를 모두 던져 놓고 결과를 기다려야만 하는 입장에서 규의 심신이 요동쳤다. 어느 쪽이든 감수할 것이지만 그 또한 하나의 인간인지라 마음이 온전히 통제되지 않았다.

규는 다시 시선을 돌려 떨어지는 돌덩이들 너머의 어가를 찾았다. 기어이 황제는… 떨어지는 석우石雨를 뚫고라도 홍화진을 넘으려 할 것인가. 볼 수 없는 그 눈빛을 찾으려는 규의 동공에 석우가 비쳐 회색빛 안광이 서렸다.

/5 준비된 전쟁

[서희라는 자는 담대함과 총명함을 동시에 갖추었으며 눈 위에 발자국도 남기지 않을 정도로 가볍고 정돈된 걸음을 내딛는 자입니다. 그가 붓을 들고 옷깃을 매만지면 무거운 차향이 퍼지는 듯했습니다. 그 학식이 고려국에서도 손에 꼽는다 하였고 고금의 경전뿐 아니라 각국의 병서를 독파하여 통달하였다 합니다. 적국의 인재이나 칭찬이 아깝지 않은 자입니다.]

[그러한가… 탐나는 자이긴 하나 한낱 늙은이에 지나지 않겠는가? 얼마나 더 살겠는가… 또한, 항덕[15] 그대는 어찌 고려를 적국이라 하는가. 그들의 연호가 통화統和[16]이니 이제 고려는 짐의 아우의 나라가 아니더냐?]

[송구하오나 폐하, 저들을 온전히 믿어서는 아니 되옵니다. 당장 허리를 숙이는 모양을 취하였으나 차후 허리를 뻣뻣이 치켜 세우고 뱀처럼 폐하를 쏘아볼 것입니다.]

---

15 제1차 여요전쟁의 거란군 지휘관. 한국사에 흔히 알려진 소손녕이라는 이름의 '손녕'은 이름이 아니라 자이다.

16 거란의 제6대 황제 요 성종의 연호 중 983-1012에 쓰여진 것.

[서희라는 자를 칭찬하더니, 어찌 또 말이 바뀌는가?]

[물론 그의 인물 됨됨이가 성인에 가깝긴 허나, 결국 그는 고려의 신하입니다. 폐하의 말씀대로 그는 오래지 않아 늙어 죽겠지만… 고려는 다르옵니다. 그들은 이번의 패배를 잊지 않고 준비를 할 것입니다.]

[얼마 되지도 않는 땅덩어리에 준비를 한다 한들… 것보다 항덕 그대의 말솜씨가 어찌 이리 좋아졌는가? 서희라는 자에게 가르침이라도 받은 것인가?]

[폐하, 소장 또한….]

[그 어울리지 않는 말투는 짐 앞에서 삼가라.]

[예, 폐하.]

*

[준비라….]

처절한 소음을 내며 떨어지는 돌덩이들 속에서 황제는 문득 옛 기억을 떠올렸다. 십수 년 전 오만 기병으로 헤집어 놓던 고려라는 나라가 어찌 오늘에 이르러 이리 강성해졌을까. 항덕의 말처럼 그들이 준비를 했기 때문일까. 그렇다면 자신과 40만의 군대는 그만큼의 준비를 하지 않은 것인가. 어떻게 저 정도 규모의 성 하나에 이렇게 애를 먹는 것인지 이해가 되지 않았다. 대륙 천혜의 요새라 불리는 수많은 성을 공략하던 자신의 군대가, 더군다나 자신의 목전에서 이토록 무기력할 수 있다는 말인가.

[폐하, 지금이라도 옥체를 물리시면 뒤는 소장이 정리하겠습니다. 어떻게든 자정 안으로 흥화진을….]

[군사를 물리라.]

상황에 어울리지 않게 나긋이 울리는 황제의 목소리에 배압은 물론 주변 장

114

수들과 신하들이 다급히 몸을 숙였다.

[폐하! 아니 되옵니다! 흥화진은 이미….]

[같은 말을 두 번 하고 싶은 기분이 아니다.]

서늘해진 황제의 어투에 장수들과 신하들이 일제히 몸을 떨었다. 황제는 입술 안쪽을 깨문 채 잠시 흥화진을 눈에 담았다. 달빛에 비친 성벽은 순간순간 옥석처럼 광채를 띄었고 그 광채를 뒤로하며 피어오르는 먼지 덩이와 연기가 자신의 병사들의 신음을 안고 어지러이 퍼졌다. 성루 어딘가에서 자신의 모습을 찾고 있을 성주라는 자의 존재감이 성벽을 넘어 피부까지 전해졌다. 준비된 전쟁… 문득 몰려오는 무기력함에 황제는 몸을 돌렸다. 배압의 말처럼 계속 밀어붙인다면 결국 성을 얻을 수 있을지도 모른다. 하지만 그 자체가 황제의 심신을 옥죄고 있었다. 끝없이 느껴지는 조금만 더, 조금만 더, 자신을 포함한 모든 병사들이 어렴풋한 그 말에 이끌려 흥화진이라는 늪에 빠져들고 있었다. 조금이라는 단어 하나에 수백 병사가 쓰러졌다. 그리고 몇 번 더 그 단어를 뇌리에 새기면 결국에는 성을 넘을 것이다. 허나 황제는 더 이상 그 과정을 겪고 싶지 않았다. 애초에 흥화진은 필요 없는 성이었다. 군사들이 집결을 끝낼 동안 쉽사리 함락할까 싶어 벌인 공성이었을 뿐이다. 하지만 적들은 생각만큼 나약하지 않았다. 그들은 전쟁을 준비하고 있었다. 준비 앞에 고전하고 있는 지금, 황제는 아주 조금이라도 무기력한 그 기분을 더 느끼고 싶지는 않았다. 이미 희생된 병사들의 숫자에 가지게 될 애통한 마음보다 황제는 더욱 그 기분을 꺼려 했다. 애초에 필요 없는 성이었다… 그렇게 생각하고 지워버릴 것이다. 황제는 다른 의미의 다짐을 가슴에 새기고 있었다. 그들이 준비된 전쟁을 한다면… 자신 또한 자신이 준비한 전쟁을 그들의 뼈에 사무치게 보여주겠노라고….

16 귀신 鬼神

　요란한 나팔 소리에 거란의 기수들이 말머리를 돌렸다. 발걸음을 어디로 옮길지 갈피를 잡지 못하는 보병들이 서로 얽히고 부딪히며 넘어졌다. 여전히 성벽 위에서는 화살과 대살이 날아들었다. 투지를 잃은 거대한 병력 덩어리는 치열했던 전투의 흔적을 되밟아 천천히 북쪽으로 움직였다.

"이놈들이!"

　정성이 거친 숨을 내뱉으며 후퇴하는 적들의 머리 위로 철퇴를 휘둘렀다.

"낭중! 성과 너무 떨어졌습니다."

　부관의 목소리에 정성이 휘두르던 철퇴를 멈추고 팔 밑으로 죽 늘어뜨렸다.

"한 놈이라도 더…"

"아니 됩니다! 부상이 가볍지 않습니다. 돌아가서 치료를 받으셔야 합니다."

　혹독한 사투에 느끼지 못한 것일까, 그제야 정성이 움찔거리며 몸을 살폈다. 등자를 무겁게 밟고 있던 왼 다리의 철갑 사이로 핏물이 흥건하게 새어 나와 바닥으로 떨어졌다.

"이 정도는…."

정성이 중얼거리며 땅에 떨어진 핏물을 따라 천천히 주위를 살폈다. 이미 움직임을 잃고 적병과 같은 모습으로 바닥에 엎드린 기병들의 모습에 정성은 눈을 질끈 감았다.

"얼마나… 상한 것 같은가…."

"다친 이들까지… 아마, 백여 명은…."

고개를 들지 못하는 부관의 모습에 정성은 투구의 끝을 잡고 머리 위로 들어올렸다. 뺨 어귀의 붉게 뭉친 핏자국 사이로 투명한 액체가 슬그머니 흘렀다.

"성으로 돌아간다."

정성이 한쪽으로 기우는 몸을 가까스로 다잡으며 고삐를 움켜쥐었다. 말의 얼굴을 가린 철판 위로 허연 입김이 불규칙하게 새어 나왔다. 철갑 속에서 인간의 한계를 넘나들며 힘을 쥐어짜던 기수들의 어깨 위 잔떨림이 멈출 줄을 몰랐다.

거친 숨을 내쉬며 연신 시위를 당기는 궁수들의 손짓이 일순간 멈췄다.

"그만! 이제 사거리 밖이다!"

"고생하셨습니다."

"고생이라…."

주상이 평소 같지 않은 어두운 표정으로 성첩을 향해 발길을 옮겼다. 천천히 걷던 그의 걸음이 얼굴의 형체를 알아보기 힘든 시신 앞에 멈춰 섰다.

"이놈, 길상아…."

길상의 시신 앞에서 휘청거리며 이마를 짚는 주상의 모습에 석지와 인근 병사들이 목을 숙이며 눈을 감았다. 시신 앞에서 얼마간 무릎을 꿇고 어깨를 떨었을까. 주상이 예의 건조한 낯빛으로 석지에게 다가왔다.

"수습부터 하세."

"예, 어르신."

"근데, 저놈은…."

주상이 바라본 곳에 한 사내가 장대에 몸을 기대어 얼굴에 엉킨 핏자국을 털고 있었다.

"아까 덩치 큰 놈을 처리한 자가 아닙니까?"

자신을 향한 눈빛을 눈치챈 사내가 장대를 성벽에 기대어 세우고 슬그머니 성첩 앞으로 몸을 내밀어 주변을 살피는 척 딴청을 부렸다.

"죄인인가? 어찌 차꼬를 끊었을꼬?"

"우선, 다시 포박을…."

"되었네."

주상이 팔을 들어 석지를 막아 내더니 사내에게 다가갔다.

"안면이 있는데, 네 이름이 무엇이냐?"

사내가 손을 들어 한쪽 코를 누르고 팽 소리를 내며 코를 풀고는 중얼거리듯 속삭였다.

"니미럴. 통성명은…."

"응? 뭐라 했느냐?"

손을 반대쪽 코로 옮기는 사내의 모습에 석지가 몸을 앞으로 내밀었다.

"이놈이! 죄인이 어찌 사슬을 끊었는가?"

"사슬은… 뒤지게 생겼는데 그럼, 앉아서 기다리나?"

사내가 말을 마치고 마저 코를 풀어낸 다음 고개를 돌리다 돌연 몸을 떨었다.

"엑?"

사내의 반응에 반사적으로 뒤를 돌아본 주상과 석지가 바닥에서 동시에 발을 떼며 허우적거렸다.

118

"이, 이게 어찌…."

당황한 석지의 몸짓과 달리 주상은 금세 몸을 추스르며 천천히 앞을 살피다 하늘에 뜬 달을 찾았다.

"아니… 오늘 뒤진 놈이 달이 뜨자마자 귀신이 되나?"

"아니, 유야! 네 어찌 살았느냐? 분명 떨어지는 걸 봤는데…."

유가 감정 없는 얼굴로 팔을 들어 몸을 털었다. 흩날리며 떨어지는 지푸라기 몇 가닥을 발견한 주상과 석지가 안쪽 성벽으로 몸을 옮겨 아래를 살폈다.

"거적때기가 왜 저기에 있지?"

"보자… 병사들 번을 설 때 바닥에 깔아 놓으라고 만든 것 같은데요. 보통 추울 때 덮어쓰기도 하고…."

"허… 저기로 떨어졌다고?"

"그러니 저리 몸이 성하겠지요."

"거… 참… 괴이한 일이 다 있네."

주상이 다시 유를 바라보며 헛웃음을 지었다.

"이놈아! 성주께서 걱정하시겠다. 어여 서장대로 가 봐라."

성주라는 말에 유가 순간 굳은 표정을 짓고 급히 몸을 돌렸다.

"이런… 뒤따르던 놈들은 이리 개고생을 하고, 먼저 간 놈은 짚 더미에서 잠이나 퍼 자고…."

"뭐… 자고 싶어 잤겠습니까. 정신을 잃었겠지요."

"그걸 모르겠느냐, 이놈아!"

"아! 왜, 갑자기 소리를 칩니까."

석지가 양손으로 귀를 막으며 얼굴을 한껏 찌푸렸다.

"에잇, 뒈졌을까 걱정했던 걸 생각하면…."

"뭐, 어쨌든 한 명이라도…."

"그만하고 정리나 해라, 이놈아! 떠들 틈이 어디 있다고."

"에잇! 또 역정이슈! 하고, 혼자 합니까? 같이 해야지. 그래도 품계는 내가 높은데 맨날 부려 먹기만…."

"어린 놈이 또 품계를 앞세워! 내 그보다 중한 일이 있으니 그런 것이지."

주상이 석지를 옆으로 밀어내며 멀뚱히 귀를 파고 있는 사내에게 향했다.

"거기, 산돼지 같은 놈아. 어여 나를 따르거라."

"뭐라? 이 늙은이가."

"다시 사슬을 차겠느냐, 그냥 오겠느냐."

칼자루에 손을 슬그머니 가져가는 주상의 모습에 옆에 있던 병사들이 사내 주변으로 둥글게 다가섰다. 사내는 콧김을 거칠게 뱉으며 마지못해 주상의 뒤를 따랐다. 그의 발걸음에 흔들리는 쇠사슬이 서늘한 쇳소리를 울렸다.

17 연기 煙氣

금세 지나가는 야음 속에서 대부분의 흥화진 장졸과 백성들은 대소변도 채 해결하지 못하고 몰려든 피로에 잠이 들었다. 회복되지 못하고 여전히 핏자국들이 낭자한 이른 아침의 흥화진 앞으로 적의 사자가 모습을 드러냈다.

"뭐라 쓰였습니까?"

눈두덩이가 퉁퉁 부어 반쯤 감긴 퀭한 눈으로 수화가 두루마기를 받아 펼쳐 들었다.

"초원의 전사들… 응? 시신을 수습하게 해 달라… 이게 가당키나 합니까, 성주?"

"그 말이 무슨 뜻인지 모르겠나?"

"다른 뜻이 있습니까?"

"적어도 오늘은 공성을 하지 않겠다는 말이겠지요. 이 형."

고단한 얼굴을 띤 장호의 음성에 수화가 슬쩍 고개를 끄덕였다.

"허나, 성주. 전쟁 중에 적병의 시신을 수습케 하다니… 들어 본 적 없는 경우입니다. 혹여, 다른 속셈이 있을 수도 있습니다."

"그야, 나도 그리 생각한다만… 훤히 내려다보이는 곳에서 무슨 수를 쓸 도리가 있겠는가? 여기 사정도 험하니 하루 정도 시간을 버는 것도 좋을 듯 싶고…."

"허나…."

"더구나… 저기엔 우리 사람들도 있으니…."

규의 말에 장졸들이 성 밑을 살폈다. 두꺼운 철갑을 몸에 두르고 쓰러져 있는 이들 모두 알고 있는 자들일 것이다. 이미 자욱하게 내려앉아 그들을 밟고 우짖는 까마귀 떼를 본 장졸들의 마음이 무거워졌다. 숙연해진 분위기에 규가 서교를 바라보며 입을 움직였다.

"장 형, 통변을 해 주시오."

자줏빛 관복을 입고 성을 올려다보는 사자에게 서교가 규의 말을 옮기기 시작했다.

"그대들의 요청을 허한다. 허나, 몇 가지 제한을 두려 하니 이를 따를지 그대가 바로 결정하라."

사자가 천천히 고개를 숙였다.

"우선, 인원은 1,000명 이하로 한다. 수레나 삽, 곡괭이 같은 류의 도구를 제하고 어떠한 쇠붙이도 용인하지 않는다. 시각은 금일 해가 떨어지기 전까지이다. 우리 쪽 시신을 수습키 위해 나가는 이도 있을 터, 어떠한 충돌이라도 있을 경우 우리는 자국의 안위를 우선함에 있어 바로 응사할 것이다. 이상이니 따를 것인지 결정하라."

서교의 외침에 사자는 한참 이마를 짚고 움직임이 없었다.

"무슨 꿍꿍이가 있으니 저리 답이 늦는 거 아닐지…."

"혹, 내일 다시 들이닥치려 길을 닦아 놓으려는 게 아닐지요?"

사자의 침묵 속 들려오는 소리에 규가 잠시 생각에 빠졌다. 차후 다시 일어날 공성을 위해 길을 닦는다는 것은 분명 신경이 쓰이는 말이었다. 마름쇠도 목책도 없는 공간을 저들이 다시 전력을 다해 온다면 겨우 버틴 흥화진의 성벽이 얼마나 더 버틸 수 있을지… 순간 규는 그 생각이 얼마나 무의미한 것인지 헛웃음이 나오려는 것을 참으려 입술을 깨물었다. 시체 더미가 있으면 저들이 진격을 못 하는 것인가. 애초에 말이 되지 않았다. 저들이 진정 흥화진을 넘으려 했다면 어젯밤 떨어지는 돌덩이를 맞아 가면서도 넘을 수 있었다. 시체 더미의 유무는 전투의 향방을 결정지을 요소가 아니었다. 저들에게 꿍꿍이가 있다면 다른 방향일 것이다. 그때, 규의 여러 고민을 깨뜨리는 사자의 목소리가 성루로 울렸다.

"장 형, 뭐라는 거요?"

"조건을 수용하겠답니다."

끝내지 못한 생각의 끈을 잠시 늘어뜨려 놓고 규는 사자의 눈빛을 찾았다. 그와 눈길이 마주친 순간, 규는 알 수 없이 드는 확신에 늘어놓던 생각을 떨쳐버렸다. 적들의 흥화진에 대한 공세는 끝이 났다.

사자가 돌아가고 무장을 푼 거란 병사들이 조심스레 성벽으로 향했다. 살얼음 같은 성벽 위의 경계에 익숙해진 병사들은 몸을 재빨리 움직이며 시신을 수습했다. 몇몇 치장된 갑주를 두른 시신들은 끌고 온 수레에 옮겨졌다. 도검과 창과 활은 빈 수레에 쌓였고, 시신을 두른 쇠붙이도 그대로 벗겨져 마찬가지로 수레에 쌓였다. 혼이 나가 늘어진 시신들이 어느새 여러 곳에 나누어 쌓였고 곧 작은 둔덕을 형성했다. 그 사이 흥화진의 성문이 열려 병사들이 줄지어 성을 나섰다. 쓰러진 아군 기병의 시신과 죽은 말을 조심스레 들것에 옮겨 성 안으로 들였다. 움직이는 동안 지척에 다다른 고려와 거란의 병사들은 서로를 쳐다보지 않으려 애쓰는 듯 경직되게 몸을 움직였다. 지난밤처럼 낮 또한 빠르게 지나갔다. 어느 정도 활기를 되찾은 장졸들이 빼곡히 성벽 위에 서서 아래의 광경을 지켜보았다. 내려앉는 햇살 속에서 대부분의 시신이 정리되었다. 사람의 발길을 피해 바삐 날갯짓을 하는 까마귀들은 한 점의 살이라도 더 파먹으려 분주하게 움직였다. 마지막 수레의 행렬이 북쪽으로 떠나고 여러 시체의 둔덕 앞에 횃불을 든 거란 병사들이 도열했다. 한참 고개를 숙이고 자신들의 언어를 내뱉던 이들이 한순간 횃불을 시체 더미로 던졌다. 미리 뿌려진 기름을 따라 불길이 매섭게 시체 더미를 감싸 안았다.

"사람 타는 냄새가 이리 맛있었나?"

넓게 퍼지는 회색 연기를 들이켜며 주상이 입맛을 다시자 주위의 시선이 따갑게 그를 향했다.

"어르신, 말이 좀 심하오. 아무리 적병이라도…."

평소 같으면 드세게 상대를 노려보았을 주상이 천천히 눈을 내리깔았다.

"아니 뭐 분위기가 가히 엄숙하니 내 좀 풀어 보려…."

"되었네 다들."

규가 말을 자르고 주변을 둘러봤다. 성첩 위로 마른 핏자국이 가득했고 장졸들의 갑주 또한 붉은 딱지가 어지럽게 묻어 있었다. 하나같이 핼쑥해진 뺨과 눈두덩이로 매캐한 연기가 달려들었고 머리카락은 기름으로 번들거렸다.

"장 판관."

"예, 성주."

"밑에 일러 소를 좀 잡도록 하지. 다들 고단할 테니."

"예, 성주."

"성주, 그… 혹시…."

소 잡는 이야기에 한껏 들뜬 분위기 속에서 주상이 슬그머니 눈을 올려 뜨며 규를 향했다.

"술은… 취하지 않을 만큼 두어 잔 교대로. 다들 지킬 수 있겠나!"

"예! 성주!"

하나같이 상기된 목소리가 동시에 울렸다. 분주해진 북녘 하늘 위로 수천의 살결과 뼈를 집어삼킨 연기가 서로 어우러지며 천천히 피어올랐다. 무형으로 흐물거리며 날리는 연기는 가야 할 곳을 정하지 못한 듯 정처 없이 떠올라 달빛을 가리며 흩어져 갔다.

18 서신 書信

시신을 불태우고 며칠이 지나도록 별다른 움직임이 없던 상황에서 포로로 잡혀간 고려 농민 30명이 서신과 함께 흥화진에 들어섰다. 서신의 요지는 '거란을 잘 섬기던 전왕 왕송[17]을 역적 강조가 시해하였으니 그를 잡아 보내면 돌아갈 것이고 그렇지 않다면 죽음을 면치 못할 것이며 강조에게 협박을 당해 어쩔 수 없이 따른 사람들은 모두 용서하겠다'는 것이었다.

규는 부사 이수화에 일러 정중한 말로 거절의 뜻을 표했다. 이에 그치지 않고 거란 황제는 비단옷과 은그릇을 보내며 재차 회유의 뜻을 보였지만, 규는 다시 수화에 일러 거절의 뜻을 전달하게 하였다.

흥화진의 완고함을 알아차린 거란 진영은 막사를 풀어헤치고 행장을 꾸려 대부대를 이동시키기 시작했다. 흥화진의 사람들과 규는 동쪽을 끼고 남하하는 거란군의 모습을 지켜볼 수밖에 없었다. 며칠간 전투의 상흔을 치유하는 것이 더 급했다. 유목의 민족답게 수십만의 대부대가 이동하는 과정은 매끄럽

---

17 고려의 제7대 군주로 시호는 목종(穆宗). 강조에 의해 폐위되고 시해된다.

고 신속했다. 어느새 흥화진 남쪽의 무로대無老代에 도착한 그들은 다시 군막을 펼쳐 터를 잡기 시작했다. 무로대는 본디 서북면의 군사들이 모여 훈련을 하는 장소였다. 지대는 낮고 평평했으며 북쪽 삼교천 지류에는 물이 풍부했다. 또 동쪽과 남쪽으로 닦아 놓은 대로를 통해 물자와 인력이 쉽게 드나들었다. 역설적이게도 서북의 수십만 병사를 길러 낸 그곳은 평지라는 이유로 개전 후 빈 땅이 되었고 적의 전진 기지가 되었다. 지킬 수 없어 버린 땅에 적들은 진지를 건설한 셈이다. 황제는 20만 병력을 무로대에 주둔시키고 남은 20만을 직접 이끌고 남하했다. 융주와 철주가 버틴 서쪽의 해안 길이 아닌 통주 방면으로 길을 잡은 것은 30만 고려의 주력군이 버틴 통주 인근에서 결전을 불사하겠다는 황제의 완곡한 뜻이었다. 두 나라의 주력부대가 가까워질수록 고려에 숨어들어 있던 각국 세작細作[18]들의 움직임이 분주해졌다. 다가올 일전이 고려와 거란 외에도 수많은 나라와 민족에게 끼칠 영향이 지대하다는 것의 방증이었다. 그렇게 두 나라의 주력군은 통주 인근 삼수채三水砦에서 격돌했다. 회전會戰[19]에서의 월등한 경험을 가진 거란군의 우세가 자명한 듯했지만 고려군은 검차劍車[20]진을 앞세워 거란의 기병을 철저히 봉쇄했다. 예상 외의 상황에 거란군이 당황하기 시작하자 그 모습을 본 고려군이 사기충천했다. 이에 행영도통사行營都統使[21] 강조는 검차의 위용을 맹신하고 진지에서 탄기를 두며 시간을 보냈다. 거란군은 야율분노와 야율적로를 필두로 별동대를 조직하여 강조의 본진을 급습하였다. 강조는 '입에 음식이 적으면 맛이 없으니 더 들어오게 하라'는 말로 적의 급습을 대수롭지 않게 받아들였지만, 그 안일함을 유린

---

18 타국의 동향과 정보를 파악하기 위해 잠입한 첩자.

19 대병력이 넓은 지형 등에서 맞서 싸우는 전투 형태.

20 거란의 2차 침입에 대비해 고려 측에서 준비한 전투 기계. 원형은 전해지지 않으나 대략 수레에 창검 등을 부착한 형태로 추정된다.

21 대거란전의 고려의 최고 지휘관. 작중 강조, 도통이라고 표현된다.

하듯이 한 지점을 집중해서 뚫고 침투한 거란의 별동대는 기어이 강조의 진지에 이르러 강조를 포함한 지휘부 고관 장수들을 대거 생포하는 것에 성공한다. 순식간에 지휘부가 몰락한 고려군은 물기를 빼앗긴 모래성처럼 허물어졌고 들이닥친 거란의 본대에 궤멸적인 타격을 입고 와해되었다. 곽주와 통주로 도망치던 고려 병사 3만여 명은 학살을 당하고 남은 병사들은 겨우 목숨을 보전한 채 각지로 흩어졌다. 삼수채 전투의 결과는 서북면을 거쳐 고려 전체와 주변국으로 빠르게 퍼져 갔다.

주력군의 패전 소식은 강조의 서신과 함께 흥화진으로 닿았다. 항복을 권유하는 그 서신은 거란 황제에 의해 위조된 것이었다. 그러나 위조 유무와 관계없이 규의 대답은 정해져 있었다. '우리는 왕명으로 이곳에 있으니 조의 지시를 받을 수 없다'는 말로 명확한 거절의 뜻을 비치자, 더 이상 거란 황제는 흥화진에 사자를 보내지 않았다. 규는 강조의 생사가 궁금했지만, 그의 안위에 대한 걱정은 아니었다. 단지 말 그대로 궁금증이었다. 살아 있다면 어떤 모습일까, 정녕 투항하고 거란의 관직을 받았을까, 회유를 거절하고 갇혀 있을까, 오라에 묶여 적의 진영에서 조리돌림을 당하고 있을까, 죽었다면 어찌 죽었을까, 혀를 깨물었을까, 목이 베였을까, 말에 묶여 끌리다 실신해 죽었을까.

그의 패배가 응당한 것일까, 자신이라면 어떤 전투를 벌였을까, 또 어떤 결과를 가져왔을까, 그가 거란군을 격퇴하고 적을 압록 이북으로 모두 몰아냈다면 어떤 생각이 들었을까. 이미 정해진 결과를 두고도 일어날 수 없는 일을 가정하며 헛된 생각을 하는 스스로가 우스웠지만 생각의 갈래는 멈추지 않고 뻗어 나갔다.

그 생각의 갈래를 멈추게 한 것은 강조의 죽음에 대한 소식이었다. 포로로 잡혀 무릎이 꿇려진 그에게 황제는 회유의 말을 건넸다. 조는 몇 차례 거절을 표했고 황제는 조의 허벅지살을 베어 가며 거듭 물었다. 계속되는 거절에 황제는 옆에 있던 행영도통부사 이현운에게 항복을 권했고 현운은 기다렸다는 듯이 '눈에 새로운 해와 달을 담았는데 어찌 옛 강산을 그리워 하겠습니까'라며 전향을 표했다. 이에 분노한 조가 현운을 발로 걷어차며 분개하자 결국 목이 베였다고 했다.

어렴풋이 조의 마지막을 그리며 규는 삼일간 곡기를 끊었다. 오랜 세월을 동고동락했던 그를 위해 향을 피울 수도 제를 올릴 수도 술을 따를 수도 없는 상황에 규는 그저 그를 추억할 뿐이었다. 같은 무인의 길을 걷는 입장에서 그와 어떻게 다른 결말을 맞을 수 있을까. 그는 결국 어떤 모습으로 역사에 기록될 것이며 자신은 어떨 것인가… 며칠간의 시간을 몇 년처럼 보내며 규는 잠들지 못했다.

19 부임 赴任

"길을 터라."

규가 비스듬히 고개를 숙인 채 허리춤 띠돈에 걸린 칼 손잡이로 손을 옮겼다.

"물러서시오!"

규의 동작에 병사들이 다급히 도검을 꺼내 들자 숙흥이 눈을 질끈 감았다 뜨며 규를 향해 몸을 내밀었다.

"형님! 잠시 얘기를…."

"일곱으로 정녕 나를 막을 수 있다 생각하는가?"

칼을 들고 손을 떠는 병사들 사이에서 손을 뻗는 숙흥의 몸짓에 규가 일갈을 터뜨리며 순식간에 검을 빼 들었다.

"형님! 제발 부탁입니다."

"너까지 베고 싶지 않다! 당장 나오거라!"

"형님. 어찌 우리끼리 이리 칼부림을 하려 하십니까! 대화를…."

"닥치거라! 내 역적 놈과 말을 섞을 겨를이 없다!"

"역적이라니! 말이 너무 과하십니다 형님!"

수평으로 뻗은 규의 칼날을 마주하며 숙흥이 어금니를 깨물었다.

"숙흥아! 대의는 어디에 두고 이리 역적의 앞잡이가 되었느냐!"

"형님! 정녕 현실을 모르시겠습니까! 저희는 해야 할…."

"닥쳐라! 그 해야 할 일이 신하 된 자가 주상 전하를 폐위하고도 모자라 옥체에 칼을 들이대는 잔악한 일이더냐! 네 정녕 대의를 저버린 것이냐!"

"대체 대의가 무엇입니까!"

숙흥이 급작스럽게 칼을 뽑아 들어 규의 칼날에 자신의 칼날을 맞대자 규의 이마에 서린 주름이 파르르 떨렸다.

"몰라서 묻는 것이냐?"

"압니다! 너무 잘 알지만… 허나, 형님! 어찌 세상 이치가 대의를 그대로 따르겠소! 무인으로서 대의를 거스르더라도…."

목젖을 찢고 나오는 숙흥의 음성이 규의 휘두르는 팔짓에 무참히 잘려 나갔다. 팔꿈치를 비틀어 간결하게 내리치는 규의 도신에 숙흥의 검이 밀려 바닥으로 떨어졌다.

"흥아, 내 차마 네 목은 베고 싶지 않다. 더 이상 삿된 말을 입에 담지 말고 나오거라. 더 이상 같은 말은 하지 않을 것이다."

규의 얼굴이 야차의 형상을 띠며 험악하게 일그러졌다. 싸늘한 살기로 일렁이는 그 눈빛에 병사들이 위압감을 느끼며 도검을 잡은 손에 힘을 실었다. 경직된 공기 속에서 누구 하나 손을 움직이는 순간, 검흔이 사방을 낭자할 일촉즉발의 상황에서 병사들의 등 뒤로 한 목소리가 울렸다.

"그만하고 들이거라!"

경직을 깨는 그 소리에 숙흥과 병사들이 놀란 표정으로 급히 몸을 돌렸으나 규의 일그러진 표정은 변하지 않았다.

"허나, 검을 소지하고 있으니…."

"되었으니 그냥 들이거라!"

"허나…."

"되었다 하지 않느냐!"

문틈으로 새어 나오는 날카로운 목소리에 숙흥과 병사들이 체념한 듯 천천히 팔을 떨어뜨리며 규의 앞으로 길을 내주었다.

"형님… 제발…."

애처로운 숙흥의 눈빛에 일말의 감정도 느껴지지 않는 듯 규가 숙흥을 스치며 거칠게 문을 열어젖혔다.

"다들 물러나 있거라."

활짝 열린 문의 문지방을 경계로 상이한 기운이 거칠게 섞일 듯 말 듯 휘몰아쳤다. 상대의 인사에도 규는 답 없이 그를 살필 뿐이었다.

"물러나 있으라 하지 않는가!"

화기가 가득한 목소리에 숙흥과 병사들이 대답 대신 천천히 뒷걸음질을 치며 규의 뒷모습을 경계하듯 살폈다.

"간만이구나. 규야."

"형님, 아니 중대사中臺使[22] 대감이라 불러야 합니까. 여하튼 간만입니다."

칼날을 세워 자신의 목으로 향하는 규의 몸짓에도 강조는 별다른 기색 없이 이마에 손을 짚었다.

"우선, 칼은 좀 치워 줬으면 좋겠다만…."

"쳐내시지요. 어차피 진즉 결착을 지어야 했지 않습니까."

"결착이라…."

강조가 책상 옆 벽면에 수평으로 걸린 환도를 슬쩍 쳐다보다 다시 고개를

---

22   고려 시대 중대성의 최고 관직. 작중 강조가 정변을 일으킨 직후 부임한 직책이다.

돌렸다.

"자신 있어 보이는구나. 허나, 내가 그리 쉽게 당하겠느냐? 그래, 당한다 치더라도 네가 도성을 몸 성히 빠져나갈 수는 있고?"

"중대사 대감. 지금 제가 일신을 아끼는 듯 보이십니까!"

"그래. 나를 베고 너도 기어이 죽겠다. 개죽음을 자청하는 꼴이라니…."

불현듯 윗 송곳니를 드러내며 비릿한 음성을 뱉는 강조의 모습에 규가 급히 칼을 치켜 들었다.

"같이 개죽음을 맞으시겠습니까!"

위협적인 규의 모습에 강조는 손을 턱밑으로 옮기며 담대함을 보이려 했지만 뾰족하게 솟은 광대 위 수평으로 진하게 뻗은 눈썹 아래 처진 눈꼬리는 미세하게 떨리고 있었다.

"그럼 베거라."

"뭣?"

"베라 하지 않느냐!"

치켜든 검을 어쩌지 못하고 손을 가늘게 떨고 있는 규의 모습에 강조가 책상을 팔로 내리치며 거친 음성을 내보냈다.

"이놈! 그 정도 결단도 내리지 못할 거면서 이리 들이닥쳤다는 말이냐!"

떨리는 팔을 치켜든 채 규의 뇌리에 갈등의 불길이 퍼졌다. 왕을 시해하고 권력을 탐하는 권신의 모습으로 갑주 대신 멀끔한 정복을 차려입은 모습과 더불어 북녘의 삭풍을 헤치며 나란히 말을 달리던 그의 모습, 고려의 제일검이 되겠다 자부하던 자신의 앞에서 묵중하게 버티며 창검을 휘두르던 그 뒷모습, 실없는 자신의 농에 거친 얼굴을 한껏 구기며 터뜨리던 웃음 소리와 서희 공의 막사에서 해가 뜰 때까지 쉬지 않고 술잔을 들이켜던 그날 밤, 자신이 가르쳐준 탄기에 열중하며 밤낮 없이 바둑돌을 튕기던 그 굵은 손가락까지. 살아온 인생의 절반은 그와 떼어 놓고 설명할 수 없을 만큼 그는 규의 생에 많은 부분을 차지하고 있었다.

"어찌 그러셨습니까. 베는 것은 답을 듣고 결정하겠습니다."

"무엇을 말하는가?"

"어찌 군인, 신하 된 자로서 정변을 일으키고…."

"이놈! 어찌 정변이라 하는가?"

"조정을 들어 엎고! 나라의 혼란을 가져왔으니 그 어찌 정변이 아닙니까!"

"닥쳐라! 천추전千秋殿[23]에 불을 지르고 김치양과 그에 붙어 먹던 이들을 처단하니 비로소 개경과 고려가 평탄하게 되었거늘 어찌 그것을 혼란이라 하는가. 나의 결단이 아니었으면 고려의 왕은 왕씨가 아니라 김씨가 되었을 것인즉! 네, 정녕 김씨의 고려에서도 신하의 길을 입에 담을 수 있었겠느냐!"

"그것을 어찌 중대사께서 결정하고 행하십니까."

"말이 틀렸다. 내가 결정하고 행한 것이 아니라 나만이 결정하고 행할 수 있었음이다."

"그 무슨…."

"너는 무엇을 했느냐. 수백, 수천의 피를 흘려 가며 땅을 다지고 성을 쌓고 군병을 훈련시켜 이적들의 침입을 대비하는 동안! 개경의 왕족과 대신들은 무엇을 하였는가? 스스로의 배를 불리고 향락과 사치에 눈이 멀어 태후의 비위나 맞추기 바쁘던 그자들이 국정을 농단할 동안 고려는 얼마나 썩어 들어갔는가! 너는 진정 고려의 안위를 염려해 본 적이 있는가?"

경직된 규의 몸에 잔떨림이 일었다.

"우리가 서북면에 묶여 우리만의 세상을 영위하는 동안 고려 자체를 얼마나 직시하였는가? 서북면은 고려 땅이 아니던가. 서희 공께서 쌓아 올린 6주의

---

23 천추태후獻哀王后가 기거하며 정치 활동을 하던 별궁.

성은 고려의 성들이 아니더냐?"

"그게 무슨 상관이…."

"상관이 어찌 없느냐! 우리가 이적들의 침입을 대비하고 수십 번을 경고할 동안 저들은 매일같이 향락에 빠져 살며 그 경고를 무시하기 바빴다. 왜 저들은 고려의 영토에 관심을 가지지 않는 것인가. 개경의 성문 앞에 이적들이 들이닥쳐도 매일 술독에 빠져 살겠는가! 서희 공께서… 너와 내가 평생을 바쳐 쌓아놓은 서북의 땅들이 이토록 보잘것없는 대접을 받으면서도 너는 정녕 괜찮은 것이냐?"

규를 노려보며 강조가 계속 말을 이었다.

"나는 그렇지 않다. 무시하고 천대하던 우리를, 변방의 별 볼일 없는 집단이라 여기던 우리를…."

규의 침묵에 잠시 뜸을 들이던 강조가 다시 입을 열었다.

"나를 도성으로 불러들인 것이 선왕만의 뜻이라 생각하느냐?"

"알아듣게 말을 하시오!"

"선왕의 사람이 다녀간 다음 날, 또 다른 이가 흥화진을 찾았지."

"태후… 입니까?"

"그래. 태후의 개노릇을 하는 사자가 내가 선왕의 사람을 만난 것을 알고 바로 찾아 왔더구나. 이 얼마나 우스운 일인가? 어미와 자식이 권력을 손에 쥐려 그간 무시하던 변방의 장수를 찾다니! 이게 제대로 된 나라의 꼴이 맞느냐?"

"그건…."

"어찌했어야 맞는 것이냐! 유약한 임금의 무릎에 기대 그 어미를 찢어 죽이는 것이 옳으냐? 자식의 옥좌를 탐하고 외간남자와 간통하여 왕실의 성씨를 갈아엎으려는 태후년의 개가 되어 칼부림을 하는 게 맞느냐! 어느 쪽이든 둘 중 하나의 수족이 되어 충견 노릇 하는 것을 같은 서북면의 군인인 너는 받아

들일 수 있느냐!"

규의 떨리던 팔이 천천히 떨어졌다. 강조가 한껏 끌어올린 흥분이 가시지 않은 듯 여전히 몸을 떨고 있었다.

"좋습니다. 다 형님의 말이 맞다 칩시다."

형님이란 단어에 강조의 떨리는 몸이 순간 멈추었다.

"허나, 어찌하여 선왕을 폐위하고 또 시해하였습니까! 그것은 어찌 설명하려 하십니까!"

"선왕은 왕의 자격이 없었다."

"닥치십시오! 간신들을 처단할 것이었다면 거기서 멈추었어야지, 어찌 일개 군인의 신분으로 왕을 폐하여 죽이고 다른 이를 왕으로 앉혀 권력을 탐하는 것입니까! 갑주를 벗으시고 비단 정복을 입은 그 모습처럼 형님 또한 타락하여 권신이 된 것이 아니라면 어찌 설명 하시겠습니까!"

"내… 사사로운 야심으로 갑주를 벗은 것이 아니다. 훗날 다시 갑주를 차려 입고 그 누구보다 앞서 이적들에 맞설 것이다! 나 또한 너와 다르지 않은 한 명의 무인임을 뼛속에 새기고 있음을… 너만은 이해할 것이라 생각했다."

"이해할 수 없습니다! 백 번 양보해서 모든 일이 정당했다 하더라도 선왕을 시해한 것은 만년의 시간이 지나도 형님을 역적으로 만들 것입니다."

규의 끓는 말에 잠시 입을 다물고 다시 몸을 일으키던 강조가 이내 눈썹을 한껏 치켜 올리며 괴성을 질렀다.

"막을 수 없으니까! 선왕을 옥좌에 앉혀 놓고는 저 거란의 침공을 막아 낼 도리가 없는 것을 네 어찌 모르느냐!"

"그것을 어찌 형님이 판단하시는 겁니까? 수천, 수만의 서북면 군병들을 역사의 죄인으로 몰아넣으시고…."

"네가 고치거라."

자신의 말을 자르는 외침에 규가 미간을 찌푸리며 슬쩍 몸을 휘청거렸다.

"누군가 서북면의 군사들이 역적의 길을 걸었다 손가락질을 한다면 그것은 오롯이 내가 다 받아 내겠다. 그러니 너는 무인의 길을 걷고 그것을 증명해 내거라."

"제가 어찌한다는 말입니까!"

격앙된 두 눈빛 속에서 잠시간의 침묵이 흘렀다. 이윽고 강조는 규의 눈빛을 흘려 보내며 고개를 틀어 숙였다.

"전하께 청하여 네게 새로운 관직을 내릴 것이다."

"필요 없습니다. 어디 한직으로 내쫓아 제 손발을 묶으려는 것이…."

"흥화진으로 가라. 너에게 도순검사의 직위를 내릴 것이다!"

"그, 무슨!"

규의 동공이 거칠게 흔들렸고 강조의 들뜬 날숨이 둘 사이의 공간을 채웠다.

"나의 힘의 원천이다. 그곳에 가서 이적들의 침입에 대비하고 힘을 키워라! 내가 만약이라도 네 말처럼 실정을 거듭하고 권신의 모습을 보인다면 내가 그리 했던 것처럼 네가 군사를 개경으로 돌리면 될 것이다. 나의 자리에서 내가 느꼈던 것들을 느끼고 너의 선택을 행하라! 이 정도면 나의 진심이 전달되겠는가."

규의 뇌리가 흔들거렸다. 서북면 도순검사, 벼슬의 품계와 관계없이 그 직책은 사실상 현 고려의 첫 번째 지위라 할 수 있었다. 여섯 개의 견고한 성과 그에 따른 거점들, 수많은 정병들, 십수 년간 비축된 물자와 식량은 사실상 서북면을 따로 떼어 내서 하나의 국가를 만들어도 고려 전체를 상대할 수 있을 정도였다. 그리고 그 서북면의 저력은 눈앞의 강조의 정변을 통해 확인된 사실이었다. 그곳의 지휘권을 총괄하는 도순검사의 지위… 그는 자신에게 그의 목줄을 직접 건네 주는 것과 같은 결정을 전했다. 무엇이, 어디까지가 그의 진심인지 규는 쉽사리 가늠할 수 없었다. 당장 칼을 휘둘러 자신이 믿어 온 대의에 어긋나는 그의 목을 베는 것이 합리적인 것인가, 그의 말대로 실권을 장악해 그의 목줄을 쥐는 것이 맞는 것인가, 혹 자신 또한 그처럼 보이지 않는 권력의 아성에 장악되어 같은 길을 걷게 되지는 않을까. 무엇 하나 단언할 수 없는 어지러움 속에서 규는 쉽사리 판단을 내리지 못했다.

"규야 너는 언제든 내 목을 가져갈 수 있었다. 나 또한 너를 하극상의 죄로 당장 목을 벨 수도 있었지⋯ 허나, 아직 너와 나의 목이 멀쩡한 것은⋯ 이미 답이 정해진 것이 아니더냐? 고민할 필요가 있느냐?"

체념이 섞인 그의 말에서 규는 어떤 진심의 기운을 물씬 느낄 수 있었다. 같은 무인으로서, 같은 부류의 인간으로서, 오랜 세월을 동고동락했던 형제의 정을 통해서, 국가의 현실과 이상의 이념을 뛰어넘어 공감의 숨을 서로 들이켜고 있었다. 그 숨에는 서희의 살아 생전 고언이 녹아 있었고 서북면의 삭풍이 섞여 있었다. 규는 천천히 고개를 숙였고 강조는 자리에서 몸을 일으켰다.

"숙흥이를 너무 미워하지 말거라. 천추전에 불을 놓던 그날, 나를 가장 만류한 것이 그 아이다. 모두가 나에게서 비롯된 일이니⋯."

고개를 들지 못하는 규를 바라보는 강조의 눈가에 옅은 물기가 맴돌았다.

"그리고 전할 말이 하나 있다. 흥화진에 부임해서 혹 옥사에 들르게 된다면⋯."

말을 흐리는 강조의 흐려진 눈동자를 보고 규는 고개를 들지 못하고 몸을 슬쩍 휘청거릴 뿐이었다.

²⁰ 옥사 獄舍

겨울의 그림자가 흥화진의 옥사에 차마 미치지 못했다. 촘촘하게 공간을 분리하는 나무 기둥 옆으로 시야를 넓히기 위한 화롯불 몇 개가 벌겋게 타올랐지만, 비단 그것만이 겨울을 가로막고 있지는 않았다. 어지럽게 널브러져 눅눅하게 젖은 짚 더미 위로 땀과 각종 오물을 그대로 묻힌 죄수들이 내뿜는 체액의 증기가 미처 빠져나갈 곳을 찾지 못하고 공간을 맴돌았다. 화롯불 앞을 서성이는 나졸들의 입가에 두터운 천 자락이 매어져 있는 것은 추위가 아니라 그 공기를 차단하고자 하는 것이었다. 스릉거리는 사슬 소리가 공기에 갇혀 메아리처럼 서럽게 울었다.

"하… 부려 먹었으면 배때기나 든든히 채워 줄 것이지. 쉰 보리밥에 오이 몇 줄기 던져 주고는…."

사내가 들뜬 숨을 몰아쉬다 엉덩이를 슬쩍 들어 고쳐 앉았다. 어디선가 케케묵은 냄새가 낮게 깔려 퍼졌다. 좁은 공간에서 사내를 경계하듯 멀찍이 앉은 죄수들이 은근슬쩍 불쾌한 눈빛을 사내에게 보냈다.

"뭐! 할 말 있소? 어디 눈깔을 번득여?"

"아니… 가뜩이나 환기도 안 되고 비좁은데… 그, 좀 나눠서 꿰지 않고는… 밥때도 되어 가는데…"

"뭐가 어째? 늙은이는 똥구멍이 맘대로 되는가? 처먹었으면 빠져 나오는 거지. 시답지 않은 말로 성깔을 돋구고 있네? 성 위에서는 빌빌거리기만 하더만… 밥은 또 처먹으려고?"

"아니! 그래도 어르신한테 어찌 말본새가…"

움찔거리며 눈을 내리까는 늙은 죄수 옆에서 산발을 하고 앞니가 썩어 거무튀튀한 사내가 반쯤 몸을 일으켰다.

"뭐라! 이, 상으로 사지를 찢어 발길 놈들이! 좆대가리를 잘라 아가리에 넣어 줄까!"

"아니… 기왕 같이 지내니… 쉴 때는 좀 편히…"

산발의 사내가 슬그머니 앉으며 고개를 옆으로 돌렸다.

"응? 이 석을 것들! 같이 앉아 있다고 사람이 같아? 어디 늙어 뒤지게 생긴 놈이 손녀뻘 계집을… 하고! 네가 말 거들 처지가 되나? 네 아가리로 다시 말하게 해 줘?"

"아니오… 되었으니… 그냥…"

산발의 사내가 입을 비죽이며 고개를 푹 숙였다. 그 모습에 사내가 신경질적으로 짚 한 무더기를 잡아 던지며 다시 한쪽 엉덩이를 들었다. 불쾌한 소리에 이어 더욱 짙어진 냄새가 내리깔려 퍼져 나갔다.

"그 좀… 같은 밥을 먹었는데 어찌 냄새가…"

"냄새가 어째서! 그리 지독하면 맡아 없애면 될 것 아닌가!"

노인과 산발의 사내가 멀뚱히 서로를 쳐다보았다.

"사람 말이 말 같지 않나? 뭣하고 앉았네? 빨리 안 맡아 없애나!"

"아, 아니…"

손사래를 치는 산발의 사내 옆에서 노인이 쿵쿵거리며 바닥에 얼굴을 내리깔았다.

"어르신…"

"젊은 놈이 늙은이만 부려 먹으려고?"

스쳐가는 사내의 안광에 산발의 사내가 천천히 고개를 숙여 바삐 코를 움직였다.

사내가 커다란 몸을 이리저리 꼬며 익살스러운 표정을 지으며 속삭이듯 말했다.

"저… 멍청한 것들. 방귀 냄새가 맡아서 없어지나."

모든 광경을 지켜보며 화롯불 앞에서 킥킥거리는 나졸들의 웃음 소리에 산발의 사내가 고개를 들었다.

"냄새 안 없어졌다!"

"으…"

다시 고개를 숙이는 산발의 사내를 보며 나졸들이 쉬지 않고 키득였다.

"충!"

돌연 옥사 입구 쪽에서 나는 소리가 공기를 갈랐다. 천천히 들리는 쇠 갑주가 부딪히는 소리에 옥사 앞의 나졸들이 뻣뻣한 걸음으로 급히 달려갔다.

"밥때도 아닌데 누가?"

슬쩍 고개를 비틀어 창살 밖을 살피던 사내의 눈가에 거뭇한 사람 그림자가 비쳤다.

"보자… 아! 저놈입니다!"

창살 너머 자신을 가리키는 검은 손짓에 사내가 한껏 인상을 찌푸렸다.

"뭣? 놈?"

"그래 이놈아! 짐승 같이 생겨 먹은 것이 딱 맞구나!"

사내가 급히 몸을 일으키며 창살 앞으로 몸을 기댔다.

"으응? 그때 늙은이구먼? 근데 얻다 대고 계속 놈, 놈…."

"이 산돼지 같은 놈이 어느 안전이라고 혓바닥을 함부로 놀리느냐! 몸을 낮추고…."

"일 없수다! 갇혀서 숨넘어가는 판국에 임금이 오든 부처가 오든 뭔 상관이라고."

"이놈이!"

사내가 몸을 돌려 등을 창살에 기대자 격노를 내뱉는 주상의 귀에 솟은 잔털이 곤추섰다.

"됐습니다. 제가 볼 터이니 잠시 뒤로 물러나시지요."

"예, 성주."

주상이 분을 삭히지 못하며 재빠르게 규의 등 뒤로 물러섰다. 규가 한 손으로 얼굴 앞을 휘저으며 돌아선 사내의 뒤태를 살폈다.

"이게 무슨 냄새가…."

"흐흐…."

사내와 죄수들이 슬쩍 어깨를 들썩였다.

"자네인가?"

"아이고! 저놈에서 별안간 자네가 되네! 죽어도 여한이 없겠구먼."

"이놈이 그래도!"

주상의 고함에도 여전히 등을 돌린 사내의 모습에 규가 슬쩍 눈가를 찌푸리며 숨을 들이마셨다.

"이름이 어찌 되나?"

"환수요! 헙…."

환수가 급히 입을 틀어막았다. 갑자기 다른 기운으로 이름을 물어 오는 그 한마디가 환수의 온몸을 무겁게 덮쳐 들었다. 때와 장소를 가리지 않고 두 주먹을 믿고 살아 온 환수는 본능적으로 그 기운을 알아차릴 수 있었다. '싸우게 되면 필패다.' 잠시 스쳐 간 생각마저 스스로 가소롭다 생각하며 환수의 머리에 그것이 들어왔다 '죽음'. 승패의 문제가 아니었다. 집단으로 온갖 악행을 일삼는 이들에게 본능적으로 내재된 강자를 알아보는 감각이 머리 끝에서 발 끝까지 솟아났다. 그 감각에 의해 자신도 모르게 찰나에 대답하게 되는 스스로를 통제하지 못하는 환수의 등에 식은땀이 흠뻑 배었다.

"하이고! 꼴에 주먹질한다고 상대는 또 알아보네. 흐흐… 환수요!"

주상이 이죽거리며 비웃음을 보였지만 환수는 별다른 대응없이 입술을 맞닿아 짓뭉갤 뿐이었다.

"환수라… 지위는 물론 연배도 내 쪽이 높은 듯하니… 말을 편히 해도 개의치 않겠지?"

"그럽시다. 뭐 성주라니, 내 딱히…."

삐죽이는 몸짓으로 환수가 목을 가다듬었다.

"그래. 일전에 동장대에서 네 활약이 없었다면 그날 전투가 여의치 않았을 것이다."

"뭐… 그렇기는 하지만… 공치사를 어찌 당일에 하지 않고… 그게 언제 적인데…."

"허헛, 재미난 친구구먼!"

환수가 슬쩍 얼굴을 돌려 창살 건너 규의 눈빛을 살폈다.

"공치사라… 실은 그런 일로 온 것이 아니라… 내 이 성의 성주로서 자네에게 제안을 할 것이 있어 왔네."

"응? 성주 씩이나 되시는 분이 뭣 하러 이런 곳까지…."

"들어 보겠나?"

"얘기나 해 보슈."

"내 듣기로 자네의 행실이 실로 악하여 백성들을 고단케 했다고 들었는데…."

"에헴."

"어찌 개경에서 잡혀 이곳에 왔는지 알 길이 없으나, 국법에 의하면 그 목이 온전히 붙어 있지 못할 거라는 것을 자네도 알겠지?"

"까닭이 궁금하시오? 전임 성주께 물어보시면…."

"전임이라… 아쉽지만 도통께서는 전사하셨네."

"으응? 도통께서가 무어요? 전임 얘기를 하는데. 왜?"

"이놈아! 전임이던 성주 강조 각하께서 금상께 부월을 받아 도통의 지위에 올랐으니 같은 사람이다!"

답답함에 주상이 대화에 끼어들었다.

"뭐라! 전사? 죽었단 말이오?"

급히 창살을 부여잡고 몸을 떠는 환수의 손등 위로 굵은 핏줄이 거칠게 솟았다.

"항전하셨으나… 참이다."

환수가 천천히 주저앉았다.

"어찌… 가셨소?"

"이놈이! 네깟 놈이 도통을 알기라도 하는 듯 말하는구나."

"괜찮습니다."

주상의 가슴을 막으며 규가 허탈하게 앉은 환수를 내려 살폈다.

"네가 도통을 아는가?"

"어찌 가셨는지 묻지 않소."

"명예롭게 가셨다. 적국 황제의 회유에 끝내 저항하며… 살이 베어지는 고통을 인내하다 가셨다 들었다."

환수가 양손으로 얼굴을 덮고 어깨를 떨었다.

"아는 사이인가 보구나."

"제안이 무엇이오?"

돌연 환수가 어금니를 깨물며 규를 올려다보았다.

"그래… 네 성 위에서 전투를 겪었으니 대충 상황을 짐작할 것이다. 적들은 이곳을 우회했으나 여전히 우리의 강토를 짓밟고 백성을 포로로 삼으니… 내 장수 된 자로서 결사대를 이끌어 그들을 섬멸하려 한다. 일전에 너의 무용에 내 감탄한 바가 있어…."

"하겠소!"

"말이 끝나지 않았는데?"

"대가리 민 놈들 처죽이는 것 아니오!"

"그놈! 말하는 것 보니 예사 잡놈이 아니구먼!"

"흥!"

고개를 돌리는 환수의 몸짓에 주상이 몸을 앞으로 내밀었다.

"성주, 흉악한 죄인입니다. 언제 군영을 이탈하거나 소란을 일으켜도 이상하지 않을 놈인데… 어찌?"

"어르신께서도 이 자의 용력을 보셨지 않습니까. 제 감으로는… 분명 쓰임새가 있을 듯하여 그러는 것이니…."

"도망 안 가오! 내 하나 일러 주지."

"뭘 말이냐?"

환수가 두 눈을 빛내며 어금니를 깨물었다.

"나 같은 검계劍契[24] 놈들한테 모가지 보다 중한 게 있는데 뭔지 아시오?"

"것을 어찌 아느냐 이놈아!"

"잘 들으시오! 바로 구역이오! 애국이고 충심이고 그딴 건 내 알바 아니고! 괴상하게 대가리 민 저놈들이 내 구역을 침범했다는 건 잘 아니까! 기회를 주면 다 때려 죽이겠소!"

"허헛, 그놈 참…."

규와 주상이 동시에 결이 다른 웃음을 터뜨렸다. 순간 옥사의 눅눅한 공기에 가려워진 코를 긁던 규의 뇌리에 강조의 말이 스쳐갔다. '옥사에 들르게 되면….' 규가 급히 환수의 얼굴을 살피며 말했다.

"자네 성이 무엇인가?"

"강가요."

"아하!"

순간 밝아지는 규의 표정에 주상이 의아해하며 규를 따라 환수의 얼굴을 살폈다.

"강씨라고? 어… 성주! 설마?"

주상의 표정이 규를 따라 밝아졌다. 환수가 콧김을 거칠게 내쉬며 양 주먹을 불끈 쥐었다.

---

24 조선 중기 이후 활동하던 현대의 조직폭력배 형태의 폭력 집단. 마땅한 대체 단어가 없어 고려 시대인 작중에 차용하였다.

21 출성 出城

살을 베어 낼 기세로 첨예하게 스치는 바람을 맞으며 수백 장졸들이 성문을 나서 말의 고삐를 잡고 어깨를 움츠렸다. 하나같이 검은 무명옷에 털모자를 걸친 이들의 어깨와 허벅다리는 칼바람을 피하기 위해 겹겹이 짐승의 털로 안감을 꺼입어 어색하게 부풀어 있었다. 아직 대열이 정리되지 않은 검은 덩어리 사이로 규와 부관들이 고삐를 잡고 주위를 천천히 살폈다.

"성주. 집결은 다 된 듯합니다."

"그래. 허나, 바람이 이리 매서워서…."

"날이 좋지 않은 듯합니다만…."

"적들의 공세가 워낙 거세니 지체할 수야 없겠지."

적들의 함성의 바람에 둘러싸인 서경의 모습을 떠올리며 규가 입술을 깨물었다. 남하한 거란군은 통주를 함락하지 못하자 길을 바꿔 곽주를 함락시켰다. 이어 쾌속으로 남하한 그들은 이미 서경을 포위하고 있었다. 서경이 무너지면 개경은 지척이다. 칼바람을 핑계 삼아 성 안을 지키고 있을 상황이 아니었다. 굳은 미간에 더욱 힘을 주며 규가 한 손을 천천히 치켜들었다. 주위를 둘러싼 병사들이 움츠린 어깨를 펴며 그 손에 시선을 가져가자 물결에 파장이 일듯 대열 전체의 시선이 그의 손으로 집중되었다.

"밥은 든든히들 먹었는가!"

"예!"

규가 배꼽 밑부터 한껏 힘을 모아 끌어 올린 소리가 거센 바람을 타고 대열 위로 퍼지자 수백의 목소리가 약속된 듯 겹쳐 울렸다.

"행장은 다들 꾸렸는가!"

"예!"

"똥은? 잘들 쌌는가!"

대열 중간중간 간간히 웃음이 터져 나왔다.

"유서는… 잘 써 뒀는가!"

"예….."

이전보다 대답의 크기가 확연히 줄었다. 잠시 머뭇거리는 규를 향해 중랑장中郎將 견일이 입을 열었다.

"글을 모르는 이들이…."

잠시간의 침묵이 일고 규가 다시 한번 숨을 크게 들이켰다.

"다들 죽음을 각오하였는가!"

"예!"

바람을 물릴 정도로 거센 함성에 규의 흰자 위로 붉은 핏줄이 서렸다.

"금일부로 우리는 흥화진을 떠난다! 흥화진의 성주 나 양규는 지금부터 성주의 지위를 내려놓는다! 이 순간부로 서북면의 도순검사로서 이적들을 우리 강토에서 몰아내고 점령당한 성을 해방할 것이며 사로잡힌 백성을 구해 낼 것이다! 내가 가장 앞에서 칼을 휘두를 것이며 화살을 받아 낼 것이다! 그대들은 나와 함께 죽고 함께 살아 나의 뒤를 따르며 적을 섬멸하고 주상 전하를 지키고 백성을 구해 낼 것인가! 고려를 지켜 낼 것인가!"

"예!"

"와아아아!"

대열의 병사들이 목청이 찢겨져라 함성을 질렀고 성벽 위를 가득 메운 흥화진의 백성들이 그에 응하듯 양손을 들어 함성을 질렀다.

"지금부터 그대들은 서북면 도순검사 직속 결사대이다! 군호는 '흥성'이며 구호는 '수'로 통일한다!"

"수! 수! 수!"

수백의 장졸들이 하나의 목소리로 가슴팍에 오른 주먹을 쥐어 올리며 규를 향해 고개를 숙였다.

"수가 무슨 뜻이고?"

"따를 수隨 입니다."

중얼거리며 묻는 낭장 홍광에게 고의가 답했다. 중얼거림을 기점으로 부관들이 천천히 고개를 들었고 규가 올렸던 손을 천천히 내리며 부관들을 둘러보았다.

"저기 성주… 아니, 검사."

"예, 어르신."

주상이 규를 물끄러미 바라보았다.

"그게… 이런 말하기는 좀 그런데, 군호가 좀 밋밋한 것 아닙니까?"

"좀 그렇습니까? 음….."

"흥화진 성이라니 너무 직접적이기도 하고…."

"응? 그 성이 아닙니다만."

"에? 검사… 설마?"

불안함에 흔들리는 주상의 동공에 천진한 규의 미소가 비쳤다.

"별 성星입니다."

"…."

약속된 듯 찾아온 침묵 속에 부관들의 어깨 위로 비슷한 떨림이 일었다.

"아니! 검사 참. 그… 한 번씩 보면 맹한 구석이 있으십니다."

직설적으로 쏘아붙이는 주상의 언변에 부관들이 슬며시 눈을 감으며 이마로 손을 가져갔다.

"왜? 별로입니까?"

"아니… 어감은 괜찮은 듯한데… 뜻이 좀 유치하지 않습니까? 흥화진의 별이면 뭐, 북두칠성 그런 겁니까? 검사께서는 북극성이시고?"

"흐흐…."

"엣헴…."

부관들이 참지 못하고 이마를 짚고 웃음을 흘리기 시작했다. 슬쩍 주위를 살핀 규가 민망한 듯 입가를 손으로 쓸었다.

"검사, 다음부터는 좀 물어보시기도 하고…."

"어르신! 언행이 너무 과하십니다."

고의가 손을 앞으로 모으며 몸을 주상에게 향했고 규는 슬쩍 손을 들어 그 몸을 막았다.

"괜찮네. 다들 잠시라도 웃을 수 있다면 좋은 일이지."

"늙은이가 너무 말이 과했지 싶습니다…."

"아닙니다. 참으로 괜찮으니 개의치 마십시오."

"예…."

"아! 그리고… 흥화진의 별이 아닙니다."

"예? 별 성 자라고 말씀을…."

의아해하는 주상을 살피는 규의 눈동자가 빛나며 양 입꼬리가 올라갔다.

"'별들'입니다. 어찌 내 한 몸으로 고려를 수호하겠습니까. 서북면의 모든 장졸들이 모여 과업을 해 나가야지요. 어떻게… 그래도 별로입니까?"

"흥화진의 별들이라… 살갗이 간지럽기는… 매 한가지긴 한데 그래도 뜻은 뭐… 훌륭한 것 같습니다."

"괜찮다니 다행입니다. 자, 다들 행장을 마저 꾸리시고 예하 인원을 점검합시다. 노 교위는 잠시 저를 따라오시고."

주상의 미간이 순간 굳어졌다.

"혹시 늙은이를 장이라도 치시려…"

"허헛, 어떻게 엉덩이를 한번 까시겠습니까?"

"아이고… 검사…"

손사래를 치며 엉덩이를 가리는 주상의 모습에 주위의 웃음이 끊이질 않았다.

동장대 성문을 나서는 사내의 뒤뚱거리는 몸짓에 주상이 인상을 찌푸렸다.

"에잇… 전쟁하러 간다면서 활 한 자루 안 주고 이게 무슨."

환수가 엉성한 걸음을 옮기며 욕설을 내뱉고 있었다.

"검사, 저놈은? 설마?"

"예. 교위께서 좀 맡아주십시오."

"아흐…"

규의 말에 주상이 엄지와 검지를 가져다 감은 두 눈을 거칠게 문질렀다.

"장을 맞으시는 것 보다는…"

"아! 알겠습니다!"

급히 고개를 끄덕이며 주상이 환수 쪽으로 몸을 돌렸다.

"교위께서는 서쪽을 돌아 화계산을 거쳐 합류해 주십시오. 길 따라서 동향도 좀 파악해 주시고."

"동향이라면 장서 놈이 잘 전하고 있지 않습니까?"

"그렇긴 하지만 서면으로 받는 것에 한계가 있어서…."

"음… 그리하겠습니다. 보자… 화계산이면 산돼지나 한 마리 잡아먹고 이동해도 시간은 충분하겠습니다."

"그리하시지요."

"그나저나… 그놈 말은 탈 줄 알려나…."

주상이 멀뚱거리는 환수에게 다가갔다.

"어이, 산돼지 같은 놈아!"

"응? 늙은이 입이 아주…."

환수가 한껏 인상을 쓰고 주상에게 몸을 돌렸다.

"말은 탈 줄 아느냐?"

"쳇… 사내를 어찌 보고."

"석아, 말을 내 주거라."

하석이 고삐를 잡아 환수에게 건넸다. 엉거주춤 고삐를 받아 든 환수가 인상을 쓰며 말의 갈기를 쓰다듬었다.

"자, 우리는 바로 이동한다. 네 놈은 잘 보고 따라오거라. 가는 길에 산돼지를 잡아야 하는데… 혹 돼지가 산 깊숙이 숨어들면 네놈을 잡으면 딱이겠구나. 그러니 놓치지 말고 잘 따르거라. 이놈아!"

"뭐가 어째!"

주상이 환수의 대답을 들은 체 만 체하며 훌쩍 땅을 박차고 말 위에 오르자 인근의 삼십여 명의 병사들이 같은 동작으로 말에 올라탔다.

"아, 아니 잠깐…."

환수가 급히 말에 올라타려 등자를 밟자 말이 앞다리를 들며 몸을 틀었다. 곧 주상을 선두로 병사들이 같은 방향으로 기수를 돌려 고삐를 흔들기 시작했다.

점점 멀어지는 일행을 바라보며 환수가 다급히 몸을 움직였지만 말은 쉽사리 등을 내어 주지 않았다.

"저래서 따라갈 수나 있겠습니까? 그냥 성에 두고 부려 먹는 게⋯."

"아니네. 분명 도움이 될 걸세."

정성이 오른쪽 겨드랑이에 부목을 댄 채 겨우 말에 올라타 일행을 따르는 환수의 모습을 살폈다.

"제가 같이 가야 하는데 참으로⋯."

"어쩌겠나. 자네와 기병들이 활약해 준 덕에 수성을 해낸 것이니. 그리고 내가 성에 없으니 자네가 흥화진을 지켜 주어야지!"

정성이 고개를 숙이며 주먹을 꽉 쥐었다.

"밖의 일은 너무 걱정 말게. 자네도 분명 이곳에서 할 일이 있을 것이야. 그러니 몸을 잘 추스르게."

"예, 검사. 흥화진은 꼭 지켜내겠습니다."

"자, 다들 준비는 마쳤는가?"

"예!"

규의 앞으로 부관들과 병사들이 행장을 꾸리고 도열을 끝냈다.

"제장들은 위치로 이동한다."

자신의 대열을 찾아 이동하는 부관들과 상기된 얼굴로 바람을 맞서는 병사들의 모습에 규가 입술을 슬쩍 깨물었다."

"검사, 부디 강건히 다녀오십시오."

"그래⋯ 모두 제가 돌아올 때까지 잘 부탁드립니다. 성이도 잘 도와주고."

석지가 눈시울을 붉히며 규의 눈을 바라보다 고개를 숙였다. 편제 과정에서 홍화진에 남겨지게 된 수화, 장호도 아쉬움에 마음이 편치 않은 듯했다. 규는 그 아쉬운 기색을 뒤로한 채 천천히 홍화진의 성벽을 뇌리에 새겨 넣었다. 채 지워지지 않은 성벽의 핏자국들과 깨어진 성첩의 돌덩이들, 거센 바람에 물결처럼 일렁이는 동장대 위의 깃발에 동조하듯 규의 마음이 일렁였다.

곽주성 탈환

22 허풍 虛風

"휘이. 개미 떼가 따로 없구나. 징그럽다 징그러워."

"그러게 말입니다."

말에 올라 손바닥을 눈썹 위에 대고 멀리 적의 진영을 살피는 사내들이 감탄을 뱉으며 고개를 돌렸다.

"저거 진짜… 20만은 되겠는데. 저 군막이 몇 개나 되겠냐?"

대열의 맨 앞에 선 이가 입을 삐죽이며 말했다.

근육과 살집이 비슷한 비율로 섞여 넉넉한 풍채를 가진 그는 서북면의 모든 지형과 적의 동태를 관장하는 척후대장 중랑장 장서이다. 두툼한 몸처럼 제법 살이 오른 광대와 볼살 위로 짙은 눈썹이 자리를 잡았고, 굵은 쌍꺼풀 아래에는 새카만 눈동자가 빛나고 있었다. 두둑한 살집에도 콧대는 인중 위로 날카롭게 뻗었고, 일정한 간격을 두고 자연스럽게 사선으로 뻗은 콧수염이 멋들어지게 그의 입술 위를 감쌌다. 적당히 돌출해 묵직하게 떨어지는 턱선 아래로 빼곡한 턱수염까지 넉넉한 풍채 속에서 한눈에도 호인의 기질을 풍기는 그는 스스로를 서북삼검이라 칭하며 무인의 자부심을 잔뜩 가진 이였다.

　기동력이 중시되는 척후대의 대장을 맡기에 다소 어울리지 않은 체형이었지만 오랜 세월 그의 휘하에서 종군을 한 병사들은 그의 진면목을 믿어 의심치 않았다. 다만, 거란의 대군이 압록을 넘어오며 다급하게 이루어진 부대 재편으로 급작스레 척후대에 합류한 교위 서평수만이 항상 장서를 향한 의구심 가득한 눈빛을 품었다. 자신에 대한 그 눈빛을 눈치챈 것일까. 장서가 왼쪽으로 고개를 돌리며 평수를 찾았다.

“평수야!”

“예, 대장.”

　불러 놓고 눈살만 찌푸리며 말이 없는 장서의 모습에 평수의 얼굴이 천천히 일그러졌다.

“또 시작하시려고!”

“으하하!”

　평수의 표정을 본 장서가 얼굴을 찡그리며 배를 잡고 웃음을 터뜨렸다.

“대장! 거 들리겠소. 거리가 멀지도 않은데.”

　장서의 우측에 있던 산원 주연이 급히 장서를 만류했다.

“야야, 괜찮다. 그게 중한 게 아니라… 평수야, 평수야.”

“아… 하지 마십시오.”

“춘부장께서 어찌 이리 작명을 잘 하셨을꼬. 이름이 아주 찰떡이다! 어찌 이리 얼굴이 평평하냐! 하하.”

“아! 그 평이 아니고! 들 평 자입니다! 몇 번을….”

“아니, 평평한 거나 들이나… 끅.”

　숨이 넘어갈 듯 깔딱거리며 허리를 뒤로 젖히는 장서의 눈가에 슬쩍 눈물이 맺혔다. 진심을 다해 자신을 놀리는 상관을 향해 평수가 온갖 인상을 쓰며 거칠게 숨을 쉬었다. 장서의 말대로 평수의 얼굴은 평평하다는 말이 딱 들어맞았다. 측면으로 튀어나온 각진 광대와 그 아래 직선으로 뻗은 턱선이 수평에 가까운 하관으로 이어졌다. 낮은 콧대에 입술은 얇고 길어 입체감이 없었고 눈마저 감긴 듯 폭이 좁아 조금만 인상을 써도 눈을 감은 것처럼 보였다.

"아이고, 그 볼 때마다… 끅."

넘어가는 숨을 다잡으며 장서가 슬그머니 눈가의 눈물을 닦아 냈다.

"부모님께 물려받은 신체에 이름까지 쌍으로 놀려 먹으시고… 극락에는 못 가실 겁니다."

"뭐! 이놈이 아무리 그래도 할 말이 있고 못 할 말이 있지. 대장께!"

몸을 부르르 떠는 평수의 패설에 주연이 평수를 노려보았다.

"아니, 괜찮네. 뭐, 사실 평수 말이 틀리지는 않지. 험한 말은 내가 먼저 했으니."

장서가 주연을 만류하며 몸을 가다듬었다.

"흠… 그래. 뭐, 내 죽어 극락으로 갈 생각은 버린 지 오래이다만… 평수야, 너는 꼭 죽어 극락에 가거라."

"무슨 심보로 또 그러십니까?"

"극락에 가서 부처님도 찾아뵙고, 다음 생에는 좀 평평하지 않게 태어…"

"아! 그만 좀!"

"그래, 그래… 아이고. 오늘 웃을 일은 다 웃었다! 이제 일하자!"

호방하게 웃음을 떨치며 금세 자세를 고쳐 잡는 장서의 모습에 주연과 평수가 시선을 전방으로 옮겼다.

"여하간에… 저놈들이… 감히 무로대에다 진을 쳤으니…"

"10만이든 20만이든 서북면에서 저만한 곳이 없지요. 지형이 워낙 평평하니… 어이구. 아니, 자네한테 한 말이…"

자기도 모르게 나온 말에 주연이 손사래를 치며 평수를 살폈다.

"예! 예! 괜찮습니다!"

평수가 얄팍한 입술을 툭 내밀고는 주연의 시선을 피하자 주연이 한쪽 손을 들어 뒷머리를 긁적였다.

"저… 연기가 끊이질 않네. 하루 종일 고기를 삶아 먹나?"

"음. 워낙 사람이 많으니."

"20만이라… 저게 20만이면 형님은 무슨 수로 흥화진을 막아 낸 것일꼬?"

"도순검사께서는 검술이 고려 최고라 하지 않습니까. 어디 대장께서는 살 찌우는 것에 여념이 없으신데…."

이죽거리는 평수의 말에 주연이 인상을 찌푸렸다.

"이놈이! 대장께 버릇없이!"

"아, 괜찮네. 맞는 말 아닌가. 허허. 근데 평수야 네 도순검사의 검술을 들어 봤으면 서북삼검도 알겠구나?"

"또, 또 그 얘기를… 대장이 지어낸 얘기 아닙니까? 애초에 그 몸매로 무슨 검술을 하신다고. 철퇴 같은 것을 쓰신다면 모를까, 죄다 허풍 같은 말만…."

주연의 따가운 눈빛에도 아랑곳 않고 평수가 장서의 몸을 훑었다.

"흐… 네 아직 나의 검술을 보지 못했으니 그럴 수 있는데, 일찍이 내 초원을 유랑할 때…."

"예, 그러하시겠죠! 한데, 검술이 뛰어나면 뭣합니까? 척후대를 이끄시는 분이 그 몸으로… 무릇 정찰도 하고 하려면 몸이 날래야…."

"이놈이!"

"어허이, 괜찮대도. 그래, 이제 진짜 일하자! 음… 보자…."

장서가 다시 적의 진영을 뚫어져라 살폈다.

"목책이 거의 없네. 게다가 저기… 아낙 아니네?"

"으음… 그러게 말입니다. 조그만 아이도 있는 것 같은데."

"난쟁이가 아니고요? 전장에 아이를?"

"음… 포로이거나 잡일 부려 먹으려 데려왔을 수도 있고."

셋이 한참 잡담을 섞어가며 적의 진영을 살폈다.

"저거… 20만은 맞을지 몰라도…."

"그렇지요?"

장서와 주연이 의아함 가득한 표정으로 말을 주고받았다.

"말도 별로 보이지 않고. 저거 확실히…."

"아니, 그게 그렇게 잘 보입니까? 저는 대충 형상만 흐릿하게…."

"이놈아! 척후대 밥을 몇 년을 먹었는데. 그게 중한 게 아니라, 대장!"

"그래. 저거 대부분 자투리 같은데."

"그러게 말입니다. 정병은 그다지 보이지 않습니다. 거란 기병 한 명이 시종 같은 이를 두셋씩 달고 다니니… 잡병 위주로 모아 놓은 것 같은데요?"

"그래, 애초에 40만이 다 정병일 수는 없으니. 진군한 병력은 정병 위주이고 여기는 보급선 정도겠구나."

"그리 보입니다."

"흐음… 그래도 확인은 해 봐야지."

장서가 근엄한 표정을 지으며 평수를 바라보았다.

"평수, 현궁 잘 쏘나?"

"에이… 저도 서북면에서 훈련받은 몸인데 그 정도야…."

"그래? 그럼 저기에 살 하나 줘라."

"예? 그러다 뛰쳐나오면 어쩌시려고. 저희는 세 명인데…."

"야야, 우리가 한참 여기서 대놓고 보는데도 오지 않는데 뭔 걱정이냐? 그리고 뛰쳐나오면 다 베어 죽이면 되지! 이 서북삼검의 일원인 장서님께서…."

"예예! 그, 닭살 돋으니 삼검 얘기는 그만하시지요."

"허허, 그래. 여하튼 살 하나 날려 줘라."

전방으로 고개를 돌리는 장서의 뒷모습에 평수가 인상을 쓰고는 천천히 현궁을 들어 살을 걸었다.

"매번 서북삼검 어쩌고 하시는 분이… 화살 하나 날리지 않고는…."

"다 들린다! 네 언젠가는 이 몸의 무용을 보는 날이…."

장서의 말을 가르며 화살이 허공을 갈랐다. 곡선으로 천천히 날아간 화살은 적의 진지 앞 경계선을 훌쩍 넘어 사라졌다.

"오호! 좀 쏘긴 하네! 한 발 더 줘라!"

"예…."

다시 날아간 화살이 비슷한 곳으로 날아들었다. 장서와 주연이 눈을 찡그리고 적의 진영을 살폈다.

"한 발 더… 야! 말 돌려라!"

"예?"

장서와 주연이 급히 고삐를 잡아채어 말의 몸을 반대로 이끌었다. 허둥지둥 당황한 평수가 급히 활을 내리며 고삐를 움켜잡았다. 이내 퍼지는 뿔 나팔 소리가 평수의 귓가를 파고들었다. 이내 화살이 날아들어 간 지점에 몇 기의 깃발들이 세워져 바람에 나부꼈고 갑주를 차려입은 정병들이 급히 말에 올라 달려오기 시작했다.

"평수야! 빨리 오지 않으면 잡힌다!"

"아니! 진짜! 다 베어 죽인다매! 이런… 씨…."

어느새 말을 돌려 한참 앞서 달리는 장서와 주연을 향해 평수가 온갖 욕설을 뱉어 내며 혼심의 힘을 실어 고삐를 당겼다.

23 잡놈, 쌍놈

숨을 헐떡이며 다가오는 환수를 보는 주상의 광대가 들썩였다.

"참, 그놈. 달리긴 말이 달렸을 것인데… 왜 저리 헐떡일꼬?"

"하하하."

병사들도 뒤뚱거리는 환수를 발견하고 웃음을 터뜨렸다.

"아니, 거 뒤도 안 보고 가 버리면… 허, 헉…."

환수가 겨우 숨을 고르며 양손을 무릎에 붙이고 몸을 숙여 떨었다. 산 초입에 우뚝 서 있는 제법 수령이 된 커다란 느티나무 옆으로 병사들이 둘러앉아 불을 피우고 있었다.

"이놈아, 산돼지가 벌써 잡혔으니 오늘은 네놈 멱딸 날이 아닌 갑다!"

"니미, 늙은이가."

환수가 불 앞으로 다가가는 주상을 노려보았다. 주상이 단검을 들고 불에 그을린 돼지 껍데기를 발라내며 혀를 날름거렸다.

"어여 앉아서 고기나 좀 뜯어라. 네 목숨 구해 준 귀한 분이시니 먹기 전에 절도 한번 올리고."

환수가 인상을 쓰며 주위를 살피다 주상의 맞은편에 앉아 쉴 새 없이 고기를 뜯는 사내의 딱 벌어진 등 뒤에 섰다.

"어이 니, 등빨 좋다. 이름이 뭐고?"

"추가요."

자신의 어깨에 손을 올리며 묻는 환수를 쳐다보지도 않고 추가는 무심하게 답하며 계속 고기를 뜯었다. 잔털이 무성하게 자란 턱 아래 힘줄이 거칠게 솟아 목젖 주변이 바쁘게 움직였다.

"그놈, 이름을 물어봤는데 성을 말하고 있나."

추가의 옆자리를 비집고 앉으며 투덜대는 환수의 말에 주상이 입꼬리를 올렸다.

"말갈 잡놈한테 성은 무슨."

"응? 니, 여진 놈이었나?"

주상의 목소리에 환수가 추가의 행색을 천천히 살폈다.

"추가야, 네놈 이름이 우리말로 정확히 뭐였더라? 추가합… 뭐였는데…."

"거, 됐수다. 골백번 말해 줘도 모르는 걸. 그냥 추가라 부르오."

"그래, 말갈 잡놈 추가야 고기 많이 처먹어라!"

주상의 이죽거림과 병사들의 웃음 소리에도 추가는 개의치 않고 고기를 뜯는 것에 여념이 없었다. 그 모습을 살피던 환수의 미간이 구겨졌다.

"어이, 노친네. 아무리 그래도 사람 면전에다가 잡놈이라니!"

"잡놈이 어때서 이놈아! 쌍놈에 비하면야…."

"응? 상놈은 또 누구길래?"

"하하핫!"

일시에 터져 나오는 주변의 웃음에 환수가 주위를 둘러보고는 급히 몸을 일으켰다.

"이 늙은이가 진짜 뒤질라고…"

엉덩이를 떼기도 전에 바람 소리를 내며 자신의 고간 앞에 꽂힌 단검을 보고 환수가 침을 삼켰다.

"아서라. 아직 고기도 넉넉하니 새로 잡기는 이르다. 얌전히 앉아 고기나 처먹어라. 이 쌍놈아."

"하, 노친네! 그래, 왜 내가 상놈인지 이유나 들어 봅시다."

환수가 거칠게 콧김을 뱉고 앉으며 단검을 뽑아 주상에게 던졌다. 주상이 단검을 받아 들고 좌우로 흔들며 흙을 털었다.

"우르르 몰려다니면서 백성 등골 빼먹어, 수틀리면 사람도 처죽여, 부녀자나 겁간하고 사람 납치하는 네놈 같은 검계 놈들이 쌍놈이 아니면 뭐라 불러야 하겠느냐."

"…"

"왜? 할 말이 없느냐?"

"니미… 겁간은 한 적 없는데…"

환수가 고개를 떨구며 뒷목을 긁었다.

"그리고 이 쌍놈아, 검사께서 네놈을 옥사에서 꺼내 준 게 네가 이뻐서겠느냐? 햇빛도 못 보고 늙어 뒤질 놈을 꺼내 줬으면 감읍한 마음으로 잘 따라다닐 생각을 해야지. 어디 상관한테 사사건건 욕지거리를 날려 대고… 네놈은 군법으로 목이 잘려도 할 말이 없는 놈이다. 알겠느냐?"

"시…"

얼굴을 숙이고 욕설을 내뱉는 환수의 목소리에 주상이 거칠게 단검을 움켜쥐고 머리 위로 들었다.

"이놈이 그래도 정신을 못 차려! 아가리를 찢어 주랴?"

"거, 됐수다. 알겠으니 고기나 마저 드쇼."

환수가 고개를 들지 못하고 팔을 앞으로 뻗어 불에 익은 고깃덩어리를 쥐어 들었다.

"제 형 아니었으면 진작 개경에서 목이 잘렸을 놈이."

"으응? 형님을 아시오?"

"이놈아! 서북면 아니, 고려 땅에서 강조 두 글자를 모르는 이가 어디 있겠느냐?"

"친분이 있나 물은 것이오."

"뭐… 십수 년 여러 번 같이 말을 타고 칼도 휘둘렀지… 그리 허망하게 갈 사람은 아니었는데…."

주상이 허탈한 표정으로 말을 흐리자 환수가 두 눈을 질끈 감으며 다시 고개를 숙였다.

"어찌하겠느냐. 간 사람은 간 것이고… 네놈이 앞으로 통사의 몫까지 짊어지고 이적 놈들을 때려잡거라. 그리해야 네가 등골 빼먹은 백성들에게 조금이라도 속죄하는 것 아니겠느냐. 그때 보니 사람 때려죽이는 건 또 잘하더구먼."

환수는 고개를 숙인 채 아무 말이 없었다.

"거, 사내놈이 쥐어짤 생각하지 말고 어여 고기나 씹어 먹거라. 이리 앉아 노닥거릴 시간이 없다."

"알겠소…."

환수가 낮은 어조로 답하며 천천히 고기를 입에 가져갔다.

"에잇! 그 쌍놈 때문에 분위기를 아주 초를 쳤네. 자, 다들 후딱 먹거라."

고기를 입에 문 병사들이 급히 입을 움직였다.

"교위, 저기!"

"응? 저게… 이적 놈들인가? 살피면서 왔는데 그럴 리가."

멀찍이 번을 서던 병사 하나가 달려와 주상을 불렀다. 병사가 가리킨 곳을 살피는 주상의 옆으로 앉아 있던 이들이 몰려들었다.

"저, 장서 대장 아니오?"

"뭐라?"

장서라는 소리에 주상이 화들짝 놀라며 손바닥을 이마에 대고 다시 한번 눈을 찡그렸다.

"에이, 지랄났다. 야야, 빨리 고기 앞으로 서라. 저 짐승 같은 놈 오면 다 빼 앗긴다. 빨리 움직이라!"

주상의 말에 병사들이 재빠르게 몸을 움직여 피워 둔 불과 고깃덩어리를 몸 으로 가렸다. 그사이 멀리서 달려오던 말들이 점점 속도를 올리며 다가오고 있 었다.

"저 미친놈이 또 뭔 짓을 하려고…."

주상이 말을 마치기도 전에 지척에 다가온 말들이 뿌연 흙먼지를 정신없이 흩뿌렸다.

"아이고! 어르신, 고기 맛나게 잡수고 무병장수하시오!"

툭 하고 들리는 소리와 함께 장서와 일행들이 거대한 흙먼지를 남겨 두고 천 천히 멀어져 갔다. 느티나무 가지까지 치솟은 흙먼지가 모닥불과 고기 위로 천 천히 내려앉았다. 영문도 모른 채 주위를 두리번거리는 환수의 눈으로 주상의 떨리는 어깨가 들어왔다.

"저, 저 아으… 개 천하의 잡쌍놈!"

주상이 거칠게 땅을 밟으며 분에 못 이긴 듯 말을 더듬었다.

"어르신, 바닥에 이게…."

병사 하나가 죽통을 들어 주상에게 건넸다.

"하, 저놈이 이제 심부름까지!"

　주상이 죽통을 살피며 가슴팍으로 챙겨 넣었다. 검사에게 전하는 보고문일 것이다. 어느새 흙먼지를 따라 떠난 장서와 그의 일행들의 모습이 콩알만큼 작아져 있었다.

"에잇… 빨리 먹고 가자."

　주상과 병사들이 고기 위에 묻은 먼지를 분주히 털었다.

²⁴ 거점 據點

들판을 맹렬하게 휩쓰는 바람을 가로지르며 규와 기병들이 고삐를 움직였다. 빽빽하게 산을 채운 침엽수 사이로 자연의 것이 아닌 인위적으로 만들어진 길이 여러 갈래로 엉켜 미로를 형성하고 있었다. 규는 대열의 가장 앞에서 길을 인도하며 기병을 이끌었다.

앞서 서희는 6주의 기반을 닦으며 서북면 전역에 8곳의 거점을 추가로 건설했다. 거점은 대부분 6주의 인근 성과 가까이 있었고, 대로변을 끼지 않은 외곽의 산 아래에 집중되었다. 그 입구에는 구상나무와 잎갈나무를 옮겨 심어 거점에 닿기까지의 길을 쉽사리 파악할 수 없게 하였다. 또 나무 뒤쪽으로 여러 건물의 높이를 낮게 지어 바깥에서 그 안을 살펴볼 수도 없었다. 마치 적의 침입을 원천 차단하는 교묘하게 숨겨진 성과 같은 곳이었다. 그 안에는 쌀과 보리 같은 곡식과 마초 등을 분기마다 비축해 두었고, 한쪽에는 산에서 흐르는 냇물을 끌어 인공 호수를 만들어 놓았다. 거점의 존재와 위치, 배치된 인원 등은 서북면에서도 극비에 부쳐져 있었다.

거점에 배치되어 있던 대부분의 병력은 강조의 군제개편으로 중앙군에 흡수되었는데, 삼수채 전투 후에는 그들의 행방이 묘연했다. 살아남은 이들은 분명 각지의 거점으로 숨어들었을 것이었고, 그 발길을 따라 많은 패잔병이 함께 모여 있을 것이라는 계산을 마친 규가 출성 후 첫 목적지로 통주 인근의 거점을 찾은 것이었다. 우선 살아남은 병사 중 쓸 만한 이들을 수습해서 군세를 확장해야 했다. 700명의 별동대로 교란이나 보급을 끊는 것은 가능하겠지만 적의 손에 넘어간 성을 되찾는 것은 이야기가 달랐다. 아무리 자국의 성이고 지형과 그곳의 사정을 꿰뚫고 있더라도 최소한 공성에 필요한 병사들의 확보가 시급했다.

"검사, 저기…."

나무 사이의 길을 어느 정도 지났을 즈음, 지친 몸을 바닥에 붙인 병사들이 곳곳에 쓰러지듯 앉아 있었다. 풀어 헤친 갑주를 몸에 대충 두른 채 규가 이끄는 부대의 기척에 병사들은 힐끗거리며 나무 사이에 숨으려는 듯 몸을 움직였다. 그때, 몇명이 탄성을 내지르며 대열로 다가왔다.

"도순검사…."

"성주."

"자네들!"

천천히 다가오는 이들의 핼쑥하고 양기 없는 낯빛에 규가 애처로이 그들을 내려 보았다.

모여드는 이들 중 몇몇은 눈물을 보였고 누군가는 입술을 굳게 깨물며 규를 마주했다.

"어찌, 이렇게…."

삼수채 패전의 흔적을 고스란히 안고 비틀비틀 걸어오는 병사들을 뒤로하며 규의 기병대가 무겁게 발길을 옮겼다. 자리를 옮기자 점점 나무와 나무 사이의 간격이 넓어지며 이내 규의 눈앞에 낯익은 전경이 펼쳐졌다. 넓고 평탄한 흙바닥 위로 여러 채의 목조 건물이 일정한 간격을 두고 도열해 있었다. 가뭄으로 평소보다 수위가 낮아진 호숫가 주변을 수많은 병사들이 둘러 앉았고, 각각 건물 주위에는 힘없이 몸을 늘어뜨리고 누워 있는 병사들이 빼곡했다. 오른쪽 건물 끝 한 켠에는 말뚝이 단단하게 박힌 울타리 안으로 꽉 들어찬 말들이 서로 엉덩이를 맞대고 바닥에 어지럽게 널린 건초를 씹고 있었다. 그 외에도 공간이 부족한 듯 수십의 말들이 군데군데 거점 주변 나무에 묶여 꼬리를 분주히 흔들고 있었다.

"이곳이 거점이라니… 처음 봅니다. 듣던 것과는…."

고의의 말에 규가 어떤 대답도 없이 천천히 고삐를 내려놓고 몸을 움직여 말에서 미끄러져 내려왔다.

"우선 적당한 공간을 찾아 말들을 모아 놓게."

"예, 검사. 한데, 공간이 될는지…."

병사들도 규를 따라 말에서 내렸다.

"검사!"

규의 주위로 몰려드는 인파 너머 낯익은 목소리가 들렸다.

"응? 준이냐!"

"예… 검사."

피칠갑이 된 갑주를 걸친 사내가 규의 앞으로 다가와 고개를 숙이며 어깨를 떨었다.

"준아, 어찌 이게 무슨 꼴이냐. 이게…."

"검… 형님… 참으로 애통합니다. 말씀을 들었어야 했는데… 면목이 없습니다. 괜한 호승심에 병사들이…."

홍준의 발 밑으로 눈물이 떨어졌다. 낭장의 지위로 철주에 부임된 엄홍준은 강조의 소집령에 응한 이들 중 한 명이었다. 육성에는 최소한의 병력만 남겨 두고 중앙군으로 합류하라는 명령이 내려지자 규는 도순검사의 지위로 모든 성에 서신을 보내 응하지 말 것을 명했다. 그럼에도 많은 이들은 각각의 이유로 휘하부대를 중앙군으로 이끌었고, 결국 삼수채 전투 이후 생사조차 알 수 없었다. 홍준은 규의 명을 어기며 수많은 병사를 잃었다. 가슴을 짓누르는 만근의 죄스러움에도 홍준은 규의 등장에 끝없는 반가움을 느꼈다.

"준아, 되었다. 살아 있으니 다행이 아니더냐. 병사들은 몇이나 상했느냐."

"송구하오나 그 숫자조차 확인할 수 없습니다. 200명의 병사들 중 이곳으로 피해 온 이가 고작…."

홍준이 다시 고개를 떨구며 말을 흐렸다.

"준아! 겨를이 없다! 네 잘못이 있다면 추후에 처벌을 받으면 될 것이나 당장은 상황을 수습하고 이적들을 몰아내야 하지 않겠느냐!"

"예… 형님… 아니, 검사! 제 휘하에 40여 명이 현재 이곳에 있사옵고… 전투가 가능한 이는 30여 명 또 군마가 20필입니다."

"허… 나머지는 생사조차 불문이다…."

규가 이마를 짚으며 고개를 숙였다.

"다른 이들은?"

"그것이…."

고개를 숙이며 다시 말을 더듬는 홍준의 뒤로 인파를 헤집으며 달려오는 이의 기척에 규가 급히 얼굴을 들었다.

"검사!"

"서, 선정이냐?"

달려와 양팔로 규의 목을 휘감는 선정의 몸짓에 그의 몸이 뒤로 기우는 것을 본 부관과 병사들의 얼굴에 홍조가 일었다.

"검사… 흐윽… 오라비!"

"선정아, 잠시 좀 놓고…."

규가 곤란한 얼굴로 선정의 손을 떼어 내며 행색을 살폈다.

"다친 곳은 없느냐? 행색이 이게…."

오목조목 새하얀 얼굴에 드문드문 검은 자국을 묻힌 선정의 귓가와 목덜미로 비녀에서 풀린 잔머리가 흘러나와 있었다. 가슴팍을 둘러싼 찰갑은 바느질이 어지럽게 풀려 덜렁거리는 쇠비늘과 함께 핏자국으로 물들어 있었다.

"괜찮습니다…."

선정이 급히 떼어진 손을 가슴팍으로 가져가며 얼굴을 붉혔다. 눈가에 맺힌 눈물이 가녀린 목선을 타고 흘렀다.

"어찌 된 일이냐. 내 듣기로 너는 동군 소속이라 화를 피했을 거라 생각했는데."

"피했으니 이 정도지요. 오라비께서 전장에 계셨다면 이럴 일은 없었을 텐데… 흐흑…."

터져 나오는 눈물을 주체하지 못하고 선정이 다리를 오므리며 몸을 떨었다.

"이런 일이… 일단 눈물을 좀 그쳐 보거라. 다른 이들은? 또 누가 이곳에 있는가?"

"예, 지금 다들 오고… 흑…."

몸을 들썩이는 선정의 뒤로 분주한 발걸음이 들렸다.

"검사!"

"형님!"

섞여 들리는 여러 목소리에 반가움을 느끼며 규가 눈을 크게 떴다.

"제장급이 스물셋, 몸이 성한 병사가 천, 군마가 칠백…."

탁자 위에 올려진 규의 손이 미세히 떨렸다.

"형님! 서경이 함락 직전이라 들었습니다! 속히…."

"주섭이 이놈! 어찌 검사께 사사로운 호칭을 붙이는가!"

병화가 손바닥에 잔털이 가득 솟아 짐승처럼 보이는 두터운 손을 탁자에 내리치며 주섭을 쏘아보았다. 손과 마찬가지로 턱과 귀 주변에 좌우 가릴 것 없이 잔뜩 솟은 털이 파르르 떨리며 그의 얼굴이 도깨비의 형상과 같이 일그러졌다.

"뭣! 놈이라니! 내가 놈 소리 들을 나이로 보입니까?"

"이놈이 그래도… 아가리를!"

"석 산원! 어찌 검사의 면전에서 이리 큰소리를 내십니까!"

"뭐라? 네놈이 검사 앞에서 말 한마디를 낼 처지더냐? 그리 말려도 군사들을 사지로 내몰던 놈이!"

자신을 만류하는 홍준에게 고개를 돌리며 쏟아 내는 병화의 살기가 가득한 눈빛에 홍준이 몸을 일으키며 침을 튀겼다.

"어찌 지금 그 얘기를 하십니까? 결과를 알고 참전하는 장수가 있답니까? 그러는 산원께서는 서군이 갈려 나갈 때 무엇을 하셨길래 갑주에 피 한 방울 안 묻히고 제일 먼저 이곳에 도착하셨소!"

"그만들 하시지요! 검사께서 먼 길을 오셨는데….

"어쭈. 그래, 동군에 같이 있었다고 네놈까지 역성을 드는 것이냐!"

"말이 지나치시오! 어찌 이 상황에서 동군과 서군을 논한다는 말입니까!"

만류하려던 재헌까지 목에 핏대를 세우기 시작했다.

"안 그래도 울화가 터져 광증이 도지는 참인데 이놈들이 떼로 몰아붙이는구나. 좋다! 오늘 아주!"

"그만!"

소매를 걷으며 몸을 일으키는 병화의 귓가로 귀곡성같이 소름 끼치는 소리가 울렸다.

"사내들이! 전장에서 몸 성히 살아 돌아온 것만도 부끄러울 일인데 어찌 서로 못 잡아먹어 안달이오! 안전에 누가 계신지 모르고들 이러십니까!"

날카롭게 울리는 선정의 목소리에 병화가 슬며시 고개를 흔들며 규를 바라보았다.

"계속들 해 보거라."

작은 창틀 밑으로 희미하게 새어 들어오는 겨울 햇빛 속에서 규의 서늘한 음성이 한 음절, 한 음절 나풀거리며 부관들의 귓가로 파고들었다.

"거, 검사…."

티끌만큼의 감정도 비치지 않는 마치 뱀의 눈과 같이 싸늘한 그의 눈동자에 격변을 토하던 부관들의 입이 얼어붙었다.

"계속 하라 하지 않는가."

부관들의 몸이 봄 햇살에 녹아내리는 얼음장처럼 천천히 흐물거렸다. 그것은 단순히 상관의 심사에 어긋난 행동을 한 것에 대한 자책이 아니었다. 비좁은 광주리에 뱀과 쥐를 넣어 놓은 것과 같은 자연적인 현상이었다. 찰나의 움직임으로 당장 숨이 끊어질 수 있는 쥐의 심정처럼 부관들은 어떤 언행을 나타낼 수도 없이 심연에서 느껴지는 공포를 다스리기에 여념이 없었다. 팽팽한 긴장 속에서 규가 몸을 일으켜 천천히 환도를 빼어 들었다. 희미하게 비치는 햇빛 속에서 검광이 흐릿하게 사방으로 튀었다.

"그대들 모두 삼수채 전투에서 살아온 자들이다. 일개 병사마저 안위를 지키지 못하고 동토에 피를 흩뿌렸거늘… 장수 된 자로서 전장에서 몸 성히 생환한 것은 탈영의 죄를 스스로 자인하는 것이다. 내 대고려국 서북면을 관장하는 도순검사의 지휘로 그대들을 참하여 본보기로 삼으려 한다. 항변은 허하지 않는다. 다만, 살고 싶은 자는 검을 들어라."

병화가 식은땀에 흠뻑 젖은 오금을 굽혀 바닥에 무릎을 꿇었다.

"송구합니다."

병화를 따라 부관들이 의자를 뒤로 밀치고 무릎을 꿇으며 머리를 조아렸다.

"항변은 허하지 않는다고 했다. 그대로 목이 베여도 다들 괜찮은가!"

숨을 들이쉬지도 내뱉지도 못한 채 부관들의 등으로 식은땀이 줄줄 흘러내렸다. 규는 여전히 감정이 없는 눈으로 천천히 환도를 치켜세웠다.

"검사! 제장들이 어찌 일신을 아끼고자 적들에게 등을 보였겠나이까. 고금의 병서에도 패전이 뚜렷한 때에 장수는 헛되이 병사들을 희생시키지 않고 훗날을 대비한다 하였습니다. 그들이 전장을 이탈한 것은 중죄로 처벌함이 마땅하나 다만, 이적들의 군세가 여전히 우리 강토를 휘젓고 있으니 단 한 명의 병졸이라도 시급한 때가 아니라 할 수 없습니다. 그들의 과격한 언행과 부적절한 이탈행위는 추후에 처벌할 터라도 당장은 병력을 보존하여 종군케 하는 것이 위급한 상황을 극복하는 현명한 처사라 여겨집니다."

견일이 급히 일어나 규에게 몸을 향하며 고개를 숙였다. 천천히 올라가는 환도의 도신이 순간 멈추었다.

선정이 백지장처럼 하얗게 질린 얼굴로 몸을 떨며 규를 올려다보았다.

"다들 일어나라."

부관들이 고개를 들지 못하고 천천히 몸을 일으켰다.

"그대들이 그저 목숨이 아까웠다면 누구 하나라도 나에게 검을 빼 들었겠지. 허나…."

규가 말을 흐리며 급작스레 검을 탁자에 내리꽂았다. 흠칫할 여력도 없이 두터운 탁자를 꿰뚫고 칼자루의 끝만 드러낸 채 흔들리는 검을 보는 부관들의 눈이 절로 감겼다.

"지금 이후로 어떤 이유에서건 전장을 이탈하려는 움직임을 보이거나 오늘 같은 참담한 언행을 일삼는 자는 즉참할 것이다."

"예. 검사⋯."

여진으로 떨리는 칼의 손잡이를 바라보며 규가 천천히 의자에 몸을 기대었다.

"계속하지."

부관들이 흔들리는 무릎 언저리에 겨우 힘을 주며 축축하게 식어 버린 몸을 천천히 움직였다.

25 고래이

　구름에 가린 은은한 달빛 아래 대로를 따라 일단의 행렬이 분주히 이동하고 있었다.

"망할. 우리가 닦아 놓은 길을 저것들이 활보하고 우리는 숨어서 보고만 있네."

　대로의 남쪽 낮게 솟은 비탈 위에서 검은 형체를 어둠에 숨긴 주상과 병사들이 바짝 엎드려 아래를 주의 깊게 살피고 있었다.

"석아! 어떠냐?"

　땅에 찰싹 달라붙어 오르막을 천천히 오른 하석이 주상에게 다가와 입가에 묻은 모래를 입김으로 털어낸 후 속삭이듯 말했다.

"교위, 수레가 네 채이고 소 같은 짐승이 한 마리씩 끌고 있습니다. 고삐 잡은 놈들이 넷, 주위를 호송하는 병사까지 합하면 대략 스물쯤 됩니다."

"소? 말이나 낙타가 아니고?"

"아닙니다. 덩치나 생김새는 소 같은데 어두운 털이 주렁주렁 늘어진 것이…."

"흐음… 골치 아프네. 겁이 많은 동물이려나."

"뭐… 살이 날아다니면 사방팔방할 것 같긴 한데…."

"하아… 저, 쌍놈이 똥 싼다고 지랄하는 바람에 쓸데없이 엮여 버렸네."

"늙은이가! 그냥 이름을 부르라니까."

"쉿!"

주상의 옆에 엎드려 있던 환수가 발끈하며 고개를 들자 하석이 급히 손을 뻗어 환수의 정수리를 잡고 바닥으로 내리꽂았다.

"이런, 시…."

"조용!"

엎드려 있던 그림자들이 움찔거리자 멀리 수레 행렬 속 병사들이 언뜻 느껴진 기척에 손에 든 횃불을 좌우로 흔들었다.

"걸… 렸나?"

"아니… 못 본 것 같습니다."

"이런 쌍놈 새끼가! 천지분간 못 하고 아주 그냥! 대가리를…."

야수의 눈처럼 번득이는 주상의 눈빛에 환수가 입가를 삐죽 내밀었다.

"어찌하시겠습니까?"

"어찌하다니! 못 봤으면 몰라도 봤는데… 처리하고 가야지. 염병하고는…."

"호송 인원을 보니 그다지 중요한 건 아닌 것 같습니다만…."

"이놈아! 저 안에 뭐가 들었는지가 중하냐! 출성하면서 우리 임무가 저놈들 교란하고 보급 끊고 포로 구출하고 그런 것인데, 뭐가 됐든 어찌 그냥 보내느냐! 게다가 소도 네 마리나 있으니… 수레에 술 단지가 실렸을 수도 있고…."

"예, 그야 뭐…."

주상의 말에 하석이 무안함을 떨치려 입가의 흙을 털어 냈다.

"대충 스물이라. 우리가 서른이니… 한 명이라도 다치거나 죽으면 우리 손해

다. 다들 일시에 현궁을 쏘고 저놈들이 놀라서 어정쩡할 때 한 발 더 쏘면…
육십 발에 스물을 못 맞추랴….”

“그렇긴 한데… 몇 놈은 살이 날아오면 수레 뒤로 숨을 겁니다. 살이 짐승을
맞추면 제법 혼란해질 텐데….”

“몇 놈은 곡사로 쏘고! 특출나게 잘 쏘는 놈 대여섯 추려서 고삐 잡은 놈들
노리면 되지! 후딱 말 전하고 조나 짜라!”

“예….”

　하석이 급히 팔꿈치를 움직였다. 조심스런 움직임에도 흙먼지가 낮게 깔려
하석의 얼굴 주변으로 달려들었다.

“나는 어찌하오?”

“뭘 어째! 이 쌍놈이 분위기 파악 못 하고! 활은 쏠 줄 알 것 아니냐!”

“활이 있어야 쏘지!”

“뭐? 활이 없어?”

“무기 한 자루 안 쥐여 주고… 급히 따라오라 하길래….”

“이 천하의 쓸모없는 똥만 퍼질러 싸는 쌍놈이.”

“아 좀! 활이고 나발이고 저놈들 대가리 터뜨려 죽이면 되는 것 아닌가?”

　발끈하는 환수의 모습에 주상이 검지를 입가로 가져가며 인상을 썼다.

“됐으니, 활을 쏘기 시작하면 달려가서 숨은 놈이나 어정쩡하게 맞고 개기는
놈이나 조져 놓아라! 고기 처먹은 값은 해야지!”

“흐… 그래! 그리 말하면 쉽구먼, 맨날 욕지거리를.”

　환수가 씨익 웃으며 몸을 일으켰다.

“대충 보고 투항하는 놈 있으면 한두 놈은 살려 놓아도 된다!”

　그 사이에 앞서간 하석이 멀찍이서 보내는 손짓을 보고 주상이 천천히 몸을
일으켰다. 동시에 몸을 숙이며 일어난 병사들이 화살을 꺼내 시위에 걸었다.

밤공기를 가르는 바람 소리에 수레를 호송하는 거란 병사들이 화들짝 놀라 몸을 틀었다. 갑자기 날아오는 수십의 화살에 병사 예닐곱이 비명을 내지르며 쓰러졌다. 수레에 박혀 파르르 떨리는 화살을 발견한 병사들이 급히 활을 들어 시위를 당기려 하자, 다시 한번 화살 수십 개가 날아왔다. 몇몇은 하늘을 향해 응사하였지만 대부분의 병사들이 땅에 쓰러졌고 화살을 피한 이들 마저 수레 뒤로 몸을 숨기기 바빴다. 병사 하나가 다급하게 고삐를 놓고 수레 앞에 걸쳐진 방패를 들고 몸을 웅크리며 고함을 질렀다.

"아아아악!"

쿵쿵거리는 소리와 함께 내리막을 달린 환수가 괴성을 내지르며 수레 쪽으로 다가갔다. 수레 뒤에 몸을 숨긴 병사 하나가 옆으로 몸을 내밀며 활시위를 당기는 순간, 어느새 다가온 환수가 화살을 잡아채며 병사의 머리를 끌어다 수레로 박았다. 축 늘어지는 병사의 뒤로 다른 병사 하나가 어금니를 깨물며 환수에게 검을 내질렀다. 뒤뚱거리며 뒷걸음질을 치는 환수의 겨드랑이 사이로 검이 지나갔다.

환수가 혀 끝으로 윗니를 쓸면서 재빠르게 주먹을 펴고 양 손바닥으로 병사의 얼굴을 가운데 두고 박수를 치는 모양으로 두 손바닥을 모았다. 벅 하는 소리를 내며 병사의 얼굴에 있는 눈과 귀와 코 그리고 입까지 모든 구멍에서 피가 튀었고 곧 그의 몸이 앞으로 쓰러졌다.

흐리멍덩한 흰자위와 반대로 짙게 빛나는 검은 눈동자로 환수가 주위를 천천히 훑었다. 어느새 주상과 병사들이 활을 들고 수레 쪽으로 다가와 있었고 그들 옆으로 쓰러진 거란 병사들이 늘어져 있었다.

"저건 뭐고?"

상황을 정리하며 활을 내리던 주상이 수레 앞쪽에서 들리는 소리에 몸을 돌렸다.

둥그런 방패로 얼굴을 가리고 몸을 웅크린 채 머리 위로 손을 뻗어 손바닥을 내보이며 좌우로 흔드는 모습에 주상과 일행들이 눈길을 그 병사에게 집중했다.

"얘 뭐라는 거냐?"

바쁘게 손을 흔들며 무언가 소리치는 병사의 행동을 일행들이 의아한 눈으로 바라보며 모여들었다.

"석규야! 니 거란말 좀 알아듣지 않냐!"

"뭐… 어깨 너머로 단어 몇 개 배운 게 다입니다만."

석규가 쓰러진 시체에서 화살을 뽑아내며 주상을 향해 몸을 돌렸다.

"뭐라는 거고?"

"고래… 이… 다? 모르겠습니다. 생전 처음 들어 보는…."

"고래이다! 고래이다!"

머쓱함에 목을 긁적이는 석규의 앞에서 거란 병사가 계속 같은 말을 반복했다.

"추가야, 혹시?"

추가가 대답 대신 고개를 가로저었다.

"아이 참. 이놈아! 못 알아듣겠다! 고려말이나 여진말 아는 것 없느냐?"

"고래이다! 고래이…."

주상의 채근하는 소리에도 병사는 연신 불안한 얼굴로 같은 말을 반복할 뿐이었다.

"그냥 죽일까요? 소는 우리가 끌면 되겠는데."

"야야! 그래도 사람이 인정이라는 게 있지. 항복하고 손 흔드는 놈을 어찌 바로 죽이냐! 우리라고 포로가 되지 말란 법이 있간?"

"그렇긴 해도… 말도 안 통하는데… 시끄럽기만 하고."

"고래이! 고래이다!"

불안한 낌새를 느낀 듯 병사는 더욱 악착같이 소리를 질러 댔다.

"아! 이놈! 목청이…."

"왜? 뭔데? 이놈도 때려 죽이면 되오?"

"쌍놈이는 꺼져라. 시끄러워 정신없어 죽겠구면."

"에잇 늙은이… 시…."

"고래이다!"

"응? 이놈은 뭐라는 거고? 고래이?"

　성큼 다가와서 자신을 내려다보는 환수의 험악한 얼굴에 병사가 두 눈을 질끈 감으며 계속 소리쳤다.

"고래이… 응? 고려… 인?"

　환수가 내뱉은 고려인이라는 단어에 병사가 눈시울을 붉히며 다급히 몸을 일으켜 고개를 앞뒤로 흔들었고 그 광경에 일순간 정적이 흘렀다.

"헤헴, 참… 별…."

　헛기침을 내뱉는 주상의 뒤로 수레에서 목소리가 들렸다.

"어르신! 별 거 없습니다! 다 털옷과 피복뿐입니다."

"뭐라? 에라이… 항아리 같은 건 없나? 확실해?"

"예, 없습니다."

　털가죽 뭉치를 손에 껴안고 달려오는 하석의 모습에 주상이 입맛을 다시며 아쉽다는 듯 인상을 썼다.

"염병하고는… 이걸 어따 쓰냐… 하…."

"옮기기도 번거로운데 어찌 다 태워 버릴까요?"

"야 이놈아! 태우건 삶아 먹건 검사께서 결정하셔야지!"

"예… 뭐…."

"근데 이 소 참 희한하게 생겼다. 그래, 네가 고려인이라고?"

"고래이!"

거란 병사가 축축하게 젖은 눈망울로 연신 고개를 끄덕였다.

"으휴… 그래, 일단 같이 가자."

"고려인 맞습니까? 대가리는 이적 놈들처럼 밀었는데."

하석이 병사의 털모자를 벗겨 내며 달빛을 튕겨 내는 훤한 정수리를 쓰다듬었다.

"어려서 포로로 잡히거나 했겠지. 일단 데려가자. 자! 시체들 모아서 대충 흙으로 덮어 놓고. 움직이자!"

"이놈은 포박을 할까요?"

"음… 아니다. 병장기 하나 안 걸쳤는데 포박씩이나… 오히려 번거로워진다."

주상이 천천히 병사를 훑었다. 약관의 나이가 되었을까 앳된 얼굴에 날카로운 콧대 밑으로 듬성듬성하게 수염이 솟아 있었다.

"야! 쌍놈아! 니가 이놈을 살렸으니 책임지고 감시해라!"

"뭐? 내가 왜?"

"밥값은 해야지!"

"두 놈이나 때려 죽였으면 충분하지."

"거 좀 상관이 하라면 군말 없이 해라! 네놈도 어쨌든 군인이니. 똥 좀 그만 퍼질러 싸고!"

"군인? 그럼 대접이라도 해 주고 부려 먹든가. 맨날 욕지거리만 하면서."

"하… 그래. 네 이적 놈들 두 놈씩이나 처죽였으니 고려 제일의 영웅이 났구나! 이제 이름으로 불러 줄 테니 좀 고분고분 시키면 할 테냐? 환수야!"

"흐… 영웅씩이나 무슨… 알겠수다! 내 확실히 지켜보지!"

대뜸 어깨를 으쓱이며 거란 병사의 팔을 잡아채는 환수의 모습에 일행들이 머리를 좌우로 흔들며 한숨을 내쉬었다.

26 무인 武人

규는 거점에 진입한 후 우선적으로 병력을 재편성했다. 먼저 거점에 들어와 있던 병력 중 부상자와 그들을 호송할 인원을 편성하여 통주성으로 보냈다. 중랑장 견일과 낭장 홍광을 앞세워 행렬을 이끌게 하였다. 거점에는 1,000여 명의 장졸이 남았다. 하루 동안 내린 겨울의 단비에 호수의 수위가 올라갔고 말들이 넉넉하게 마초를 씹을 수 있었다. 제법 한산해진 공간 곳곳에는 나무를 쌓고 불을 붙여 병사들이 심신을 녹일 수 있게 하였다. 간만에 찾아온 아늑함 속에서도 막사 안은 며칠째 쉬지 않고 이어진 회의로 분주했다. 곽주를 탈환할지, 무로대를 습격할지, 서경을 위협하는 적들의 배후를 교란할지, 고려인 포로를 이송하는 부대를 급습할지 무엇 하나 쉽사리 의견이 모이지 않았다. 개전 후 고려는 흥화진과 통주를 지켜 냈지만 곽주가 함락되었고 삼수채에서 고려의 창이라 불릴 주력군이 궤멸했다. 30만의 병력 중 최소 3만이 죽었고 남은 27만의 대부분 병력을 수습하고 재규합하려면 최소 두어 달은 걸릴 것이었다. 두어 달… 이적들이 서경을 함락한다면 개경으로 들이닥치는 것은 채 며칠도 걸리지 않을 것이다. 임금과 대신들이 개경을 버리고 청야를 결정하며 파천의 길을 택하더라도 저들의 군마를 어디까지 따돌릴 것인가, 왕이 잡힌다면 어찌해야 하는가, 어떤 이를 새로운 왕으로 추대하고 항전할 것인가, 굴욕을 감수하고 협상을 할 것인가, 그 모든 과정에서 필히 일어날 백성들의 희생은 또 어찌할 것인가… 혹한의 계절에 후덥지근한 공기로 가득한 막사 안에서 규의 인내심이 점점 메말라 가고 있었다.

"다친 곳은 없나?"

"예, 검사. 무탈합니다."

"다행이네. 상황은?"

정오 즈음에 대정 조경이 회의에 합류했다. 함락된 곽주성에 잠입해 현황을 살피고 오는 길이었다. 날렵한 몸매에 가녀린 손목이 군병의 태를 비치지 않았지만 그는 서북면 아니 고려에서도 손에 꼽히는 척후의 능력을 지닌 이였다. 규는 그의 능력을 누구보다 신뢰하고 대부분의 척후 행위를 그에게 맡겼다.

"성에 상주하는 병력이 최소 오천은 되어 보였습니다. 하옵고…"

거멓게 그을린 얼굴에 유독 새하얀 조경의 윗니와 아랫니가 불안하게 맞닿아 떨렸다.

"뭔가?"

"저희 병사들이 대부분 생존해 있는 듯했습니다."

"뭣?"

부관들의 격한 탄성에 먼지가 어지러이 휘날렸다.

"함락이 아니라 투항인가."

"소문이 사실…"

부관들이 웅성거리며 탄식을 뱉어 냈다.

"자세히 살피지는 못했지만 개중에는 부상병들이 제법 보여 바로 투항한 것 같지는…."

"곽주 성주는? 못 보았는가?"

홍준의 말에 조경이 고개를 슬쩍 숙였다.

"그게…."

"척이가? 살아 있는가?"

"그것이…."

"말해 보게!"

규의 무거운 음성에 조경이 천천히 고개를 들었다.

"야음에 먼 거리라… 정확히 본 것은 아니지만 곽주 성주로 보이는 이가 이적 장수와 나란히 성루에 있었던 것 같습니다."

"한척이 이놈…."

급히 몸을 일으키며 부르르 떠는 병화의 광대 주위로 붉은 기운이 스멀거리며 올라와 천천히 얼굴을 덮었다.

"이런 일이 있을 수가…."

"다들 진정들 하게."

규가 탄식과 분노로 가득 찬 부관들의 얼굴을 살피며 병화에게 눈빛을 보냈다.

"검사, 송구하오나… 열을 좀 식혀야 하겠습니다."

"다녀오시오."

병화가 문을 거칠게 열어젖혔다. 슬쩍 새어 들어온 바깥 공기에 부관들의 떨림이 멈추었다.

"검사, 아무래도 곽주를 수복해야…."

"맞습니다! 육성 중 한 곳이 투항했다는 사실이 알려질수록 군은 물론 백성들의 사기까지 떨어질 것입니다.”

“그렇긴 하나… 천 명으로 어찌 공성을 한다는 말인가. 수성의 병력이 더 많은 상황이니.”

“통주에 명해 병력을 차출하면….”

“통주에서 얼마나 병력을 차출할 수 있겠는가?”

고개를 돌리며 눈치를 보는 부관들 틈에서 재헌이 말했다.

“검사, 통주 또한 10일이 넘는 기간을 수성하느라 병력이 온전치는 못합니다. 저희 쪽에서 이송한 병력과 최소 방어 병력을 제하면… 천여 명 정도는 되지 않을는지….”

“그리해 봐야 이천여 명이 아닌가. 기세나 전술로 어찌할 정도가 아니지 싶은데. 더군다나 곽주성이라니….”

규와 부관들이 슬쩍 생각에 잠기며 곽주성의 모습을 떠올렸다. 산맥 중간 뾰족하게 튀어나와 평지와 만나는 두 곳의 산세 사이에 곽주성이 축성되었다. 다른 성에 비해 성벽을 높게 쌓았지만 그 폭은 좁았고, 안의 공간은 길쭉하게 종의 형태로 산맥까지 이어졌다. 수용 인원과 비축 가능한 물자가 적다는 단점이 있었으나 적은 인원으로도 수성이 용이했다. 수성의 입장이 아닌 공성의 입장에서 육성 중 가장 함락하기 까다로운 곳이 곽주였다.

“불가능합니다. 곽주는.”

홍준이 고개를 가로저었다.

“그래도 무슨 수라도 써 봐야….”

선정이 미간에 힘을 주고 주위를 둘러봤다. 그 눈빛을 마주한 규가 조경에게 고개를 돌렸다.

“경아, 어느 길로 성에 들었느냐?”

“동장대 뒤로 절벽 기억하십니까?”

"동장대 절벽… 아! 거기로 갔다고? 어떻게?"

"몸에 줄을 묶어 절벽을 탔습니다."

규의 눈이 순간 크게 떠졌다.

"어엇! 혼자 말고 부대 단위로 침투가 되겠느냐?"

"부대 말입니까? 강습이면 몰라도… 침투라면 최대 서른 명 즈음이… 그 이상이면 분명 걸릴 겁니다."

"서른…."

"최대한 몸이 날랜 자들로 구성하면… 그렇다 해도 그중 몇은 낙사하거나…."

"검사, 송구하오나 서른 명이 침투한다 해도… 성문을 열지 못하면…."

홍준이 눈을 내리깔며 말끝을 흐렸다.

"그래도 할 수 있는 방법은 다 생각해 보아야지. 이적들 분위기는 어떻던가? 경계가 삼엄한가?"

"아닙니다. 대부분 긴장이 풀린 듯 보였고 술에 취한 이들도 제법 있었습니다."

"그럼…. 네가 서른 명 정도를 인솔해서 동장대 쪽을 노려 볼 만 하겠느냐?"

"예. 산의 뒤쪽으로 돌아 절벽에 오르면 가능은 하나… 성문을 열기에는 서른으로는 역부족이 아닐까요?"

"성문, 성문이라…."

"검사, 신통한 수가 있겠습니까?"

"경아, 우선 네가 보아서 몸이 날래고 믿을 만한 자들로 조를 만들어 보거라."

"예. 음…."

경이 입을 쓰다듬으며 천천히 고개를 돌렸다.

"제가 가겠습니다!"

선정이 급히 몸을 일으켰다.

"정아!"

"여기 저보다 날랜 이가 있습니까? 게다가 절벽을 타야 하니 몸도 가벼워야 할 테고…."

"음… 정이라면, 평소 걷는 소리도 안 내니까 가능…."

"너무 위험하다!"

규가 굳은 인상으로 조경의 말을 잘랐다.

"검사! 전쟁 중에 어찌 위험을 마다하겠습니까?"

"허나, 너는 여인이 아니더냐."

"검사! 저는 삼수채에서 동무들이 죽어 나가는 동안… 무기력하게…."

"정아…."

선정이 눈빛을 빛내며 양손을 허리 뒤로 가져가 두개의 검을 꺼내 들었다. 도신이 일반 환도의 반쯤 되는 짧은 칼날이 서슬 퍼런 쇳소리를 울렸다.

"여인이고 사내고 전 뭐라도 해야겠습니다! 제 고집을 꺾으시려면 칼을 뽑으십시오!"

"뭐, 뭣?"

당황하여 핏기가 사라지는 규의 얼굴과 달리 부관들은 손으로 입을 가리며 어깨를 들썩였다.

"검사, 보내 주시지요. 선정이도 어엿한 무인입니다. 여기 모인 사람들 중 검사 말고 누가 선정이와 겨뤄 이긴다고 장담하겠습니까."

주섭이 선정과 규를 번갈아 보았다.

"허… 네 고집을… 그래도 선정아 칼을 꺼내 들면… 일단 넣거라."

"보내 주십시오!"

쏘아붙이는 눈빛을 마주하던 규가 결국 눈길을 피했다.

"무인이라… 경아, 유도 데리고 가거라. 날래기로는 선정보다 나을 게다."

190

"그리하겠습니다. 그럼, 정이는….."

"칼까지 빼 들고 목을 베겠다는데 어찌 이기겠느냐. 부디 다들 다치지 않게 자네가 잘 이끌어 주게."

"예, 검사."

"우선 조부터 만들게. 밖에 병사들 중에서도 한번 살펴보고… 여기는 이제 부터 성문을 열 궁리를 해야겠구먼."

규가 양손으로 얼굴을 가리며 쓸었다. 조경이 규에게 고개를 숙이며 움직였고 선정은 칼을 칼집에 꽂아 넣으며 조경의 뒤를 따랐다. 규가 한쪽 손을 들어 등 위로 올리자 내내 규의 뒤에 서서 부동자세를 취하고 있던 유가 열린 문으로 몸을 향했다.

27 무상 無相

    수레를 끌고 주상의 일행이 거점에 도착했다. 입을 삐죽이며 밖을 배회하던 병화가 어수선한 인파 속에서 주상을 발견하고는 발을 돌렸다.

"여, 아직 살아 있네?"

"응? 이놈이."

    큰 보폭으로 다가오는 병화를 발견한 주상이 단검을 빼 들어 병화의 앞으로 휘둘렀다.

"어이, 인사가 너무 거친데."

"야, 이 개놈아! 반말하지 말랬지!"

"에이, 오십 넘으면 친구 하자더니."

"이! 술 처먹고 기억도 안 나는 일을 계속 우려먹어?"

"그건 노 형 사정이고! 사내가 말을 뱉었으면 지켜야지!"

"됐고! 노닥거릴 틈 없으니 저리 꺼져라."

"에이, 어째 사람이 늙을수록 꼬장꼬장해지는….'

"안 닥치냐!"

"예, 예! 응? 이건… 이야, 오랜만에 보네. 거란 애들한테 뺏은 건가?"

병화가 검은 털을 늘어뜨린 짐승에게 천천히 다가갔다.

"응? 그래! 네놈은 알겠네. 이 짐승이 소인가? 석이는 무슨 소 친척뻘 되는 짐승이라 하고. 추가 놈도 뭔지 모르는 눈친데. 무엇이고, 이 짐승은?"

"닥치라며?"

병화가 말없이 쏘아보는 주상의 독기 어린 눈빛을 피하며 짐승의 등을 어루만졌다.

"이거 저, 서쪽 놈들이 부리는 짐승인데… 뭐랬더라? 맞다! 약이다. 약흐. 이거 고기도 맛 좋고 순해서 키워 두면 도움 많이 될 걸."

"으응? 야흐? 약?"

주상이 입을 엉성하게 움직이며 거란의 발음을 흉내 냈다.

"그, 형님은 못 한다. 그냥 약이라 부르면 된다."

"여하튼, 이거 소 맞나?"

"그렇지."

주상을 뒤따르던 하석이 어깨를 으쓱이며 웃었다.

"그러니 사람 말을 왜 안 믿으시고…"

"끄응… 고기가 맛나다고? 전쟁 중이니… 부처님께서도…"

맛이라는 단어에 주위의 병사들이 귀를 쫑긋 세우고 침을 흘렸다.

"우선, 검사께 보고부터 하고 말씀드려 보자."

주상이 문을 열고 들어섰다.

"검사! 임무 완료하고 도착했습니다. 30명 전원 무탈하옵고 오는 길에 적의 보급부대를 만나 말살하고 소 네 마리와 보급품을 가져왔습니다."

"고생하셨습니다!"

"고생은요. 아, 장서 놈이 이걸….."

주상이 품 안에서 죽통을 꺼내 규에게 건넸다.

"어르신, 정정하시지요?"

"형님, 오랜만입니다."

"고생하셨습니다. 노 교위."

죽통에서 서신을 꺼내 읽는 규의 뒤로 부관들이 주상에게 인사를 건넸다.

"그래. 다들 삼수채에서 용케도 안 죽고, 잘들 살아 있네. 이게 반가운 일 맞지?"

"에이….."

만나자마자 독설을 건네는 주상의 모습에 부관들이 급히 고개를 돌려 눈길을 피했다.

"보급품은 무엇입니까?"

서신을 접으며 규가 주상에게 물었다.

"예, 뭐… 내용물은 별거 아닙니다. 이적 놈들 털옷입니다. 갑주 밖에 걸치는 커다란 외투하고 털모자 그런 것들입니다. 것보다 중한 게 소가 넷… 맛이 좋다던데… 병사들도 고단할 테니 어떻게….."

"응? 피복이라고?"

규의 다급한 음성에 주상이 말을 멈췄다. 재헌이 잠시 의아한 눈빛을 띠다가 갑자기 몸을 일으켜 규에게 향했다.

"검사! 혹시!"

"그래! 일단 다들 나가 보세."

주상이 재빠르게 몸을 옮기는 규를 따라 나서며 말했다.

"검사, 포로도 한 놈 잡아 왔습니다! 지가 고려인이라는데….."

"포로? 일단 가서 얘기합시다."

수레 안의 피복들을 어루만지며 규가 미소를 지었다.

"이거라면… 아, 포로는 어딨습니까?"

"예, 환수야!"

"왜?"

수레 뒤에서 환수가 포로의 어깨에 손을 올리고 걸어 나왔다.

"그 아이 좀 데려와 봐라."

"여기."

자신의 등을 거칠게 미는 환수의 손짓에 포로가 허우적거리며 규의 앞으로 다가왔다.

"우리말은 합니까?"

"그것이, 고려인이라는 말 말고는… 어려서 잡혀간 건지…."

"음. 거란말을 할 줄 아는 이가…."

"병화 놈이 있지요."

"불러오시오."

"저 여기 있습니다. 검사."

병화가 검은 짐승 앞에 쭈그리고 앉아 있다 자신을 찾는 목소리에 몸을 일으켰다.

"이 아이 심문 좀 해 주시오. 우리말을 못 하는 듯하니."

"알겠습니다. 보자…."

다가오는 병화의 험상궂은 얼굴에 포로의 얼굴이 굳었다.

"겁먹지 말거라. 안 잡아 먹는다."

병화가 포로의 앞에 서서 거란말을 꺼내기 시작하자 포로의 굳은 얼굴이 천천히 풀렸다. 거란말로 한참 이어지던 대화가 끝나고 병화가 규에게 몸을 돌렸다.

"거, 참. 이놈도 팔자가 기구합니다."

"말해 보시오."

"그러니까 요약하자면, 어미가 고려인인데 당시 국경 지역에 살았던지 여진족 사내한테 시집을 간 것 같습니다. 한데, 그 여진족 마을이 거란 놈들한테 침략을 당하는 바람에 포로로 끌려가 그곳 거란 족장 놈 첩이 되고 이 아이를 낳은 것 같습니다. 그런데 이놈이 팔삭둥이라 애매한 것이… 그래도 그 족장 놈은 어느 정도 아들 대접을 한 것 같은데 그 부락민들이 어지간히 괴롭혔겠지요."

주위의 병졸들이 몰려와 병화의 말에 귀를 기울였다.

"그래도 어미랑 둘이 살아 보겠다고 악착같이 버티고 살았는데, 이놈이 여덟 살 때 어미가 폐병에 걸려 죽었답니다. 하, 그리고는 그 족장 놈마저 얼마 못 가 병 걸려 죽고… 이놈은 차별에 위협에 견디다 못해 열살 때 그 부족을 탈출했답니다. 그렇게 들쥐 잡아먹고 냇가에서 송사리 잡아먹고 버티다… 다른 부족에 잡혀 노예처럼 살다… 이번 전쟁으로 징집령이 내려져 어찌저찌하다 여기까지 왔다는 군요."

"아!"

규의 탄식이 모여든 이들의 숙연한 감정을 대변했다.

"거, 사내가 질질 짜기는."

환수가 추가의 눈가에 맺힌 눈물을 보고 그 어깨에 손을 올렸다.

"이놈아! 코나 풀고 아가리 놀려라."

"아니, 갑자기 콧물이…."

주상의 말에 환수가 고개를 숙여 소매를 얼굴로 가져갔다.

"어미가 죽기 전에 자기는 고려인이라고 몇 번이나 그 말을 가르치고 죽었답니다. 그래서 그 한마디 달랑… 아, 이름이 있다고? 고려 이름? 그래, 써 봐라!"

병화의 말에 포로가 허리를 숙여 검지로 바닥에 글을 써 내려갔다.

"이게 뭔 자일꼬…."

삐뚤삐뚤하게 그려지는 글자에 집중한 하석이 천천히 입을 열었다.

"없을 무 자에… 서로 상 자 같은데요?"

"무상? 무슨 뜻이고? 무씨가 있나?"

"말갈 놈한테 시집갈 정도면 천민 중에 천민일 것인데 성씨가 가당키나…."

규가 몸을 숙여 무상의 겨드랑이에 손을 넣어 몸을 일으켰다.

뜻 모를 눈빛에 무상의 마음이 뭉클거렸다. 여진인, 거란인, 고려인 그중 무엇 하나로 정의 내려지지 않고 살아온 이 아이의 생에 규가 연민 이상의 감정을 느끼고 있었다. 서로 알아들을 수 있는 말로 대화할 수 없었지만 규와 무상의 오가는 눈빛 속에서 어떤 감정의 말이 오갔다.

"이 아이를 부대에 예속시키게."

"허나, 말도 안 통하고 저희 훈련도 못 받은 아이라…."

"아니! 이 아이는 우리에게 곽주를 줄 것이네!"

"예?"

의아해하는 부관들의 음성에도 규는 급히 몸을 돌렸다.

"노획한 피복은 잘 정리해 두고, 부관들은 모두 들라!"

"예!"

"석 산원은 그 아이를 잠시 더 보살펴 주시오. 아직 혼란스러울 테니…."

"예, 검사!"

병화가 무상의 등을 두드리며 어울리지 않는 따뜻한 눈길을 보냈다.

28 곤발 髡髮

"뭐? 곤발[25]을 하라고?"

주상의 어깃장에 병화의 얼굴이 벌겋게 달아올랐다.

"말 같지도 않은… 내 정수리 기른다고 몇 년이 걸렸는데 어찌 다시 밀란 말이고?"

"이놈이! 반말 하지 말라니까! 네 정수리고 뭐시고 간에 시키면 해야지, 항명하려고?"

"참. 세상… 아니, 군법에 부하 머리카락까지 간섭하는 법이 있나? 그런 명령이 천지간에 어디 있소?"

거칠게 튀는 병화의 침방울에 주상이 손을 들어 찡그린 얼굴을 급히 가렸다.

"뭐! 그래서 안 한다고?"

"못하지!"

버럭 성을 내는 병화의 목소리에 주상이 귀를 틀어막았다.

---

25 유목 민족 특유의 일정 부위를 제외하고 머리카락을 자르는 전통의 한 형태.

"이놈이…."

　서로 눈빛을 맞추고 한참을 맞서다 주상이 시선을 피하며 슬그머니 입꼬리를 올렸다.

"듣자 하니, 일전에 검사께 죽을 뻔 했다지?"

"아니! 그건…."

　병화의 얼굴에 잡힌 주름이 슬쩍 누그러졌다.

"뭐, 그땐 검사께서 아량을 베풀어 주셨는지 몰라도… 이번에는 어쩌려나… 네놈 머리카락에 곽주가 달렸는데. 음, 전시에 항명이면…."

"아니, 형님!"

"염병하고! 이제 또 형님이냐?"

"그게 아니라… 하, 나 말고도 머리 밀 놈들 많잖수! 왜!"

"몰라서 묻냐? 거란말 할 줄 알고 거란 놈들처럼 생겨 먹은 게 여기서 흔하냐?"

"그래도 이 머리 자라는데 얼마나 오래 걸리는데… 가뜩이나 늙어 잘 자라지도 않는데… 씨."

"야야! 잘 생각해라. 머리카락이랑 모가지 중에 뭐가 잘리는 게 나으냐? 전쟁 끝나면 갓 쓰고 다니면 되지. 총각도 아니고 늙어 빠져서 무슨 머리가지고 앙탈을…."

"아무리 그래도…."

"야, 그리고 잘 생각해 봐라! 곽주성이 보통성이가? 거, 지나면 서경이 지척인데 전략적으로 얼마나 중한지 네 모르진 않을 테고. 혹, 아냐? 네 머리털 덕에 성을 수복하면… 전쟁 끝나고 어디 공신첩에라도 이름이 올라갈지?"

"고, 공신?"

　주상이 돌연 입을 다물고 진중해진 병화에게 다가가며 속삭이듯 목소리를 줄였다.

"도통께서 전사하셨으니… 종전하면 누가 실세겠냐? 임금은 어리고 문신 나부랭이들은 전쟁 전후로 찍소리도 못 하는 거 알제? 전쟁 끝나기만 하면… 아주 그냥… 검사께서 가만 계시간?"

"그야, 그래도 검사께서 입조할 사람은 아니지 않나?"

"어허! 사람 모르는 소리를… 강조는 정치를 할 줄 알아서 나라를 쥐락펴락했나? 잘 알지 않나. 사람은 무릇 상황에 따라서…."

"아직인가."

어느새 다가온 규의 목소리에 둘이 화들짝 놀라며 몸을 돌렸다.

"검사! 지금 얘기 중인데…."

"하겠습니다! 나라를 위한 일인데 어찌 장수가 일을 가리겠습니까!"

적극적인 병화의 몸짓을 주상이 눈을 찡그리고 훑었다.

"고맙소. 석 형."

"에이, 검사께서도… 응당 해야지요, 암!"

"그럼, 한 백 명 정도는 필요한데… 석 형께서 선별을 하시겠소?"

"예! 제가 보고 어울릴 만한 놈들을…."

"환수야!"

병화의 어깨 너머 쭈그리고 앉아 나뭇가지로 땅을 긁고 있던 환수가 들려온 규의 목소리에 다급히 몸을 일으켜 쭈뼛거리며 다가왔다.

"뭐요?"

"어떻소?"

턱을 들어 환수를 가리키는 규의 몸짓에 병화가 몸을 돌려 환수를 살폈다.

"딱 입니다! 검사! 아주 그냥… 대가리 안 밀어도 거란 놈이래도 믿겠습니다."

"그럼 부탁합니다. 시급하니 오늘 중으로 부탁드립니다."

"예, 심려치 마십시오. 해 지기 전에 마무리하겠습니다."

"응? 사람 불러 놓고 어디 가는 겨?"

의아한 환수의 얼굴을 병화와 주상이 뚫어질 듯 바라보았다.

"왜! 뭐 이상한 거 시키려고?"

"네 대가리 좀 밀어야겠다!"

"뭔 소리요?"

환수가 본능적으로 양손을 들어 머리카락을 잡았다.

"뭔 소리기는! 대가리 민다고. 이리 머리 내밀어. 형님 칼 갈아 놨소?"

"그럼, 항상 매끈하지!"

병화가 환수에게 한 손을 뻗으며 주상에게 다른 한 손을 건네자 주상이 허리춤의 단도를 빼어 들어 그 손 위로 올렸다. 불안한 느낌에 환수가 뒷걸음질을 쳤다.

"아! 뭐! 뭐하는데?"

"야! 환수야!"

"왜?"

"네, 형님 복수 안 할거네?"

"해야지! 근데 그거랑 머리털이랑 무슨 상관…."

"상관 많다! 아주 많다!"

"아니, 싫다고! 그 신체… 발모… 그거! 모르오?"

"픕. 발모가 뭐냐! 신체발부 수… 개똥이나 먹으라 하고! 이리 와라!"

사색이 되어 달아나는 환수의 뒤를 병화와 주상이 재빠르게 쫓았다.

29 실타래

거점에서 출병한 홍성군이 곽주를 지척에 두고 마지막 점검과 휴식을 위해 산기슭에 자리를 잡았다.

환수가 넋이 나간 표정으로 귀 옆으로 땋아 내린 머리를 쥐어뜯을 듯 잡아 당겼다. 주변으로 비슷한 표정의 덩치 큰 병졸들이 훤하게 밀린 머리를 드러내며 고개를 숙이고 있었다. 그 무리에서 홀로 허리를 꼿꼿이 세운 추가가 이름 모를 나무 껍질을 뜯어 씹고 있었다.

"쯧. 역시 사람이 생김새를 잘 타고 나야⋯."

재헌이 환수에게서 멀찍이 떨어져 앉아 그 모습을 살피며 양손으로 무언가를 조몰락거리고 있었다. 덩치에 어울리지 않게 슬금슬금 재헌의 뒤로 다가온 병화가 대뜸 손을 뻗어 재헌의 손에 든 그것을 뺏어 들었다.

"아니! 이거 좀 보게!"

앞서서 휴식을 취하던 병사들의 이목이 순식간에 병화의 손끝으로 몰렸다.

"뭡니까?"

"왜 이리 요란이냐?"

주섭과 주상이 병화에게 다가가다 손에 들린 물건을 알아차리고 입꼬리를 올렸다.

"아! 돌려주십시오!"

재헌이 다급히 일어나 손을 뻗었지만 하늘로 향한 병화의 손에 미치지 못했다.

"실타래 아니네?"

"실타래?"

병사들이 함박웃음을 지으며 몰려들었다.

"아니, 사내가 진중에서 바느질을 해?"

"칼을 잡더라도 손은 깨끗해야 한다고⋯."

재헌이 고개를 숙이며 낮게 말했다. 병화가 웃으며 실타래를 눈앞에 들어 돌려 가며 살폈다.

"누가 그러던가? 각시가? 이야, 이 색깔이 때깔 곱네!"

"하하하!"

번져 가는 웃음 속에 재헌이 우물거리며 한 손에 들린 장갑의 해어진 부분을 만지작거렸다.

"지랄하고! 대가리도 흰한 놈이 젊은 놈을 그리 놀려 먹어!"

주상이 병화를 쏘아보자 병화가 슬그머니 손을 내렸다.

"아니, 놀려 먹는 건 지가 제일 잘하면서."

"뭐? 지! 이 거란 놈이 모가지가 근질거리나?"

"말이 심하네!"

주상과 병화가 험상궂게 눈을 마주했다. 순간 지지 않으려 눈가에 한껏 힘을 준 병화의 눈을 피하며 주상이 다가온 병졸들에게 속삭이듯 말했다.

"뭐하고들 서 있네? 저 바지 안 벗겨 보나?"

"하하하!"

"역시! 그래야 노주상이지!"

"근데 이놈이 계속 반말을 지껄이고!"

병사들이 재헌에게 달려들었다. 재헌이 양손으로 고간을 가리며 급히 뒷걸음질을 쳤지만 달려드는 주섭의 손에 한쪽 다리가 잡혀 넘어졌다.

"아… 하지 마십쇼! 그만 좀….”

처절하게 몸부림치는 재헌의 하체로 병사들이 들러붙어 바닥에 뒹굴었다. 남은 장졸들이 그 모습을 보고 입에 손을 대고 한참을 웃어 댔다.

"뭣들 하는 건가!"

쩌렁하고 울리는 목소리에 현장의 움직임이 순간 멈췄다.

"거, 검사. 그게….”

"아이고, 검사. 이놈들이 전투를 앞두고 워낙 긴장해 쭈뼛거리길래… 그 긴장 좀 풀어 주려….”

주상이 손을 모으며 규의 앞으로 다가섰다. 뒹굴던 병사들이 재빨리 일어나 고개를 숙였다. 재헌이 바지춤을 추스르며 일어나 규에게 고마움과 부끄러움이 섞인 눈빛을 보냈다.

"중요한 전투를 앞두고 이 어찌 해이한 모습인가! 더군다나 여럿이서 한 사람을 둘러싸고… 이러고도 그대들이 서북면의 기상을 품은 군병이 맞는가!"

"송구합니다, 검사.”

규의 앞에 선 이들이 한껏 고개를 숙이며 침묵했다.

"괜찮은가?"

"검사, 괜찮습니다….”

"그래. 너무 마음 쓰지 말고 기분 풀게나.”

규를 바라보는 재헌의 눈가가 촉촉이 젖었다.

"뭣들 하고 섰는가!"

병사들이 서로 눈치를 살피며 뒷걸음질을 쳤다. 규가 재헌의 어깨를 두드리고 그 옆을 지나 걸어갔다.

"검사…."

애처로운 재헌의 눈빛을 등지고 걷던 규가 돌연 걸음을 멈추고는 낮게 말했다.

"방법이 잘못된 게지. 어찌 바지를 벗기나… 은장도 같은 것은 가슴팍에 두지 않나?"

시간이 멈춘 듯 정적이 감돌았다. 주상과 병화가 동시에 이마를 짚고 웃음을 흘렸다.

"흐흐… 뭣들 하네!"

"하하핫!"

뒤로 물러났던 병사들이 다시 재헌에게 몰려들었다.

"아니! 검사!"

재헌이 금세 눈물을 털며 표정을 일그러뜨렸다.

"그, 잘 뒤지게. 어디 일부종사라고 적힌 천 조각이라도 나올라… 흐흐."

"예! 검사!"

포복절도하는 병졸들 사이에서 규의 어깨가 요망해 보일 정도로 격하게 떨렸다.

추가만이 소란에도 고개를 들지 않은 민머리 병사들 사이에서 천진난만한 미소를 지으며 나무 껍질을 물어 뜯었다.

30 아군 我軍

한겨울과 어울리지 않는 초가을의 서늘한 바람을 닮은 공기가 미지근하게 밤하늘을 배회했다.

"날이 왜 이리 따숩지?"

조경이 절벽 위 비탈에 몸을 숙인 채 땀에 흠뻑 젖어 호흡을 가다듬고 있었다. 따스한 공기 속 겨울 산행에 그의 뒤로 몸을 숙인 병사들의 이마 위에는 땀방울이 흥건했다. 연붉은색 노을빛에 절벽의 암석들이 실시간으로 다른 빛깔을 띠고 있었다.

"여기를 내려간다고요?"

"위에서 보니 또 다르지?"

선정이 고개를 슬쩍 내밀어 절벽 아래를 살피고는 실소를 터뜨렸다.

"다들! 다시 한번 말하지만 절대 밑을 보고 내려가면 안 된다! 특히, 다 와 간다고 생각이 들었을 때 줄에서 급히 손을 떼면 십중팔구 발목 나가거나 병신되니까 조심!"

조경이 속삭이듯 내리 깐 음성으로 말했다.

"이제 기다리기만 하면 된다. 다들 기대서 좀 쉬어라."

간만의 온화한 겨울바람을 맞으며 거란 병사들이 성벽 위를 거닐었다. 가끔 기지개를 켜며 고개를 하늘로 드는 이들도 있었지만 그 시선은 절벽 위를 살필 수 없었다. 성 내에서는 장수들과 병사들 태반이 느슨해진 심신을 술로 달래고 있었다. 경계를 서고 있는 이들 또한 교대 병사들이 오는 대로 삼삼오오 모여 술 단지를 끼고 앉을 생각에 엉덩이를 가볍게 흔들었다. 풀어진 경계심이 피어오르는 광경을 살피며 성루에 선 부관 하나가 온갖 근심을 얼굴로 드러내고 있었다.

[남쪽에서 전투가 한창일 텐데… 장군께서 어쩌시려고.]

부관이 고개를 천천히 가로저으며 한숨을 내쉬었다.

곽주의 서쪽 들판을 한참 지나 거란군의 시야 밖으로 수백 기병들이 도열해 장비를 점검하고 있었다.

"마지막으로 점검한다! 다들 편자 확인 철저히 했겠지?"

"예!"

"현궁도 다시 한번 살펴라. 시위 끝은 해지지 않았는지, 아교가 떨어지진 않았는지 살피고! 화살은 넉넉히들 챙겼지?"

견일의 말에 병사들이 현궁을 꺼내 좌우로 돌리고 시위를 슬쩍 튕겨 보며 유심히 살폈다.

"후….."

견일의 불안함이 가득 담긴 한숨이 미지근한 바람에 날렸다.

창을 늘어뜨리고 성첩에 몸을 앞으로 기댄 거란 병사의 눈에 희미한 불빛이 아른거렸다. 이내 천천히 다가오는 불빛의 존재를 확인한 성벽 위의 병사들이 분주하게 움직였다.

[적병인가?]

[그런 것 같습니다. 장군께 우선 알리겠습니다!]

[그래. 조속히 움직이라!]

[예!]

[저기!]

성루 위의 병사 하나가 손을 뻗어 먼 곳을 가리켰다.

[무엇이냐, 저것은? 궁수들은 시위를 걸어라!]

성벽을 마주 보고 횡으로 죽 늘어진 횃불 대열의 한참 앞에서 백여 명의 병사들이 다급하게 성벽을 향해 뛰고 있었다. 그 움직임에 성벽 위의 거란 궁수들이 대열을 향해 활을 겨눴다.

[대기하라! 확인하고 쏜다!]

부관의 일갈에 시위를 당긴 궁수들이 팔꿈치를 떨며 다가오는 대열을 살폈다.

[고려군이 아닙니다! 저희 병사입니다!]

[궁수들은 활을 내리라.]

궁수들이 일제히 시위를 원위치로 돌리며 활을 내렸다.

[뭐지? 이 일대에 우리 병사가 왜?]

부관의 의아함을 해소하려는 듯 병사 무리가 헐떡이며 어느새 성벽 앞에 다다랐다.

[어찌 된 일인가. 우리 군사인가? 그렇다면 소속을 밝혀라!]

숨을 헐떡이는 병사들이 허리를 숙여 숨을 고르다 천천히 고개를 들었다. 진갈색의 고깔 모양 털모자와 외투를 걸친 이들의 얼굴이 달빛에 스쳤다. 털모자 옆으로 늘어진 땋은 머리카락이 그들은 거란의 병사임을 보여 주고 있었다.

[성문을 열어 주시오!]

[대뜸 성문을 열라니! 소속을 밝히라 하지….]

[무슨 일인가? 우리 병사들 아닌가. 왜 이리 삼엄하게 경계를 하는가?]

광대 주변이 벌겋게 달아오른 채 장수 하나가 비틀거리며 성루 위로 걸어와 부관의 말을 끊었다.

[장군, 오셨습니까. 저들이 갑자기 들이닥치는 바람에….]

[저기 횃불은 무엇인가?]

[고려군인 것 같습니다!]

장수가 눈을 찡그려 멀리 늘어선 횃불을 살폈다.

[고려군! 고려군이 왔다고?]

[예, 장군.]

[그럼, 아래 우리 병사들은?]

[지금 소속을 확인하려….]

[이런! 네놈 눈에는 저들의 행색이 보이지 않는가! 어찌 같은 초원의 전사들에게 활을 겨누는가!]

장수의 일갈에 급히 궁수들이 활을 등 뒤로 숨겼다.

[허나, 장군. 복장만 보고 판단할 수는….]

[어이, 아래! 얼굴을 들고 어디서 온 누구인지 밝혀라!]

장수가 부관의 말을 자르며 아래로 시선을 옮겼다.

"헛?"

대열의 맨 앞에 선 병화가 들려온 소리에 놀라 탄식을 뱉으며 고개를 숙인 채 얼굴을 있는 힘껏 찌푸렸다.

[왜 고개를 들지 않는가?]

성벽 위의 재촉하는 외침에 병화가 천천히 고개를 들며 목을 가다듬었다.

[무로대에서 오는 길입니다! 서경의 공세에 창검과 화살을 보급하고 군세에 합류하라는 명을 받고 이동 중이었습니다.]

[그런데, 왜 이곳으로 왔는가?]

[이동 중 고려군의 습격을 받았습니다! 적들의 수가 많은지라… 병사들을 잃었고 부득이 병장기를 빼앗겼습니다. 허나, 전황을 전해야 하기에 급히 달려왔습니다.]

병화의 외침에 장수의 눈썹이 매섭게 올라갔다.

[도망쳤다는 말인가! 병사를 잃고 병장기를 빼앗기고!]

[송구합니다….]

[그대들이 그러고도 대거란의 전사들이란 말인가. 이곳으로 도망쳐 오면 목숨을 건사할 거라 생각했는가!]

장수의 외침에 궁수들이 다시 활을 들어 가슴 앞으로 옮겼다.

[장군! 저희는 보급부대로서 애초에 그 수가 적었습니다. 적들의 수가 많으니… 그 와중에도 황상의 맹위를 보이려 분투하였으나….]

[감히 폐하를 입에 담는가!]

[송구합니다, 장군. 허나, 저희는 최선을 다했습니다. 중과부적의 상황에서 헛되이 적에게 목을 내주느니 효수를 당할지언정 정보를 전하고 떳떳하게 죽는 길을 택하려 목숨을 걸고 이곳으로 온 것입니다!]

병화의 간절한 외침에 장수의 눈썹이 천천히 내려왔다.

[그대의 뜻이 가상하다. 허나, 패전은 패전. 약골인 고려군에게 등을 보인 그대들의 행동은 대거란의 위상에 큰 누가 됨을 알아야 할 것이다.]

[저희 모두… 고려군에게 패퇴한 시점에 목숨을 내려놓았습니다. 허나, 의미 없이 고려 땅에서 수급이 잘린 채 썩어 갈 바에는 대거란의 율법에 의해

벌을 받는 것이 더 영광될 것입니다. 부디 적법한 처벌을 내려 주시길 장군께 청합니다.]

[고려군은 얼마나 되는가.]

[천여 명은 되어 보였습니다. 모두 말을 타고 있습니다.]

[기마병 천이라….]

다시 숙여진 병화의 시선을 따라 땀방울이 쏟아져 내렸다. 장수는 팔짱을 끼고 고려군의 횃불을 다시 응시했다.

[너희들의 죄는 당장 묻지 않겠다! 성문을 열고 저들을 들이라!]

[장군, 소속을 확인한 후에….]

[아니다! 당장 북을 쳐라. 병사들을 깨워 출성할 준비를 하라!]

갑작스러운 장수의 말에 부관이 급히 손을 들어 장수의 앞으로 내밀었다.

[아니 됩니다. 장군, 뭔가 수상한….]

[닥치거라! 폐하의 군대가 분전 중이니 어찌 편히 쉬고 있겠느냐! 다행이 저들이 제 발로 찾아왔으니 내 저들의 목을 베어 폐하께 바칠 것이다!]

[허나, 장군! 과음을 하신 데다가 병사들도….]

[이놈이!]

돌연히 휘둘러진 장수의 팔이 부관의 뺨 앞에서 가까스로 멈춰 섰다.

[네놈이? 감히 나를 가르치려 드는가? 내 아무리 만취했다 한들 저깟 고려군을 상대하지 못할 거라 생각한다는 말인가!]

[장군! 어찌 장군의 무용을 의심하겠습니까! 다만, 상황이 의심스럽고 장군뿐 아니라 많은 병사들이 술에 취해 심신이 온전치 않으니 섣부른 행동을 어찌 염려치 않겠습니까!]

부관의 호소에 뺨 근처에 있던 장수의 손이 천천히 내려와 부관의 어깨를 두드렸다.

[그대의 충심을 어찌 모르겠는가. 걱정은 말거라! 아무리 취했다 한들 저약해 빠진 고려군을 상대치 못하겠는가. 그리고 이 성을 나가면 다 벌판이 아니던가. 어찌 초원의 전사로서 기마전을 마다한다는 말인가? 적들이 천 명 정도라 하니 내 이천의 군사를 이끌고 나가겠다! 남은 사천의 병사와 그대가 있는데 무엇을 더 걱정하겠는가.]

부관이 슬며시 고개를 돌렸다. 그는 더 이상의 만류가 소용없다는 것을 알고 있었다. 더군다나 그 말대로 어떤 변수가 있다 한들 사천의 병사가 지키는 성이 급작스레 무너질 일은 없었다.

[당장 말에 안장을 얹고 조속히 준비하라!]

[예, 장군. 하면, 밑에 이들은 장군께서 출성하시고 제가 신분을 확인 후에 들이겠습니다.]

[자네도 참 조심성이 과하구먼. 그리하라!]

병화와 일행들이 숨을 고른 지도 한참이 지나서야 성문이 열렸다. 성문이 열리는 소리에 일행들이 마른침을 삼키는 그 순간 소란스러운 소리가 천지를 메웠다. 마갑에 갑주까지 차려입은 철갑 기병들이 창을 수평으로 들고 요란한 함성과 함께 성 밖으로 달려 나왔다. 한참 흙먼지를 일으키며 수천의 기마병들이 쏟아져 나가고 먼지가 가라앉을 즈음 무장을 걸친 병사들이 병화 일행에게 다가왔다.

[오래들 기다렸네. 몇 가지 확인만 하고. 응?]

횃불을 들고 일행에게 다가오던 부관이 갑자기 의문을 표하며 발길을 서둘렀다.

[자네들 고려군과 싸우다 왔다 하지 않았는가? 한데, 어찌 핏자국 하나 없이…]

[아, 그것이 저희는 전방에 있었는데 고려군이 후방을 급습하는 바람에….]

의아한 표정으로 횃불을 휘두르며 일행을 살피던 부관이 환수의 앞에 서서 그의 얼굴 가까이 횃불을 치켜들었다.

[네놈, 소속이 어디냐? 왜 이렇게 더러운 인상을 쓰고 있는 것이냐?]

환수가 한쪽 팔을 들어 눈가에 가져가며 횃불을 가렸다.

[왜 답이 없는 것이냐! 소속을 말하래도!]

"시… 발…."

[뭐, 뭐라 한 것이냐?]

"이럴 거면 대가리 안 밀어도 됐겠구먼. 시발…."

[뭐라고? 다들 칼을….]

본능적으로 이상한 낌새를 눈치챈 부관이 급히 소리치며 뒷걸음질을 쳤다. 순간, 환수가 팔을 뻗었다. 돌아서려는 부관의 한쪽 팔을 잡아당긴 환수가 그대로 옆으로 휘둘렀다. 환수의 옆에 선 추가가 칼을 수평으로 빼 들었고, 부관의 몸 아래로 투구를 걸친 머리가 땅으로 떨어졌다.

"에잇! 저 쌍놈이! 다들 칼 들어라!"

예상치 못한 환수의 행동에 병화가 욕설을 뱉으며 칼을 빼 들었다. 거란 병사들이 급히 칼을 휘두르며 일행에게 달려들었고, 순식간에 칼 부딪치는 소리와 함께 난전이 시작되었다.

"다 뒈졌다! 시발것들."

환수가 떨어진 부관의 머리에서 투구를 벗겨 내어 손에 들고 달려드는 병사의 칼을 쳐냈다. 튕겨 나간 칼을 당혹스럽게 바라보는 병사의 목젖으로 추가의 칼날이 뚫고 들어갔다.

"그거 버리고 칼 쓰오."

목에 박힌 칼을 빼며 추가가 늘어진 병사의 손에서 떨어진 칼을 환수에게 건넸다.

"됐다. 날 있는건 내랑 안 맞다."

환수가 옆에서 달려드는 병사의 몸을 어깨에 걸치며 적병들에게 밀고 들어가자 추가가 칼을 휘두르며 그 뒤를 따랐다. 칼을 휘두르며 병사들에게 맞서던 병화와 일행들도 환수와 추가가 달려드는 병사들 쪽으로 몸을 돌렸다. 얼떨결에 일어난 상황에 성문을 나섰던 스물의 병사들이 피를 흩뿌리며 천천히 바닥에 쓰러졌다.

"하이고… 쌍놈아! 갑자기 그리 나대면…"

"숙여!"

추가의 외침에 일행들이 급히 몸을 숙여 내리꽂히는 화살을 피했지만 그 사이사이로 병사들이 비명을 지르며 쓰러졌다.

"위에!"

일행들이 고개를 들어 바라본 곳에 궁수들이 두 번째 화살을 시위에 걸고 있었다. 이내 떨어지는 화살을 바라보며 무상이 좌우로 몸을 흠칫거리며 떨었다.

"핫!"

추가가 재빨리 발을 굴러 무상의 몸을 안고 땅에 뒹굴었다.

"어흑…."

무상이 괜찮은지 살펴보는 추가의 들뜬 신음 아래 무상이 눈을 질끈 감았다.

"어이, 괜찮나?"

급히 몸을 돌리는 환수에게 한쪽 손을 들어 보이는 추가의 넓적한 허벅다리에 화살이 박혀 파르르 떨리고 있었다.

"으윽…."

추가가 온몸을 떨며 허벅지에 박힌 화살을 부러뜨리고는 무상의 허리를 팔로 감아 힘을 주며 들어 올렸다. 쉬지 않고 떨어지는 화살비 속에서 병화가 다

급히 소리쳤다.

"성문으로 붙어라!"

"저기, 나팔!"

목소리를 들은 병화가 바라본 곳에 나팔을 입가에 가져다 대는 병사가 보였다.

"야! 저 죽여야 한다!"

"활이 없습니다!"

환수가 다시 쏟아지는 화살 세례를 가까스로 피하며 죽은 병사의 손에서 칼을 빼앗아 들고 힘껏 성벽 위로 던졌다. 그러나 칼은 나팔을 든 병사 앞의 성첩을 때리고 떨어졌다.

"망할! 일단 다들 성 안으로 간다! 어찌 죽든 똑같다. 가자!"

날아온 칼날에 잠시 흠칫한 병사가 다시 나팔을 들어 입에 대고 숨을 불어넣으려는 찰나, 느껴지는 감촉에 병사가 나팔을 떨어뜨리며 목을 앞으로 늘어뜨렸다.

달빛에 비친 허연 얼굴에 미소를 머금은 선정이 병사의 뒤에서 그의 목을 그은 칼날을 천천히 내렸다. 그 모습에 넋을 놓은 듯 환수가 입을 벌리고 바라보았다. 이내 뒤로 다가선 이들의 칼날에 성벽 위 궁수들의 몸이 축 늘어지며 쓰러졌다.

"하이고… 십년감수했네! 절벽 아들 잘 떨어졌는 갑다! 이제 성문만 지키면 된다! 다들 힘내라!"

병화의 말에 병사들이 일제히 성문으로 달려들었다. 밖과 성벽 위에서 들린 소란에 성 안의 병사들이 의아해하며 성문을 향해 달려 나왔다.

[침입…]

병화와 그 일행을 발견한 병사가 소리치던 찰나 공중에서 떨어져 내린 유의 칼날에 소리 대신 흥건한 피가 공중으로 퍼졌다. 절벽에서 동장대를 통해 침투한 서른 명의 병사들이 성벽 위를 금세 장악했다.

"허이, 그런데 왜 이렇게 조용하지?"

주섭이 성루에 서서 성의 안쪽을 살폈다. 성문과 성벽 위에서 적당한 소음이 일었음에도 성 안에서는 큰 병력의 움직임이 보이지 않았다.

"전에도 그랬는데, 다들 술에 취해서 뻗은 것 아닐까? 보니까 좀 전에 나가는 병력에도 비틀거리는 것들 좀 보이던데."

"와… 아무리 그래도 전부 술 먹고 뻗었다고? 좀 심한 거 아닙니까?"

고개를 가로젓는 주섭을 따라 조경이 머리를 흔들었다.

"쉽게 먹은 성이니… 그보다 전에 보니 곡창과 별창 주변으로 경계병들이 제법 보이던데, 우리 병사들이 감금되어 있는 듯했다. 그렇다면 분명 도움이 될 테니 내가 다녀와야겠다."

"그래요? 분명 도움은 되겠는데… 한데, 혼자 경계병들을 제압하기에는… 가능하겠습니까?"

"힘들긴 하겠지만 아래 부대에서 거란 피복을 받아서 걸치면 접근은 어렵지 않겠지. 어찌저찌 문 앞에 두세 놈만 처리하고 문을 열면…."

"그래도… 너무 위험하지 싶습니다."

"괜찮네! 서북면에서 나만큼 몸이 날랜 이가 어디 있겠는가."

주섭이 잠시 고민하며 성문 쪽을 내려다보았다. 유가 병화 일행의 앞에 서서 칼끝을 흔들어 피를 털고 있었다.

"유도 대정만큼 날래니 함께 가시는 게…."

"음. 날래긴 한데. 말이 안 통하니…."

"걱정 마시지요. 그 정도 눈치는 있는 아이니 분명 도움이 될 겁니다."

"그래, 그리하지. 그럼 다녀오겠네. 위를 잘 부탁하네. 검사께서 오실 때까지… 어떻게든 버텨야 하네!"

"네! 대정께서도 부디 무탈하시기를… 아, 잠시!"

성문 쪽을 바라보던 주섭이 다급히 조경을 불러 세웠다.

"왜? 더 할 말이 있나?"

"아래 석 산원에게 전해서 최대한 거란병으로 보이는 이를 이삼십 명만 성문 앞에 세워 두고, 나머지는 성루로 올라오라고 해 주십시오! 빗장은 채우지 말고…."

"그게 무슨…."

의아해하던 조경의 눈빛이 잠시간의 고민 끝에 번득였다.

"아! 그런 수가! 그리 전하겠네!"

"예, 다녀오십시오!"

조경이 급히 등을 돌렸다. 그사이 이상한 낌새를 알아차리기 시작한 성 안의 분위기가 점점 어수선하게 흘러갔다.

"주섭아! 불렀느냐?"

"오셨습니까!"

"병화가 일단의 병사들을 이끌고 성루에 다다랐다."

"분위기가 바뀌었습니다… 곧 들이닥칠 듯하니…."

성 안 곳곳에 횃불들이 어지럽게 움직였다.

"그렇겠지. 아무리 바보 천치들이라 해도 성문이 열린 것을 아직까지 모르기야 하겠나."

"아래는 잘 방비해 두셨는지요?"

"그럼! 자네 수가 제법이구먼? 신신당부 해 놓고 왔으니 걱정 말게!"

"예, 이제는 검사께서 오실 때 까지 버티는 것만이…."

"저기! 몰려옵니다!"

선정의 손끝이 향한 곳에 수십 단위의 병사들이 여러 갈래로 비틀거리며 성문을 향해 다가오고 있었다.

"이제부터는 시간 싸움이네. 검사께서 오실 때까지 어떻게든 성문을 지켜야 하니, 다들 정신 차리게!"

병화의 말과 함께 병사들이 칼과 활을 굳게 움켜쥐었다.

"이거 쓸 만하네."

쓰러진 병사의 손에서 둥그런 머리가 달린 쇠몽둥이를 뺏어 들며 환수가 성문으로 달려오는 병사들에게 음흉한 눈빛을 보냈다. 무상의 어깨에 손을 걸친 추가가 닫힌 성문에 기대어 호흡을 골랐다.

"골타라는 것이오. 날이 없으니 환 형한테 딱입니다."

"골타? 흐흐. 손에 딱 감기는 게 좋구먼!"

점점 다가오는 거란 병사들의 모습에 추가가 활을 맞은 다리를 부여잡으며 무겁게 침을 삼켰다.

"먼저 공격하지 말라 했으니, 절대 먼저 손을 써선 안 되오."

"에잇… 맞고 시작하면 안 좋은데. 니미…."

환수와 더불어 인상을 한껏 찌푸린 병사들 앞으로 다급하게 거란 병사들이 달려왔다.

"온다…."

어금니를 깨물며 주먹을 뜨는 환수의 지척으로 다가온 거란 병사들이 순간 함성을 외치며 급히 몸을 돌리고 계단으로 향했다.

[아군이다! 성문은 지켰으니 다들 성벽 위로 올라라!]

"응? 저것들 어디로 가냐?"

일제히 다른 방향으로 흩어지는 눈앞의 거란 병사들의 모습에 환수와 병사들의 표정이 천천히 풀어졌다.

"…."

잠시 이어진 침묵 속에 병사들이 긴장을 풀며 깊은 숨을 내쉬었다. 추가가 환수의 등을 바라보며 평소 보기 힘든 미소를 지었다.

"환 형덕에 당장 피는 안 보겠소. 그 참, 내가 보기에도 생겨 먹은 게…."

"뭐? 야… 이…."

환수가 등을 돌리다 추가의 눈웃음을 마주했다.

"진짜 거란 놈처럼 보이나?"

환수가 귀 옆으로 땋아 내려진 머리칼을 쓰다듬으며 코를 벌렁거렸다.

"얼굴로 황제를 뽑으면 이견 없이 용상에 앉겠소."

"으허헛! 에잇… 이참에 그냥 절로 넘어가 버릴까…."

"흐흐…."

추가의 간만에 짓는 웃음에 병사들도 함께 어깨를 떨었다.

"야! 너도 웃기는 하는구나. 근데 환 형은 뭔 말이고?"

"환 씨 아니였소?"

"강가다! 이름이 환수고!"

"예. 저, 계속 몰려오니 강 형이 계속 맡아 주시오."

"그래! 나만 믿으라!"

환수가 웃음기를 천천히 지우며 등을 돌렸다. 병장기를 들고 다급히 뛰어오던 거란 병사들이 환수의 모습을 살피고는 곧장 몸을 틀었다.

31 중무장 重武裝

"성문이 열렸습니다!"

헐레벌떡 뛰어온 병사가 규를 올려 보며 급히 전황을 전했다.

"출성한 병사는 있는가? 아군의 피해는?"

"예, 검사! 대략 일이천쯤 되는 기마병이 급히 출성하였습니다. 하나같이 중무장을 한 상태였습니다! 하옵고, 제가 성문이 열리는 걸 보고 올 때까지 화살에 상한 이들이 이삼십은 되었습니다."

"경이는? 동장대 쪽 침투는 확인했는가?"

"그것까지는 확인치 못 했습니다… 성문의 개방 여부를 속히 전하는 게 우선이라 여겨…"

"고생했네. 중무장을 하고 출성했다고!"

규의 광대 끝이 한껏 기분 좋게 떨렸다.

"검사! 성문이 열려 있을 때 속히 진군하셔야 합니다!"

고의의 다급한 외침에 규가 고개를 끄덕이며 손을 들었다.

"다들 들으라! 성문이 닫히기 전에 입성한다!"

규의 선창 뒤로 수백의 기병들이 허파가 터져 나갈 듯이 함성을 질렀다. 이 윽고 요란한 말발굽 소리가 곽주성을 향해 일제히 울려 퍼졌다.

[자! 속도를 올려라! 고려군을 궤멸시켜 황상 폐하게 수급을 바칠 것이다!]

거란 장수가 호기롭게 기마부대의 진영 중간에서 달리며 소리쳤다. 이미 등 뒤로 멀어져 시야에서 흐릿해진 곽주성의 사정을 알 길 없는 이천의 기마병들 이 힘껏 땅을 박찼다.

점점 가까이 들려오는 적들의 말발굽 소리에 견일이 쓴웃음을 지었다.

"잘도 달려오는구나. 소리가 묵직한 것이…."

"중무장을 한 것 같습니다."

홍광이 견일의 말을 받으며 비슷한 쓴웃음을 지었다.

"딱딱 맞아떨어지는구먼… 이제 우리 차례니 다들…."

쓴웃음을 급히 지우며 견일이 주위를 천천히 살폈다. 통주성에 부상병을 호 송하고 규의 파발을 받아 급히 궁수들을 선별하여 전장에 합류하였다. 기한이 급박했고 서신에 적힌 작전 내용을 훈련 한번 없이 야전에서 구현하는 것이 쉬운 일이 아니었지만 사정을 따질 여유가 없었다. 각기 다른 곳에서 진행되는 임무 중에 어느 한 곳에서라도 실패가 있다면, 어긋난 톱니바퀴처럼 모든 것이 어그러질 것이었다. 곽주의 수복은 물론 수천 병사들의 생사가 달려 있는 순 간, 우선 수천의 적들이 성 밖으로 쏟아져 나온 것은 어느 정도 작전이 들어맞 고 있다는 것이었다. 앞으로 펼쳐질 상황 속에서 견일과 휘하 병사들의 활약 이 전장에 미칠 영향… 견일의 양손에 움켜쥔 고삐와 활에 진동이 불규칙적으 로 일어났다.

"거리가…."

달빛을 동공에 한껏 끌어들이며 전방을 살피던 홍광이 입술을 깨물며 견일을 바라보았다. 견일이 손끝의 떨림을 다잡으며 가슴을 쭉 하고 펼쳐 허공으로 육성을 터뜨렸다.

"대형을 펼쳐라!"

울려 퍼지는 견일의 명령대로 기마병들이 횃불을 바닥에 떨어트리며 방향을 잡고 고삐를 흔들었다. 첨벙이며 허공으로 튀어 날리는 물방울처럼 기병들이 드문드문 흩어졌다.

[장군! 적들이 산개하고 있습니다!]

[흩어져 도망치는 것인가? 모든 수급을 베지는 못하겠구먼.]

장수가 틀어쥔 창끝을 고쳐 잡으며 숨을 크게 내뱉었다.

[어느 곳으로 방향을 잡을지요?]

술 냄새가 묻어 내뱉어지는 숨결이 바람에 섞여 다시 장수의 얼굴을 덮쳤다. 그는 한껏 인상을 썼다. 어느 곳? 어느 곳으로 방향을 잡을지 판단이 서는 대신 불쾌한 두통이 뇌리에 퍼져 나갔다. 출성할 때부터 간질거리기 시작한 오줌보가 어느새 가득 차 들썩이는 말의 등에 짓눌려 오금에 제대로 힘이 들어가지 않았다. 등자를 밟은 발끝이 슬며시 저려 왔고 입가로 새어 들어간 건조한 바람에 갈증이 일었다.

[우선⋯.]

[장군!]

부관의 다급한 외침 위로 화살 소리가 허공을 갈랐다. 대열 앞부분에 집중된 화살들은 기병을 둘러싼 철갑을 때리고 튕겨 나갔다.

[그래! 곱게 튀지는 않는구나? 뭣들 하는가! 궁수들은 엄호하고! 창병들은 진격하라!]

장수의 명령이 천천히 대열로 전달되었다. 궁수들은 달리는 말 위에서 꼿꼿이 팔을 들어 시위를 당겼다. 태반이 술에 취한 상황이었지만 음주 여부와 상관없이 거란 병사들은 흔들리는 말 위에서도 능숙하게 궁술을 구사했다. 하늘을 메우며 전방으로 쏟아지는 화살들이 고려군을 꿰뚫었는지 바닥에 꽂혔는지 당장 확인이 어려웠다. 그 와중에 계속 쏟아지는 화살은 철갑에 튕겨 나가는 와중에도 곳곳의 빈틈을 파고들었고, 전방의 기마병들이 하나둘 땅에 쓰러져 뒤따르는 말들의 진로를 방해하였다.

[아니! 왜 간격이 좁혀지지 않는가? 우리 화살은 적중하고 있는 것인가?]

[장군, 일전에 응전해 본 바로는 고려군의 활은 저희보다 사거리가 깁니다.]

[그걸 내가 모르겠는가? 길어 봐야 열 걸음 정도라 하지 않았던가?]

[그렇긴 하온데… 뭔가 상황이 좋지 않습니다. 모포라도 두른 것인지 저들의 갑주조차 달빛에 비치지 않아 움직임을 파악하기 어렵습니다.]

[무슨!]

몰려오는 피로감에 장수가 고개를 세차게 흔들었다. 거란의 기마병들은 흥화진과 통주 전투에서 고려군의 활과 쇠뇌의 위력을 이미 맛본 적이 있었다. 허나, 그때와 지금의 체감은 차이가 극명했다. 높낮이의 차이가 있는 곳에서 느껴지는 사거리와 같은 방향으로 달리고 있는 상황에서 사거리의 차이는 그야말로 천지 차이였다. 비슷한 속도를 달리며 적은 아군의 사정거리 밖에 있었고 아군은 적의 사정거리 안에 있었다. 그 교묘한 거리감을 유지한 채 고려군은 거란군의 속도에 맞춰 움직이고 있었다. 아무리 철갑으로 중무장을 하였더라도 전신을 통으로 두르지 않고서야 빗발치는 화살은 결국 어느 곳에라도 적중하게 되어 있었다. 고려군은 의도하여 불규칙하게 흩어졌고 어느새 흩어진 그대로 간격을 유지하며 대열을 형성하고 있었다. 부채꼴 모양으로 넓게 퍼진 대형은 거란군을 중심에 두고 그 방향을 따라 사방으로 움직이는 하나의 커다란 생명체와 같았다. 이미 그 부채의 중간에서 어느 한 곳을 뚫을 수 없는 거란 기병들은 넓은 곳에서 중간으로 몰려드는 화살비에 천천히 그 껍질이 벗겨지고 있었다.

[왜! 어찌 우리 군마가 저들을 못 따라 잡는가! 고려의 말이 초원의 것보다 우수하다는 말인가!]

[까닭은… 우선 병사를 물리셔야 합니다! 이대로는….]

[이익….]

장수는 어금니가 부스러질 정도로 입을 닫고 주위를 살폈다. 자신과 마찬가지로 당황한 채 갈피를 잡지 못하는 병사들의 아래로 아군들의 시체가 점점 늘어나고 있었다. 이대로 계속 전진하다가는 땅이 아니라 아군의 철갑을 밟아야 할 지경이었다. 좌나 우로 방향을 튼다면? 순간 떠오른 생각에 장수는 다시 고개를 저었다. 한참 이어질 평야 지역인 데다가 여기는 고려 땅이었다. 이미 승산을 잃었다. 출성을 만류하는 목소리에 취기와 호기로 대응하던 자신의 어리석은 판단에 수많은 병력이 소실되었다. 장렬히 싸우다 전사할 수 있는 상황이라면 모르겠지만 고려군은 그런 상황을 내주지 않을 것이다. 지금이라도 성으로 돌아가 추후를 기약해야 했다. 혹, 이천의 병사를 다 잃더라도 자신이 살아서 성으로 돌아간다면 사천의 병사가 있었다. 전쟁은 끝나지 않았고 분명 만회할 기회는 있을 것이었다. 무엇보다 이제는 터지기 일보 직전인 오줌보가 더 이상 버티기 힘들었다.

[회군한다! 모두 방향을 틀어라!]

장수를 대열의 중간에 둔 기마병들이 천천히 왼쪽으로 돌아 반대 방향으로 달리기 시작했다. 고려군들은 여전히 부채 모양의 대열을 유지한 채 거란군을 가운데 두고 계속 활을 쏘았다. 성문을 따라 죽 늘어진 일직선으로 수많은 시체와 쇠붙이들이 바닥을 나뒹굴었다.

32 성문 城門

종각 안에 서서 앞뒤로 몸을 움직이는 병사의 투구에 종이 부딪치며 불규칙한 간격으로 종소리가 성 안에 퍼졌다. 성의 침입을 눈치챈 수많은 병사들이 요란하게 성문을 향해 뛰고 있었지만, 그 숫자에 못지않은 병사들이 술에 취해 몸을 가누지 못했다. 혼란스러운 그 움직임을 거슬러 조경과 유가 고개를 숙이고 발걸음을 재촉했다. 거란 병사들은 다급한 마음에 자신들의 복장을 한 두 이방인의 존재를 눈치채지 못하고 있었다.

"저, 부처님 면전에… 쓥."

축성 전부터 존재했던 고찰의 담벼락에 토사물을 쏟아 내는 병사의 모습에 조경이 눈살을 찌푸리며 중얼거렸다. 사찰을 돌아 동쪽으로 오르막을 오르면 곡창이 있었고, 이어 북쪽으로 가면 별창이었다. 조경은 뒤따르는 유의 움직임을 살피며 칼자루를 굳게 쥐었다.

"더럽게 많네."

헐떡이는 병화의 옆으로 성첩에 기대어 쉴 새 없이 시위를 당기는 병사들의 호흡이 거칠었다. 수십씩 몰려들기 시작하던 인파가 어느새 수백을 넘어 천의 단위로 향했다. 성문의 안위를 확인한 병사들은 성벽 위를 점거하고 있는 고려군을 향해 끝없이 밀려들었다. 술이 덜 깨 비틀거리는 이가 화살에 맞아 쓰러지면 또 다른 이가 그 몸을 밟고 성벽을 향해 달려들었다. 성벽으로 통하는 계단을 가로막은 병사들이 몰려드는 인파를 겨우 막아 내며 분전 중이었다. 성 안에서 성벽으로 공성을 하는 기이한 광경 속에 지휘관 한 명 없이 불규칙으로 가득한 거대한 행렬은 동일한 목표 하나를 향해 본능적으로 밀려들었다.

"살이 너무 많이 날아옵니다. 방패도 없으니 이대로는…."

성첩에 몸을 숨기며 주섭이 주위를 훑었다. 이미 상당수의 병사들이 화살에 맞아 바닥에서 뒹굴고 있었다.

"검사께서 언제… 이대로는…."

"도리가 없다! 당장 성문은 지켰으니… 항전할 뿐이다."

병화의 결연한 음성에 주섭이 입술을 깨물며 성첩 옆으로 몸을 내밀어 시위를 당겼다.

"악!"

"섭아!"

당긴 시위를 놓지 못한 주섭의 왼 어깨가 튕겨 나가듯 뒤로 젖혀졌다. 병화와 선정이 몸을 숙여 주섭에게 다가갔다.

"섭아! 괜찮은 것이냐. 정신을 놓으면 안 된다!"

"산… 원… 성…."

주섭의 팔이 늘어져 내렸다. 유언 한마디 채 읊조리지 못하고 주섭의 동공이 초점을 잃어 갔다. 병화가 주섭의 왼 가슴에 박힌 화살을 부러뜨리며 눈을 찡그렸다. 부러진 화살은 심장 부근에 박혀 떨리고 있었다. 즉사였다. 찡그린 주섭의 눈가에 물기가 맺혔다. 선정이 달뜬 신음을 내뱉으며 병화의 품에 안긴 주섭을 응시했다. 그 찰나의 순간에도 적들의 외침은 점점 가까워졌다. 이미 성벽 위의 병사들 중 절반 이상이 목숨을 잃었다. 이름 모를 병사 한 명과 주섭의 죽음은 다르지 않았다. 그리고 선정과 병화를 포함한 남은 이들의 모습 또한 다르지 않을 것이다. 병화가 투구를 고쳐 쓰며 주먹을 움켜쥐었다.

"정아, 너는 성 반대편으로 넘어가거라. 누구라도…."

"그럴 일 없습니다!"

선정이 양손에 쥔 검을 부르르 떨었다. 병화가 선정의 눈빛에 더 이상 말을 잇지 못하고 활을 움켜잡아 몸을 일으켰다. 빗발치는 화살 속에 훤히 몸을 드러낸 병화가 시위를 잡아당겼다.

"우리도 도와야 하는 거 아닌가? 너무 몰려오는데?"

"안 되오! 성벽은 내 줘도 되나 성문은…."

환수의 말을 추가가 칼같이 잘랐다. 여전히 몰려드는 적병들은 자신들의 존재를 유념치 않고 있었다. 몰려든 적병의 수와 성벽을 지키는 아군의 수를 생각했을 때, 위의 광경은 어렵지 않게 예상할 수 있었다. 당장 몇십의 인원이 앞의 인파를 뚫고 올라가더라도 의미는 없을 터였다.

"에잇, 차라리 다 때려 죽이다 뒤지는 게 맘이 편하겠다."

"목소리 좀!"

화를 주체하지 못하고 욕설을 뱉는 환수의 목소리에 계단을 오르던 일단의 무리 중 몇 명이 성문으로 다가왔다.

[네놈들은 왜 성문을 지키고 있느냐? 장군께서 출성하셨으니 밖의 고려 놈들은 어차피 정리될 것인데.]

다가오는 거란 병사의 목소리에 환수가 급히 입을 다물며 고개를 숙였다.

[묻고 있지 않으냐? 왜 답을 안 하느냐?]

[자, 장군께서 혹시 모를 상황을 대비코자 저희에게 성문을 지키라 하셨습니다.]

무상이 다급히 몸을 내밀었다.

[근데, 왜 어린 놈이 답을 하느냐. 네놈은 벙어리인 것이냐?]

[예, 그자는 중죄를 지어 혀가 잘리는 벌을 받아….]

[그래? 알겠다. 마저 잘 지키고 있거라! 장군께서 돌아오실 때는 빨리 열어 두어야 한다!]

[예! 염려치 마시고….]

무상이 말을 채 끝내기도 전에 거란 병사가 몸을 돌리며 칼을 뽑아 들었다.

[그냥 돌아갈 줄 알았더냐? 여기! 고려 놈들이다!]

"뭐고?"

"어, 어떻게?"

거란 병사가 뽑아 든 검광에 눈을 찌푸리며 환수가 이를 갈았다. 추가가 한쪽 손을 허벅지에 올린 채 칼을 빼 들었다.

[선제께서 단설형을 금하신 지가 수십 년인데 어디서 수작을!]

환수가 땅을 박차고 달려 나가며 골타를 휘둘렀다. 뒷걸음질을 치며 가까스로 몸을 피한 병사가 연신 고함을 지르며 주변의 병사들을 불러 모았다.

"좋다! 이 편이 맘 편하다! 다들 들어 온나."

달려드는 병사들을 마주보며 환수가 골타를 굳게 움켜잡았다."

"강 형! 뒤로 오시오! 성문을 열어야 합니다!"

"응? 성문을 지켜야 하지 않냐?"

"소리! 검사께서 오십니다! 휩쓸리기 전에 성문 열고 나가야 합니다!"

달려오는 거란 병사들을 바라보며 환수가 귀 끝에 힘을 주어 뒷걸음질을 치기 시작했다. 어렴풋이 들리는 땅이 울리는 소리에 달려드는 병사들에게 골타를 집어 던지며 환수가 급히 몸을 돌렸다.

"성문을 열자!"

일제히 성문으로 달려들어 문을 열어젖히는 고려 병사들에게 화살이 날아들기 시작했다.

"빨리 열고 다들 나가라!"

환수가 괴성을 지르며 땅에 떨어진 창을 집어 들고 휘둘렀다.

"빨리 나가라!"

환수의 등에 시선을 고정한 채 병사들이 급히 성 밖으로 뒷걸음질을 쳤다. 어느새 말발굽 소리가 지척에 와 있었다.

"강 형!"

추가가 무상의 어깨에 손을 올린 채 멀어져 가는 환수의 등에 대고 소리를 내질렀다. 환수가 엉성하게 창을 휘두르며 몰려드는 병사들을 내치며 고개를 슬쩍 돌리는 듯했다.

"강 형! 피하시오!"

추가의 고성을 덮으며 말발굽 소리가 열린 성문을 통해 성 안으로 새어 들어갔다.

"흥성군! 이적들을 섬멸하라!"

"수!"

가까스로 성문 옆으로 피한 추가의 일행 앞으로 흙먼지와 돌풍이 지나며 기병들이 성문 안으로 쏟아져 들어갔다.

"강 형…."

추가가 고개를 숙였다 들며 기병들이 달려 들어간 곳의 먼지가 가라앉기를 기다렸다.

33 악취 惡臭

급작스레 바뀐 공기의 흐름에 조경이 발을 멈추고 멀리 성문 쪽을 살폈다.

"검사께서… 서두르자!"

조경이 성문을 비집고 들어오는 기마병의 존재를 어렴풋이 확인하고 몸을 빠르게 움직였다. 오르막이 끝나갈 즈음, 촘촘하고 뾰족하게 세워진 울타리가 보였다.

"유야, 상황이 급박하니 바로 들이친다. 길을 내고 나는 바로 안으로 들어갈 것이니… 너는 최대한 버틸 만큼 버텨 다오!"

"유…."

유의 입술이 떨리며 낮은 신음이 흘러나왔다. 조경은 눈에 힘을 주어 울타리 앞의 광경을 뇌리에 담았다.

"여섯… 높아서 넘지는 못하겠고, 저놈들을 해치운 다음 문을 열어야겠다. 칼질이 시작되면 금세 다른 놈들이 달려들 테니… 속결한다! 혹, 실패한다면… 정토에서 보자꾸나. 가자!"

조경이 땅을 박차며 외투를 벗어 던졌다. 갑자기 눈앞으로 들이닥치는 그림자에 거란 병사들이 급히 곡도를 들어 가슴 앞으로 내밀었다.

[뭣하는 놈이냐!]

조경이 입을 굳게 닫은 채 가슴을 두른 가죽띠에서 단검을 빼어 소리치는 이에게 던졌다. 어둠에 몸을 숨긴 단검의 궤적을 가까스로 쫓으며 거란 병사가 몸을 틀었다.

[악… 침입이다!]

어깻죽지에 박힌 단검을 인지한 병사가 급히 외쳤다. 어느새 병사의 앞으로 다가간 조경의 주위를 다른 병사들이 둘러싸며 간격을 좁혀 왔다. 조경은 천천히 숨을 고르며 띠돈²⁶에 손을 가져가 칼을 쥐었다.

[죽여라!]

거란 병사들이 일제히 조경에게 칼을 내지르며 달려들었다. 조경이 바닥에 붙인 모양으로 몸을 숙여 칼을 둥글게 휘둘렀다. 병사 하나가 발목을 부여잡고 자리에 주저앉으며 비명을 질렀다. 몸을 채 일으키지 못한 조경에게 칼날들이 내리치는 찰나, 병사 하나의 등에서 가슴으로 칼날이 튀어나왔다. 유가 가슴을 꿰뚫은 칼을 급히 빼내며 그 몸을 발로 차 조경 쪽으로 밀어 넘어뜨렸다. 조경을 향해 내려오던 칼날들이 돌연 나타난 몸뚱이에 박혀 흔들렸다. 아군의 모습을 확인하고 주춤거리는 거란 병사의 목젖을 유의 칼날이 뚫고 들어왔다. 몸을 덮은 시체를 급히 밀어젖히며 조경이 몸을 일으켜 그대로 칼을 휘둘러 앞의 병사 하나를 베었다. 유는 목젖에 뽑힌 칼을 뽑지 못하고 자신에게 달려드는 마지막 병사의 얼굴을 향해 단검을 뽑아 던졌다. 달려오는 자세 그대로 뒤로 넘어진 병사를 보며 조경이 숨을 골랐다.

"야차가 따로 없구나… 어찌 눈빛 하나 변하지 않고…"

---

26 활이나 검 등의 무기를 신체의 특정 부위에 결속할 때 쓰는 도구.

그 어떤 감정의 결도 비치지 않는 유의 눈빛에 조경이 은근히 고개를 저으며 발목을 잡고 신음을 흘리는 병사에게 다가갔다.

"네놈들이 시작한 전쟁이다. 원망치 말거라…"

알아들을 수 없는 언어를 뱉는 병사의 목젖 위를 조경의 칼날이 긋고 지나 갔다. 뿜어져 나오는 핏줄기를 뒤로한 채 조경이 급히 울타리를 지나 곡창으로 달려갔다.

"안에 있소?"

안의 상황을 확인하려 두드린 조경의 손짓에 수많은 고려의 말들이 섞여 나 왔다. 조경이 두툼한 빗장을 어깨에 올려 몸을 흔들었다. 나무가 땅에 닿아 끌 리는 소리가 끝나고 곡창의 문이 왈칵 열렸다.

"누구인가!"

"구하러 왔소! 다들 고려 병사가 맞소?"

열린 문틈으로 말로는 형언하기 어려운 고약한 냄새들이 밀려 나왔다. 조경 이 재빨리 손으로 코를 막으며 안의 광경을 살폈다.

"경이냐? 경이 목소리가 맞느냐?"

"누굽니까!"

안의 인파를 뚫고 몸을 내미는 이의 얼굴이 달빛에 은은히 비쳤다. 망건 아 래로 땟국물처럼 검은 물기를 뒤집어쓴 얼굴을 알아본 조경이 코를 막은 채 반 갑게 소리쳤다.

"부사 아니십니까!"

"경아! 어찌 된 것이냐? 왜 여기에? 검사께서 오신 것이냐?"

"예! 자세히 설명할 시간이 없습니다. 우선 안에 모두 병사들입니까?"

곽주성 부사 대도율의 뒤로 수백의 인파가 웅성거렸다.

"그래. 거진 병사들이다. 이런 처죽일… 성주 놈이 성을 들어다 바쳤다. 이 안에는 대부분 항명한 병사들이고…."

"역시 그리 되었군요… 부사! 우선 급히 움직여야 합니다. 별창에도 저희 병사들이 감금되어 있습니까?"

"그럴 것이네. 여기도 공간이 부족했으니… 아마도…."

악취에 천천히 적응하며 조경이 코에서 손을 떼어 냈다.

"지금 공성이 한창입니다. 안에 병사들은… 싸울 수 있겠습니까?"

도율이 뒤를 돌아보며 병사들의 얼굴을 살폈다. 500여 명이 수용되기에는 턱도 없을 곡창 안에서 대소변을 가리지도 못한 채 여러 날 감금되어 있던 이들의 모습은 처참했다.

"싸울 수 있는…."

"있습니다!"

"다 처죽여야지요!"

말을 마치기도 전에 들려오는 결의에 찬 목소리에 도율이 몸을 떨었다.

"들었지?"

"허나, 당장 갑주나 무기를 드릴 수가…."

"필요 없네! 뺏어 쓰겠네! 어차피 모두 죽었다 생각한 목숨이네. 이 거란 새끼들… 아니, 성주는 보았는가? 한척이는?"

"소재가 불명합니다. 성 어딘가 있겠지요."

"그놈은 내가 처죽일 것이다. 이 천하의 쌍…."

"부사! 그 일은 차후 검사께서 처결하셔야지요. 우선 성을 수복해야 합니다! 급히 움직여 주십시오."

"그래. 다들! 보이는 대로 때려죽여라! 가자!"

도율의 손짓을 따라 수백 병력이 악취를 두르고 곡창에서 쏟아져 나왔다. 갑주나 병장기 하나 갖추지 못하고 심지어 맨발 차림인 그들은 온갖 오물을 걸친 채 몸을 떨며 악에 겨운 신음을 뱉었다. 이어 여러 방향으로 분주히 뛰어가는 거란 병사들을 발견한 그들은 눈에 핏대를 세우고 닥치는 대로 적들에게 달려들기 시작했다. 수명에서 수십 단위로 움직이던 거란 병사들이 돌연 자신들을 덮어 오는 수백의 인파에 땅에 깔리며 비명을 질렀다. 민가 곳곳에 몸을 숨기고 있던 백성들이 눈치껏 성 안의 상황을 확인하고 거리로 뛰쳐나오기 시작했다. 쇠붙이는 진작 거란군에 빼앗긴 터라 빗자루, 상다리, 빨래 몽둥이 같은 무어라도 손에 쥘 만한 것들을 닥치는 대로 손에 들고 수많은 인파가 몰려들었다. 대부분 병력이 성벽으로 집중된 탓에 성 안의 거란 병사들은 인파에 밀려 서서히 쓰러졌다.

곡창을 해방한 조경은 급히 별창으로 달렸다. 악취를 피해 곡창 멀찍이서 주위를 살피던 유가 뒤늦게 조경의 뒤를 쫓고 있었다.

"야! 어이!"

조심스럽게 외치는 소리에 유가 발을 멈춰 주위를 둘렀다. 왼쪽 멀리 산길로 이어지는 초입의 은행나무 사이에서 인기척이 느껴졌다. 환도를 비스듬히 들고 천천히 접근하는 유의 시야에 은행나무 뒤에 숨어 머리만 빼꼼 내민 어떤 이의 모습이 보였다.

"맞네! 너, 그 벙어리 맞지?"

유가 말없이 은행나무 앞에 다가서자 사내가 천천히 나무 앞으로 몸을 드러냈다. 입고 있는 자줏빛 관복의 소매와 동정의 재질은 고려의 것이 아니었고, 한 손에 거란 관리의 것으로 보이는 복두가 들려 있었다.

"이런… 쯧. 어찌 된 것이냐? 네가 왜 여기 있어! 이 난리는 무엇이냐!"

답이 없는 유의 모습에 사내가 급히 고개를 저었다.

"이런 벙어리 놈한테 무슨. 야! 됐고! 묻는 말에 대답은 할 수 있지! 고갯짓으로 답 좀 해라!"

아무 움직임 없는 유가 답답하다는 듯 사내가 다시 물었다.

"검사… 아니, 양규가 온 것이냐?"

유가 턱을 위아래로 흔들었다.

"이런. 하, 어찌 되었느냐? 그래도 거란군이 막아 내고 있지? 그렇지?"

사내의 간절한 눈빛에도 유가 아랑곳 않고 천천히 고개를 저었다.

"뭐? 왜? 어떻게? 수천이 지키는 곽주를 어떻게?"

미동 없는 유의 모습에 사내가 비틀거리며 자리에 주저앉아 실성한 듯 혼잣말을 내뱉기 시작했다.

"어떻게 왔지. 날개라도 달리지 않고서야… 아니, 어떻게가 아니라 이 썩을!"

사내가 복두를 바닥에 내팽개치며 격분하여 몸을 일으켰다.

"이런 죽어서 구더기도 안 파먹을 놈! 평생 앞길을 막아서더니! 이런 개, 썅! 양규! 처죽일…."

사내의 입에서 욕설과 함께 양규라는 두 글자가 나오는 순간, 유의 칼끝이 사내의 목을 지나갔다. 말을 끝마치지 못한 채 허공으로 떠오른 수급이 바닥에 떨어져 내리막을 따라 굴러갔다. 천천히 허물어지는 사내의 몸 앞으로 유는 무심하게 칼에 묻은 피를 털어 내고 등을 돌렸다. 굴러가는 사내의 수급을 바라보던 유가 갑자기 코끝으로 들이닥치는 악취에 미간을 찡그렸다.

34 독 甕

기병들이 쏟아져 들어간 길을 따라 시체들이 온전치 못한 형상으로 널브러져 있었다.

"와. 진짜 뒤질 뻔 했네."

환수가 성문 옆 돌벽에서 납작하게 몸을 기댄 채 안도의 한숨을 내쉬었다.

"강 형! 무사하십니까?"

"그럼!"

성 안으로 달려들어 온 병사의 외침에 환수가 급히 벽에서 몸을 떼며 어깨를 으쓱였다.

"빨리 띠를 두르십시오!"

"아! 띠!"

환수가 속으로 아차 하며 가슴팍에 손을 넣어 흰 띠를 꺼내 외투 위로 걸쳤다.

"모두 베어라!"

규의 외침에 기병들이 바쁘게 창을 움직였다. 갑자기 들이닥친 천여 명의 기병에 성벽으로 모여들던 거란 병사들이 주춤거리다 흩어지기 시작했다. 내리꽂히는 창날을 피하지 못한 이들의 육신이 겹겹이 바닥에 쌓였고, 흩어지는 병사들을 따라 피 냄새가 사방으로 퍼져 나갔다.

"이 잡것들이! 성 안에서 튀어 봤자 어디로 간다고!"

주상이 연신 창을 내리꽂으며 등을 돌려 달아나는 병사에게 단검을 날렸다. 예리한 궤적으로 공기를 가른 단검은 병사의 뒷목덜미를 파고들었다.

"교위, 너무 무리하지는 마십시오."

"아이고, 검사! 노구를 다 걱정해 주시고… 그래도 밥값은 해야지요!"

들썩이는 주상을 스치며 규가 적병들이 몰린 곳으로 말머리를 돌렸다. 한 손에 고삐를, 다른 손에 월도를 쥐고 달려오는 규의 모습에 병사들이 흩어지며 여러 방향으로 숨어들었다.

규는 주위를 둘러보았다. 바닥을 가득 메운 시신 사이 말들이 발 디딜 곳조차 찾기 어려웠다. 곽주는 성의 내부로 들어갈수록 오르막이었다. 애초에 성 안의 공간이 협소한 탓에 건물들의 간격이 좁았고, 그에 따라 길도 좁고 복잡했다. 시간이 지나면 출성했던 적의 기병들이 돌아올 것이니 성 안의 상황을 조속히 정리해야 했다. 더 이상 적들이 좁은 공간으로 숨어들게 하면 장기전이 될 가능성이 컸다. 어느 결론에 도달한 규가 손을 뻗어 올리며 복부에 힘을 주었다.

"흥성군!"

"수!"

규의 음성에 주위의 기병들이 일제히 창을 멈추고 규를 바라보았다.

"말에서 내려 성 내부로 진입한다! 적들은 술에 취했고 지쳐있다. 전장의 기운이 우리 측에 있으니 맹공을 펼쳐 적들을 궤멸한다! 모두 말을 전하라!"

"수!"

규의 명령이 물결처럼 전달되며 기병들이 말에서 내려 땅을 밟았다. 규는 월도를 바닥에 내려놓고 칼을 들었다.

"진격!"

전방에서 달리는 규를 따라 병사들이 일제히 여러 방향으로 달려 나갔다.

도율과 맨발의 병사들은 별창에서 풀려난 500여 명의 병사들을 규합했다. 드문드문 흩어진 거란병을 맨몸으로 덮쳐 그들의 병장기를 하나씩 빼앗으며 성 내부의 가장 안쪽에서 성문 쪽으로 진군하고 있었다. 거대한 악취를 풍기는 그들이 지나간 곳에 벌거벗겨진 거란병들의 시신이 쌓여 갔다.

"갑자기 올라오는 놈들이 많아졌습니다."

"그러네. 검사께서 들이닥쳐서 다들 도망치는 것 같은데."

부관의 말에 도율이 성문 쪽을 살피며 눈가에 힘을 주었다.

"저희가 이쪽을 옥죄여야 저들을 가둬서 섬멸할 수 있겠습니다. 이대로 올려 보내면 산 쪽으로 돌아 도망갈 수 있으니…"

"그래! 조금 흩어져서 최대한 길을 차단해야겠다!"

"예, 부사!"

"아! 한척 이놈 발견하면 무조건 살려 놓아야 한다!"

도율의 부대가 횡으로 길게 펴지며 길을 장악하기 시작했다. 어느새 병장기를 하나둘 갖춘 백성들이 부대원들과 섞여 기다란 대열을 형성했다.

규가 바닥을 굳게 딛으며 앞으로 뛰어나가 적병의 등 위로 검을 휘둘렀다. 앞으로 고꾸라지는 병사의 눈에 어느새 자신의 앞을 달리던 이의 머리가 몸에서 떨어져 나와 자신과 눈을 맞추고 있었다.

[무슨, 저런 인간이…]

감탄과 의문으로 어질러진 병사의 몸이 땅으로 처박혔고 그의 등을 밟는 수많은 발길이 지나갔다. 이미 기세가 꺾일 대로 꺾인 거란 병사들은 본능적으로 자신들을 좇는 발길의 반대 방향으로 달릴 뿐이었다. 점점 쌓여만 가는 시체 사이를 비집고 달리던 병사들이 일순간 느껴진 악취에 코를 틀어막았다.

"다 죽여라!"

악귀의 얼굴로 제각기 손에 들린 것을 휘두르며 달려드는 이들의 기괴한 모습에 병사들이 다시 발길을 돌렸다. 이어 달려오던 이들과 부딪힌 이들이 서로 몸을 맞대고 움직이지 못하는 지경에 이르렀다. 규의 부대와 도율의 부대 사이에 압축되어 봉쇄당한 병사들이 뒤늦게 항전의 뜻을 비치며 칼을 휘둘렀지만 그 움직임에 서로의 몸만 부딪힐 뿐이었다.

"참하라!"

규의 서늘한 외침에 장창을 쥐어 든 병사들이 일제히 창을 내질렀다. 가슴에 창이 꽂힌 채 피를 토하는 병사의 몸이 점점 뒤로 밀렸고, 그의 몸을 관통한 창은 뒤에 있던 병사의 가슴을 찔렀다. 두 부대 사이에서 창에 찔리고 서로의 몸에 찌부러지며 피를 토하는 이들의 비명이 참혹하게 성을 가득 메웠다. 들이켜는 숨에 목젖으로 피가 넘어가는 느낌이 들 정도로 짙은 피 냄새가 공기를 채웠다. 숨을 쉬는 것인지 피를 마시는 것인지 분간되지 않던 그 시간이 절정에 다다르고 비명 소리가 점점 잦아들었다.

"검사!"

아비규환의 시신 더미를 넘으며 도율이 규를 찾았다.

"율아! 살아 있었구나! 다행이다!"

"검사! 무탈하신 것을 뵈니 참으로…."

도율이 온몸에 피와 오물을 묻힌 채 눈시울을 붉혔다.

“근데 무슨 냄새….”

“아, 그것이….”

근접하는 자신에게 손사래를 치는 규의 모습에 도율이 흠칫거리며 몸을 멈췄다.

“고생 많았나 보구나. 일단 좀….”

“꼴이 말이 아니지요. 그보다! 혹, 성주를 보셨습니까?”

“못 봤다… 본 이가 있으면 잡아 두었겠지.”

“송구합니다. 진즉 항명을 해서라도 성을 지켰어야 하는 것인데….”

“그게 어찌 네 탓이겠느냐. 이리 살아 있으니 그걸로 족하다!”

“검사!”

도율이 몸을 휘청이며 땅에 무릎을 꿇었다.

“괜찮으냐.”

“예. 그간 일들이 순간 사무쳐….”

도율이 기어이 눈물을 터뜨렸다. 곽주의 부사로서 성주의 항복을 저지하지 못한 시점부터 있었던 모든 일들이 차례로 뇌리를 훑고 지나갔다. 무장을 해제당하고 열린 성문으로 걸어 들어오는 적병들의 모습을 바라볼 수밖에 없던 순간과 적의 장수에게 무릎을 꿇은 성주의 등 뒤에서 온몸을 떨었던 순간, 그런 성주와 언성을 높인 후 자신을 따르는 병사들을 규합하려다 발각되어 곡창에 갇힌 순간, 엉덩이를 옮길 틈도 없이 협소한 공간에서 똥오줌조차 해결치 못하고 오물 범벅이 되어가던 순간, 그 악취에 적응해 무감각해지고 배고픔과 온몸의 뼈마디가 굳는 느낌에 스스로를 놓으려던 순간까지… 터져 나온 감정의 줄기는 멈추지 않고 눈을 통해 쏟아져 나왔다.

“율아, 너무 애썼다. 늦어서 미안하구나.”

감정의 동조로 도율의 옆과 뒤에서 수많은 이들이 같이 눈물을 쏟았다. 규와 병사들은 차마 그들을 다독이지는 못하고 잠시 고개를 숙이는 것으로 그들의 아픔을 이해해 보려 할 뿐이었다.

"검사! 적기병들이 당도했다 합니다."

"성벽은? 대응은?"

"성벽에 궁수들은 충분히 배치하였습니다. 허나, 시체들이 워낙 많아서…."

"일단 가자!"

규가 몸을 돌리다 멈칫하며 도율을 불렀다.

"율아! 적들을 마저 정리해야 하니… 이곳을 부탁한다!"

"맡기시고 다녀오십시오!"

눈가를 손바닥으로 비비며 도율이 몸을 일으켰다.

[성문이 열려 있구나! 다행이다!]

열린 성문을 발견한 거란 장수의 얼굴에 화색이 돌았다. 쏟아져 나갔던 이천의 병사 중 반에 미치지 못하는 기병들이 혼신의 힘으로 고삐를 흔들고 있었다.

[모두 입성하여 조속히 재정비를 한다!]

기병들은 여전히 뒤따라오며 화살을 날리는 고려군의 모습을 흘겨보며 급히 움직였다. 성문을 지나는 장수의 코끝으로 자욱한 피 냄새가 새어 들어왔다.

[성 안까지 전투가 있었다는 말인가?]

고삐를 천천히 멈춰 세운 장수의 눈에 당혹감이 비쳤다.

[이게 무슨… 병사들은 어디 갔는가. 모두 어디로 갔는가!]

장수의 주위로 모여든 기병들도 마찬가지의 의아함으로 우물쭈물하는 사이 외침이 들렸다.

[술들은 다 깨고 왔는가!]

들려온 소리에 장수와 기병들이 일제히 성벽 위로 시선을 옮겼다. 병화가 성첩 위에 올라서 아래를 내려다보고 있었다.

[네놈은 누구인가? 우리 병사들은 다 어디 간 것이냐!]

[바닥에 다 널브러져 있지 않은가! 눈을 뜨고도 그것이 보이지 않느냐?]

[이런… 장군, 당한 것 같습니다.]

[아니, 시신이 그리 많지는 않은데… 안에서 항전 중인 것 아닌가?]

[당장 확인이 어렵….]

[장군! 성문이!]

장수와 기병들이 일제히 열린 성문으로 고개를 돌렸다. 자신들을 쫓던 고려 기병들이 열린 성문으로 천천히 입성하고 있었다. 견일과 홍광이 선두에서 눈을 부라리며 활을 겨눴다.

망연자실한 장수의 눈에 고려 기병의 모습이 자세히 들어왔다.

[그래서였구나… 어찌 갑주 하나 걸치지 않고… 칼 한자루 들지 않고….]

그들을 따라잡을 수 없었던 이유에 직면한 그 상황에 장수가 넋이 나간 듯 중얼거렸다. 쉬지 않고 고간을 옥죄던 오줌보마저 순간 무감각해진 장수는 고개를 떨궜다. 그 모습에 개의치 않고 성문을 통과한 기병들이 활을 겨누는 손에 힘을 주었다.

[장군! 항전하셔야 합니다!]

[독에 갇혔구나. 항전을 어찌….]

[장군! 억!]

장수의 팔을 잡고 흔들던 부관의 목덜미로 화살이 날아와 꽂혔다.

[항전을 논하는 자가 더 있는가!]

매서운 눈빛으로 병화가 일갈을 터뜨렸다. 장수가 성벽 위를 가득 메운 궁수부대와 성문을 통과한 기병들의 모습을 천천히 살피며 무겁게 입을 열었다.

[다들 말에서 내려라⋯.]

[장군!]

결연한 목소리를 내는 기병의 주변으로 화살이 쏟아졌다. 수십 병사들이 무기력하게 말에서 떨어지는 모습에 기병들이 하나둘 말 위에서 내려오기 시작했다.

35 왕족 王族

깊어 가는 밤을 따라 으스스한 바람이 피어오른 열기를 뒤덮으며 불어왔다. 적과 아 가릴 것 없이 흠뻑 젖은 땀이 차츰 식어가며 모두 추위를 느끼고 있었다. 포박된 적들은 무장이 해제된 채 삼엄한 경계 속에 하나둘 줄지어 성문을 나서 공터로 이동했다. 알아들을 수 없는 욕설을 내뱉는 자, 여전히 술기운에 비틀거리는 자, 곳곳에 상처를 입고 달뜬 신음을 내뱉는 자들까지 여러 모습의 거란 병사들이 한곳에 모여 무릎을 꿇었다.

"몇 명쯤 되는가?"

"대략 칠백 정도입니다."

규가 오른 팔꿈치를 어루만졌다. 도순검사로 부임 후 직접적으로 창검을 휘두를 기회가 없던 터라 간만의 전투에 힘 조절이 낯설었던 듯 팔꿈치 끝이 아렸다.

"칠백이라… 한족이나 다른 소속 병사들은?"

"한족이 사십여 명쯤 되는데, 우선 옥사로 보냈습니다. 그 외는 의사소통도 어렵고 여러가지로… 그보다….”

견일이 규의 눈을 피하며 말끝을 흐렸다.

“말하게.”

“곽주 성주 한척의 시신이 발견되었습니다. 수급이 베여 누구의 소행인지는 확인이 어렵습니다.”

“척이가….”

규가 달을 향해 고개를 들어 슬며시 눈을 감았다. 항전 대신 성문을 열어젖힌 그의 행태는 죽음으로도 지울 수 없는 중죄였지만 적지 않은 세월 그와 주고 받았던 교감들은 규의 가슴 한 켠을 무겁게 짓눌렀다. 그 무거운 가슴에도 규는 눈을 떠야만 했다. 구름에 가린 밤하늘은 눈꺼풀에 덮인 어둠과 별반 차이가 없었다.

“율아!”

자신을 부르는 스산한 규의 음성에 도율이 몸을 떨었다.

“검사, 저 아닙니다! 물론 만났더라면 찢어 죽였겠지만… 송구하오나 직접 베지 못한 것이 안타까울 뿐입니다!”

규의 뒤를 지키던 유가 슬그머니 몸을 틀어 걸음을 옮겼다.

“아니, 척이가 죽었으니 네가 곽주성을 맡아야 하지 않느냐.”

“예? 무슨….”

“내 곧 이곳을 떠나야 하니 누군가에게 성을 맡겨야 하지 않겠느냐. 성주가 죽었으니 부사인 네가 성주의 지위를 잇거라! 전시 중이니 그에 필요한 절차는 생략한다.”

“곽주 부사 대도율, 도순검사의 명을 받듭니다.”

비장한 표정으로 도율이 무릎을 꿇었다.

“일어나라. 이들을 어찌해야 하겠는가? 곽주와 통주에 수용을 할 수 있겠는가?”

부관들이 잠시 눈빛을 교환하며 무릎 꿇은 포로들의 모습을 살폈다. 견일이 몸을 앞으로 내밀었다.

“검사, 송구하오나… 당장 이들을 전원 수용해 먹이고 감시하기에는 상황이 여의치 않습니다. 더군다나… 포로로서 가치를 생각했을 때….”

“그러하겠지….”

“하옵고, 무엇보다 하룻밤 사이에 성을 지키던 육천의 병사가 전멸했다는 사실이 이 전쟁에 미칠 파장을 생각하면….”

“죽여야 하는 것이겠지….”

흩날리는 바람에 피비린내가 묻어 규의 코를 간지럽혔다. 이미 오천의 병사를 도륙했고 눈앞에 칠백의 생사를 자신이 쥐고 있었다. 검을 들고 적진에 뛰어들어 수십의 수급을 베어낼 때는 느낄 수 없던 어떤 감정의 덩어리가 명치를 짓눌렀다. 검이 아닌 말 한마디로 수백의 목을 베어야 하는 상황… 언어의 힘이 검의 힘을 초월한 상황에서 여러 통탄의 감정 속에 규는 버릇처럼 하늘을 올려다보며 눈을 감았다.

성문 옆에 몸을 기대어 앉은 추가의 앞에서 주상이 바닥에 떨어진 거란 병사의 화살을 주워 들었다.

“보자… 퉤.”

주상이 촉을 살피다 슬쩍 혀에 가져다 대고는 화살을 바닥에 팽개치며 추가에게 다가섰다.

“다행히 독은 없네. 해도… 빨리 뽑지 않으면 쇠독이 퍼질 테니… 어찌, 직접 할 텐가? 내가 해 줘?”

허벅지에 박힌 화살을 움켜잡고 잠시 몸을 떨던 추가가 주상을 올려다보았다.

"부탁드립니다."

"거, 의원한테 데려가야 하는 거 아니오?"

"정신 나간 소리를! 이 난리통에 화살 하나 박힌 거 가지고! 의원을 찾아?"

"괜히 또 성질을….'"

"방해되니 나오거라!"

가슴을 밀치는 주상의 손짓에 환수가 뒷걸음질을 쳤다.

"뭐라도 깨물 걸 줄까?"

"괜찮습니다."

식은땀이 흥건한 채 핏기 없는 추가의 얼굴이 굳어졌다. 주상이 단검을 빼어 들어 어떤 망설임도 없이 화살이 박힌 옆 부분에 박아 넣었다.

"끅….'"

숨넘어가는 신음과 함께 선혈이 위로 튀었다. 추가의 팔을 목에 걸친 무상이 울상을 지으며 눈을 감았다. 끙끙거리며 날 끝을 바삐 움직이던 주상이 천천히 팔을 들어 올렸다. 핏방울을 떨어뜨리며 흥건히 젖은 화살촉이 주상의 손에 들려 있었다.

"그리 깊게는 안 닿았네. 뼈는 괜찮을 것 같은데, 그래도….'"

"안 됩니다!"

"이놈이?"

주상의 표정이 험악하게 일그러졌다. 기력이 다한 듯 추가는 몸을 늘어뜨리면서도 눈을 치켜뜨고 주상의 눈빛에 맞섰다.

"말은 탈 수 있습니다! 사나흘만 지나면… 달릴 수도 있을 겁니다!"

"아니 된다! 몸뚱이를 강철로 만든 게 아니고서야….'"

"어르신, 제발!"

영혼을 끄집어내는 듯한 추가의 절규에 주상이 몸을 일으켜 등을 돌렸다.

"그놈, 휴⋯. 환수야! 거 상처 좀 묶어 줘라!"

뒤뚱거리며 다가오는 환수의 어깨 너머 주상을 바라보는 추가의 눈가에 슬쩍 눈물이 맺혔다.

"어르신, 고맙습니다."

"조금이라도 예후가 안 좋으면 검사께 바로 보고 할 것이다! 가서 쉬어라!"

등을 돌린 채 전하는 주상의 음성에 추가가 무상의 어깨에 기댄 몸을 일으켜 성문 안으로 몸을 옮겼다.

"와, 독하다 독해! 쟈는 뭐 한다고 저리 악다구니를 쓰오?"

"처자식과 부락민이 제 눈앞에서 거란 놈들한테 몰살을 당했으니⋯ 막내 아들이 막 걸음마를 뗄 때였다지."

환수가 애잔함에 눈을 찡그리며 천천히 걸어가는 추가의 넓은 등을 응시했다.

"하루를 더 연명하느니⋯ 거란 놈 한 명이라도 더 죽이고 싶은 게지. 젊은 놈이 잊고 살아가면 될 터인데. 앞이 창창한데⋯ 나같은 늙은이도⋯."

말을 흐리는 주상의 뒷모습이 추가의 것과 닮아 있었다.

"어르신! 어디 상하신 곳은 없으신지요?"

성문을 나서던 재헌과 선정이 주상에게 다가왔다.

"그래, 괜찮네. 더 늙어 똥꾸멍 헐어서 지릴 때까지는 어디 상할 일 없으니 걱정 말게. 응? 선정아, 네 다친 곳은 없느냐?"

재헌의 목소리에 독설을 내뱉다가 다가오는 선정의 모습에 주상의 표정이 금세 온화하게 변했다.

"예, 어르신. 무탈하신 것 같아 다행입니다."

"이름이 선정이라고 했나? 사내 면상이 뭐 저렇게 허여멀겋고 곱나 했더만 이름은 더 곱네? 성은 뭐고?"

말을 끊으며 선정에게 다가오는 환수의 음성에 주상이 마른 공기에 사래라도 걸린 듯 컥컥거리며 팔을 내저었다.

"여가요."

가슴을 잡고 무언가 말하려는 주상의 옆에 서서 선정이 감정 없이 답했다.

"노친네, 왜 이래 갑자기? 여가라고? 왕족이네! 그래서 계집처럼… 읍!"

재헌이 손을 뻗어 환수의 입을 틀어막았다. 선정이 잠시 눈을 치켜뜨는 듯하더니 주상의 손사래에 몸을 돌렸다.

"선정아, 검사께서 걱정하시겠다. 얼른 가 봐라!"

선정이 슬쩍 고개를 숙이고 등을 돌렸다. 멀어져 가는 선정의 모습에 시선을 고정한 채 환수가 재헌의 손을 우악스럽게 떼어 냈다.

"아이! 뭐 하는데? 왜!"

"야이! 대가리에 똥만 들은 새끼가! 네 눈깔에 저기 비녀 안 보이니?"

"그게 왜? 사내들도 귀족들은 비녀 꽂고 분도 바르잖아."

주상과 재헌이 슬며시 고개를 저었다.

"진짜 계집이라고?"

"하여간에. 정이 앞에서 한번 더 계집의 계 자만 꺼내도 네 모가지 바로 따일 것이다."

"계집이라고? 드세기까지? 하이고."

입이 귀에 걸릴 듯이 웃으며 선정의 뒷모습을 쫓는 환수의 모습에 주상과 재헌이 세차게 고개를 저었다.

"근데 왕족은 뭔 말이고? 여가가 왜 왕족이나?"

"왕족 아닌가? 그 여태후인가 뭔가 있잖아!"

주상이 깊은 한숨을 내쉬며 이마를 짚고 이내 허리를 숙여 화살 하나를 쥐어 들었다.

"이런 대가리에 똥만 찬 새끼! 여태후가 어찌 왕족이고? 정신을 어디 뒷간에 빠뜨려 놓고 왔나? 주위들을 거면 제대로 들어 처먹든가! 제 형은 안 이랬는데 어찌 같은 핏줄에 이런 닭대가리가!"

"아야! 하지 마라! 아프다. 노친네, 형님 얘기는 또 왜 하는데?"

"형님? 어, 설마….

채찍처럼 달려드는 주상의 화살을 피하며 환수가 소리를 질러 댔다. 재헌이 환수의 얼굴을 살피다 어떤 얼굴이 겹쳐 보이는 것을 느끼고 입을 크게 벌렸다.

"아니, 그럼 이 자가 통사의….

"하… 하… 그래. 아이고 숨차라… 이 돼지 몸통에 닭대가리 붙여 논 짐승 새끼!"

"참, 그 말이 좀 심하네!"

주상이 화살을 바닥에 던지며 숨을 골랐다. 재헌이 익살스런 둘의 모습에 웃으며 환수를 뚫어져라 바라보았다.

"참. 묘하게 닮았네… 허."

"야야! 저 봐라! 저기 진짜 왕족 있네!"

숨을 고르던 주상의 손끝을 따라 재헌과 환수가 시선을 옮겼다.

"저 늙은이가 왕족이라? 왕씨가?"

"왕씨는 아니고… 뭐, 왕족이 아니라 황족이겠네."

"뭔 소리고?"

무슨 뜻인지 알 길 없는 재헌과 환수가 주상의 손끝에서 움직이는 병화의 몸짓을 살폈다.

"검사, 잠시 이자와 얘기를 나눠도 될는지….

병화의 눈빛에 담긴 어떤 기운을 느낀 것인지 규가 말없이 고개를 끄덕이며 몸을 뒤로 물렸다.

[소가맹….]

등 뒤로 손이 묶인 채 바닥을 보고 연신 이를 갈아 대던 가맹이 들려온 거란 말에 천천히 고개를 들었다.

[우리 병사인가? 네놈이 변절을 한 것도 모자라 감히 나를 능멸하려 하는 것인가!]

가맹의 악다구니에 뒤의 거란 병사들이 천천히 고개를 들어 병화를 쏘아보았다.

[능멸이라… 정녕 나를 못 알아보는 것인가?]

[무슨 헛소리를, 일개 노병을 내가 어찌….]

악의에 가득 찬 가맹의 눈동자가 일순간 흔들렸다.

[태조께서 스스로를 한고조 유방의 현신이라 여기시니, 충성된 신하들에게 소씨 성을 하사하였다. 수십 년간 야율씨와 소씨는 빈철보다 단단한 충심으로 엮여 있으니….]

[서, 설마….]

[소씨의 성을 타고난 내가, 야율의 성을 타고난 너의 옆을 항상 받치고 서 있겠다.]

가맹의 시야가 아스라이 흐려졌다. 시선이 흐려지는 눈앞에 버티고 선 병화의 허연 수염들이 흐릿해졌고 왼쪽 뺨을 타고 목으로 이어진 검버섯들도 희미해졌다. 거칠게 사방으로 패인 주름들이 천천히 옅어졌고 흰자위를 덮은 누르스름한 기운이 천천히 걷혀 나갔다.

[진… 광?]

[마지막으로 너와 사냥한 꿩고기를 씹으며 네가 나에게 전한 말이다. 기억하겠지?]

[어떻게?]

[너의 입에서 그 말이 나오고 하루가 지나지 않아… 네놈은….]

[아니, 아니다! 내가 한 짓이….]

[그래. 네 아비가, 너희 부족이 한 짓이겠지… 내 어찌 너를 원망하겠느냐. 다만….]

[어떻게, 어떻게 살아 있느냐? 왜, 왜 변절한 것이냐?]

[닥쳐라! 변절이라 했느냐? 아, 혹시 이것 때문인가.]

병화가 어깨 아래로 땋아 내린 머리카락을 어루만졌다.

[곤발은 30년 만에 해 봤는데 어찌 태가 나느냐?]

[그게 무슨 말이냐?]

[30년간 나는 고려인으로 살아왔다! 고려의 이름을 받았고 고려 여인을 아내로 삼아 일가를 이루었다! 혹 내가 썩어 문드러진 초원 어딘가에서 복수라도 꿈꾸며 살았다 생각하는가?]

[그, 그럼 어떻게….]

[어떻게 네놈의 무릎을 꿇리고 그 앞에 서 있는지 궁금한가? 내 복수를 꿈꿔왔다면 어찌 30년 세월을 무탈하게 버텼겠는가? 그 반대다! 나는 30년간 모든 것을 잊고 살아왔다. 초원의 바람을 잊었고, 염호의 물살을 잊어버렸다. 가축들의 털 냄새와 지긋지긋한 모기 떼를 잊어버렸고, 종내에는 부모와 형제를 기억에서 지웠다. 그리하여서 하늘이 그대라는 선물을 나에게 내리는 것이 아니겠는가. 나 또한 오늘이 경이롭다!]

병화가 울분을 토하듯 거침없이 말을 쏟아 냈다.

[가맹아, 거란의 황제에게 우리 부족을 무고하고 몰살하고도 고작 이런 모습으로 살아왔더냐! 배때기에 기름이 가득 차 뒤뚱거리며 전장에서 술에 쩔어 쉰내를 풍기는 천지분간 못하고 성정대로 몸을 움직여 너의 병사를 죽음으로 몰아넣은… 너는 겨우 이런 인간이 되려 나와의 의리를 변절하였다는

말이냐!]

[아니….]

가맹이 넋을 잃은 듯 고개를 숙여 흔들었다.

[이제 가거라.]

[사, 살려다오! 황제께 서신을 보내면 분명 너희 포로 만 명과도 나를 바꾸려 할 것이다!]

병화가 눈을 내리깔고 고개를 가로저었다.

[더 보일 추함이 남았느냐.]

[네, 네 누이는 어쩔 것이냐! 나를 죽이면….]

아래로 깔린 병화의 두 눈의 동공이 크게 부풀어 올랐다.

[누이라니? 무슨 말을 하는 것이냐?]

[네 누이를 내가 맞이했다.]

[아, 아호가 살아 있다고?]

[나의 부인으로 수십 년을 살며 너의 조카들을 낳았다. 그러니 네 누이를 봐서라도….]

병화의 온몸이 경련이 일 듯 떨렸다. 이내 떨림을 다잡은 병화가 몸을 숙여 가맹의 앞으로 거칠게 얼굴을 내밀었다.

[닥쳐라! 집안의 원수에게 몸을 의탁하였다면 그것으로 이미 나의 혈육이 아니다. 내 혈육들은 그날 모두 너의 집안에게 도륙당하였다!]

[아니 된다. 제발. 진광, 제발….]

"검사, 다 되었습니다."

충혈된 병화의 눈빛을 받으며 규가 칼을 들었다.

"직접… 하시겠습니까?"

"감사합니다…."

건네는 칼을 받고 고개를 숙이는 병화의 얼굴 아래로 물방울이 떨어졌다. 잠시 고개를 들지 못하는 병화의 모습에 규가 입술을 깨물었다.

"이제 되었습니다."

규가 지긋이 눈을 감으며 한쪽 손을 치켜들었다. 무릎을 꿇린 포로들 주변으로 창을 세운 병사들이 창을 앞으로 내밀었다.

[잘… 가거라….]

병화의 말에 가맹이 절규하며 온몸을 떨었다. 규가 천천히 손을 내렸다. 병화가 눈을 질끈 감으며 칼을 휘둘렀다. 그 동작에 이어 창병들이 그 앞을 찔렀다. 가맹의 땋은 머리카락이 잘려 바닥으로 떨어졌고 포로들의 절망 어린 신음이 터져 나왔다. 겨우 흩어졌던 피 냄새가 다시 피어오르기 시작했다. 그 광경 속에서 규는 다시 밀려오는 고단함에 몸을 떨었다. 칼을 잡고 칠백의 수급을 직접 베었더라도 이 정도의 고단함이 밀려오지는 않을 것 같았다. 서 있는 그대로 눈을 감고 잠들 수 있을 만큼 거칠게 밀려오는 그 피로를 떨치려 규는 몸을 보이지 않게 살짝 흔들었다. 새벽 공기가 무겁게 그 움직임을 짓누르며 온몸을 감쌌다.

무로대 강습

36 꿈자리

   포로들의 처형이 끝나자 규는 주변을 물리고 성벽 위를 거닐었다. 마치 피 냄새를 가라앉히려는 듯 분무되어 부슬부슬 내려앉는 빗속에서 규는 한참 하늘과 바닥을 번갈아 살피다가 새벽녘이 되어서야 선잠에 들 수 있었다.

"조야."

"예, 어르신."

"규야."

"예, 어르신."

"이길 수 있는 전쟁을 하거라."

   겨우 잠이 든 규의 뇌리에 그리웠던 여러 목소리가 교차했다. 희는 만월의 은은한 광채를 등불 삼아 조와 규의 술잔에 술을 따랐다. 희의 얼굴은 생기를 잃었고, 목소리는 잔잔한 떨림이 가득했다. 앙상한 손목 밑으로 슬쩍 늘어진 주름살이 푸석하게 흔들렸다. 수년간 혼을 불어넣어 서북면의 토대를 닦은 그는 조와 규를 독려하며 이기는 전쟁을 하라는 마지막 당부의 말을 남겼다.

조의 모습을 머릿속에 그리려 했지만 어렴풋한 형체는 선을 그리지 못하고 뭉그러졌다. 어떤 이유였을까. 그의 얼굴이, 그의 음성이, 그의 냄새가 명확하게 떠오르지 않았다. 오랜 세월 서북면을 종횡무진으로 누비며 자신의 옆에 필연처럼 존재하던 그의 모습이 왜 아스라이 멀어졌을까.

그가 충신의 길을 벗어나 역사의 줄기를 쥐고 흔들었기 때문일까, 순간의 착오로 자신의 손에 짊어진 국운을 궤멸시켰기 때문일까, 무인의 기질을 버리고 권세의 늪에 빠져들었기 때문일까. 모든 이유에 해당한다면 그의 비참한 최후는 온당한 것인가. 자신은 그런 최후를 피해 갈 수 있을 것인가. 상찰할 수 없는 그 덧없는 의문에 규는 어떤 답도 내리지 못했다. 그저 그는 이길 수 있는 전쟁에서 패배하였고, 죽음을 맞았을 뿐이다. 하지만 그는 죽음의 목전에서 죽고 나서 바로잡을 수 없는 과오에 대해 성찰의 자세를 보였다. 황제의 회유에 그는 자신의 살을 내어 주며 대항하였다. 그는 선왕을 시해하였지만 스스로 왕위를 탐하지 않았고, 전란을 불러왔지만 적의 창검을 회피하지 않았다. 잘못된 전략으로 패배하였지만 스스로 무릎을 꿇지 않았고, 초원의 바람을 맞으며 생을 이어갈 수 있었지만 고려인으로 죽는 길을 택했다. 한없이 가까웠던 그의 모습이 그려지지 않는 것은 누구나 자신의 모습을 직접 그리지 못하는 것과 같은 이유일 것이다. 규와 조는 다른 과정 속에서 같은 결과를 지향했다. 서로라면 하지 않았을 결단을 내려가며 둘은 나름의 방법으로 희의 당부를 따랐다. 그 결단의 부산물로 자신은 서북면의 도순검사가 되어 전란의 중심에 있었다.

과연 규의 지나온, 앞으로 행해질 결단들은 타인의 시선에 온당하게 비칠 것인가. 그리고 그에 따른 결과를 납득할 수 있을 것인가. 조를 떠올리던 규가 어느새 스스로를 머릿속에 그려 보려 했지만 여전히 선이 뭉그러질 뿐이었다.

무의미하게 흩어지던 생각의 물살이 차츰 옅어지며 꿈자리가 서서히 뇌리 속으로 멀어져 갔다.

37 지네 蚣

　규는 병화와 무상을 옆에 두고 무로대의 현황을 예측하며 무로대로 향했다.
무상은 말단 병사에 불과했기에 거란군이 무로대에 짐을 푸는 순간부터 직접
몸을 움직여 진지를 구축하는 것에 동원되었다. 무상이 보고 느낀 모든 장면
이 병화를 통해 규에게 전달되었다. 주둔 병력에 대한 부분은 무상도 정확히
알지 못했다. 20만으로 예상되는 병력을 직접 세어 볼 일도 없었고 애초에 보
통 사람이 천 단위가 넘어가는 집단에 대해서 정확히 인지하는 것은 불가능했
다. 규 또한 무로대에서 수천의 병력을 통솔하고 훈련시키는 일원이었기에 잘
아는 바였다. 무상은 그저 사람이 모래알만큼이나 많다고 표현할 뿐이었다.

　규는 장서의 보고와 무상의 말을 통해 적어도 10만 이상의 병력이 무로대에
있을 것이라고 추측했다. 다행히 그 끝도 없는 인파에서 정병이 차지하는 비중
은 낮은 듯했다. 무상은 철갑을 두른 기병들은 대부분 남하하였고, 비율을 따
져 보아도 장정은 전체의 반도 미치지 못한다고 전했다. 예닐곱 아이들부터 육
칠십이 넘은 노인들까지 꽤나 많은 비전투 병력이 무로대에 진주 중이었다. 10

만을 기준으로 잡아도 절반이 5만이니, 절대 적은 수는 아니었지만 전체가 전투 병력인 것에 비할 바 없는 상황이었다. 자신이 피복을 보급하러 떠나는 날까지 무로대 내에서는 군막을 짓기 바빴다. 지휘부나 요직들의 군막은 주로 지형 중앙에 지어졌고, 무상의 거처는 동남쪽 경계 지점의 앞이었다. 20만의 기병이 떠난 자리, 다른 가축들에 비해 말은 그 수가 현저히 적었고 낙타, 소, 양, 개 등의 가축을 가두는 울타리가 여러 곳에 세워졌다. 무상의 진지에서 북쪽으로 뻗은 곳에 가축들의 것이 아닌 거대한 울타리가 세워지고 있었다고 하니, 아마 포로들을 수용키 위한 시설인 듯했다. 무로대의 겨울은 나무와 물이 부족했다. 아이들과 노인들이 하루 종일 동이를 이고 냇가에서 물을 퍼 날랐다. 장정들이 수십 명씩 모여 도끼를 어깨에 지고 북쪽의 산으로 향했다. 산을 넘고 협곡을 지나 두 개의 둔덕과 한 개의 고바위를 넘으면 흥화진 성이었다. 규는 행군 내내 무상의 정보를 토대로 현재의 무로대의 모습을 그리는 것에 열중했다.

규가 일행들을 멈춰 세웠다. 새벽녘부터 시작된 행군길에 병사들의 얼굴에는 고단함이 가득했다. 남쪽에서 서쪽으로 비스듬히 솟아 산으로 이어지는 둔덕 덕분에 병사들은 햇빛을 피해 경사면에 몸을 기댈 수 있었다. 아직 덜 녹은 눈덩이 위에 쌓인 축축하게 젖은 흙덩이가 그늘에 가려 음산한 기운을 풍겼다. 오르막을 따라 늘어진 흙덩이에는 돌들이 각각의 크기로 박혀 있었다. 적당히 반질반질한 돌덩이 위에 환수가 엉덩이를 붙이며 등을 뒤로 젖혔다.

"아이고. 사람 때려죽이는 것보다 더 힘드네."

"말 타고 온 놈이 죽는소리냐."

고의가 말의 얼굴을 쓰다듬으며 환수를 흘겨보았다. 마땅히 묶을 곳이 없는 장소에서 말들은 자유롭게 거닐며 바닥에 머리를 박고 혹 눈 속에서 피어나는 새순이나 이끼 등을 핥으며 꼬리를 흔들었다. 흔들리는 꼬리 아래로 늘어진 똥이 새어 나와 바닥으로 떨어져 흩어졌다. 땅에 녹아내린 그 똥은 봄이 오면 어느 식물의 씨앗을 틔울 것이었다.

"힘든 건 힘든 거지! 배도 고프고… 이래서 사람은 집 짓고 살아야 한다니까! 너네는 어째 매일같이 옮겨 다니면서 사나? 안 힘드나?"

"다 옮겨 다니며 사는 건 아니오. 농사도 짓고, 배 타고 물질하는 사람들도 제법 있소."

추가가 주변의 돌을 들어 옮기며 대답했다.

"근데 뭣하러 그 돌을 계속 던지네?"

"잠시… 어! 있다!"

돌을 들어 올린 추가가 그 밑부분의 흙을 파내며 손을 번쩍 들었다.

"야, 야! 치워라!"

식겁을 하며 손을 흔드는 환수의 얼굴 앞으로 추가가 손을 내밀었다. 칼자루만 한 지네가 꼬리의 끝을 잡힌 채 온몸을 세차게 흔들며 모래를 튀겼다. 벌겋게 달아오른 몸통 옆으로 샛노란 다리들이 자글자글하게 움직였다.

"지네네? 뭐 하려고?"

고의의 말에 환수가 육중한 몸을 일으켜 고의의 뒤로 급히 숨어들었다.

"여, 귀한 겁니다. 몸에 얼마나 좋은데. 한 입 하오."

추가가 지네의 머리를 쥐어뜯으며 고의에게 내밀었다.

"아, 아니… 됐네."

덤덤한 척 손을 흔드는 고의의 얼굴이 사색으로 물들었다. 추가가 다시 지네의 몸통을 쥐어틀어 반으로 뜯어냈다. 여전히 노란 다리들이 정신없이 움직였다.

"강 형, 그 어울리지 않게 질색을 하시오. 이 얼마나 맛난데."

한쪽 손에 들린 지네의 몸통을 입에 쑤셔 넣으며 추가가 턱을 바삐 움직였다.

"으…."

"그, 그래. 네놈은 잘도 씹어 먹게 생겼구먼. 그리 질색을…."

"한번 물어보시오. 사내한테 그리 좋은데."

한 손으로 입을 틀어막고 헛구역질을 하는 환수의 옆을 유가 스쳐 가며 추가의 손에 들린 지네를 뺏어 들었다. 유는 곧장 손을 입으로 옮겨 와그작하는 소리를 내며 환수에게 건조한 눈빛을 보냈다. 규가 어깨너머로 환수의 얼굴을 살피고 익살맞게 얼굴을 찌푸렸다.

"사내가 그걸 못 먹어?"

"아니, 못 먹는 게 아니라…."

"그놈, 천지분간 못하고 아무 때나 달려드는 놈이 어찌 검사 앞에서는 순한 양이 되누."

덩치에 어울리지 않게 우물거리는 환수를 주상이 멀찍이서 바라보다 이죽거리자 고의가 입가에 손을 가져가며 어깨를 들썩였다.

"참으로 사내한테 좋나?"

"그렇대도… 잠시 보자. 여 지천에 깔렸을 테니…."

추가가 허리를 숙여 다시 돌을 들어 옮기기 시작했다.

"진짜 먹어 보려고?"

"사내가 의기가 있지. 벙어리 놈도 먹는 것을…."

환수가 미간에 서린 땀방울을 훔치며 추가의 몸짓을 살폈다.

"옳지!"

추가가 한쪽 손을 번쩍 들어 올렸다. 아까보다 조그만 놈이 마찬가지로 온몸을 비틀며 붉은 빛을 발했다. 환수가 슬쩍 몸을 뒤로 기울이며 침을 삼켰다.

"여기 있소."

"아, 아니 잠깐…"

뒷걸음질 치는 환수를 향해 유가 한쪽 입꼬리를 치켜들며 눈을 찡그렸다. 규가 환수의 어깨에 손을 얹으며 광대를 삐죽거렸다.

"이, 이놈이! 못 먹을까 봐. 이리 줘 봐라!"

무언의 비웃음에 발끈한 환수가 급히 몸을 내질러 추가의 손에서 지네를 낚아챘다. 손바닥 안에서 느껴지는 지네의 요동치는 움직임에 잠시 멈칫거리던 환수가 눈을 질끈 감고 입으로 지네를 쑤셔 넣었다.

"아, 아니! 머리를 떼고 먹어야… 그, 독 있소!"

환수가 입을 꾸물거리면서 가슴을 내밀고 큰 숨을 들이켜듯 몸을 움직였다. 규와 고의가 서로의 얼굴을 보며 키득거렸다.

"그… 바로 삼킨 건 아니…?"

양 눈에 흰자위를 가득 채우고 얼굴이 붉게 달아오른 환수의 육중한 몸이 천천히 뒤로 넘어갔다.

"강 형!"

"어이!"

추가와 고의가 급히 환수에게 달려들었다. 유는 입을 몇 번 오물거리다 어깨를 들썩이며 움직이는 규의 뒤를 따라 발을 옮겼다.

"그놈들 참."

병화가 멀찍이 환수의 움직임에 미소를 지으며 열심히 입을 움직였다.

"손에 뭡니까? 산원께서도 혹시?"

"응? 아니, 말린 고기네."

병화가 손바닥을 펴 홍준의 얼굴로 내밀었다. 누리끼리한 빛을 발하며 말린 고기 조각이 누릿한 향을 풍겼다.

"토끼?"

"몰라? 양 같은데. 염손가….."

말을 흐리는 병화의 옆 공간으로 홍준이 슬쩍 엉덩이를 붙였다.

"지네는 안 먹습니까? 추가 놈은 툭하면 돌 틈에서 찾아 먹던데."

"에잇! 머리 밀고 산다고 다 같은가. 말갈 놈들이랑 다르다!"

"허, 여전히 발끈하시는 걸 보니….."

"뭐? 내 거란 놈 목 베는 것 못 봤는가?"

엉덩이를 들썩이는 병화의 모습에 홍준이 손을 흔들었다.

"잘 봤지요. 어찌 그리 서럽게 우시던지….."

"무슨….."

홍준의 눈을 피하며 병화가 땋은 머리를 꼬집어 쓰다듬었다. 오래전 마음이 어수선할 때 하던 손에 익은 습관을 몸이 기억하고 있었다.

"일전에… 일은 미안했습니다."

"무슨?"

돌연 시선을 내려 진중한 음성을 뱉는 홍준의 모습에 병화의 손끝이 더욱 바삐 움직였다.

"언성을 높이고… 산원을 힐난했지 않습니까."

"아, 통주 거점에서… 무슨! 사내가 언제 적 얘기를."

"그 외에도….."

머리카락 끝으로 전해지는 어떤 감정의 결에 병화의 손이 멈추었다.

"산원을… 무던히도 싫어했었습니다."

"잘 알고 있지."

"무턱대고 사람을 내리깔고 안하무인으로 구는 데다가… 목청은 또 어찌나 큰지, 귀가 따끔거리지. 이런 말 하기는 뭣하지만 품계도 낮으신 분이 병사들

있는 곳에서 언제나 하대하시는 것도….”

“그, 대부분 노 형도 해당되지 않는가?”

“흐, 흠….”

멀찍이 주상을 찾는 병화의 음성에 홍준이 헛기침을 했다.

“그렇지요. 사실 맞습니다. 그런 이유 때문이 아니었겠지요. 그러지 말아야지 하면서도 산원의 출신에 대한….”

“괜찮네. 나도 사람인데 그 마음을 모르겠는가. 사실 모두 내 잘못이네. 굴러온 돌이니 적당히 박힌 돌 비위 맞추며 분위기 흐리지 말았어야 맞는 것인데… 꼴에 자존심 지킨다고 어쭙잖게 노 형 흉내나 냈지. 그리하면 나도 그처럼 호감을 살까 싶었던 게지. 그릇이 다른 것을….”

“산원….”

“이제 형님이라 부를 때도 되지 않았는가?”

홍준이 미소를 지으며 고개 숙인 병화의 옆모습을 응시했다.

“이제 그리 할까요, 형… 님?”

“흐. 좋네, 좋아!”

병화가 허리를 뒤로 젖히며 호탕한 웃음을 지었다.

“홍준아! 그리고 사실 삼수채에서 피 한 방울 안 묻히고 온 것은 도망친 것이 맞다!”

“예? 그 얘기는….”

“내 초원서 도망쳐 올 때 어찌나 거란 기병들한테 쫓기며 당했던지… 눈물콧물 질질 짜며 겨우 압록 넘어와서… 다 잊고 살았다 생각했는데 그날… 미쳐 날뛰는 그놈들 모습을 다시 보니까 어찌나 몸이 쭈뼛거리던지….”

“형님, 제가 괜한 얘기를….”

“아니, 괜찮다! 지나간 일을 어찌하겠느냐만은… 그리 너절하게 살아남았어

도 미운 놈 떡 하나 더 준다고… 어찌 원수 놈의 목을 벨 천운이 내렸으니… 이
제 무슨 여한이 있을까… 그리 싸늘하던 네게서 형님 소리도 들었으니… 이제
다 괜찮다!"

"형님…."

"고맙다 홍준아. 이제 더 신경 쓰지 마라."

입을 한껏 벌리고 웃는 병화의 검게 썩은 송곳니 사이에 낀 고기 조각이 썩
은 부위를 가렸다. 외형에 어울리지 않게 천진하게 느껴지는 그 모습에 홍준
이 비슷한 웃음을 띠었다.

"예, 형님…."

38 낭보 朗報

거점에 들어서는 흥성군의 어깨로 싸라기눈이 내려앉았다. 병사들은 몰려오는 한기에 지친 심신을 다독이려 거점의 인근 사찰을 방문하는 것에 대해 허락을 구했다. 규는 요청을 허락했다. 병사들은 사찰의 정수를 마시고 마음의 안정을 찾을 것이며 전사한 전우들의 이름을 연등에 달아 그들의 넋을 위로할 것이었다. 싸라기눈과 함께 다가올 한파를 털옷만으로 대비하는 것보다 병사들의 마음을 다독여 기운을 북돋우는 것이 중요했다. 험로에 지친 말들은 체력을 보충하려 부지런히 먹어 댔다.

규와 부관들은 지친 심신을 달랠 여유도 없이 곧장 회의에 돌입했다. 흥화진의 동남쪽으로 안의진을 잇는 거점은 다른 곳에 비해 규모가 컸다. 흥화진성까지 하루, 무로대까지 반나절이 걸리는 거리였다. 지척에 다다른 규와 부관들은 또 다른 전투를 앞두고 쉴 없이 의견을 주고받았다.

"옳지. 그리 얌전히 있어 봐라."

건초를 씹어 넘기느라 바쁜 말의 뒤편에 선 주상의 이마에 땀이 송글송글 맺혔다.

"거, 뭐 하는 거요?"

"배고프다고 눈알이라도 빼 먹었냐?"

"참… 말본새 하고는."

"뭐? 어린놈이 어디 어른한테!"

주상이 환수의 머리 위로 망치를 들어 올렸다.

"아, 알겠소! 사람 잡겠네!"

손에 들린 더덕 뿌리를 급히 입에서 떼어 내며 환수가 뒷걸음질을 쳤다.

"지네나 처먹다 뒈져버릴 것이지… 독도 안 오르나? 진짜 짐승 새끼가 따로 없네. 더덕은 혼자 씹어 처먹고."

주상이 말의 뒷다리를 굽혀 잡고 튀어나온 편자에 망치를 가져다 박았다.

"그 얘기는 하지도 마오. 아직 아랫배가 근질거리는 것이… 살아서 내장이라도 뜯어 먹히는 느낌이 다 드네. 겁나서 똥도 못 싸겠다니까…."

"계속 알짱거리다 말 뒷다리에 채여 죽는다!"

주상이 떨어지는 땀방울을 부지런히 훔치며 한참을 망치질에 열중했다. 환수가 멀찍이 더덕을 씹으며 혼자 흥얼거렸다.

"삭신이야… 다 됐다!"

말의 다리를 내리며 엉덩이를 쓰다듬는 주상의 뒤로 환수가 다시 다가왔다.

"그… 내 말도 좀 해주지."

"왜? 엇발질이라도 하든?"

"그건 아닌데 하는 김에 한번 봐주면…."

"돼지 놈 아가리를! 이게 쉬워 보이냐? 멀쩡한 것을 왜 건드려?"

"아, 알았소! 그 쇠붙이 좀 내려놓고 말하쇼."

"그러니까 얼쩡거리지 말고 저 기슭에 가서 지네나 파먹다 독 올라 죽어라! 사람 귀찮게 하지 말고…"

주상이 손을 가리킨 곳에 어떤 일행들이 젖은 어깨를 털며 걸어오고 있었다.

"웬 사람이지? 우리 병사 같은데…."

"여, 할아범! 무병장수 중이시네?"

호탕한 목소리에 주상이 한껏 인상을 찌푸렸다. 본 적 없는 주상의 표정에 놀란 환수가 걸어오는 이들을 바라보았다.

"야이! 쌍잡놈아! 늙은이를 볼 때마다 놀려 먹을 생각뿐이냐?"

"에이, 어르신, 왜 또 역정을 내시고… 전쟁통에도 이리 무탈하게 살아 만나니 얼마나 좋습니까!"

장서가 어깨를 털던 손을 주상에게 내밀었다. 그의 뒤로 주연과 평수가 주상에게 허리를 숙였다.

"쌍잡놈… 흐."

한껏 삐죽거리는 주상의 언변에 환수가 입을 가리며 어깨를 들썩였다.

"이 떡대는 웬 자입니까? 이런 덩치는 보기 힘든데… 서북면에 내가 모르는 이가 있었나?"

"뭐 떡대? 거기도 비대한 게 만만찮구먼… 언제 봤다고?"

"어이구, 덩치만큼 목소리도 큰 친구구먼. 허허, 어르신 맨날 고기 타령하시더니 이제 산돼지를 끌고 다니시네? 급하면 잡아 잡수게?"

"이놈이!"

환수가 발을 구르며 장서에게 달려들었다. 순간, 평수와 주연이 몸을 움직여 칼을 뽑아 환수의 앞으로 내밀었다.

"날붙이 몇 개로 내 못 막는다! 뒤지기 싫음 뒤로…"

"이 쌍놈아! 당장…"

"허허허!"

주상이 급히 환수의 앞을 막아서는 그때, 터져 나온 장서의 웃음이 사방을 채웠다.

"좋군 좋아! 사내가 이리 기운이 뻗쳐야지! 음! 덩치값은 하는 구먼."

"이놈이….."

"근데 자네, 계급이 어찌 되는가?"

"웬 계급 타령이고!"

"계급은 무슨… 그냥 병졸이지….."

주상의 말에 주연과 평수가 허공에 칼을 휘두르며 자세를 고쳐 잡았다. 날에 베인 공기가 윙윙거리며 울렸다.

"어디 일개 병졸이… 이분이 누군지 알고…."

"됐네. 허허, 재밌는 친구로구먼."

장서가 주연의 말을 자르며 몸을 앞으로 내밀었다.

"계급은 니미… 초면에 사람을 짐승에 갖다 붙이기나 하고."

"어허. 기분이 상했다면 내 사과하지! 자, 어찌 같은 편끼리 칼을 겨눠서야 되겠나. 자네들도 칼 넣고! 여하튼 일하러 왔으니 바삐 움직여야지! 형님은?"

"안에서 회의 중이시네."

주연과 평수가 칼을 거둬들였다. 주상에게 목례를 하며 앞으로 나서는 장서의 어깨에 환수가 손을 얹었다.

"어디 가려고! 패악질한 값은 치르고 가야지!"

장서가 슬쩍 고개를 돌려 어깨 위의 손을 응시했다. 무수히 솟은 잔털 위로 젖은 눈이 내려앉아 녹아내렸다.

"흐음… 난 자네같이 호기로운 이들을 좋아하기는 하는데… 호기가 선을 넘는 이들에게는 손에 여유를 두지는 않는다네. 어찌, 사내끼리 한번 끝을 보겠는가?”

“뭐? 고, 곰 같은 놈이 갑자기 목소리를 깔면….”

“왜 이리 소란인가!”

환수가 화들짝 놀라며 급히 손을 내렸다. 규가 막사를 나서 장서에게 눈을 부라리고 있었다.

“형님! 이게 얼마 만입니까!”

“왔으면 바로 들지 어찌 노닥질인가! 어여 안으로 들어라.”

“아이고… 보자마자 역정이시네. 여하튼 덩치 친구는 다음 기회에 끝을 보자고! 이 서북삼검의 일원인 장서님께서….”

“검사께서 찾으시는데 속히 드시지요!”

자신의 말을 자르는 주연의 말에 장서가 고개를 돌려 규에게 향했다.

“하여간, 검사 앞에서는 꽹이 앞에 쥐 같은 놈이….”

중얼거리는 주상에게 주연과 평수가 고개를 숙이며 장서의 뒤를 따랐다. 주상은 입을 다시며 환수의 멱살을 잡아챘다.

“쌍놈아! 천지분간 좀 하고 나대라! 네놈 목살이 두껍다 한들 칼이 안 들어가나?”

“왜 나한테 역정이고! 저 덩치 놈이….”

“그래도 이놈이! 될 상대한테 엉겨야지! 구분이 그리 안 되나!”

“왜… 저놈이 그리 강한가?”

“하이고, 검사의 기운은 느끼는 놈이 저 기운은 못 느껴?”

“응? 그 정도라고? 몸이 그냥 살 덩어리뿐인데?”

“됐다. 여하간에 나 없을 때는 저놈 앞에서 나대지 마라. 만날 일도 없겠지만….”

“그래? 그래서 노친네가 기를 못 쓰고 당하기만 하는 거였구먼….”

"뭐? 내가 언제!"

"전에 고기 먹다 된통 당하더니! 오늘도 기를 못 쓰는게 딱 보이는구면."

"그래서?"

"뭐가?"

"해서 네 눈에도 내가 만만해 보이기라도 한들?"

　주상이 망치를 들어 내리치자 환수가 급히 몸을 틀었다.

"어? 어! 진짜 죽이려고? 그만해라!"

"게 서라, 이 쌍놈아! 안 그래도 장서 놈 봐서 기분 잡치는데 분위기 분간 못 하고 아주 그냥! 어차피 상황 파악 못 하고 뒤질 놈. 오늘 내가…."

"아! 그만!"

　망치를 휘두르는 주상의 몸짓을 피하며 환수가 괴성을 질렀다.

"모두 살아서 보니 감개무량합니다! 허허!"

"오셨습니까."

"무탈하시지요?"

　어수선하게 부유하던 공기가 장서의 웃음으로 금세 활기를 띠었다. 인사를 건네는 부관들의 얼굴에도 반가움이 잔뜩 깃들었다.

"소란 떨지 말고 앉거라!"

"에이… 형님은 도순검사가 되시더니 꼭 나한테만 그리 엄격하게…."

"저분이…."

"그래. 도순검사시네."

"어쩐지 기운이… 대장도 참, 어찌 저런 분과 어깨를 나란히 서북삼검이니…."

"다 들린다!"

멀찌감치 서서 규를 살피는 주연과 평수를 향해 장서의 음성이 닿았다.

"들으시라 한 거지요, 뭐."

"허헛."

평수의 중얼거림에 부관들이 일제히 웃음을 터뜨렸다. 규도 마찬가지로 미소를 지으며 평수를 바라보았다.

"연이는 잘 있었느냐? 이놈 뒤치다꺼리한다고 고생이 많네."

"아닙니다, 검사. 물론 고생이야 하지마는… 검사께서 전장을 누비시는데 제가 어찌 고생이라…."

"허허, 그래. 옆에 친구는 안면이 없는데?"

"예 검사! 저는…."

"형님! 저 친구가 아주 물건입니다! 얼굴은 저리 평평하게 생겼는데 이름이…."

"대장!"

발끈하는 평수의 얼굴로 규와 부관들의 눈이 고정되었다.

"이번에 척후대로 배속된 교위 서… 평… 수입니다."

어깨를 떠는 장서의 모습처럼 부관들이 입을 움찔거리며 떨었다. 규는 돌연 고개를 숙여 이마를 짚으며 크게 심호흡을 내뱉었다.

"바, 반갑네. 허."

"으하하! 그 보시래도! 다들 웃겨 죽는구먼. 하하!"

고개를 숙인 평수의 양 눈가에 물기가 맴돌았다.

"이놈! 부하들 놀려 먹으라고 대장 자리에 앉힌 줄 아느냐! 어찌 나이를 먹고 계급이 올라도 하는 짓이 이리 철딱서니가 없느냐!"

웃음을 다잡고 몸을 일으킨 규의 호통에 장서가 웃음을 거두며 입을 삐죽거렸다.

"일은 일이고… 자기도 웃어 놓고는… 아니, 말이 나온 김에 예전 같았으면 자기가 제일 놀려 먹었을 거면서! 사람이 계급 좀 올랐다고 이리 변하기요? 예전에 그 얼빠진 형님은 다 어디 간 게요? 그쪽이 훨씬 더 좋았는데…."

"이놈이 그래도! 그리고 낯간지러우니까 어디 가서 서북삼검 어쩌고 하지 말라 했지?"

"얼레? 서북면서 강조, 양규, 장서 이 셋을 당할 자가 없다고 여기저기 떠들고 다닌 게 누군데? 이제 와서 발 빼기요?"

"아니 그때는… 젊을 때 취해서 호기 좀 부린 일을…."

"검사, 그만하시지요… 이미 말리신 것 같습니다."

"뭐? 말리다니. 누가?"

나직한 고의의 말에 규가 천천히 자세를 고쳐 잡고 고개를 돌렸다. 코끝과 입 주변을 움찔거리며 웃음을 참는 선정의 표정을 발견한 규가 슬쩍 몸을 꼬며 입술을 깨물었다.

"이래서 서신으로 보내라니까! 왜 직접 와 가지고 사람 심사를!"

"흐. 지척에 있는데 어찌 얼굴을 안 비추겠소! 전쟁통에 언제 다시 볼지 기약도 없으니…."

"됐고… 앉거라! 내 이 나이 먹고 체통이란 것을 좀 가져 보려 했더니… 하여간…."

규의 모습에 부관들은 입을 씰룩이고는 겨우 웃음을 참았다. 장서도 여전히 실실거리며 천천히 몸을 숙였다.

"이제 자리에 앉았으니… 저도 장수로서 회의에 참관하겠습니다. 검사!"

규가 얼굴 앞에 손을 들어 휘휘 하고 저었다. 부관들도 차츰 웃음기를 다잡으며 자세를 고쳐 잡았다.

"병화 어르신! 그, 머리가 아주 찰떡입니다!"

"엣헴… 어려서부터 하던 모양인데 뭐."

병화가 곤발 끝자락을 어루만지며 고개를 틀어 얼굴을 숙였다.

"밖에 짐승 같은 놈과 같이 저쪽 부대에 걸어 들어가도 아무도 모르겠습니다!"

"환수? 그놈은 내가 봐도 아주… 흐흐."

두리번거리던 장서가 선정에게 시선을 고정했다.

"아이고! 정아, 너는 내 중신 서 준다니까 어찌 칼을 못 버리고 이리 사내들 사이에서 고생이냐. 네 혼기가 꽉…."

선정이 장서를 쏘아보다 고개를 매몰차게 돌렸다.

"허허. 그래도 낯빛은 더 고와졌구나."

붉게 달아오르는 뺨을 움찔거리며 선정이 규를 보았다.

"회의 참관한다며!"

신경질적인 규의 음성에 장서가 코끝을 만지며 탁자에 손을 올렸다.

"뭐, 인사 좀 나눈 거 가지고… 자, 우선! 낭보입니다. 검사!"

"낭보? 말해 보게."

"구주별장 김숙흥이 중랑장 보량과 함께 청수강淸水江27 인근에서 거란군 만 명의 수급을 베었습니다!"

좌중이 술렁였고 몇몇은 반쯤 몸을 일으켰다.

"만 명? 일이천이 아니라? 자세히 말해 보게!"

"예, 자세한 전황은 저도 보고를 받기 전이라…."

"이런 일이… 숙흥이가… 검사! 참으로…."

격양된 부관들의 반응에 규가 무겁게 입을 열었다.

"진정들 하게. 한데, 어찌 이적들이 청수강에 출몰했다는 말인가? 만 명이

---

27 현대 청천강淸川江의 옛 지명.

면… 소규모 부대의 이탈은 아닐 텐데."

"역시 예리하십니다. 검사, 송구하오나… 낭보에는 비보가 따르는 것이니…."

"개경 쪽 상황이 안 좋은 것인가? 혹 전하께서…?"

금세 가라앉은 공기를 따라 장서의 눈동자가 순간 처졌다.

"개경은 함락되었습니다. 다행히 전하께서는 남쪽으로 파천播遷[28]을 하셨고… 좌사낭중左司郞中께서 거란의 황제와 교섭을 하고 포로를 자청하셨다 합니다."

"하공진 공께서…."

이적들의 말발굽에 짓밟혔을 개경과 공진의 얼굴을 떠올리는 규의 얼굴에 어둠이 드리웠다.

"차후 전하의 입조 약속을 받고 거란군은 철수 중입니다. 돌아가는 길에 눈에 보이는 고려인은 닥치는 대로 끌고 간다고 하니… 소식을 들은 숙흥이가 출성하여 청수강에 이른 부대를 섬멸한 듯싶습니다."

"숙흥이가… 청수강이라… 그럼?"

"예, 검사. 이틀 전 일이니 서둘러 행로를 정하셔야…."

막사 안의 공기가 다시 일렁이며 요동쳤다. 청수강에서 이틀 전 전투가 있었음을 계산해 보면 적들의 회군 행렬은 이미 서북면 일대 전역으로 발을 들였을 것이었다.

"곽주와 통주는? 그쪽으로 향한 적병들이 있는가?"

"검사, 저희도 여러 사정으로 예하 부대원들이 몇 남지 않은 상황이라… 현재 서북면 전역을 살피기는 어렵습니다. 허나, 정황상으로… 저들이 회군 중에 공성을 하는 정신 나간 짓을 하지는 않을 것으로 보이긴 합니다."

"그야 그렇겠지. 하면, 응당 압록을 넘으려 할 것이니. 부대를 어느 정도로

---

28 왕이 도성을 비우고 피난을 감.

나누어 행군하는지 파악이 되는가?"

"10만이 넘는 군세를 다 파악하는 것은 불가능하지만… 큰 줄기는 최대한 가늠해 봐야지요! 우선 검사께서 차후 어떤 길을 정하시는지 그에 따라 맞는 정보를 모으겠습니다."

"길이라… 우선 무로대를 흔들고 포로를 구출해야지."

"검사, 아니 형님! 아무리 형님이라도 그건 좀… 진정 하시려고 합니까?"

"누울 자리를 가릴 처지인가. 수만 병력이 온전히 무로대에 입성하면… 그 규모를 감당할 여력이 없다. 도강하는 적들을 그저 지켜볼 밖에. 그리하면 그 온전한 병력이 다시 압록을 넘는 데 몇 년이 걸리겠는가? 무슨 수를 써서라도 저들의 힘을 최대한 빼 놓아야 다음이…."

"다음이라… 형님도 참. 그럼 무로대의 일 후에는 어떤 다음을 염두해 두시는 겁니까?"

"어찌하다니… 한 명이라도 더 구하고 한 명이라도 더 죽여야지! 십수 년 후에는 구한 한 명이 곧 서너 명이 되어 나라를 지킬 것이고, 죽이지 못한 한 명은 서너 명이 되어 재차 침략해 올 테니!"

규의 말에 부관들이 주먹을 움켜쥐었다.

"참으로 지당합니다. 검사!"

"당장이라도 출병을 해야 하지 않겠습니까!"

결의에 찬 목소리가 규를 향했다.

"잠깐! 다들 잠깐!"

순간 결의에 찬 몸짓이 장서의 다급한 제지에 멈췄다.

"더 보고할 게 있나?"

"형님… 아니, 검사."

목소리를 깔며 진중해진 장서의 몸짓에 좌중의 기운이 무겁게 가라앉았다.

규가 답 없이 장서의 눈을 마주쳤다.

"입 밖에 꺼내기가 뭐하긴 한데… 검사, 말씀드렸다시피… 실체야 어떻든… 명분상 전쟁은 끝났습니다!"

"그래서?"

"그래서라니요. 금상께서 입조를 약속하시고 종전이 된 상황에… 어떤 이유가 되었든 어명 없는 군사 행동이라면… 무슨 뜻인지 잘 아시지 않습니까!"

규는 침묵했고 몇몇 이들은 탄식을 뱉었다.

"남쪽까지 파천을 단행하신 금상께서 입조를 하실 리 없는 데다가… 분명 거란 놈들은 종전 이후의 군사 행동을 트집 잡을 것인데…."

"저놈들도 회군길에 우리 백성을 수탈하는 것은 마찬가지 아닙니까?"

"그렇지!"

고의가 격분하며 몸을 반쯤 일으키자 홍준과 병화도 거들며 고의를 따라 몸을 일으켰다.

"하이고, 이런 순진무구한 군인들 같으니라고. 그저 칼질만 할 줄 알지."

장서의 농담이 반쯤 섞인 타박에 몸을 일으킨 이들은 별다른 대응 없이 천천히 자리에 앉았다.

"검사! 저들이 압록을 넘어서면 분명… 여러 가지로 조정을 압박할 것입니다. 그중에 검사께서 하시려는 일을 트집 잡는다면…."

"경우에 따라서 누군가 역적이 되어야만 할 수도 있겠군."

"말도 안 됩니다! 백성을 구하는 것이 어찌…."

규가 손을 들어 다시 격분하는 부관들을 제지했다. 장서가 답답함을 표하듯 침을 튀기며 언성을 높였다.

"그래, 말이 안 되지! 근데 이번 전쟁은 말이 되어서 일어났나? 세상 어느 나라가 남의 나라 신하 하나 잡겠다고 40만 대군을 일으켜!"

뼈 있는 말에 누구의 입도 쉽사리 열리지 않았다.

"어차피 명분이든 뭐든 간에 가져다 붙이면 그만이지. 내 이리 말이 안 통하니 참. 작정하고 말해 줄 테니 다들 잘 들으라고! 지금 무로대를 쳐서 포로를 구하는 데 성공했다 쳐도 전쟁이 끝나고 거란 측에서 그 일에 대한 책임을 물으면 조정에서 눈과 귀 닫고 못 들은 척할 수 있을까? 한두 번이야 넘기겠지만… 저들이 집요하게 물고 늘어지면 전쟁통에 숨어서 등이나 긁어 대던 조정 대신들께서 어찌하겠나!"

"희생양을 찾겠지."

규가 눈을 반쯤 감고 목소리를 낮췄다.

"그러니까! 형님, 이적 놈들 때려죽이고 백성들 구출해도 정전에서 역적으로 몰리는 건 10년 과부 옷고름 풀기라니까!"

"말을 해도!"

선정이 장서에게 눈을 부라리자 격변을 토하던 장서가 슬그머니 뒷머리를 긁으며 그 눈빛을 피했다. 규는 다시 눈을 굳게 뜨며 탁자 위로 손바닥을 올렸다.

"그래서 아무 것도 하지 말라고?"

"아니, 뭐. 검사께서 그럴 위인은 아니시지만…."

"그럼 뭣하러 초를 치느냐!"

"후에 어찌 되든… 누구 하나라도 냉정하게 말할 건 해야지! 나라고 노상에서 이적 놈들 맞닥뜨리면 못 본 채 할 것도 아닌데. 훗날 같이 옥사에 앉는 신세가 되더라도 내 형님께 할 말은 있지 않겠소! 그때 말리지 않았냐고!"

"영악한 놈. 이적 놈들 못 본 채 길도 터 주고 면피한 다음 내가 옥사에 갇히면 파옥이라도 하면 될 것을. 뭣하러 벌써 핑곗거리를 만들고 있냐!"

규의 말을 끝으로 둘은 한참 눈빛을 맞부딪쳤다.

"좀 그렇습니까?"

"그래! 하던 대로 해라!"

"흐… 그래, 내가 무슨 수로 형님을 말릴까… 여하간에! 저는 할 말은 다 했습니다. 후일 옥사에서 만나도 서로 탓하기 없습니다!"

장서가 주위를 둘러보며 한 명 한 명과 눈을 마주쳤다. 규가 다시 입술을 깨물며 숨을 끌어모았다.

"옥사 같은 소리 하지 마라. 여기 모인 이 중 누구 하나 이 전쟁을 살아서 끝낼 생각은 없다."

"암요! 먼저 세상 등진 이들 볼 낯이 없지요."

다시 비장한 음성들이 터져 나왔다. 무언가 말을 하려던 장서가 탁자를 집고 몸을 일으키는 규의 몸짓에 이내 입을 굳게 닫았다.

"명일 출병한다! 모두 작전을 확인하고 병사들이 돌아오는 대로 독려하라!"

"예, 검사."

"서야, 흥화진에 사람을 보내야겠다."

장서가 규의 눈을 피하며 슬쩍 몸을 틀었다.

"아이고. 그 와중에 부려먹기는 하시려고….."

"지금 바로 옥사로 가겠느냐?"

"예! 뭐 사람을 누구? 언제 보내면 되오?"

장서가 급히 고쳐 앉으며 넉살 좋게 미소를 짓자 둘러앉은 이들의 입가에도 비슷한 미소가 걸렸다.

"누군지는 네가 알아서 하고… 자정 전에는 도착해야겠다."

"들었지? 다들 준비하라!"

"예, 대장!"

내내 얼굴에 힘을 주고 있던 주연과 평수가 기다렸다는 듯이 장서에게 다가갔다.

회의는 일단락되었다. 땅거미가 내려앉기 시작하자 사찰로 향했던 병사들이 삼삼오오 돌아왔다. 규는 뒷짐을 지고 거점 주변을 맴돌았다. 개경의 함락, 임금의 파천길, 숙흥의 분전, 백성들을 유린하며 회군하는 적병들까지 수많은 생각의 줄기가 뇌리로 퍼져 규의 머릿속을 헤집었다. 압록이 얼고 녹기까지 그 짧은 기간 안에 판가름 날 이 전쟁의 물결 속에서 자신이 일으키는 파장은 어떤 결과를 가져올 것인가, 무려 20만이 지키는 곳에서 백성들을 구하고 살아나올 수 있을 것인가, 타인을 죽여 가며 자신이 살기를 바라는 것이 온당한 것인가.

끝없이 반복되는 상상 속에서 규는 수십 수백 번 쓰러지고 일어서기를 반복했다.

³⁹ 공신첩 功臣帖

정오를 넘기고 무로대의 서쪽과 남쪽에 고려 기병이 모습을 드러냈다. 마갑과 갑주를 두르지 않은 궁수들로 구성된 기병은 현궁의 사거리 끝 즈음에서 무로대를 향해 화살을 날려 댔다. 연이어 날아오는 수백의 화살비에 무로대 내부가 혼란스러워졌다. 여기저기 뛰어다니는 병사들의 발걸음에 여인들과 노인들 또 어린아이들이 군막으로 숨어들었다. 양들은 방방 뛰며 사방을 휘젓고 다니면서 쉬지 않고 울음을 뱉었다. 낙타들도 엉덩이를 들썩이며 바닥에 고개를 박았다. 어느새 갑주를 차려입고 고삐를 잡아챈 병사들이 일제히 서쪽과 남쪽으로 말머리를 돌렸다.

"옳지! 바람이 딱 적당하구나!"

병화를 선두로 이백여의 기병들이 무로대의 동쪽으로 급히 진군 중이었다. 거란의 털외투를 두르고 털모자를 눌러쓴 그들의 허리춤에 손도끼가 묶여있었다. 북쪽의 산비탈을 타고 내려온 바람은 평지와 만나 사방으로 세차게 휘몰아쳤다. 서남쪽 멀리 해안부터 낮게 깔려 도달한 바람이 그 바람과 맞닿아 공중으로 솟구쳤다가 다시 바닥으로 향했다. 서쪽과 남쪽을 향해 쏟아져 나가던 거란 병사들이 바람에 눈살을 찌푸렸다.

"가자! 사람 죽이지 말고. 불 놓고 줄부터 끊어라!"

점점 가까워지는 동쪽의 엉성한 목책들을 눈으로 꿰뚫으며 기병들이 세차게 고삐를 흔들었다.

[저기… 우리 병사들인가?]

[복장이 그렇긴 한데… 왜 속도를 안 줄이지?]

[적군일 수도 있으니 우선 알리고 대비를 해야겠다.]

동쪽으로 출몰한 기병 무리를 발견하고 거란 병사들이 바쁘게 움직였다. 어떤 이는 급히 갑주를 차려 입으며 상관을 찾으려 움직였고, 다른 이들은 군막 옆에 세워진 창 자루를 들어 손에 쥐었다. 목책 뒤로 정렬한 창병 앞으로 부관급의 장수가 칼을 빼어 들고 지척에 다다른 기병대에게 외쳤다.

[멈추시오! 소속을 밝히고 규정에 따르시오!]

[급하게 증원을 왔다. 당장 길을 터라!]

[우선 소속을….]

[비키지 않으면 다친다!]

목책 뒤로 나열된 창병들의 모습에 병화가 어금니를 깨물었다. 점점 가까워지는 거리에 기병들이 천천히 흩어지며 넓은 횡대를 펼쳤다.

"쏴라!"

병화의 외침에 기병들이 급히 활을 꺼내 들어 시위를 당겼다.

[적군이다! 응사하라! 진지로 들여서는 아니 된다!]

예상치 못한 화살 세례에 창병들이 비명을 지르며 쓰러졌다. 급히 창을 내리고 활을 든 병사들이 시위에 화살을 거는 순간, 선두의 기병들이 목책으로

들이닥쳤다. 달려오던 속도 그대로 말들은 목책에 찔려 쓰러졌고, 그 반동으로 기병들이 공중으로 날아올라 거란 병사들을 덮쳤다.

[미, 미친… 같이 죽자는 것이냐!]

다급한 장수의 외침에도 고려군은 창병들을 덮치며 밀려 들어왔다. 공중에서 그대로 창에 꿰뚫린 이들 아래로 창검을 휘두르며 달려드는 고려군의 모습에 거란병들이 실색하며 몸을 추스르지 못했다.

"나부터 죽는다! 다들 오늘 여기서 죽자!"

병화의 결연한 외침 뒤로 수백의 함성이 바람을 타고 무로대를 덮쳤다. 병화 주위의 선두 병사들이 창병들 사이를 파고들어 거칠게 몸을 휘둘렀다. 근접한 적에 맞서 거란 병사들은 창과 칼을 움켜쥐고 고려 병사들에게 달려들었다. 병화는 양손에 칼을 들고 그 어떤 규칙도 없이 사방으로 몸을 돌렸다. 자신을 돌보지 않는 그 움직임에 접근하던 거란 병사들이 속수무책으로 쓰러지며 뒤로 밀려났다. 뒤이어 병화와 선두병에게 몰린 병사들의 옆 틈으로 당도한 기병들이 쏜살같이 파고들었다.

"형님! 부탁드립니다!"

"걱정 말고 다녀와라!"

병화의 외침 뒤로 홍준을 필두로 백 명이 넘는 병사들이 천천히 무로대로 스며들었다. 여전히 병화와 일행에게 집중한 병사들은 그 움직임을 제대로 인식하지 못하고 있었다. 천천히 느려지는 병화와 병사들의 몸짓에 거란병들이 일정한 거리를 유지하고 포위해 왔다.

[휴. 곰 같은 놈. 죽자고 달려드니….]

[장군, 이상한 것이…]

[뭐냐?]

[분명 돌격해 오던 이들이 이삼백은 되어 보였는데….]

장수가 급히 주위를 살폈다. 병화를 포함해서 전장에서 날뛰던 이들은 많아 봐야 사오십이었다. 그중 절반 이상은 이미 바닥에 쓰러져 있었다.

[남은 놈들은? 아차, 이놈들! 우리 옷을 입고 있었다!]

[흐. 미련한 놈들….]

병화가 말을 흐렸다. 단어 하나를 더 뱉을 수 없을 만큼 그 호흡이 거칠었다.

[저놈은? 우리말을… 변절자인가?]

[곤발까지 땋은 것이….]

[무엇을 꾸미느냐? 어서 답하라!]

피가 흥건하게 덮힌 얼굴을 쓸어내리며 병화가 털모자를 벗어 던졌다.

"뜻하지 않게 원수도 갚았으니… 한데, 죽어도 공신첩에 올라가려나?"

[뭐라는 것이냐! 첩자가 분명하다. 반항하면 베어라!]

병화가 슬쩍 고개를 돌리며 살아 있는 이들과 눈빛을 주고받았다. 눈빛을 주고받으며 힘겹게 고개를 끄덕이는 이들의 입에서 생의 마지막이 될 수 있는 날숨이 힘겹게 흘러나왔다.

[듣거라! 거란의 야율진광으로 나서 고려의 석병화로 죽음을 맞으니! 너희 황제에게 나의 최후를 똑똑히 전하라!]

[황성을…? 저 자는 최대한 생포하라! 나머지는 죽여라!]

달려드는 창날을 온몸으로 받아 내는 병화의 포효가 사방을 가득 채웠다.

40 장군 將軍

　무로대의 서쪽에서 정성과 석지가, 남쪽으로는 수화와 장호가 이끄는 흥화진의 궁수들이 쉬지 않고 무로대를 향해 화살을 퍼부었다. 전열을 가다듬은 거란의 부대는 화살비를 피해 가며 양 갈래로 나뉘어 서쪽과 남쪽으로 밀고 나왔다. 갈라져 나오는 거란군을 발견한 흥화진의 장수들은 미소를 지으며 기병들을 후퇴시켰다.

　두 부대는 각각 서쪽의 협곡을 지나 멀리 서해의 뻘밭으로 또 남쪽의 둔덕을 지나 늪지대로 적군을 유인하는 임무를 띠고 있었다. 작전대로 최종 목적지까지 적군을 유인하여 섬멸한다면 최선이겠지만 그렇지 못한다 해도, 다수의 적을 무로대 밖으로 끌어내 시간을 끄는 것 자체에 더 의의가 있었다. 정병들이 대거 이탈한 무로대의 동쪽으로 양규의 부대가 진군하여 포로들을 구출하는 것, 그것이 흥화진으로 전해진 양규의 작전 지시였다. 흥화진의 장졸들은 그동안 성 안을 지키며 비교적 몸을 편히 보전한 것을 보답하려는 듯 혼신을 바쳐 작전에 임하고 있었다.

스며들 듯 무로대 내부로 들어온 병사들이 숨을 가누며 주위를 살폈다. 성
동격서의 공격에 내부의 방비는 눈에 띄게 소홀했다. 군막 밖을 향해 고개를
내민 노인들이 고개를 돌리며 기웃거렸다. 그 앞으로 서너 명씩 짝을 이룬 경
비병들이 빠른 걸음으로 동쪽을 향하고 있었다.

"빨리 움직이자!"

"예. 그럼 포로 쪽은…."

"내가 가겠다. 열 명이면 족하니… 나머지는 최대한 흩어지면서 행동한다!"

"저도 따르겠습니다."

고의가 홍준의 옆으로 다가서며 무상의 어깨를 두드렸다. 떨리는 몸을 가까
스로 다잡으며 주위를 살피던 무상이 손을 뻗어 한쪽을 가리켰다.

"저쪽? 음. 가자!"

홍준의 손짓에 무상과 십여 명의 병사들이 한 방향으로 몸을 움직였다. 그
뒷모습을 잠시 살피던 재헌이 손을 들어 둥글게 원을 그리며 아래로 내리쳤다.
그 동작에 남은 백여 명의 병사들이 두셋씩 짝을 지어 사방으로 흩어지기 시
작했다. 허리춤의 도끼를 꺼내 든 병사들은 발길이 닿은 군막에 달라붙어 기
둥 위에서 천장을 두르고 바닥으로 떨어진 가장 두꺼운 줄을 끊어 내기 시작
했다.

소형 군막들은 전쟁의 기동성을 염두에 두고 대부분 주된 기둥의 위부터 아
래까지 하나의 큰 줄로 가죽과 천을 둘러쳐 고정되게 했다. 선발부대의 목적
은 무상이 알려 준 정보를 토대로 줄을 끊고 바람에 날리는 가죽과 천에 불을
붙이는 것이었다. 한 명이 줄을 끊으면 다른 한 명이 화로에서 불을 옮겨 붙였
고 남은 한 명이 주위를 경계했다. 갑자기 들이닥쳐 줄을 끊고 불을 놓는 고려
군의 모습에 노인들은 다급히 손을 흔들며 일행들에게 달려들었다. 잠시간의
망설임도 없이 병사들이 노인들의 목을 베어 냈다. 피를 뿌리며 쓰러지는 노구

의 비명에 아이들이 뛰어나와 병사들에게 돌을 던졌다. 질끈 감은 눈 옆으로 광대를 떠는 병사들은 앞길을 막는 아이들까지 베어야만 했다. 이상한 낌새를 눈치채고 돌아온 거란병들과 칼을 주고받다 쓰러진 고려 병사들은 피를 토하면서도 하나의 줄이라도 더 끊고 불을 붙이려 몸을 움직였다. 사방에서 건조하게 휘몰아치는 바람이 불씨를 재빠르게 허공으로 띄워 올렸다. 곧 줄이 끊겨 바람에 펄럭이는 가죽이 불이 붙은 채로 허공으로 날아오르기 시작했다.

무로대의 동쪽에서 시작된 불씨의 향연이 겨울바람에 얹혀 어지러이 퍼져 나갔다.

"저기다!"

홍준의 눈에 뾰족하게 솟은 나무 울타리가 보였다. 곽주성에서 별창과 곡창을 두르고 있던 울타리와 같은 형태였다. 군막 하나를 사이에 두고 울타리를 살피던 홍준이 무상의 어깨를 두드렸다.

"검사께서 너를 믿고 계시니… 나도 너를 믿어 보겠다."

홍준의 말을 알아듣지 못하면서도 그 눈빛에 담긴 다른 언어를 받아들이며 무상이 고개를 끄덕였다. 이내 무상이 털모자를 벗어 한 손에 쥔 채 목책 앞을 지키는 병사들에게 달려갔다. 잠시간 고성을 섞어 가며 말을 주고받던 병사들이 일제히 몸을 돌려 동쪽으로 달려가기 시작했다. 그 뒤를 따라 뛰며 무상이 슬쩍 고개를 돌려 홍준이 있는 쪽을 바라보았다.

"된… 건가?"

천천히 몸을 낮추고 목책으로 다가선 홍준과 일행이 주위를 살폈다. 시야에 적병은 보이지 않았다. 홍준이 급히 도끼를 꺼내 들어 빗장을 두른 쇠사슬을 내리쳤다. 이내 끊어진 쇠사슬을 풀어 헤치며 병사들이 급히 빗장을 걷어 올리자 일행들이 문을 열어젖히고 목책 안으로 들어섰다. 남녀노소 가릴 것 없는 수많은 인파가 문을 열고 들어선 홍준의 일행을 경계했다. 대부분이 겉옷을 걸치지 않고 삼삼오오 모여 몸을 맞대고 추위를 피하고 있었다. 짚신조차 신지 못한 이가 태반이었다. 다행이라 할 것은 당장 이송할 계획이 없었던 듯 손과 발에 구속이 없다는 점이었다. 그들의 날이 선 눈빛을 마주하며 홍준이 순간 몸을 떨었다. 포로들의 눈길이 자신의 머리를 향하고 있었다.

경계의 이유를 눈치챈 홍준이 천천히 털모자를 벗어 가슴 앞으로 내렸다.

"들으시오! 우리는 고려군입니다! 모두를 구출하기 위해 잠입했습니다."

"…."

"와아아!"

홍준에 이어 털모자를 벗어 내리는 병사들의 모습에 포로들 사이 경계의 눈빛이 차츰 흐려지며 함성이 터져 나왔다. 드문드문 흐느끼는 소리가 함성을 파고들었다. 혹독한 추위 속 서로의 체온에 의지해 연명해야 했던 그 고단함이 일순간 녹아내려 울타리 안을 뜨겁게 데워 갔다.

"다들! 조용히 해 주시오. 아직 적진입니다."

홍준의 다급한 외침에 함성이 천천히 잦아들었다.

"혹, 군인이신 분들이 있소? 있으면 앞으로 나와 주시오!"

홍준의 말이 사람들의 입을 통해 무리에 전달되자 몇몇 사내들이 군중을 뚫고 홍준에게 다가왔다.

"장군! 저는 삼수채에서 생포를 당해 이곳에 왔습니다. 대부분이 비슷한 과정으로 이곳에 끌려왔습니다."

홍준에게 다가온 수십의 장정 중 가장 체격이 건장한 이가 무리를 대표하듯 앞으로 몸을 내밀었다.

"고생이 많았네. 그리고 난 장군이 아니네…."

"아!"

"것이 중한 게 아니고… 잘 듣게! 구출하러 왔다고는 하나 우리도 잠입해서 여기까지 겨우 온 것이네."

"그럼 어떻게…."

"마저 듣게! 지금 도순검사께서 부대를 이끌고 이곳의 동쪽을 강습할 것이네. 이미 남쪽과 서쪽에서도 별도부대가 적들의 주의를 끌고 있고… 다만, 대부대가 예까지 들어와 모든 백성을 안전히 구출하는 것은 불가능하네. 그러하니…."

"자력으로…."

병사가 미간을 굳히며 흐려지는 홍준의 눈빛을 응시했다.

"그렇다네! 포로가 몇 명쯤 되는가?"

"어림잡아 이천이 조금 넘지 싶습니다."

"몸 상태는… 당연히 모두…."

"예… 우선 노약자가 많은 데다가 행색 또한 허술해서 한파를 어찌 견디며 이곳을 벗어날지…."

"힘들겠지만 버텨 내야 하네! 우선 우리가 주의를 돌린 틈을 타 북쪽으로 가게. 울타리를 넘어 어떻게든 산까지 닿으면 흥화진 성에서 병사들이 나와 있을 것이니… 거기서 몸을 추스르고 흥화진 성까지 들어가야 하네."

병사는 선뜻 대답을 하지 못했다.

"자네와 뒤의 병사들이 인솔해야 하네!"

"저 같은 일개 군졸이…."

"할 수 있네! 아니 해야만 하네. 모두를 안전하게 대피시키란 말은 하지 않겠네. 분명 가다 보면 낙오자가 생기겠지만… 희생을 감수하더라도 살아남아야 하네!"

"장군…."

"장군 아니라니까는."

병사가 질끈 눈을 감았다 떴다.

"해 보겠습니다!"

"그래! 움직이세!"

병사들의 외침과 손짓을 따라 수천의 포로들이 일제히 울타리를 나와서 북쪽으로 움직였다. 홍준과 병사들은 울타리 옆을 지키며 사방을 경계했다. 멀찍이 바람을 타고 불씨들이 날려 들기 시작했다.

"장군이 되신 걸 축하하려 불씨들이 날리나 봅니다!"

"하지 말래도…."

고의의 해맑은 표정에 홍준이 어깨를 움츠리며 손을 흔들었다. 고의가 이동하는 대규모의 포로들을 살피다 웃음기를 지우고 먼 하늘을 살폈다.

"저쪽도 어느 정도 원활한 가 봅니다."

"그래. 다행이긴 하나… 형님께서 어찌 되었을는지…."

말을 흐리는 홍준의 얼굴에 그늘이 드리웠다.

41 말겁자 韈刼子

[지독한 놈이구먼.]

양팔과 왼다리에 올가미가 묶인 채 병화의 이마와 목에 굵은 핏줄이 솟아 꿈틀거렸다.

[그놈은 결박하고 상황을 정리한다!]

창에 꿰뚫리고 검과 도끼에 난자를 당한 병사들의 뜬 눈을 마주하며 병화가 온몸을 떨며 흔들었다. 거칠게 당기는 올가미에 끌려가는 거란 병사의 몸이 병화에게 닿았다.

[악, 아악!]

맞닿은 얼굴에 다급한 신음을 뱉으며 병사가 급히 얼굴을 떼어 냈다. 핏방울이 후두둑 떨어지자 병사는 재빨리 손을 들어 한쪽 뺨을 가렸다.

[저런 놈이⋯.]

[마, 말걑자[29]다!”]

실색하며 미간을 찡그리는 거란 장수의 옆으로 병사들이 공포에 질린 얼굴로 뒷걸음질을 쳤다.

[흐. 살아서 잡힐 생각은 없다!]

병화가 살점을 질겅질겅 씹으며 피에 젖은 눈동자로 음산하게 주위를 둘러보았다. 올가미를 잡은 병사 하나가 뒷걸음질을 치다 시체에 걸려 넘어졌다.

[장군! 죽여야 합니다! 생포는….]

[닥쳐라! 저 자가 혹 황족이라면 뒷감당은 어찌할 텐가!]

[죽여 시신을 태우면….]

[여기 수백의 병사가 저 자의 말을 들었거늘… 저 자를 태우려면 우리 병사들도 모두 태워야 할 것이다.]

[허나….]

[황성을 자처하는 이를 폐하께 보고도 하지 않고 참했다는 사실이 알려지면… 더군다나 한 놈이 아닌가! 어찌 되었든 우리 손으로 죽일 수는 없다! 올가미를 더 걸고 서둘러 포박하라! 상황을 조속히 정리….]

[장군!]

동쪽에서 들려오는 다급한 외침에 장수와 병사들이 일제히 고개를 돌렸다. 장창 끝에 묶인 깃발을 휘날리며 기병들이 달려오고 있었다. 느슨해진 올가미를 끌어당기는 병화의 얼굴에 살기가 진하게 맴돌았다.

“왔구나….”

[고려군인가… 우리 깃발이 아닌 듯한데.]

[흥興 자입니다.]

---

29 여진의 흑수말갈족으로 추정되는 특정 집단. 인육을 먹는 등 그 횡포함에 거란족들이 두려워해 마주치면 도망을 쳤다고 한다.

손바닥으로 눈 위를 가린 병사의 말에 장수가 급히 몸을 움직였다.

[흥화진 놈들인가! 다들 진영을 갖추어라!]

[저놈은 어찌할까요?]

[제길… 우선 열 명 정도만 붙어서 잡아 두고 나머지는 서둘러 창을 들어라!]

병사들이 다급히 뛰어가 창을 들고 목책 뒤쪽으로 모여들기 시작했다. 느슨해진 경계에 병화가 괴성을 지르며 올가미를 끌어당겨 흔들었다. 병사들이 줄에 달려들어 잡아 끌기 시작하자 병화의 몸이 휘청이며 앞으로 기울었다.

"셋… 네 명… 멍청한 놈들!"

끌려가는 방향으로 발을 굴러 도약하는 병화의 몸짓에 줄을 당기던 병사들의 몸이 순식간에 중심을 잃고 뒤로 넘어갔다. 병화가 재빨리 몸을 일으키며 병사의 몸을 뚫고 하늘을 향한 창날에 올가미의 끝을 들이대며 비볐다.

[저, 저… 도저히 안 되겠다. 죽이자!]

[장군께서….]

[고려 놈들 막으러 간다고 정신없으시다! 말겁자 놈들… 사람 뜯어먹는 거 알고 있지 않은가?]

사색이 되어 몸을 움츠리는 병사의 얼굴로 손도끼가 날아들어 와 박혔다.

[다들 창을 들어라! 한번에 친다!]

올가미를 끊어 내고 한 손에는 창을 다른 한 손에는 검을 쥐어 잡은 병화가 괴성을 지르며 발을 굴렀다. 십여 명의 병사들이 창을 쥐고 병화를 둘러쌌다.

[가자!]

병사의 외침과 함께 창날은 한곳으로 향했다.

"꺽… 으…"

온몸에 박힌 창날 사이로 피가 솟구쳤다. 빠져나가는 피와 함께 병화의 의

식도 빠르게 사라져 갔다.

"흐… 응… 성… 구…."

선 채로 죽음을 맞는 병화의 눈에 마지막으로 비친 것은 바람에 흔들리는 자신의 땋은 머리카락 끝이었다.

"홍성군! 이적들을 섬멸하라!"

"수!"

늘어진 머릿속에서 마지막 의식의 끝을 파고드는 소리에 병화의 턱이 흠칫거리며 그 끝이 들렸다. 아주 잠시 동쪽을 향했던 턱은 이내 힘없이 떨어졌다. 어느 곳에서 날아든 작은 불씨 하나가 병화의 턱끝을 스치며 꺼져 갔다.

42 꽃가마

무로대 동쪽 어귀에서 시작된 불길은 여러 방향에서 몰아치는 바람을 타고 급속도로 퍼져 나갔다. 불이 붙은 채 펄럭이는 군막의 겉면에서 떨어져 나온 불씨들이 공중으로 부유하며 요동쳤다. 재헌과 병사들은 쉬지 않고 사방으로 전진하며 화로를 넘어뜨렸고, 놓여진 횃불 막대에 불을 붙여 여기저기로 던졌다. 서쪽과 남쪽의 기슭에 불에 번져 가는 화마와 울타리 너머 북진하는 수천 포로의 행렬에 거란 병사들은 발길을 잡지 못하고 서로 부딪히며 고성을 질렀다. 군마들이 날아드는 불씨에 놀라 발을 구르며 사방으로 뛰었고 양과 돼지, 소, 낙타 온갖 가축들이 사람의 통제를 벗어나 흩어지기 시작했다.

"흥성군! 이적들을 섬멸한다!"

"수!"

날아오는 불씨를 거스르며 흥성군의 본대가 무로대에 다다랐다. 주상과 환수를 포함한 백여 명의 병력이 급히 말에서 내려 목책으로 달려갔다. 짧은 시간 동안 구축하느라 견고하게 고정되지 못한 목책들은 곧 하나둘 방향을 잃었고, 목책 사이사이로 말이 지나갈 공간이 만들어졌다. 규와 본대 병력은 유유히 목책을 지나 무로대로 진입했다. 손발을 바삐 움직이던 주상과 남은 병력도 다시 말에 올라 본대의 뒤를 따랐다. 시체를 밟고 넘어서던 주상의 눈에 여러 개의 창살에 몸이 박혀 미처 쓰러지지 못한 시신이 언뜻 비쳤다. 바닥을 향해 숙인 얼굴에 흥건한 핏자국으로 신원을 알아보기 어려운 시신 옆으로 불씨들이 날아들어 천천히 점멸되었다.

"고생 많았다. 부디 정토에서 보자. 그때는 구박하지 않을 테니… 말도 편히 하고….'"

주상이 눈가를 훔치며 띠돈으로 손을 가져가 칼을 꺼내 들었다. 앞서간 본대는 몰려드는 적과 교전 중이었다. 아니, 교전이라기보다는 학살에 가까웠다. 퍼져 가는 불길에 사방으로 헤매던 병사들이 영문을 알아차릴 여유도 없이 창검에 쓰러져 갔다. 멀리서 상황을 겨우 알아차린 병사들이 급히 활을 들어 시위를 당겼다. 산발적으로 내리꽂히는 화살에 몇몇 병사들은 말 위에서 떨어져 땅을 굴렀고, 몇몇 화살은 거란 병사의 등을 꿰뚫었다. 적과 아의 구분 없이 혼란스러워지는 전장 속에서 불길은 더욱 거칠게 일렁였다. 화마 속에서도 어른, 아이 가릴 것 없이 거란 병사들이 끊임없이 쏟아져 나왔다. 불길을 잡는 것을 포기한 것인지 동이를 들고 뛰던 병사들이 동이를 버리고 병장기를 손에 잡아 들었다. 혼란 속에서도 본능적으로 상황의 경중을 판단하며 거란 병사들이 점점 내성을 갖추고 있었다. 더 거세게 쏟아지기 시작하는 화살비에 흥성군 전체가 주춤거리기 시작했다.

"검사! 포로들은 이동 중입니다! 그쪽에도 병사들이 붙긴 했지만… 어느 정도 희생을 감수하면 어떻게든 북쪽을 돌파할 것 같습니다."

조경이 규의 앞에서 급히 말고삐를 당겨 세웠다.

"그래!"

"그리고 잠시 동쪽으로 길을 열어야 할 것 같습니다."

"길을?"

"그것이… 저기!"

조경이 손을 뻗은 곳에 먼지 더미와 함께 괴상한 소리가 엉켜 울리고 있었다.

"저게 무슨….”

"무상입니다!"

"초원의 목동은 모두 저 정도 인가… 우선 길을 터라! 불 보다 저들에게 큰 타격이 될 것이다!"

"예, 검사!"

홍성군이 달려 들어온 방향 그대로 넓직하게 길이 트였다. 조경이 고성을 지르며 무상에게 손짓을 보냈고 무상은 말을 달리며 손짓을 따라 고삐를 움직였다. 쉬지 않고 휘파람 같은 날카로운 소리를 내는 무상의 옆으로 온갖 가축들이 한데 엉켜 발을 구르며 먼지를 일으켰다. 불길에 날뛰던 가축들이 어느 순간 한곳으로 달려가는 무리에 이끌려 그 뒤를 따랐고, 형성된 행렬은 수백을 넘어 수천 단위에 이르렀다. 말, 낙타, 소, 양, 돼지, 개 등 초원에서 기르는 수십 종류의 가축들이 다른 발길로 같은 방향을 향해 달려가는 진풍경에 고려와 거란 가릴 것 없이 모든 병사들이 넋을 뺏겼다.

"우리는 더 시간을 끈다! 진격하라!"

규의 외침에 홍성군이 다시 움직이기 시작했다. 그 움직임에 맞서 다시 화살이 날아들었다.

"뛰시오! 모두 힘을 내시오!"

홍준의 목에 솟은 핏줄이 터질 듯 팽창했다. 쉬지 않고 소리치며 손을 흔드

는 홍준과 병사들의 몸짓에 포로들도 숨을 헐떡이며 한곳으로 움직였다. 종횡
어느 규칙도 없이 그저 생존본능으로 달리는 거대한 무리 속에서 노인과 아이
들이 쓰러지며 대열 밖으로 튕겨져 나왔다.

"얘야! 이리….'

예닐곱 즈음 되어 보이는 여자아이가 너덜너덜해진 치마 저고리 사이 맨다
리를 비치며 몸을 숙이고 숨을 헐떡였다. 모든 포로를 구하는 것이 불가능하
다는 것은 이미 알고 있었다. 당장 쓰러진 이에게 손을 건네는 것보다 두세 명
을 독려하는 것이 더 효율적이라는 것을 알면서도 홍준은 어린 소녀를 지나칠
수 없었다.

"으… 어윽….'

홍준이 힘겹게 뻗은 소녀의 손을 잡아 품으로 안아 올리자 소녀는 이내 울
음을 터뜨렸다.

"얘야, 괜찮다! 이 아저씨가 꼭 구해줄 터이니….'

"흐… 어마이는요?"

"어미가 함께 있느냐?"

"계속 손 잡고 뛰었는데 갑자기….'

말을 잇지 못하고 눈물을 훔치는 소녀의 모습에 홍준이 급히 주위를 둘러
보았지만, 격하게 움직이는 인파 속에서 얼굴조차 모르는 특정인을 찾는 것은
불가능했다.

"얘야 걱정 마라! 네 어머니께서 부득이 손을 놓친 것 같은데… 저… 기까지
만 가면 꼭 다시 만날 수 있다!"

홍준이 소녀의 등을 두드리며 북쪽으로 손을 뻗었다.

"참이요? 어마이 살아 있어요?"

"그래… 이리 고운 딸아이를 두고 어디 가시겠니."

홍준은 생에 처음으로 혼례를 올리지 않고 자식을 두지 않은 일을 후회했다. 가냘프고 미숙한 존재를 앞에 두고 말 한마디를 어떻게 해야 할지 갈피를 잡지 못했지만 다행히 소녀는 홍준의 눈빛에 담긴 마음을 이해하는 듯했다.

"그래, 얘야 이름이 뭐니?"

"이화여요."

"배꽃이라! 허허. 얼굴처럼 이름도 참 곱구나!"

소녀가 순간 울음을 그치며 몸을 꼬았다.

"이화야! 어머니를 만나려면 저기까지 가야 하는데 옆에 어른들 따라 같이 달릴 수 있겠니?"

"무서워요… 같이 가시면 안 돼요?"

"아저씨는 뒤따르는 나쁜 놈들을 다 죽여… 아니, 물리쳐야 해서 당장은 같이 못 가겠는데… 이화 힘내서 저까지 가면은 엄마도 다시 볼 수 있고 나중에 이 아저씨가 꽃가마도 태워 주마! 꽃가마 알지?"

"어마이랑 같이 타도 돼요?"

"그럼! 네 어머니 것까지 꽃신도 신겨 주고 꼭! 꽃가마도 태워줄 테니…."

"장군! 추격병들이 붙었습니다!"

"장군 아니라니까!"

달려오는 병사의 소리에 홍준이 고개를 돌려 먼 곳을 살폈다.

"자! 얘야, 이제 진짜 시간이 없다. 아저씨가 꼭 약속 지킬 테니 쉬지 않고 달리거라! 넘어지거든… 다시 일어서고… 꼭 사람들 따라 저기까지 가야 한다!"

"아저씨! 약속 꼭 지키셔야 해요!"

홍준이 아이의 양 뺨을 쓰다듬으며 잠시 눈을 감았다 떴다.

"그래! 자, 어서 가거라!"

홍준이 소녀의 등을 밀었다. 소녀는 맨발로 먼지 속 행렬 옆으로 뛰어 들어

갔다. 홍준과 병사들이 활과 창검을 손에 쥐고 반대쪽으로 몸을 돌렸다.

"한 명이라도 더 살려야 한다!"

홍준과 병사들이 달리는 대열을 거슬러 남쪽으로 몸을 향했다. 이어 하늘을 채운 불씨들을 스치며 화살이 날아오기 시작했다.

화살이 날아들수록 홍성군은 더욱 깊숙하게 적의 본체로 들어섰다. 그들은 넓게 산개한 후 적의 경계선과 맞닿은 채 쇠를 부딪치는 소리를 사방으로 울렸다. 환수가 부지런히 달려드는 적병에게 골타를 휘둘렀다. 추가도 환수의 옆에서 간격을 유지하며 날아드는 화살을 쳐내고 또 창으로 적병을 꿰뚫었다. 환도를 부지런히 휘두르며 가슴팍에 한 손을 가져가던 주상이 단검이 다 떨어진 것을 눈치채고 슬쩍 인상을 굳혔다. 앞에서 채찍처럼 장창을 휘두르는 규의 온몸이 땀에 흠뻑 젖었다. 유는 규의 지척에서 적병의 목을 베는 것보다 날아드는 화살을 쳐내기에 바빴다. 어느새 기세를 올리며 진군하던 초반의 탄력이 느슨해졌고, 끝없이 몰려오는 적들의 함성에 홍성군은 점점 지쳐갔다. 달리지 못하는 전장에서 기병대는 그 한계가 명확해 보였지만 말을 버릴 수는 없는 노릇이었다. 시간이 지날수록 병사의 수라는 물리적 현실을 극복하기는 힘들 것이었다.

"검사! 이제 군사를 물리셔야 합니다!"

조경의 외침에 규가 창을 내지르면서 급히 주위를 살폈다. 화살은 그 빈도가 줄어들긴 했지만 여전히 하늘에서 내리꽂혔고 아군들의 안색과 호흡도 좋지 못했다. 그 짧은 순간에도 화살을 피하지 못한 병사가 낙마해 적들에게 둘러싸였다. 언뜻 보아도 병력의 3할 정도는 손실된 듯했다. 적의 무장 기지를 강습하여 삼사백의 병력을 잃었지만 그 이상을 섬멸하여 수천의 포로를 구출했고 수많은 가축을 노획했다. 적의 전진 기지를 그야말로 초토화시켰다. 충분한 전과였다. 아군의 시신을 수습하진 못 하겠지만 응당 각오한 일이었다. 규가 창을 한껏 어깨 뒤로 당겨 적병 사이로 던졌다. 몸을 밀치며 달려들던 병사들 서너 명이 창에 종으로 꿰뚫리며 피를 토했다. 살기를 풍기며 여진으로 떨리는 창을 보며 거란 병사들이 잠시 몸을 멈췄다. 규가 빈손을 치켜세우며 공기를 끌어 삼키고는 다시 뱉어냈다.

"흥성군! 회군한다!"

"수!"

규의 회군령이 천천히 횡으로 퍼져 나갔다. 집요하게 날아드는 화살을 등지고 흥성군이 동쪽으로 흩어지듯 빠져나갔다.

43 사지 死地

"더럽게들 달라붙네."

홍준과 일행들이 뒷걸음질을 치며 쏟아지는 화살을 겨우 피해 포로들 옆을 지키고 있었다.

"낭중! 이제 무리입니다. 저희도 전력으로 후퇴해야…."

고의가 숨을 헐떡이며 홍준을 재촉했다. 홍준이 화살을 피하며 대열을 살폈다. 생존을 위한 본능에 이끌려 포로의 행렬은 대부분 화살의 사정거리를 벗어나 북쪽으로 달려 나갔다. 행렬의 꼬리에 있는 수백 정도의 포로들은 대부분 노약자였다. 기력이 쇠한 노인 수백을 등에 업고 뛸 수 없으니 어느 정도 희생을 감수하고 인솔 병력을 물리는 것이 맞았다. 멀리 동쪽으로 큰 먼지 더미가 움직이는 것으로 봐서 본대 또한 빠져나간 듯했다. 결단을 내려야 했다.

"엄 낭중! 홍준 형님!"

고의가 대답 없는 홍준을 연신 재촉했다. 형님이란 소리에 잠시 정신을 곤추 세운 홍준이 고의 쪽으로 고개를 돌리다 순간 걸음을 멈춰 세웠다.

"낭중!"

별안간 멍하니 서서 바닥 언저리에 시선을 고정한 홍준에게 화살이 날아들었다. 고의가 급히 달려가 방패를 들어 화살을 튕겨냈다.

"형님!"

"의야, 네가 모든 이들을 끝까지 인솔해라. 나는 남아서 시간을 끌겠다."

"혼자 무슨 시간을 끈다는 말입니까? 이제 더는 의미가 없습니다! 몸을 보존하여 검사의 부대에 합류해야지요!"

"말 듣거라…."

날아드는 화살을 개의치 않고 홍준이 몸을 숙였다. 우연이었을까. 화살은 홍준을 비켜 지나갔다. 이내 맨다리를 드러낸 어떤 소녀의 시신을 품에 안고 일어난 홍준의 눈시울이 촉촉하게 젖어 있었다. 소녀의 가냘픈 목을 화살이 관통해 핏물이 흘러넘치고 있었다. 부르르 몸을 떠는 홍준의 뒷모습에 고의가 입술을 질끈 깨물었다.

"저희가 같이 시간을 끌겠습니다. 장군!"

"장군 아니…."

자신을 장군이라 부르던 이와 몇몇 병졸들이 홍준의 등 뒤로 달려왔다. 홍준은 말을 흐리다 잠시 그들의 눈을 마주쳤다.

"앞길은 사지뿐이네."

"예, 장군! 이미 삼수채에서 죽었을 목숨, 아쉬움은 없습니다! 죽어서 전우들 볼 낯이 없었는데 뭐라도 하고 죽을 수 있다면 얼마나 다행입니까!"

"자네들까지! 될 일이 아니… 악!"

만류하려던 고의의 왼쪽 어깻죽지로 화살이 스쳐 갔다.

"의야! 긴말 할 여력이 없다! 어서 가거라!"

"낭… 형님…."

고의가 떨리는 목소리로 홍준의 뒷모습을 애달프게 바라보다 이내 어떤 결심을 한 듯 주먹을 움켜쥐고 등을 돌렸다.

"형님, 혹 마지막이 된다면… 제가 꼭 기억하겠습니다."

고의가 눈가를 훔치며 급히 앞으로 달려 나갔다. 희생을 목전에 두었으니 단 한 명이라도 더 살려야 했고 자신 또한 살아남아야 했다. 살아남아서 그의 마지막 뒷모습을 전해야 했고, 느껴지는 그의 의지를 이어받아야 했다.

"자네들도 먼저 가지."

"장군! 한번 패하여 목숨을 보전했는데 어찌 또 살아서 전장을 벗어나겠습니까! 함께 옥쇄하겠습니다!"

"장군… 아니, 휴. 그래. 살아 생전에 장군 소리를 들어 보았으니 여한은 없겠구나."

홍준이 소녀의 목에 꽂힌 화살을 천천히 뽑아 들어 던졌다. 이내 홍준은 옆으로 소녀의 시신을 가지런히 눕히고 소녀의 눈을 감겨 주고 나서 천천히 몸을 일으켰다. 여전히 북쪽으로 달려 나가는 포로들의 모습과 산발적으로 날아드는 화살을 번갈아 살피던 홍준이 칼을 치켜들고 앞으로 뻗었다.

"뒤를 따르라!"

"예, 장군!"

장수 한 명에 여섯의 병졸이 짐승의 포효를 내지르며 적진으로 뛰어 들어갔다.

무로대의 동쪽 한참 멀리 둔덕까지 병력을 물린 흥성군 본대가 대오를 점검하고 피해 상황을 집계하고 있었다. 규는 둔덕의 가장 높은 곳에서 말의 고삐를 부여잡고 한참 서쪽을 살폈다. 희미하게 비치는 붉은 불빛과 피어오르는 흙먼지 속 어딘가 놓치고 온 것은 없을까… 스스로 만들어 놓은 사지에 던져 놓은 전우들의 넋을 마주할 길 없이 규는 그저 눈동자에 그 광경을 담을 뿐이었다.

이수, 석령, 여리참 전투

44 서라벌 徐羅伐

무로대 전투 이후 홍성군은 다시 거점으로 돌아왔다. 정확하게 집계된 것은 아니었지만 전체 병력 중 2할에서 4할이 손실된 것으로 추정하고 있었다. 병화와 홍준을 비롯한 생사가 불분명한 이들의 소식이나 시신조차 거둘 수 없었다. 남은 전투는 모두 야전에서 치러질 것이었다. 부상병을 돌보는 것도, 전사한 전우의 시신을 수습하는 것도 여의치 않을 일이었다. 설풍이 몰고 온 한기는 이 겨울의 정점을 알리듯 땅과 공기를 가리지 않고 온 공간을 얼렸다. 끝없이 솟은 산맥의 봉우리부터 생기 없이 끈적이는 서해의 뻘밭까지 고려의, 서북면의 온 강토가 희끗하게 얼어붙고 있었다.

"포로 삼천여 명 정도가 흥화진 성으로 들었다고 합니다."

규에게 서신을 건네는 조경의 팔뚝 언저리에 들러붙은 마른 선혈이 번들거렸다.

"준이 소식은 따로 없는가?"

"예. 별장 고의가 마지막까지 포로들의 뒤를 지켰으나 엄 낭장께서는… 종내 모습을 보이지 않았다 합니다."

"준이는 행방이 없고, 의는 부상으로 흥화진에 주둔하고…"

규가 손가락을 떨며 서신을 접었다. 잠시 동안 감은 눈으로 행방이 묘연한, 사실상 전사자들에 대한 추념에 빠졌다가 이내 고개를 슬쩍 저으며 다시 눈을 떴다.

"가축들은? 무상이가 어지간히도 끌고 가지 않았나?"

"서신으로 전하는 것은 없사옵고 전령이 입으로 전하길, 수천의 가축들이 서북면 각지로 흩어졌다고 합니다. 그중 일이천 정도는 무상을 따라 흥화진으로 들어섰다고 합니다."

"흩어졌다라… 어디에 있다 한들 고려 땅일 테니 백성들에게 여러모로 도움이 되겠지."

"성이와 석지 놈이 뜻하지 않게 온갖 고기 맛을 보게 생겼습니다."

주상이 입맛을 다시며 쓴웃음을 지었다.

"어르신께서 많이 아쉽겠습니다. 고기를 그리 좋아하시니…"

"아닙니다. 전우들이 죽어 나가는 판에 고기라니…"

"그러십니까? 그럼, 어르신께서는 채식을 하시고… 병사들은 출병 전에 육식을 좀 시켜야겠습니다. 고단한 길이 될 테니… 경아, 여기도 올 때 가축을 좀 챙겨 왔지?"

"예, 검사. 챙겼다기보다는… 제 놈들이 말의 뒤를 쫓아 뛰어온 것이지요."

"거 참, 진기한 광경이었지요! 그보다 도축을 하는 이가 몇 없을 테니 노구가 좀 도와주어야…"

주상이 급히 허리를 만지며 몸을 일으켰다.

"그러시지요. 칼질만 하시는 겁니다. 채식하기로 하셨으니!"

"그야, 응당 그리 하겠지만서도 뼈 바르고 가죽 떼어 내는 것이 워낙 힘이 드는지라 풀 쪼가리로 버텨질지는… 그럼 이만…."

주상이 잔걸음으로 재빠르게 막사를 나서자 조경이 손으로 입을 가리며 눈을 찡그렸다.

"뭐 우스운 일이 있었느냐."

"아니, 어르신께서는 태조대왕께서 살아 계셔도 면전에 독설을 날리실 것 같은데. 유독 검사 앞에서 기를 못 펴시니…."

"그, 몰라서 하는 말이지! 내 도순검사 되기 전에는 자네들한테 하는 것 보다 더하게 구셨다네! 지금도 간혹 그러시고… 그나마 검사 체면 세우느라 저 정도신 게지."

"검사, 그러시면 지금 어르신께 복수하시는…."

재헌이 익살맞은 표정으로 규를 보았다.

"하하! 복수라… 그리 볼 수도 있겠구먼."

"검사, 이왕 하실 거면 좀 더 화끈하게 저희들 몫도 좀… 어르신께 천적은 검사뿐이시니…."

"어르신한테 진짜 천적은 장서 대장이지요."

"하하하."

조용히 관망하던 선정의 뼈 있는 말에 규와 부관들이 일제히 웃음을 터뜨렸다.

*

"연아, 아직 멀었느냐?"

"예! 다 되었습니다."

어깨를 한껏 움츠린 장서가 주연을 채근했다. 모여 선 이십여 명의 병사들에게 표찰을 나눠 주던 주연이 몸을 돌렸다.

"다 나눴습니다!"

"그… 래… 에, 에, 엣춰!"

메아리로 산을 울리는 장서의 재채기에 주연이 인상을 한껏 찌푸렸다.

"그, 살살 좀 하시지. 여 거란 놈들 천지일 텐데!"

"아이고. 고뿔이 드나 몸이 으슬으슬한 게… 그보다! 거란 놈들 눈에 띄면 베어 죽이면 되지 뭘 겁을 먹느냐!"

"베어 죽이는 거 맞습니까? 전에는 줄행랑을 치시더니….."

평수가 주연의 뒤를 따르며 장서를 흘겨보았다.

"어헛! 평수야, 그때는 식전이기도 했고 정보를 전하는 게 우선이지 않았느냐! 어쨌든 우리 정보 덕에 검사께서 무로대를 다 썰어 놨으니! 결국 틀린 말은 아니잖느냐!"

"아무튼 말은….."

"이놈이! 또 대장께!"

"됐네! 자자, 다들 모여 보거라!"

장서의 손짓에 병사들이 모여들었다.

"이제 며칠이면 끝난다! 다들 행장은 잘들 꾸렸느냐!"

"예, 대장!"

병사들이 말안장에 겹겹이 묶인 죽통과 가죽 주머니를 만지며 손을 머리 위로 올렸다.

"좋다! 내 긴말 안 한다! 우리 일은 빨리 보고, 듣고, 전하는 게 전부다. 다들 하던 대로만 하자! 이적 놈들 압록 넘어가면 우리는 전속력으로 개경으로 간다! 술인가 계집인가 다들 정해 놓고 며칠만 버티면….."

"개경 다 불에 타 버려서 기방이고 뭣이고 온전치 않을 터인디…"

병사 하나가 미간을 찌푸리고 고개를 흔들었다. 잠시간 정적 속에 장서가 눈을 내리깔고 침을 삼켰다.

"서경… 으로 갈까?"

"그라고 성하겠지요? 몇날 밤을 싸워 댔는디?"

"그, 그럼 가는 김에 저 나주까지 내려가 볼까나? 그쪽 쌀이 그렇게 고슬고슬하다던데… 해산물도 많고! 네 그쪽 출신이니…"

"어허! 대장, 큰일 날 소리를! 시방 임금께서 그짝으로 내려가셨다는디 오다가다 어가라도 만나면 어짜실라고… 허고! 제 고향은 보령이여라. 그짝이랑은 종자가 달라야."

"그래? 그럼 어디로 가야…"

"대장! 지금 그게 중요한 것이 아니라…"

"동경은 어떻습니까! 생전에 황룡사 구경도 한번 해 보고."

평수가 장서를 만류하던 주연의 말을 자르며 눈을 빛냈다.

"서라벌? 황룡사? 평수야! 네 본 중에 가장 마음에 드는 말이다! 자! 정했다! 다들 가자 서라벌로!"

"서라벌! 서라벌!"

"다들 조용하라고!"

주연이 병사들의 환호를 급히 막아서며 장서를 노려보았다.

"흠, 음… 그래! 소리는 치지 말고. 서라벌로 가자!"

"대장, 바로 출발하는 거여?"

"그래! 가자!"

"대장!"

말머리를 돌리는 장서에게 주연의 살기가 어린 음성이 닿았다.

"허허! 농이네. 자 다들 며칠만 더 고생하고 가자. 서라벌!"

"예, 대장!"

"자! 마지막 명령이다! 다들…."

말의 갈기를 쓰다듬는 장서의 육중한 몸이 슬쩍 떨렸다.

"튀지 마라! 서라벌까지 모두 같이 간다!"

"예, 대장! 하하하."

한동안의 박장대소가 지나고 비장한 음성을 주고받은 병사들이 각기 정해진 방향으로 말머리를 돌려 달려 나갔다. 흩어지는 말들의 엉덩이만 번갈아 살피던 장서가 고삐를 움켜쥐며 읊조렸다.

"동경이라… 좋구나!"

45 행장 行裝

거점으로 돌아온 지 하루가 지났다. 장졸들은 여러 종류의 고기와 쌀밥과 뜨끈하게 끓인 무국으로 체력을 회복했다. 병사들은 남은 고기를 적당한 크기로 썰어 소금을 친 다음 가죽으로 싸서 행장에 챙겨 넣었다. 현궁의 아교와 시위를 다시 점검하였고, 찰갑의 이음새를 꼼꼼히 매만졌다. 말의 편자를 두드리고 헐거워진 못도 다시 박아 넣었다. 등자끈을 고쳐 매고 눈덩이로 얼굴의 때를 쓸어내리고 투구에 엉킨 핏자국을 닦아 내는 모든 병사들의 얼굴에는 비장함과 기대감이 함께 어려 있었다.

종국으로 치닫는 전란 속에 적병들은 고려의 산맥을 넘으며 북쪽으로 향했다. 적들의 종전은 강을 넘어 초원을 밟는 것이고, 흥성군의 종전은 한 명의 백성을 더 구하고 한 명의 적이라도 온전치 않게 보내는 것이었다. 서로 다른 종전의 방향에서 두 물줄기는 필연적으로 부딪칠 것이었다. 격랑이 일든 어느 한쪽에 다른 물줄기가 휩쓸려 흩어지든 그 결과는 수일 내로 동토 위에 흩뿌려질 것이었다.

"이렇게?"

행장을 다 꾸려 놓고 한쪽 편에 마주 선 조경과 하석이 활을 들고 시위를 당기고 있었다.

"맞긴 한데, 당기면서도 고개는 항상 목표물을 살펴야 합니다."

하석이 고개를 들어 수평으로 돌리면서 양손을 움직여 시위에 화살을 걸었다.

"걸리면 바로… 후!"

하석이 화살 끝을 잡고 허공의 한곳으로 시위를 놓는 시늉을 하며 입을 오므려 바람 가르는 소리를 내자 조경이 인상을 찌푸렸다.

"눈은 목표를 보고, 시위에 화살을 걸고, 들어 바로 쏜다고?"

"그렇지요. 들어 쏘기 전에 이미 목표물의 동선을 다 계산해 둬야지요."

"허, 참…."

"이게 어렵습니까?"

하석이 슬쩍 어깨를 으쓱였다. 조경이 혀를 빼꼼 내밀어 입술을 적시고는 눈을 게슴츠레하게 떴다.

"그 사람 참. 큰맘 먹고 알려 달랬더니…."

"에에? 어찌 이보다 더 쉽게 알려 드립니까! 저라고 작은 마음을 먹었을까 봐요?"

하석의 능청에 조경이 고개를 돌리며 활을 내렸다.

"그냥 칼이나 쓰련다… 네가 계속 고려 제일궁해라."

"헛! 뭐, 제 입으로 말하긴 좀 그래도… 속사는 저만 한 사수가 없긴 하지요. 그렇다고 제가 멀리 쏘기가 안 되는 것도 아니고…."

"참, 사람 신기해. 저놈이 저리 다소곳이 앉아 행장을 다 꾸리고… 군인 다 됐구면."

조경이 하석의 말을 못 들은 척하며 멀찍이 앉은 환수를 살폈다.

"으흐. 다 됐다!"

모포를 둥글게 말아 안장 옆으로 동여매는 환수의 번들거리는 민머리를 뚫고 거뭇한 털이 솟아나고 있었다.

"고놈… 이제 좀 군인 태가 나네."

주상이 뒷짐을 지고 환수의 뒤로 다가섰다.

"어찌 사람을 이리 쫓아 다닐까?"

"아서라. 고기를 넉넉히 먹어서 네 몸에는 볼 일이 없고."

"그, 아침부터 또…."

"여기!"

주상이 환수의 어깨 뒤 찰갑을 잇는 끈을 잡아당겼다.

"여 늘어지면 말 탈 때 앞으로 흘러내린다!"

"아, 너무 끼는데? 아!"

"가만 있어라!"

주상이 환수의 뒷목덜미를 잡고 끈을 한껏 잡아당겼다.

"보자."

환수가 허둥대다 일순간 몸을 멈추고 주상의 손에 몸을 맡겼다.

"됐다!"

"너무 끼는데… 팔도 잘 안 들리고."

환수가 몸을 돌리며 팔을 허우적거렸다.

"좀 지나면 괜찮아진다. 전쟁도 끝나 가니…."

말을 흐리는 주상의 입을 살피며 환수가 한쪽 입을 이죽거렸다.

"여, 노친네. 지금 나 걱정하는 건가?"

"걱정은! 미친 소처럼 날뛰다 화살 맞고 뒈지면 네놈 덩치에 우리 병사들이 걸려 넘어질까 그러는 거지!"

"에이… 그 말 좀 곱게 하래도… 늙으면 다 그런가?"

"이놈이!"

여느 때와 다름없이 투닥거리는 둘의 모습을 살피며 다가오는 재헌의 얼굴에 옅은 미소가 서렸다.

"어르신, 준비는…."

"진작 다했지. 왜? 검사께서 찾으시나?"

"아닙니다! 저는 척후로 먼저 출발할 예정이라 인사도 드릴 겸…."

"척후? 든든히 챙겼고?"

주상의 안색이 슬쩍 흐려졌다.

"예, 밤새 포식한 데다가 행장도 잘 꾸려 놨습니다."

"네가 서북면 온 지 얼마나 되었지?"

"보자… 햇수로 5년 즈음 되었지요."

"음. 와서 교위가 되었던가?"

"예, 재작년 겨울에…."

"그래! 전쟁 끝나면 못해도 낭장이고 중랑장 정도는 되겠다! 식읍도 쥐꼬리만큼은 받을 것이고… 처자식이 어찌 되었지?"

"아들 둘에 딸아이가 하나 있습니다."

"그래. 그 정도면 처자식 건사하고, 부모도 봉양하고…."

"노친네, 왜 이렇게 말이 끊긴데?"

"이놈이! 아가리를!"

환수가 익숙한 몸짓으로 뒤로 물러났다. 주상이 입을 가리며 헛기침을 내뱉다 목을 가다듬었다.

"살아남게나. 척후는 말 그대로 척후이니 전투는 피하고…."

"예, 너무 염려치 마십시오."

재헌이 씨익 웃으며 고개를 숙였다.

"그래. 어서 가 보게!"

"어르신, 모쪼록 건강 잘 챙기시고… 무병장수…."

"어헛! 그 무병장수 얘기는 꺼내지도 말고."

"하하! 주의하겠습니다! 그럼…."

주상이 흐릿한 눈빛으로 인사를 건네고 멀어지는 재헌의 등을 살폈다.

"애꿎은 전쟁통에 젊은 놈들만… 휴, 지랄맞은 예감이 틀려야 할 것인데."

"왜? 척후는 숨어서 살피기만 하는 거 아닌가? 그렇게 걱정할 일이 있나?"

"그럴 때가 있고 아닐 때가 있지. 지금은 이적 놈들 대열도 흐트러졌을 테고, 회군하는 길이니… 아니, 왜 내가 설명을 하고 있지?"

"에이, 군인 대접 해 준다면서! 물어보면 좀 알려줄 수도 있지!"

"휴… 그래, 입씨름을 하느니…."

"근데, 저기 수십만이라면서 고작 우리가 어찌 상대한다는 말인가? 대충 봐도 천 명도 안 되는데. 그냥 돌려보내고 내실 챙기는 것이 좋은 거 아닌가?"

"왜? 천 명으로 수십만을 상대하려니 겁이 나?"

"겁은 무슨… 많든 적든 때려죽이기만 하면 되는 것을…."

주상이 고개를 돌리며 천천히 주위를 두리번거렸다.

"그리고… 우리는 천 명이 아니다."

"응? 원군이 있는가?"

"있지. 어마한 원군이 있지. 혼자서 천 명에 맞서는."

"에헤이! 노친네 거 어쭙잖은 소리를… 내 평생 주먹질하며 살아도 열 명 넘으면 뒤도 안 보고 도망가는데. 어찌 혼자 천 명을…."

"흐흐. 네깟 놈이 그러니 쌍놈을 못 면하는 게지!"

"에잇! 또, 또!"

주상은 발끈하는 환수의 몸짓에도 미동 없이 먼 산을 응시했다.

"이놈아, 고려에 산이 얼마나 있느냐?"

"얼마나라니. 지천이 다 산 아니던가?"

"그래. 그럼 산에는 무엇이 사는가?"

"그야 짐승들이 살긴 하는데⋯ 뭐, 그 원군이라는 게 호랭이라도 되는가? 곰이나? 그 참."

"흐⋯ 맹수들이 얼마나 약았는데. 떼로 몰려다니는 사람 근처에 얼씬한다더냐?"

"그야⋯ 그럼?"

"이놈아! 산에는 뱀도 있고 너구리도 있고. 무엇보다 온갖 새들이 그득하지!"

"뭔 소리여?"

"산새들이 온 산 천지에 깔렸으니⋯."

멀뚱히 자신을 내려다보는 환수의 모습에 주상이 고개를 저으며 등을 돌렸다.

"됐다! 행장이나 마저 싸라! 곧 출발한다!"

"뭐라는 겨. 노친네가 아침부터 망령이 들었나."

주상은 환수의 말에 대꾸치 않고 먼 산을 번갈아 보며 뒷짐을 지고 천천히 걸었다.

⁴⁶ 산새 山鳥

　개경에서 회군을 시작한 거란군은 부대를 수십 갈래로 나누어 가며 북진했다. 명목상 고려왕의 차후 입조를 전제로 한 종전이었지만 고려와 마찬가지로 거란 또한 그것을 진정한 종전으로 여기지 않았다. 유목 국가라는 특성상 거란에게 전리품은 필수적이었다. 황제는 전후 포획한 포로와 강탈한 전리품을 부족들에게 분배하고 하사함으로써 그들의 충성을 이끌어 냈다. 병사들도 마찬가지로 전과에 상응하는 보상과 명예를 위해 기꺼이 목숨을 걸었다. 전쟁의 목적이라 할 전리품을 위해 거란군은 얼레빗의 형태로 나뉘어 북진하고 있었다. 그 행군 진로에 존재하는 부락과 고을의 토지는 어김없이 약탈당하고 백성들이 포로로 잡히며 경작지는 말발굽에 황폐해졌다. 그렇게 거란군은 수십 갈래로 고려의 북방을 휩쓸었지만 고려 또한 쉽사리 적을 돌려보낼 생각이 없었다. 삼수채의 패잔병들과 각 성의 정병들은 각각의 부대로 모여들어 적의 퇴로를 급습했다. 지리적 이점을 살린 토착민들의 치열한 유격전에 거란 병사들이 제법 골머리를 앓았다. 그중에서도 거란 병사들의 심신을 가장 지치게 하는 것은 바로 고려의 산과 그곳에서 볼 수 있는 '그것'들이었다.

　개경과 서경의 비교적 평탄한 지형을 지나면 횡으로 늘어선 묘향산맥이 있었고, 그것을 넘으면 적유령산맥과 강남산맥이 차례로 솟아 압록을 가리고 있었다. 초원에서 일생을 보낸 거란 병사들은 고려의 끝없이 펼쳐진 산봉우리에 치를 떨었다. 산들은 하나같이 경사가 거칠었고, 시야를 가리는 온갖 침엽수와 쌓인 눈에 질퍽한 산길 앞에서 군마는 맥을 못 췄다. 골짜기를 타고 불어오는 습한 산바람은 초원의 것과 달라 온몸을 따갑게 만들었다. 가죽신에 들러붙어 점점 스며드는 눈덩이에 말을 타지 않고 행군하던 병사들은 동상에 시달렸고, 진작에 끊어진 보급에 지쳐 그 속도 또한 점점 처졌다. 군막을 펼칠 공간조차 여의치 않은 산중에서 병사들끼리 들러붙어 서로의 체온에 기대 노숙을 해야 했으며 추위와 수면 부족이 만나 일으키는 몽유병 증상에 수많은 병사들이 눈을 감고 대열을 이탈해 산을 헤맸다. 산이라는 자연 그대로의 악재만큼 병사들을 몰아붙이는 것은 밤낮없이 출몰하는 '그것'의 존재였다.

　그들은 경군과 지방군 그 어디에도 속하지 않았다. 아니, 사실상 군인이라는 신분의 틀에 묶여 있지 않다고 보는 것이 타당했다. 그들은 대부분 심마니, 약초꾼, 사냥꾼 출신이었다. 험난한 서북의 산을 매일같이 오르내리며 생업에 종사하던 그들은 서희의 서북면 요새화 작업에 한 일원으로 동참하게 되면서 군적을 받는 대신 사냥감이나 채집한 약초 등에 대한 전매권이나 면세를 약속받았다. 서북면의 일원이기는 하나 군인은 아닌 그들을 서북면의 군인과 백성들은 '산새'라고 불렀다. 그들은 어느 산에서는 조롱이었고, 어느 산에서는 뻐꾸기나 꾀꼬리였다. 간혹 오소리나 고라니이기도 한 그들은 평상시 각자의 생업에 종사하였지만 전쟁 중, 특히 적들이 회군할 때 그 진면목을 드러냈다.

　늦은 밤 험로를 행군 중이던 병사들에게 어느 순간부터 반복적인 야조 소리가 들려왔다. 불규칙한 박자와 왠지 모르게 공기의 결이 다른 그 소리가 자연의 것이 아님을 눈치챘을 즈음, 어둠을 찢는 귀신의 소리가 산을 울렸다. 병사들은 소름 끼치는 소리에도 긴장을 풀지 못하면서 행군길을 다시 강행해야만 했다. 다시 야조의 울음이 들리기 시작할 그때, 어둠을 가르며 화살이 날아들었다. 날아든 화살은 한 발, 특정인을 겨냥한 것이 아닌 다수의 물결 속으로 던진 그 화살은 어떤 병사의 신체 한곳을 뚫었다. 곧 대열은 경계 태세로 전환되었다. 화살을 맞은 병사는 쓰러져 땅을 뒹굴었고 장수는 화살이 날아온 방향으로 병사들을 보냈다. 산비탈을 거스르며 저격자를 찾던 병사들의 발이 어느 지점에서 땅 속으로 이끌리듯 빠졌다. 약간의 통증에 대수롭지 않게 발을 들어 올리는 동작에 순간, 눈 위에 다량의 핏방울이 쏟아져 내렸다. 구덩이 안에는 시무나무의 가시가 역으로 솟아 있었다. 땅을 밟을 때 아래로 향했던 가시들이 거꾸로 올라오는 다리의 살점을 거칠게 헤집은 것이었다. 추격병들은 고통에 몸부림을 치며 대열로 돌아와 부상병으로 분류되었고, 그 혼란을 틈타 다시 한번 화살이 날아들었다. 급기야 장수는 전체 행군을 중단시키고 다시 추격조를 편성했다.

새로 편성된 추격조는 물 위를 건너는 모양으로 조심스럽게 움직였다. 그 순간, 다시 화살이 날아들었다. 화살은 추격조 병사 한 명의 종아리를 꿰뚫었다. 남은 병사들도 분개하여 급히 움직이다 구덩이에 발을 빠뜨렸다. 빠진 발을 빼지 못하고 주저하는 사이, 화살이 다시 날아와 화살을 맞지 않은 다른 쪽 허벅지를 관통했다. 어둠 속 초행의 산길에서 결국 장수는 추격을 포기했다. 그때 처음 화살을 맞았던 병사가 입에 거품을 물며 경련을 일으켰다. 이어 병사는 두서없는 말을 반복하며 대열을 휘젓고 비틀거렸다. 혼란이 수습되기도 전에 다음 화살을 맞은 병사가 같은 증상을 보였다. 공포에 빠진 병사들의 귓가에 다시 야조의 울음소리가 들렸다. 장수는 병사들의 측면으로 굳게 방패를 서로 맞대며 세울 것을 명하고 진군을 속행했다.

하지만 겨울의 밤은 길었다. 야조의 울음소리가 대열 주변을 끈질기게 따라붙었다. 다시금 병사들이 긴장을 풀고 그 소리에 익숙해질 때 또 한번 귀신의 소리가 메아리쳤다. 반쯤 눈을 감고 걷던 병사 몇이 화들짝 놀라 몸을 허우적거렸다. 대열 전체가 어수선해진 사이에 기어이 빈틈 한곳을 찔러 오듯 화살이 날아들었다. 밤이 끝나기 전에 혼란을 잡을 도리가 없었다. 허나, 둘… 대열을 이탈하는 이들이 생겼다. 얼굴은 사색이 되어 산속으로 숨어드는 그들을 뻔히 보면서도 병사들은 방패를 내리고 그들을 잡으러 갈 엄두를 내지 못했다. 여전히 야조 소리는 주변을 맴돌았다. 병사들은 마음 편히 걸을 수도, 자리를 잡고 숙영을 할 수도 없었다. 기나긴 밤 동안 들려오는 지긋지긋한 그 소리에 피폐해지는 정신을 겨우 붙들어 가며 그저 밤이 끝나길 기다릴 수밖에 없었다.

아침이 밝았다. 소리는 어둠과 함께 자취를 감췄다. 대오와 인원을 점검하는 와중에도 화살의 독에 당한 병사들이 광증을 앓고 있었고, 다리를 난자질당한 병사들이 들것에 실려 행군을 지체시키고 있었다. 장수는 그제야 눈치챘다. 밤에 다녀간 그것은 병사들을 죽이는 것이 목적이 아니었다. 그때 아침의 온기에 휩싸인 뻐꾸기 소리가 들렸다. 병사들은 화들짝 놀라 고개를 좌우로 돌리며 불안함을 표출했다. 장수의 머릿속이 복잡했다.

넘어야 할 산과 다가올 밤을 헤아릴 수 없었다.

47 새벽안개

일출이 시작되자 드러난 빛이 겹겹이 쌓인 산맥을 비껴서 통과하며 어스름한 새벽안개 사이로 스며들었다. 풀벌레마저 얼어붙어 고요함만이 가득해야 할 북녘산 아래 기슭에는 새벽과 아침의 경계를 흩트리는 산발적인 소음이 맴돌았다.

"시야가 흐리다. 적아를 확실히 구분토록!"

규의 묵직한 일갈에 기병들은 안개를 뚫으며 전방을 주시했다. 무로대 강습 이후 흥성군은 묘향산맥과 적유령산맥 사이를 관통하듯 동진했다. 척후대에서 보낸 적의 회군 경로와 앞서 재헌과 병사들이 보고한 지형과 적의 동태를 조합하여 길을 정했다. 전날 이수梨樹 지역에서부터 모습을 드러낸 적병들은 무엇인가에 실색한 듯 대열을 흐트러뜨리며 산을 벗어나기 바빴다. 허둥대며 북쪽을 향해 혼이 나간 듯 달리는 적병들을 하나하나 베어 가며 하룻밤을 지새운 결과, 흥성군의 경로에 천여 구가 넘는 거란 병사들의 시신이 쌓였다. 점점 대열을 이탈한 적병들의 모습이 뜸해졌다 싶을 즈음, 새벽안개가 짙게 피어

올라 흥성군의 시야를 가로막았다.

"검사!"

안개를 뚫고 울리는 목소리에 규가 손을 들어 대열을 멈춰 세웠다. 멈춰 선 대열 앞으로 안개를 젖히며 재헌이 얼굴을 드러냈다.

"그래. 직접 왔구나!"

규가 재헌의 몸을 훑으며 무탈을 확인했다.

"예, 검사. 급히 전하려 직접 왔습니다. 전방에 적병들이 몰려 있습니다. 거리는 5리 정도이며, 수는 대략 천오백, 저희 백성 천여 명이 나포되어 있습니다."

"포로 이송군인가. 깃발은?"

"붉은색에 은실로 장식되어 있습니다. 거리가 멀어… 수가 놓아진 글자는 확인치 못했습니다."

"붉은색에 은실. 그럼…."

"예, 어제부터 쫓아온 놈들이 맞습니다. 지금껏 베고 온 놈들은 탈영병이거나 길을 잃은 놈들인 듯합니다."

조경이 언뜻 뒤를 살피며 말했다.

"천오백이라… 진군 중인가?"

"아닙니다! 산을 내려오자마자 논이고 밭이고 간에 평평한 곳이면 다 쓰러지듯 자리를 잡았습니다. 불도 때고, 말들도 한군데 모아 두는 걸로 봐서는 쉬었다 가려는 듯 보였습니다."

"백성들은? 결박은?"

"저놈들 방식대로 포승줄로 손과 손을 엮었습니다. 줄이 모자라는 건지 발은 대부분 묶여 있지 않은데, 대부분이 짚신조차 신지 못하고…."

"그래."

"적들의 수가 만만치 않으니… 포로를 챙기며 싸울 여력이 될는지…."

조경의 말에 잠시간 침묵이 흘렀다. 급습해서 승리한다 해도 포로들의 생사를 장담할 상황이 아니었다. 전세가 기울어진다 느끼면 적들은 지침에 따라 전투를 뒤로 물리고 포로들을 학살할 것이었다. 각각 혼자의 몸으로 결박되었다면 급습과 동시에 포로들 스스로 몸을 피할 것이지만 천여 명이 엮여져 구속되어 있는 상황에서 그 방법은 여의치 않았다. 적들을 일거에 섬멸하기에는 아군의 수가 더 적었고 포로들이 기적처럼 한 방향으로 움직여 준다면 그나마 일이 쉬워지겠지만 현실적으로 불가능한 일이었다. 현 상황에서 도출할 결론은 단 하나뿐이었다. 포로의 안전을 뒤로하고 적들을 최대한 빨리 섬멸하는 것. 그리한다면 포로의 절반 정도는 구할 수 있을 것이었다.

"섬멸을 목적으로 한다."

규의 음성에 누구 하나 섣불리 대답하지 못하고 눈을 찡그렸다.

"부처님께서 살펴 봐 주시길…."

침묵 속에서 들린 어느 병사의 말에 부관과 병사들이 손을 앞으로 모으며 고개를 숙였다.

"부처님…."

병사 하나가 혼잣말을 내뱉다 문득 산의 한 지점으로 고개를 돌렸다.

"검사!"

부관과 병사들을 비집고 병사 하나가 손을 들었다.

"무슨 일인가?"

"제게 묘책이 하나 있사온데…."

"묘책?"

"그것이… 공교롭게도 제 처가 이곳 출신이라 대략 지형을 알고 있사온데…."

규와 부관들의 이목이 병사에게 쏠렸다.

병사의 말이 끝나자 모든 일행은 산의 중턱으로 시선을 옮겼다.

"그런 수가!"

"검사! 그럴 듯합니다!"

"분명 가능합니다!"

규와 부관들의 안색이 밝아졌다.

"자네 이름이… 석이었던가? 금씨 성을 쓰고?"

"일개 병졸의 이름을 다 기억해 주시고…."

금석의 눈시울이 금세 붉어졌다.

"조부께서 벽상공신이라고 떠벌리던 친구구먼!"

금석의 얼굴을 살피던 재헌이 반갑게 소리쳤다.

"아, 아니… 저희 본관의 시조 어른께서 그렇기는 한데. 조부라고 한 적은…."

우물쭈물 망설이는 금석의 모습에 규가 웃으며 말했다.

"내 어찌 모든 병사들의 이름을 기억하겠는가. 워낙 성씨가 특이하여 불현듯 기억이 났다네. 그나저나 자네의 기지를 보아하니 공신의 후손이 맞는 듯하네!"

"과찬이십니다."

"모두 서둘러야겠네! 재헌아!"

"예, 검사!"

"자네와 척후조가 이 친구와 함께 가게! 당장 척후는 없어도 될 테니…."

"자, 가세! 아니, 공신 분의 자제이시니 존대를…."

"아닙니다! 자제라니요. 어서 가시지요."

금석이 붉어진 얼굴로 재헌의 옆으로 다가섰다. 규가 하늘을 덮는 태양빛을 살폈다.

"다섯 리 거리니 사시巳時[30] 전에는… 우리도 준비를 마치고 기다릴 테니….”

"염려 마십시오!”

"부탁하네! 다들 서두른다!”

재헌과 일행이 산속으로 발길을 옮겼다. 차츰 옅어지는 안개를 헤쳐 나가는 규의 몸짓이 가벼웠다.

48 타종 打鐘

"스님, 박자를 정확하게 해 주셔야 합니다."

"염려치 마시지요."

산사의 종각 안에 선 재헌이 근심 어린 눈빛으로 승려를 바라보았다. 두 명의 승려가 합장을 한 채 당목의 앞과 뒤에 나란히 서서 고개를 숙였다. 느닷없이 들이닥친 병사들에 놀랄 법도 하였지만 승려들은 별다른 말 없이 일행을 종각으로 안내하였다. 직접 타종하겠다는 재헌의 말은 부처님의 성물에 속세의 핏자국을 묻힐 수 없다는 이유로 거절당했고, 승려들이 직접 타종하겠다는 뜻을 전해 왔다. 타종 시간과 횟수, 박자 등이 불가의 율법에 위배되었지만 고난에 빠진 백성들을 구제하는 것에 산사의 주지는 일말의 망설임 없이 재헌 일행의 요청을 허락했다.

"댕, 댕, 댕, 댕댕댕…."

재헌이 민망함을 애써 감추며 입을 움직여 다시 한번 박자를 재현했다. 승려들이 당목을 매달고 있는 사슬에 한 손을 얹으며 미소를 지었다.

"허허. 저희도 익히 알고 있는 박자입니다. 자, 그럼 시작해도 되겠습니까?"

재헌이 얕은 헛기침을 뱉으며 하늘을 살피다 침을 삼켰다.

"시작하시지요."

승려들이 익숙한 몸놀림으로 당목을 뒤로 끌어당겼다.

천여 명의 거란 병사들이 군데군데 피워진 모닥불을 두고 둘러앉아 심신을 녹이고 있었다. 병사들은 진절머리 나는 산행 중간에 마주한 평지에 한껏 아늘해진 얼굴로 잡담을 나누기에 바빴다. 개중 몇몇은 북쪽으로 또다시 늘어진 산맥들을 바라보며 한숨을 토해 냈다. 포로들은 불을 쬐일 기회조차 없이 대열 중간에 빼곡하게 모여 앉아 있었다. 인신을 구속당한 채 끌려가는 처지에 얼굴과 몸 어느 한 곳도 성한 곳 없이 피폐함을 뿜었다. 불어오는 바람에 추위를 버티려 천여 명의 포로가 촘촘히 몸을 맞대어 서로의 체온을 나눴다. 밀려오는 허기에 온갖 오물과 식은땀에 쩔은 냄새들마저 익숙해진 채 타국으로 끌려가 펼쳐질 앞날을 걱정할 여력조차 없이 포로들은 그저 숨을 내쉴 뿐이었다.

[응?]

바람을 타고 낮게 깔린 소리에 포로들과 거란 병사들이 일제히 고개를 한 곳으로 돌렸다.

[북소리? 적군인가!]

몇몇 병사들이 급히 몸을 일으키며 창검을 쥐었다.

[종소리다.]

[종? 어디서?]

[저기 산에서 들리네. 산에 사찰이 있는가 본데.]

동요하던 병사들이 안도의 숨을 쉬며 다시 자리를 찾아 갔다.

숨죽이며 종소리에 귀를 기울이던 포로들이 웅성거리기 시작했다. 중간중간 포로들은 눈물을 흘리며 묶인 손을 앞으로 모으고 고개를 숙였다. 동요하는 포로들의 모습에 주위를 둘러싼 병사들이 창검을 휘두르며 소리쳤다.

[조용히들 하라! 소란 떠는 이는 몸이 성치 못할 것이다!]

[그, 살살들 해라! 같은 불자들끼리….]

날을 세운 병사들을 달래는 또 다른 병사들이 포로들을 따라 합장하며 소리가 나는 쪽으로 고개를 숙였다. 고려, 거란 가릴 것 없이 비슷한 마음으로 고개를 숙인 이들의 귓가로 종소리는 반복적으로 들렸다.

[그런데… 고려의 절에서는 원래 이렇게 종을 여러 번 치는가?]

[뭐… 같은 불교라도 나라마다 다 다르니….]

몇몇 병사들이 계속되는 종소리에 의아함을 나타냈다.

"음, 음, 음, 음…."

합장을 하고 종소리에 매료된 포로들 중간에서 어떤 흥얼거림이 시작되었다.

"으, 음, 음."

[얘네는 왜 이렇게 흥얼거리는 거지?]

[불경이라도 외우나 보지.]

대수롭지 않게 포로들을 둘러보는 병사들의 귀로 그들의 흥얼거림이 점점 크게 들려왔다.

"오라… 하… 네."

종소리에 맞춰 흥얼거리던 포로들 중 몇몇 이들이 일순간 눈을 크게 뜨며 주위에 속삭였다.

"이거… 다들…."

"설마?"

"날… 더… 러… 오라 하네."

포로들이 종소리에 맞춰 익숙한 단어를 웅얼거렸다.

"구, 구하러 온 것이다!"

점점 퍼지는 웅얼거림 사이로 종소리의 뜻을 알아차린 포로들이 병사들의 눈치를 살폈다. 여전히 특별한 몸짓 없이 주위를 살피는 병사들의 모습에 포로들이 급히 눈빛을 주고받았다. 종소리는 대열의 남동쪽 산에서 울렸다. 서북쪽의 끝쯤 모닥불에 둘러앉은 병사들의 귀에는 종소리가 닿지 않았고, 대열의 동요를 살피던 병사들의 귀에 종소리가 아닌 소리가 천천히 들렸다.

"와아!"

몰려오는 말발굽 소리에 몸을 일으켜 앞을 살피는 병사의 눈에 수백의 고려군이 비쳤다.

[고려군이다!]

병사들의 외침이 천천히 대열로 퍼졌다. 병장기를 움켜쥐고 서북쪽으로 몰려드는 병사들의 머리 위로 이내 화살비가 쏟아졌다.

[방패! 다들… 억!]

[집결하라!]

한 차례의 화살비에 쓰러져 신음을 뱉는 병사들 뒤로 다른 병사들이 바로 달려와 대열을 갖추기 시작했다.

[방패조는 앞으로! 고려군 사거리가 더 길다! 버티며 응사한다!]

장수의 외침에 병사들이 일사불란하게 움직였다.

[많지는 않습니다! 사거리만 확보하면…]

[아니다! 저놈들 전략은 뻔하다! 사거리를 유지한 채 우리를 끌어내려 하겠지! 따라잡기만 하면 된다! 기병들은 갑주를 벗어라! 창만 들고 돌격한다!]

다시 쏟아지는 화살을 애써 막아가며 기병들이 갑옷을 벗어 던졌다.

[허나 함정이라도….]

[흥! 여지껏 뻔한 수에 놀아났는데 어찌 또 당하겠는가! 비슷한 무게로 말을 달린다면 우리가 따라잡지 못할 리 없다! 산까지는 거리가 있으니 함정에 들기 전에 격파한다!]

서북쪽의 고려군에 이목이 쏠려 포로들 주위에 있던 병사들의 수가 줄어들었다. 눈치를 살피던 포로들이 일순간 몸을 일으키며 흥얼거리던 가락을 크게 외치기 시작했다.

"날 더러 오라 하네!"

점점 목소리가 겹쳐 크게 울리는 소리에 포로들이 함성을 지르기 시작했다. 대부분 서북면의 백성들로 이루어진 포로 행렬은 농부들이 밭일을 시작할 때 모여 부르던 그 노랫가락을 익히 알고 있었고, 그 가사 특정 부분의 박자가 반복되는 종소리가 의미하는 바를 결국 알아차렸다.

"다들! 끌려가서 개처럼 사느니 우리 땅에서 죽읍시다!"

"옳소!"

[이, 이놈들이! 다들 자리에…]

천여 명의 포로들이 일어나 한 덩어리로 뭉쳤다. 심상찮은 기운에 거란 병사들이 창검을 공중에 휘두르며 포로들을 위협했지만 그들은 서로의 몸을 밀며 종소리가 들리는 쪽으로 움직이기 시작했다.

[이런! 진정 목을 베야 말을 듣겠느냐!]

움직임의 끝을 막아선 병사들이 뒷걸음질을 치며 이를 악물었다.

"오라 하네. 가자!"

급격히 움직이는 인파에 맨 앞에 있던 포로들의 몸이 밀리며 자신의 뜻과 상관없이 병사들을 덮쳤다.

"아악!"

병사들이 마지못해 창검을 휘두르기 시작하자 앞에 선 포로들이 쓰러지며 비명을 질렀다. 쓰러지는 시신을 보며 다음 차례를 직감한 포로들이 자포자기한 듯 병사들에게 달려들기 시작했다. 칼에 찔려 쓰러지는 이의 뒤로 달려드는 이들이 병사들에게 머리를 부딪혔고 입이 닿는 대로 갑옷과 살점을 가리지 않고 물어뜯었다. 인파에 휩쓸리며 넘어진 병사들이 수십의 발길질에 피를 토하며 창검을 놓았다. 포로들은 떨어진 창검에 밧줄을 비비며 구속을 풀어 나갔다.

[여기! 포로들이 도망간다! 지원을⋯.]

다급히 외치는 병사가 달려드는 인파에 묻혀 비명을 지를 틈도 없이 온몸이 찌부러졌다. 결국 포로들을 둘러싼 병사들의 한 지점이 무너져 내렸다. 재빠르게 구속을 풀고 종소리를 향해 달려가는 포로들의 모습에 다른 방향에서 창검을 휘두르던 병사들이 눈을 찌푸리며 반대쪽 상황을 살폈다.

[어찌해야 하나! 이러다 다 도망가면⋯.]

[이미 늦었다. 저쪽에 고려 놈들 목이라도 베어야 한다!]

[다들! 갑주 벗고 말에 올라라! 포로는 다시 잡으면 그만이다!]

달려오는 부관의 말에 포로들을 에워싼 병사들이 급히 몸을 움직였다.

"검사! 되었습니다!"

"와아!"

달려오는 조경의 들뜬 외침에 규와 병사들이 일제히 함성을 질렀다.

"모두 말에 올라라!"

비탈 뒤에서 몸을 숙이고 있던 병사들이 일제히 등자를 밟으며 말에 올라탔다.

"간다! 모두 섬멸하라!"

"수!"

세차게 고삐를 흔드는 규의 뒤로 기병들이 땅을 울리며 함성을 질렀다.

[역시 뒤로 빠지는군… 생각대로다! 전군, 전속으로 진군하라!]

[와아!]

장수의 함성을 뒤따르며 거란 기병들이 서북쪽으로 일제히 달려 나갔다. 몇 차례 화살을 쏟아붓고 말머리를 돌린 고려 기병 대열의 뒤에서는 주상이 뒤를 살피며 달리고 있었다.

"에고. 이 나이에 미끼질이라니."

주상과 기병들이 몸을 돌리고 화살을 쏘며 달렸다. 거란 기병은 앞의 대열이 화살에 맞아 쓰러지는 와중에도 추격을 멈출 생각이 없는 듯 세차게 고려 기병을 따라잡았다.

"우와. 저 미친놈들. 어찌 저리 빠른가."

"시끄럽다! 다들 산개하라!"

환수의 옆을 스치며 주상이 앞으로 명령을 전했다. 천천히 간격을 벌리는 기병들의 등 위로 화살이 날아들기 시작했다.

[좋다! 다 잡았다! 궁수들은 계속 쏴라!]

사거리에 들어온 고려 기병의 후미에 화살을 쏘며 거란 기병들이 더욱 간격을 좁혀 왔다.

[흩어지는가? 적은 수로 흩어진다 한들….]

[자, 장군!]

다급한 부관의 외침에 장수가 고개를 돌렸다. 앞의 고려군보다 곱절은 많은 기병들이 대열의 남서쪽 비탈을 타며 달려오고 있었다. 내리막을 달리는 그 속도에 눈의 초점을 잡지 못한 거란 기병들이 동요하기 시작했다.

[어느 쪽으로….]

[이, 이런! 전방은 계속 전진하고 후방은 기수를 틀어 저들을 막아라!]

다급한 장수의 명령에 기병들이 급히 몸을 틀었다. 어느새 지척에 다가온 고려 기병들의 활에서 화살들이 쏟아져 나왔다. 쏟아지는 화살에 바로 대열을 잡지 못하고 쓰러지는 거란 병사들의 눈에 활을 내리고 창을 움켜쥐는 고려 기병들의 모습이 비쳤다.

[어억!]

달리는 말의 속도를 타고 빠르게 찔러 오는 창과 휘둘러지는 칼날에 순식간에 수백의 병사들이 피를 흩뿌리며 땅으로 떨어졌다. 규와 기병들은 적군 대열의 허리를 순식간에 자르며 창검을 또다시 휘둘렀다. 뒤늦게 정신을 차린 거란 병사들이 창검을 내세우며 응전했지만, 이미 기세에 밀린 데다가 갑주를 걸치지 않은 맨몸으로는 고려군의 공세를 막아 낼 여력이 없었다. 천천히 쓰러져 가는 동료들의 모습에 급기야 거란 병사들이 대열을 이탈해 북쪽으로 내달리기 시작했다.

[장군! 후미가 완전히 당했습니다!]

[이런… 우선, 저놈들이라도….]

장수가 이를 악물며 앞으로 나아갔다. 천천히 흩어지던 주상과 기병들이 일순간 양방향으로 동그랗게 기수를 돌려 달려온 반대 방향으로 달리기 시작했다.

[저건 또 무슨….]

이미 초점을 잃은 채 앞을 살피던 장수가 탄식을 뱉었다. 달려오는 거란 기병의 양옆으로 일정한 간격을 유지한 고려 기병들이 화살을 쏘기 시작했다. 바깥쪽에서 안쪽으로 집중되는 화살 공세 속에 장수의 뒤로 기병들이 천천히 쓰러졌다.

[이런… 이런 전법이 세상 어디 있다는 말인가….]

[장군, 이미… 허나, 적들도 더 이상 쫓아오지는 못할 것입니다… 우선 심신

을 보전하신 후에….]

　[포로들을 잃고… 병마마저….]

　장수가 뒤를 살폈다. 언뜻 보아 백여 명 정도의 기병이 뒤를 따르고 있었다.

　[폐하를… 어찌 뵌다는 말인가….]

　[장군, 우선 살아남으셔야… 응?]

　부관이 느껴지는 낌새에 뒤를 살폈다. 후미를 공격했던 고려 기병들이 멀리서 다시 쫓아오고 있었다.

　[추격을 하려나 봅니다. 허나, 속도는 저희가 우세하니….]

　장수가 부관의 말에 반응하지 않은 채 힘없이 고삐를 흔들었다.

⁴⁹ 석령 石嶺

좌절감을 안고 달리던 거란 기병들은 뒤에서 차츰 멀어져 가는 고려군의 동태에 안도감을 느끼기 시작했다.

[장군, 추격은 어느 정도 따돌린 것 같습니다.]

온갖 사념에 잠긴 장수의 육신은 습관적으로 고삐를 흔들 뿐이었다. 그를 따르는 기병들은 오르막길을 달리며 멀리 지면이 사라져 가는 곳을 응시했다.

[언덕이 끝나는 것 같은데….]

앞을 달리던 기병들이 점점 가까워지는 한 지점을 바라보다 급히 뒤를 살피기 시작했다. 아득히 먼 거리에서 고려군의 움직임이 느껴졌다. 안도감을 밀어내는 불안감에 기병들이 눈에 힘을 주고 다시 전방을 살폈다.

[저, 절벽이다!]

능선의 끝을 알아차린 기병들이 고삐를 잡아당겼다.

[장군!]

[여기까진가….]

장수가 초점을 잃은 눈으로 천천히 말을 세우자 기병들이 절벽을 등지고 장수의 뒤로 넓게 퍼져 대열을 잡았다.

[항전을….]

말을 끝내지 못하는 부관의 모습에 장수가 천천히 말머리를 돌렸다.

[저희가 지형 위쪽에 있으니 얼른 치고 내려가서 한 점을 뚫으면….]

[소용… 없다.]

장수와 병사들이 자리에 멈춰 고려군이 진형을 갖추는 모습을 살폈다.

[또 저 거리인가. 지긋지긋하구나. 이리 훈련이 잘된 부대가 있었으면서 어찌 삼수채에서….]

고려 기병들이 횡대로 퍼지며 화살을 시위에 걸었다. 거란 기병들도 잠시 우물거리다 활을 들어 손에 쥐었다.

[되었다. 모두 병장기를 내려라.]

[장군!]

[나의 오착이다. 부덕한 상관을 만난 병사들이 무슨 잘못이 있겠는가… 너희들은 포로가 되더라도 기어이 탈출하고, 절벽을 기어 내려가는 한이 있더라도 살아남아라! 살아서 오늘의 치욕을 기꺼이 감내하고….]

"이적의 장수는 항전을 할 것인가!"

들려온 외침이 장수의 말을 잘랐다. 장수는 잠시 어깨를 늘어뜨려 땅을 살폈고, 병사들은 충혈된 눈으로 몸을 떨었다.

[뭐라는 것인가?]

[항전 여부를….]

부관의 통변에 장수가 자세를 고쳐 잡으며 앞을 쏘아보았다.

[말을 옮기라!]

[예, 장군!]

[나는 대거란의 좌피실군左皮室軍 부상온部詳穩 대랍이다! 그쪽 수장의 관등과 이름을 청한다.]

"대고려국의 서북면 도순검사 양규다."

[역시… 흥화진의 성주였구나.]

통변을 들은 장수가 고개를 끄덕거렸고 흥화진이라는 명칭을 들은 병사들이 일순간 술렁이기 시작했다.

[변방의 작은 나라에 그대 같은 인물이 있음에 경의를 표한다.]

"과찬이다. 다시 묻는다! 항전할 것인가?"

대랍이 한참을 서서 눈을 감고 생각에 잠겼다.

"마지막으로 묻는다. 항전할 것인가, 투항할 것인가."

마지막 통보를 전해 들은 대랍이 팔 근육이 찢어질 듯 주먹을 움켜쥐었다가 천천히 허리 뒤의 곡도로 손을 옮겼다.

[거취를 어찌할 것인지 물어라.]

[장군!]

거란 측 병사들이 동시에 탄성을 뱉으며 몸을 들썩였다.

[전하라 하지 않는가! 다 같이 개죽음을 당할 것인가!]

[장군! 어찌 개죽음이라 하십니까! 전투에 패해 쓰러지는 것이 어찌 개죽음이겠습니까! 모두 항전하겠습니다! 한 명이라도 더 절벽으로 밀어 죽이고….]

[그쪽 통변이 말을 제대로 전달할 의사가 없다면 우리가 말을 전하겠다! 장수는 의사를 외쳐라!]

부관의 말을 자르며 고려의 진영에서 거란말이 울렸다.

[양규에게 청한다! 피차 전투를 계속해야 의미 없는 희생만 늘어날 뿐! 그대와 내가 검을 겨루어 승부를 보는 것이 어떠한가?]

대랍이 부관의 어깨를 밀치며 외쳤다. 외침을 전해 들은 고려의 진영에서 탄식과 함께 헛웃음이 터져 나왔다.

"하하!"

"이 상황에 검을 겨루자니! 말도 안 됩니다."

"검사, 말 섞을 필요가 없습니다! 밀어 버리시지요!"

규가 잠시 멀리 대랍의 얼굴을 뚫어질 듯 살폈다.

"좋다. 허나, 전황이 우리가 우세하니 조건을 달겠다. 거란의 병사들은 모두 병장기를 내려놓아라. 만약 내가 진다면 그대들을 모두 살려 보내겠다!"

"검사!"

부관들이 이 내용을 통변하는 것을 묵인할 리가 없다는 것을 알고 있는 규가 기습적으로 외쳤다. 이 정도 조건이라면 거란 측에서도 마다할 이유가 없었으므로 의사는 전달될 것이었다. 거란 측 부관은 양규의 계산대로 잠시간의 고민 후 규의 의사를 대랍에게 전달했다.

[모두… 무기를 내려라!]

[허나….]

[장수로서 선택한 길을 막아서겠다는 것인가?]

대랍의 비장한 일갈에 거란 병사들이 버티지 못하고 하나둘 병장기를 바닥에 내려놓기 시작했다.

[내 아둔하여 이미 대부분의 병력을 사지로 보냈으니 이렇게라도 속죄하려 한다. 그대들은 어떤 경우라도 목숨을 보전하여 초원의 긍지를 바로 세워야 한다!]

[장군….]

몇몇 병사들이 어깨를 떨며 흐느꼈고 남은 병사들은 출전을 앞둔 수장의 뒷모습을 한 치도 놓치지 않으려 눈에 핏대를 세웠다. 등 뒤로 느껴지는 기운을 어렴풋이 느끼며 대랍이 천천히 걸음을 옮겼다.

"검사! 이건 아무리 봐도 경우가 아닙니다!"

"이미 다 이긴 전투를 굳이…."

"흐, 음. 괜찮으니 다들 후…. 물러서게!"

"검사, 지금 혹시 웃으신 겁니까?"

규가 별다른 답 없이 앞으로 걸음을 옮겼지만 희미하게 올라간 그의 입꼬리는 분명 웃음을 뜻하는 것이었다. 그것은 상대방을 얕보거나 상황의 괴리에서 오는 헛웃음 따위가 아니었다. 평생을 무인의 길을 걷던 그가 요직에 등용되면서 더 이상 개인의 무력을 드러낼 상황이 없던 차에 단비처럼 찾아온 결투 신청은 규의 온몸을 들끓게 만들고 기어이 뇌리의 한곳을 시원하게 만들었다. 개인이 아닌 한 집단의 수장으로서 해서는 안 되는 선택이었지만 오랜 시간 자신도 모르는 사이 쌓여 있던 갈증이 순간의 선택을 좌우했다. 그 선택의 과정 중에 혹시라는 생각이 들지 않았던 것은 아니었지만 규는 일말의 망설임도 없이 그 선택을 했다. 이유는 간단했다. 싸워 이기면 그뿐이었기 때문이다. 천천히 다가오는 대랍의 모습에 규의 발걸음이 더욱 가볍게 앞으로 나아갔다. 어느새 지척에 다다른 둘은 창의 한 자루 거리에서 자연스레 멈춰 섰다.

"…."

[…]

둘은 말없이 눈빛을 주고받았다. 다른 언어로 의사를 교환할 수 없는 만큼 주고받는 검에서 서로를 느낄 수 있다는 것을 둘은 잘 알고 있었다. 대랍이 먼저 곡도를 꺼내 들었다. 전형적인 유목민의 검인 곡도는 초승달을 연상시키는 모양으로 둥글게 휘어 있었다. 그만큼 말을 타고 베는 것에 특화되어 있는 곡도를 대랍은 좌우로 돌리다 천천히 왼쪽 어깨 위로 올려 세웠다. 규 또한 허리춤에서 환도를 빼어 들었다. 상대적으로 직선에 가깝게 날이 선 기다란 도신을 수평으로 가슴 앞으로 내밀었다. 잠시간의 정적 속에 둘을 둘러싼 공기들이 고요하게 가라앉았다.

[합!]

대랍이 한 발 내딛으며 곡도를 위에서 아래로 내리 그었다. 규는 공기의 흐름을 느끼며 곡도가 코앞까지 다가왔을 때 칼날을 아래로 눕히며 몸을 옆으로 틀었다. 공기가 갈리는 소리가 꽤 거칠게 울렸다. 대랍은 내질렀던 발끝을 바닥에 닿음과 동시에 방향을 틀어 수평으로 곡도를 휘둘렀다. 여전히 규는 곡도가 인접해서야 몸과 함께 환도를 틀어 아슬아슬하게 검의 궤적을 흘려보내고 있었다. 두 번의 칼부림만으로 규는 대랍의 의도를 알아차렸다. 곡도는 본디 사람을 베는 것을 주 용도로 제작되었다. 거란 병사들은 결투 시 주로 창을 사용했고, 무장하지 않은 사람을 살육할 때 곡도를 사용했다. 곡도는 곡률과 예리한 날을 유지하기 위해 얇아야 했고 그 결과 내구성이 약했다. 같은 쇠붙이끼리 부딪히는 상황에서 곡도는 금세 부러지기 일쑤였다. 대랍은 오히려 그런 곡도의 약점을 역으로 이용하고 있었다. 곡도의 한 점에 힘을 집중하여 규의 환도의 측면을 집요하게 노렸다. 환도가 내구성이 더 뛰어나긴 해도 작정하고 한 점으로 측면을 치고 들어온다면 어느 쪽이 깨어질지는 장담할 수 없었다. 내 것이든 상대의 것이든 둘 중에 하나는 깨질 결과에 목숨을 걸은 그야말로 대랍의 목숨을 던지는 수였다. 하지만 그 수는 허무하리만큼 빠르게 규에게 읽혀 버렸다. 애초에 무기를 다루는 사람이라는 역량의 차이에 대랍의 수는 특별하지 않은 그저 그런 검일 뿐이었다. 어느새 수십 번을 휘두르는 대랍의 몸짓에도 규는 제자리에 선 듯 최소한의 움직임으로 검을 흘릴 뿐 별다른 대응을 하지 않았다.

[하… 하… 양규! 그대가….]

대랍이 차오르는 호흡을 견디지 못하고 제풀에 무릎을 꿇고 숨을 헐떡였다. 규는 슬쩍 입술을 깨물며 잠시 언짢은 표정을 비칠 뿐 별다른 동요가 없었다.

344

잠시간의 칼부림 속에서 그 어떤 감흥도 느끼지 못한 채 오히려 밀려오는 짜증을 억누르는 것에 집중했다. 간만에 가슴이 뛸까 싶었던 기대감이 순식간에 허탈함으로 바뀐 것에 갑자기 만사가 귀찮아지는 기분이 들었다.

"와아!"

그런 규의 기분을 아랑곳 않고 고려 측 진영에서 함성이 터져 나왔다. 사실상 승부는 끝이었다. 거란 측 진영에서 웅성거림이 점점 커져 갔고 급기야 부관이 대랍을 향해 달려왔다.

[장군!]

달려오는 부관의 모습에 규가 슬며시 등을 돌렸다.

[멈춰라! 양규!]

절규를 들은 규가 잠시 멈춰 몸을 반쯤 돌리고 대랍을 내려다보았다. 대랍은 달려온 부관에게 통역을 지시했다. 곧 한 명의 절규와 한 명의 차분함이 통역을 사이에 두고 오고 갔다.

[어찌 같은 장수끼리 이런 능멸을 할 수 있다는 말인가!]

"능멸이라 할 것이 없다. 장수이기 이전에 무인이라면 스스로의 역량을 가늠해야 하는 것이 아닌가. 오히려 그대가 나를 능멸한 것이다."

[궤변이다! 칼을 한번 휘두르지도 않고 이겼다 생각하는가? 어서 칼을 휘둘러라! 그다음 등을 보이라!]

"의미 없다! 개인의 결투는 끝이다. 이제 장수 대 장수로 할 말만 하겠다. 약속대로 투항한다면 모두의 목숨은 살려주겠다. 너희들이 그러는 것처럼 고려의 포로로 오라를 차게 될 것이다."

[좋다. 나를 베고… 모두를 포로로 삼아라!]

[장군!]

"투항한 장수를 어찌 벤다는 말인가! 돌아가 병사들의 무장을 완전히 해제

시키고 종대로 우리 진영으로 걸어와라."

[내가 살아 있다면 투항은 없다!]

입술을 깨물어 피를 흘리는 대랍의 옆에서 부관이 독기 어린 눈빛을 규에게 보냈다. 규는 잠시 그 눈빛을 받아 주다 다시 등을 돌렸다.

[양규!]

답 없이 걸음을 옮기는 규의 모습에 대랍이 절규하며 땅에 머리를 박기 시작했다. 그 소리에 규가 다시 멈춰 서 뒤를 살폈다. 얼굴을 가득 적신 핏속에서 대랍이 천천히 눈을 감았다. 마지막을 향해 가는 대랍의 말을 부관이 눈물을 참아 가며 규에게 전했다.

[이곳의 지명이 무엇인가?]

규는 말없이 고갯짓으로 거란 진영의 절벽 끝에 있는 비석을 가리켰다. 대랍이 고개를 돌려 비석에 새겨 진 글자를 읽었다.

[석… 령… 양규! 내 마지막을 똑똑히 기억해라! 황제 폐하! 신 대랍, 고려 땅 석령에서 비참한 최후를 맞이하니 부디 신을 가엾이 여겨 오늘의 한을 백배 갚아 주시길… 염원하옵니다.]

대랍이 손에 쥔 곡도를 목젖에 대고 고개를 돌렸다. 차마 말릴 수 없는 상황에서 얼굴에 튀는 피에 눈을 감으며 부관이 울부짖었다. 그 울부짖음에 답하듯 거란 병사들이 몸을 떨고 괴성을 지르며 허리를 숙여 병장기에 손을 가져갔다. 규가 찰나 굳은 표정을 짓고 한 손을 머리 위로 들어 올렸다. 순간 고려 진영에서 수백의 화살이 거란 진영으로 쏟아졌다. 병장기에 손을 뻗는 동작 그대로 화살에 뚫린 병사들이 휘청이며 바닥에 쓰러졌다. 몇몇 화살을 피한 이들이 기어이 절벽에서 뛰어내리며 피를 토하듯 괴성을 질렀다. 차츰 정리되는 상황 속에 부관이 망연자실하게 대랍의 몸을 끌어안고 고개를 숙이고 있었다.

"검사, 이자는 어떻게…"

조경의 조심스러운 말에 규가 잠시 둘을 바라보다 유를 향해 고개를 저었다. 유가 부관의 뒤로 다가가 숙인 목 뒤쪽으로 칼을 찔러 넣었다. 치솟는 자신의 피에 온몸이 젖은 부관의 몸이 힘없이 쓰러졌다.

"검사, 그… 조금 너무 하시긴 하셨습니다."

"그랬습니까?"

주상의 기어가는 듯한 음성에 규가 멍한 눈으로 답했다.

"이왕이면 직접 목을 베시지…."

"저도 조금은 후회가 됩니다만… 아차! 우리 백성들은?"

"아직 연통 전이지만 멀리서 살펴보니 대부분 산으로 피한 것 같습니다."

조경의 말에 경직되어 있던 규의 표정이 한층 누그러졌다.

"뭐, 우리 백성들만 무탈하다면 된 거지요. 다들 고생 많으셨습니다."

"고생은요. 간만에 검사의 칼부림 솜씨 좀 보나 했더니만."

"허허. 기회가 있겠지요."

홍성군이 시신에 박힌 화살을 뽑고 쓸 만한 병장기와 보급품을 챙기며 다시 바쁘게 움직였다.

50 냇가

이수와 석령에서 대승을 거둔 흥성군은 계속 동진했다. 한편, 구출된 천여 명의 포로들은 병사들의 인솔하에 통주 방면으로 남하했다. 척후부대의 서신에 따르면 구주별장 김숙흥의 부대가 흥성군의 맞은편에서 서진 중이었다. 며칠 내로 닿을 만한 거리에서 두 부대는 서로를 끌어당기듯 행군하며 적병들을 섬멸하고 포로들을 구출하고 있었다. 골짜기의 냇가에서 휴식을 취하는 규의 부대 후방으로 나무들이 부산하게 가지를 흔들었다.

"왔나 봅니다!"

조경의 말에 휴식을 취하던 병사들이 천천히 일어나 자세를 고쳐 잡았다. 규는 어느 순간부터 진군 방향의 뒤를 따라붙는 존재를 눈치채고 정찰병을 보냈다. 다행히 거란군은 아니었다. 고려의 장군기를 확인한 정찰병의 보고에 흥성군은 그들을 기다리며 휴식 중이었다. 불명의 부대가 접근해 오는 방향의 어떤 나무 위로 대나무 장대가 솟아 원을 그렸다. 고려군이 맞다는 척후의 신호였다. 긴장감과 반가움이 섞여 묘하게 일렁이는 눈빛으로 병사들이 수풀 쪽을 바라보았다.

　무언의 기다림을 깨우며 수풀 앞으로 천천히 모습을 드러낸 기마 행렬에 눈을 찡그리고 살피던 주상의 얼굴이 험상궂게 일그러졌다.

"김… 훈…?"

"예? 정말요?"

　주상의 입에서 나온 소리를 듣고 놀라서 반문하는 조경과 좌중이 술렁거렸다. 규 또한 입을 다시며 떨떠름한 표정으로 천천히 다가오는 이들을 살폈다.

"여어, 고려의 대영웅 양규 공을 산간벽지에서 다 볼 줄이야."

　좌우기군장군左右奇軍將軍 김훈이 거들먹거리며 천천히 다가왔다. 각진 어깨에 두툼한 팔과 허벅지의 근육 위 반들거리는 찰갑 위로 청색 전포가 멋들어지게 바람에 휘날렸다. 그 뒤로 두 명의 장수가 거리를 두고 뒤를 따랐고, 수백의 병사들이 냇가로 몸을 움직였다. 말안장에 엮인 줄에 덜렁거리는 동그란 물체들을 알아차린 규의 병사들이 인상을 찡그렸다. 거란 병사들의 수급이었다.

"장군, 그 거란 놈들 대가리는 뭣하러 달고 다닙니까? 파리 들러붙겠습니다! 하긴, 대가리 안 달아도 들러붙겠지만서도…."

　규는 김훈과 눈을 마주치면서도 아무런 말을 하지 않았고 주상이 아니꼬운 표정으로 그를 올려다보며 이죽거렸다. 뒷말을 속삭이듯 작게 말했지만 지척에서 알아들을 정도였다.

"어이, 늙은이! 늙어 칼 놓았으면 고향 가서 손자 똥 기저귀나 갈 것이지. 뭣하러 다시 기어 나와 물을 흐리네? 아, 아들 새끼 복수라도 하려고? 그 노구로 가당키나 해? 말 타다가 똥은 안 지리나? 손자가 아니라 자기 기저귀부터 빨아야겠구먼! 그래서 여 냇가에서 죽치고 있었던 건가?"

"이런… 씨."

"그만!"

규가 싸늘한 일갈로 주상의 말을 끊었다. 조경이 안절부절 못하며 주상의 얼굴을 살폈고 환수와 추가를 비롯한 병사들이 주상의 뒤로 몰려들었다. 김훈이 입꼬리를 올려 주위를 훑어보고는 천천히 말에서 내려왔다.

"도순검사 휘하는 군법도 모르나 봅니다? 어찌 장군을 보고 예를 올리는 병사가 하나도 없지? 어이, 조 대정. 이게 경우가 맞나?"

"강녕하셨습니까."

김훈이 두툼한 입술을 삐죽거리며 조경의 눈을 무시하듯 흘려보냈다.

"그나저나 이게 참 애매하단 말이지. 도통께서 살아 생전에 분명 서북면에도 소집령을 띄웠을 텐데. 여기 불응한 이들이 하나같이 모여 냇가에서 빨래나 하고 있으니. 이걸 군법으로 처리하면 무슨 죄가 따라붙나?"

"소장에게 군법을 물으러 오신 거요?"

규가 건조한 음성으로 말했지만 그의 어조에는 미세한 떨림이 있었다.

"아니, 따질 건 따져야지. 정군들이 삼수채에서 처절히 쓰러져 갈 때 성 안에 처박혀서 등 따숩게 자빠져 있던 놈들이 무슨 낯으로 나들이를 나왔냐는 말이지!"

"노, 놈?"

멀찍이서 환수가 발끈하며 몸을 앞으로 내밀었다.

"응? 저건 또 뭔 덩어린가? 대가리가? 거란 놈이요? 아니 양규 공, 혹 이적 놈들과 결탁한 거요?"

"이런 니미! 어이, 입술은 말똥 같이 생겨 먹어서는. 나는 장군이고 뭐고 눈에 뵈는 게 없으니 대가리 한번 부딪혀 볼까?"

환수가 자신의 몸을 감싸며 만류하는 병사들을 떼어 내려 몸을 흔들며 악다구니를 질렀다. 주상이 돌연 몸을 돌려 환수에게 다가와 한쪽 뺨을 내리쳤다. 투박하게 울리는 파열음에 잠시간 침묵이 일었다.

"노친네… 왜…?"

그렁그렁해진 환수의 눈을 바라보며 주상이 눈을 질끈 감고 고개를 저었다. 환수가 천천히 목을 숙이고 온몸의 힘을 풀었다. 김훈이 입술을 만지던 손을 내리며 웃어 댔다.

"살다 살다 이런 개판인 부대는 처음이네! 이게 서북면서 이름 드높다던 도순검사의 휘하부대가 맞나!"

"그만하지."

"응? 반말을?"

"왜? 네 장군 놀이에 잠시 놀아줬다고… 네가 참으로 장군같나?"

규가 어금니를 맞부딪쳐 갈며 김훈을 노려보았다. 김훈이 슬쩍 뒷걸음질을 치며 규의 눈을 피했다.

"아이고! 등골이 오싹해서 근처에 못 가겠네!"

"닥치고 할 말이 있으면 어서 지껄이고 꺼져라!"

김훈이 천천히 주위로 고개를 돌렸다. 계속 안절부절 어쩔 줄 모르던 김훈 뒤의 장수가 규와 병졸들에게 어찌할 바 모르는 눈빛을 보내며 애절한 표정을 지었다.

"할 말? 좋지! 병사를 모두 넘기시고 양규! 네놈도 나의 밑에서 종군하라!"

"휴….'

순간, 병사들이 입을 벌리며 경악했지만 규는 아무렇지 않은 듯 짧은 한숨을 쉴 뿐이었다.

"도통의 부름에 불응하고 무단으로 부대를 조직해 군기를 헤쳤으니 군법에 따라 그 수괴의 수급을 베어야 하나…."

"너 정말로 뒤지고 싶냐?"

김훈의 귓가로 사늘한 바람이 스쳐 갔다.

"뭐?"

"그렇게 엉기다 못 볼 꼴을 봤으면 이제는 좀 쪽팔리는 게 뭔지 알 때도 되지 않았나?"

"이런 개 같은 새끼가 좋게 말로 하면…."

"됐고! 오늘 넌 죽어야겠다. 네놈 더럽게 생겨 먹은 면상 보는 것도 지긋지긋하고. 그래! 네놈 말대로 이왕 어긴 군법이니 하나 더 어긴다고 밑질 것도 없다!"

　규가 환도를 꺼내 들었다. 세워진 칼날 위로 서늘하게 공기가 울렸다. 규는 한 치의 망설임도 없이 몸을 내밀었고 김훈이 슬쩍 뒷걸음질을 쳤다.

"검사!"

　김훈의 뒤에서 안절부절 발을 구르던 장수가 급히 몸을 앞으로 내밀었다.

"신용아."

"검사!"

　중랑장 정신용이 넓적한 콧잔등을 찡그리며 애원하듯 규를 바라보았다.

"그래도 상관이라고 지키려 하느냐?"

"검사, 어찌 그런 이유겠습니까. 다만…."

"도순검사! 양규 공!"

　멀찍이서 말을 타고 급히 달려오는 노장의 모습에 규가 한숨을 뱉으며 고개를 흔들었다. 김훈이 침을 삼키며 신용의 뒤로 물러섰다. 어느새 다가온 노장이 말에서 내려 규의 앞으로 달려왔다.

"양 공! 이 얼마 만인가!"

"장군, 강녕하셨습니까."

　규가 언짢은 기분을 다 삭이지 못하고 내밀어 오는 노장의 손을 마주 잡았다. 장군 신영한이었다.

"양 공! 이유가 어찌 되었든 이 전란 속에 같은 고려인끼리… 그것도 장수끼리 칼부림을 해서야 되겠는가. 이 늙은이의 면을 봐서라도 화를 삭이시고 칼을 거두어 주시게."

"하, 장군 아니 어르신! 제가 또 참는 것이 맞습니까?"

울분을 토하듯 일그러진 규의 얼굴에 영한이 깊은 한숨을 내쉬었다.

"양… 휴. 규야, 어찌하겠느냐. 이유야 어떻든 저놈도 장군의 반열에 올라 있으니… 네 지금 울분을 참지 못하면 차후의 일을 어찌 수습하겠느냐. 내 너를 아껴 하는 말인 것을 잘 알지 않느냐."

"장군! 어찌 역적 놈 역성을 드시오!"

"너는 조용히 하거라! 흥성군이 수천 포로를 구하고 이적 놈들이 흥성군의 흥 자만 들어도 벌벌 떤다는 소문이 지천에 깔렸거늘! 언제 적 품은 앙심을 가지고 평생을 엉겨 붙는 것이냐! 네 사내로서 정녕 부끄럽지 않으냐!"

"이런 씨! 또, 또 내가 더 일찍 임관해! 평생 저놈보다 관직도 높았는데! 응? 내가 뭐가 부족해 저놈한테 머리를 숙이란 말인가? 왜 같은 소속인 나를 두고 저놈 편을 드는 것이오! 왜?"

한 맺힌 김훈의 절규에 영한이 고개를 가로저었다.

"훈아, 이제 제발 정신 좀 차리고…."

"어르신! 되었습니다! 오늘 그냥 둘이서 끝장을 볼 테니 잠시 못 본 척해 주시지요!"

규가 몸을 앞으로 내밀자 영한이 우악스럽게 규의 양팔을 잡으며 연신 고개를 저었다. 김훈이 신용의 뒤에 선 채 칼에 손을 올리고 악을 써 댔다.

"장군! 그냥 길을 트시오. 그놈 말대로 오늘 끝장을 보겠습니다! 어차피 한 놈은 죽어야 끝날 테니…."

"장군! 무례를 용서하십시오!"

신용이 양팔로 김훈의 몸을 끌어안고 반대쪽으로 움직였다.

"이거 놓지 않느냐! 이놈이! 어디 장군의 몸을!"

김훈이 악다구니를 쓰며 머리를 앞뒤로 흔들었다. 김훈의 이마에 신용의 코가 찢겨 피가 줄줄 흘렀다. 신용이 눈을 질끈 감고 끝내 김훈의 몸을 안고 멀어져 갔다.

"규… 아니 검사! 이 노장을 봐서라도 이제 화를 삭이시지요."

"휴… 장군, 이러실 것까지 없습니다. 이제 편히 하시지요."

규가 몸에 힘을 풀자 영한이 잡은 손을 천천히 떼어 내었다.

"이것 참. 엉성스러워서…"

"아닙니다. 저치가 저러는 게 하루 이틀도 아니고. 전 괜찮으니… 아! 것보다 인사를 나누셔야지요!"

규가 옆으로 몸을 틀자 뒤의 장졸들이 영한을 향해 한쪽 팔을 들어 올렸다.

"장군을 뵙습니다!"

"그래. 다들 못 볼 꼴을 보여서 참으로 죄스럽구먼."

"허허, 장군! 늙어 마음고생이 심하시겠습니다!"

"응? 주상이! 허, 이 친구!"

영한이 한껏 반가운 얼굴로 주상에게 달려들었다.

"역시! 자네가 죽을 리가 없지!"

"으응? 아니 죽어 아쉬운 것 같은데?"

"어헛, 또! 고약한 언사하고는!"

"허허! 내 혓바닥이 순해지면 그게 진짜 죽는 날인 거지!"

"어허허, 그래 보자… 경이는? 무탈하지? 선정아! 네 삼수채 후 행방이 묘연해 얼마나 걱정했는지…"

"예, 장군. 강건하시지요?"

"예, 어르신. 연통을 드릴 처지가 아니었던 지라…."

금세 왁자지껄해진 분위기에 규가 멀어져 가는 김훈과 신용의 몸짓을 살폈다. 끌려가는 김훈의 몸짓에 이리저리 치이는 신용의 곤란함을 언뜻 느끼며 규가 고개를 가로저었다.

51 낭자 娘子

　냇가에서의 조우 후에 영한의 부대는 북쪽으로 향했고, 규의 부대는 계속해서 동진했다. 물과 기름같이 어우러지지 못하는 두 장수의 모습에 병사들은 마음이 불편했고 행군의 분위기 또한 다소 싸늘했다. 그 중심에 환수가 고개를 한껏 옆으로 젖히고 냉담하게 고삐를 흔들고 있었다. 주상이 은근슬쩍 옆으로 다가가 인기척을 냈지만 환수의 고개는 뻣뻣했다. 흥성군은 한참을 행군하다 공터에 자리를 잡고 휴식을 취하였다. 쭈그리고 앉은 환수의 옆으로 주상이 다가왔다.

"환수야."

　주상이 환수를 불렀다.

"환수야!"

　주상이 대답 없는 환수를 다시 불렀지만 환수는 여전히 들은 척도 하지 않았다.

"야! 쌍놈아!"

"아! 왜!"

환수가 잠시 주상을 향해 침을 튀기고 다시 고개를 돌렸다.

"이놈이…."

못마땅한 표정으로 눈을 부라리는 주상의 옆으로 선정이 다가왔다.

"사내가 뺨 한 대 맞았다고 삐지는 꼴이라니…."

"뭣! 삐지다니! 누가?"

선정의 말에 환수가 급히 얼굴을 돌렸다.

"…."

자신이 하던 대로 고개를 젖히고 규의 뒤로 다가가는 선정의 뒷모습에 환수가 입을 다시며 머리를 긁다 주상의 눈을 마주쳤다.

"삐진 거 아니니까 신경 끄기요!"

"이놈이…."

"…."

"손찌검한 건 내 사과 하마."

"응? 내가 제대로 들은 게 맞소?"

화들짝 놀라는 환수의 표정에 주상이 평소 본 적 없는 온화한 표정을 지었다.

"그래. 귀한 놈이건 천한 놈이건 싸대기 맞고 기분 나쁜 건 매한가지니…."

"이왕 좋게 말할 거면 끝까지 하지. 꼭 놈 자가 나와야… 에잇! 됐고. 뭐 나도 세상 천치는 아니니 그 상황에서 맞은 게 뭐가 그리 기분 나쁠까. 그냥 평소대로 하쇼. 괜히 불편하니…."

"그래! 네가 이제 좀 짐승 티를 벗는구나!"

"첫… 근데 그치는 뭣하는 놈이기에 검사 앞에서 그리 악을 써 대오?"

목 주변을 긁어 대던 주상의 손이 잠시 멈추었다.

"하이고. 그 악연을 어찌 말로 다 해…."

"다 말고 조금이라도 해 주슈. 내 뺨까지 내줬는데 그 정도는⋯."

"그래. 보자, 헛차!"

주상이 헛기침을 길게 늘어뜨리며 목을 가다듬었다. 환수가 귀를 쫑긋 세우고 눈알을 빛냈다.

"김훈이가 아마 1년 정도 일찍 무관이 되었지? 꼴에 등짝도 좀 있고⋯ 용력도 제법이라. 뭐 집안도 무반 집안이었으니 젊은 무인 중에 제법 두각을 나타냈었는데⋯."

"냈었는데?"

"야야! 면상 좀 치워라!"

부쩍 다가온 환수의 얼굴을 손으로 밀치며 주상이 말을 이어 나갔다.

"검사께서 후임으로 들어온 게지. 집안은 비슷했으나 딱! 보면 알겠지만 사람 됨됨이부터 칼 솜씨까지! 뭐 비교가 안 되었지! 그래. 긴 세월 존재감에는 밀릴지언정 품계는 김훈이가 앞서 나갔는데⋯ 그러면서도 사사건건 일들이 많았단 말이지. 검사께서는 그래도 선임이라고 대접을 해 주느라 딱히 날을 세우지 않았는데⋯ 한번 사달이 났었지!"

"뭐! 뭔 사달? 빨리!"

환수가 호흡을 고르는 주상에게 침을 튀기며 재촉했다. 주상이 별말 없이 침을 닦으며 계속 말했다.

"뭐! 그 당시 검사께서도 술이라면 환장을 하실 때니⋯."

멀리 떨어져 앉아 있는 양규의 귀에 이야기가 들린 걸까. 잠시 돌아보는 규의 몸짓에 주상과 환수가 순간 뻣뻣하게 앞을 보는 척하며 멀뚱거렸다. 다시 고개를 돌린 규의 뒷모습을 보고 주상이 다시 목을 가다듬었다.

"여하튼, 사내끼리 그것도 혈기도 충천한 무관들끼리 술을 동이째 밤을 새서 마셔 댔으니⋯ 그날 안 그래도 개놈인 김훈이가 술에 취해 얼마나 발정난 쌍개

놈이 되었다던지… 나도 들은 거지만… 여튼 그래서 사달이 난 거지!"

"싸움이 났는가?"

"헛! 싸움은 무슨. 그 와중에도 검사께서는 뭐 정신줄은 잡고 계셨던 모양인데. 하필이면…."

"하필이면?"

주상이 침을 삼키다 사래가 걸린 듯 기침을 섞어 웃어 댔다.

"더한 개놈이 거기 있었으니…."

"뭐? 누구?"

"아이고. 장서 놈이 어디서 몽둥이 하나를 들고 와서는 김훈이를 아주 개잡듯이 후려 잡은 게지… 끅…."

"그때… 그 덩치?"

"그래. 아이고 배야. 여하튼 김훈이가 곤죽이 되어서는… 그 일로 군부가 발칵 뒤집어져서는…."

"이야. 인상은 별로였는데 괜찮은 놈이었구먼? 허허!"

"말도 마라! 그놈이 사람 잡는 데는 귀신이니까. 너도 그때 계속 엉겼더라면 지금 앉아 노닥거리지도 못했을 거다."

"에이, 취한 놈 하나 때려잡는 게 뭐 대수라고!"

"아이고. 그냥 취한 놈이냐? 김훈이가 어디 시정잡배인가? 용력으로는 제법 손에 꼽히는 놈이 만취해서 그 힘이 곱절이 되었는데도 장서 놈을 못 당해 냈다니까?"

"그래?"

"그 바람에 장서 놈은 하극상으로 목이 베일 일인 것을… 검사부터 해서 젊은 무관들이 다 같이 몰려들어 시위를 하는 바람에 그나마 한직으로 좌천되는 걸로 끝나긴 했었지… 그때 그놈이 거란에 세작으로 파견을 가서 몇 년 유랑생활을 했는데 그놈은 그것도 자기 체질이라고 어찌나 좋아하던지! 내 세상 별난 놈들 다 만나 봤지만 그런 놈은 진짜… 귀국했을 때 피부가 더 번들거리고 배때기가 더 똥똥해져 왔으니… 참."

"하하!"

웃음을 터뜨리는 환수의 몸짓에 주상이 눈웃음을 짓다가 다시 진중한 표정을 지었다.

"그러고 나서 김훈이가 맛이 갔지. 싸움은 안 되지 그렇다고 인덕이 좋아 후임들이 잘 따르는 것도 아니고. 가산을 뒤집어엎어서 여기 찌르고, 저기 찌르고. 그렇게 품계 쌓는 것만 열중하면서 어찌나 여기저기 패악질을 해 대는지. 어휴. 다들 학을 떼었지. 그나마 나중에는 흥위위로 배속되고 개경으로 가는 바람에 얼굴 덜 보고 살았지만… 오가다 마주칠 때마다 검사 속을 어찌나 긁어 놓는지! 장서 놈 앞에서는 찍소리도 못 하는 것이. 여하튼 그리 된 것이다! 이제 좀 속이 시원하냐?"

"참. 갑주 입고 말 타고 다닌다고 다 고상한 게 아니었네. 하는 짓거리는 뒷골목 주먹패만도 못 하는구먼! 다들 모가지 뻣뻣하게 세우고 다니는 꼴이라니!"

"하… 어떻게 들어 처먹으면 그런 식으로 이해를 하나?"

주상이 고개를 가로저었다. 환수가 입을 오물거리다 다시 눈을 빛내며 얼굴을 들이밀었다.

"근데, 그때 보니 늙은 장군이랑 동무대하듯 하던데? 노친네도 한가닥 했는 갑서?"

"무슨… 나는 젊어서 군 생활 지긋하게 하고 말 그대로 손자 기저귀나 빨려고 군을 떠났지. 다시 칼 잡고 옛적 나 잘났네 하는 꼴 보기 민망해서 그냥 교위 관직 하나 받은 거지…."

"아, 그런 사연이 있었구먼."

"그럼. 교위 놈이 나이 좀 있다고 어디 온 천지간에 독설 날리면서 모가지 붙어 있었을까!"

"그렇긴 하지. 한데, 그⋯."

환수가 어울리지 않게 우물쭈물 망설였다. 주상이 그 심중을 금세 알아차리고 대수롭지 않은 듯 말했다.

"아들 얘기 물어보려고?"

"엇, 늙어서 그런가 눈치는⋯."

"네 뻔한 속을 모를까⋯."

잠시 스쳐 간 주상의 아련한 눈빛에 환수가 힘겹게 말을 꺼냈다.

"말⋯ 해 주나?"

"그래⋯ 못 할게 뭐 있겠느냐. 다 흘러가는 세월인 것을⋯."

잠시 하늘을 살피는 듯하던 주상이 다시 입을 열었다. 흘러나오는 음성에 허탈함과 그리움이 섞여 아련함을 풍겼다.

"아들놈이 아비 따라 칼을 잡더니 나보고는 쉬라고 고생했으니⋯ 손주 재롱이나 보면서 여생을 보내라고 그러던 놈이⋯ 보자, 어느덧 열일곱 해가 되었구나."

"열일곱이면⋯ 그때도 거란 놈들 쳐들어와서 나라가 난리났을 때 아닌가?"

"그랬지. 그때 봉산에서⋯."

"내가 괜한 말을 했지 싶네."

"뭘 이놈아! 전쟁통에 부모 자식 죽은 이가 고려 땅에 한둘이냐! 나라고 거란 놈들 모가지 안 벤 것도 아닌데. 세상이 그러한 것을⋯."

"노친네, 칼이 아니라 목탁을 잡아야겠구먼."

"아서라! 목탁 들고 손주 놈 쌀밥을 어찌 먹여."

"참. 늙어서 고생이 많네. 그래도 그 기력이면 증손주 쌀밥도 먹일 수 있겠네!"

"흐. 듣기는 좋은 얘기다!"

"많이… 그리운가?"

"말해 뭣하나. 가끔 꿈속에서 보고 깨면 그때마다 내장이 다 찢어지는 기분이 드니…"

한숨 섞인 주상의 말에 환수가 잠시 눈을 감았다 떴다.

"어쩌겠는가? 자식 팔자 못난 부모 따르고 부모 여생 잘난 자식 그리워하는 거지…"

"뭔 말이여?"

"몰라 이놈아! 근데 이놈이 남의 얘기만 주야장천 묻고는! 그러는 너는! 내 강조한테 동생 있다는 소리 들어 본 적이 없었는데?"

"동생은 무슨."

"빼닮았는데 핏줄이 아니라고?"

환수가 눈을 내리깔며 주상의 눈을 피했다.

"어미가 다르니…"

"그야…"

이미 예상한 듯 주상은 놀란 기색 없이 환수의 얼굴을 살폈다.

"배가 다르다고 형제가 아닌가?"

조경과 하석이 다가오며 환수의 등을 두드렸다.

"하이고. 왜 몰려들어서는… 그래, 까짓것 따지고 보면 여기도 다 한식구인데 숨겨 뭐 해!"

환수가 크게 숨을 들이켜며 아래로 향하던 시선을 올려 세웠다.

"내 유곽서 태어났지. 어미는 꽤 알아주는 기녀였고. 분 냄새 맡으면서 자라다 보니 난 어려서 아비는 없는 건 줄 알았소. 부모는 그저 어미만 있는 건 줄 알았지."

몰려든 이들이 숨죽이고 환수의 입에 눈을 모았다.

"근데 예닐곱 때던가… 아니, 흐흐 내가 봐도 나랑 똑 닮은 한참 큰 사내가 어떤 늙은이랑 나를 찾아왔지 않겠소? 뭐, 엿가락이랑 목각 인형 몇 개 쥐여 주고 가길래 고맙습니다 하고 절이나 했지. 그땐 그게 핏줄인지 몰랐지. 한… 열살쯤 되어서 그제야 아 이게 형님이랑 아버지구나 했을 때 형님이 아비한테 나를 데리고 가야 한다고 조르는 걸 훔쳐 들었지. 어린 마음에 어찌나 심장이 벌렁거리던지… 근데, 그러고도 몇 년간 별 말이 없대? 나는 대가리 커서 주먹 질이나 하면서 나돌았고. 그러다 그 아비란 인간이 죽었다고 형님이 허여멀건 한 옷을 가지고 나를 찾아왔길래 옷을 갈아입고 뒤를 따랐는데… 그 대문에 서 당숙인가? 기억도 안 나네. 뭐 어쩌고 하는 노친네가 나를 밀치고 그 앞에 침을 뱉길래… 참, 내 뒤도 안 보고 달려 나왔지."

숨을 고르는 환수의 얼굴을 보는 이들의 눈가가 촉촉해졌다. 환수가 헛기침을 몇 번하고는 이어 말했다.

"그러고 한참을 방황했지 뭐. 조금이라도 눈깔을 치켜뜨는 놈이라면 사정없이 대가리를 안면에 꽂아 버리고 했으니… 그 와중에도 형님은 수시로 찾아와 나를 달래고 사고친 거 수습도 해 주고… 그러다 내 스물 갓 넘겼을 때… 혹시! 김태관이란 작자 아는 사람 있소?"

환수가 천천히 주위를 둘러보았다. 병사 하나가 급히 손을 들며 외쳤다.

"선왕 시절에! 천추전에 붙어먹던 그 검계 대장 놈! 그때 들리는 말이 고려에 임금이 둘이라 했었지! 낮에는 주상 전하, 밤에는 태관이! 그 천추전부터 해서 온갖 고관들이랑 붙어먹었다던데?"

"맞소! 위세가 어마어마했지!"

맞장구치는 소리에 환수가 반가워하며 손뼉을 쳐 댔다. 점점 많은 이들이 주위로 몰려들었다.

"그니까! 그 회쳐 먹을 새끼를 갖다가… 여하튼! 하루는 잡배 한 놈이 온 기녀들을 희롱하고 아랫도리를 까고 난리길래 내 죽도록 손을 봐 줬지. 근데, 알고 보니 그게 태관이 놈 부하라네? 그 길로 그치들이 유곽에 들이닥쳐 온갖 행패를 부리는데 우리 어미가 미리 알고 나를 피신시켰지. 몇 달을 도망 다니다 보니 이놈들도 약이 올랐는지… 결국 우리 어미를 욕보이고 끝내…."

"아이고, 저런."

안타까움이 가득한 탄식이 터져 나왔다. 환수가 잠시 눈 위를 손으로 문지르다 다시 입을 열었다.

"한참 지나서야 소식을 듣고는 내 며칠 밤낮을 야산에서 울고불고 엄한 나무에 발길질만 해 대다… 부모도 죽고 없는 놈이 뭐 겁날 게 있나 하고 눈이 뒤집혀 태관이를 찾아간 거지! 그 쌍놈의 새끼 우리 유곽에서 술 퍼마시고 있다대? 볼 것도 없이 담 넘고 들어가 지키던 놈 대여섯을 박치기 한 번으로 다 골로 보내고 놀라 뛰쳐나온 태관이 놈… 대가리를 양손으로 터뜨려 버렸지!"

환수가 박수를 치는 모양으로 손을 앞으로 뻗어 부딪쳤다. 둘러싼 병사들이 흠칫거리며 몸을 뒤로 젖혔다.

"그러고는 전국을 떠돌며 주먹질하며 살았지 뭐. 나중에 태관이 잡았다는 소문이 전국으로 퍼지는 바람에 워낙 사람이 몰려 쓸데없이 덩치가 커지고 관군하고 엮여 가지고는…. 에잇. 부하 놈들은 다 개경 옥사에서 장 맞아 뒤지고 나는 형님 덕에 흥화진까지 끌려가 예까지 왔지."

"지랄 염병을 하네! 어찌 강조의 동생인지 물었더니 검계짓 한 게 뭐 자랑이라고 그렇게 크게 떠벌려! 니들은 뭐가 재밌다고 몰려들어서 귀를 펄럭여!"

주상이 몰려든 이들에게 손을 휘저으며 험상궂은 표정을 지었다.

"뭐! 말하라며! 그리고! 응? 내 사람 가려가며 쳐죽였고 어디 민가 담 한번 넘은 적 없네! 밑에 놈들이 시끄럽게 굴긴 했어도 그걸 내가 어찌 일일이 간섭하나!"

"불 지르고 노략질하고! 부녀자 겁간하고! 그런 건 싹 빼놓고 얘기하네?"

"아니, 그래서 속죄니 뭐니 하라고 이리 데리고 온 거 아니오. 그리고! 내 다른 건 몰라도 여인네 치맛자락은 함부로 들춘 적은 없소! 내가 유곽서 자랐는데 어찌… 자고로 남녀 간은 마음이 맞아야 살도 섞고…."

"지랄 났네! 아주 그냥 공자님 나셨어. 이놈이 정신 못 차리고!"

주상이 나뭇가지를 쥐어 들고 환수를 후려치기 시작했다.

"어어? 아야!"

묘한 상황에 몰려든 이들이 반쯤 웃는 얼굴로 소란에 휩쓸리지 않으려 뒷걸음질을 쳤다. 주상이 숨을 몰아쉬며 환수를 노려보았다.

"그 노친네. 에잇!"

환수는 몸을 털며 구시렁거리면서도 주상의 본심을 어렴풋이 느끼고 있었다. 누가 뭐라 해도 자신은 영락없는 죄인이었다. 분위기에 휩쓸려 악행들을 거리낌없이 말하던 찰나, 주상이 요란을 떠는 바람에 주위 시선의 논점이 순간 흐트러진 것이었다. 자리를 털며 일어나는 병사들의 눈에 별다른 악의가 담겨 있지 않은 것이 그 증거였다. 은근히 자신을 위하는 주상의 마음에 환수가 울컥 솟구치는 목젖을 누르고 주상을 지그시 바라보았다.

"왜 이놈아! 매가 부족해?"

"늙은이… 고맙소."

"삶아 먹어도 시원찮을 산돼지 같은 놈이 별안간…."

"내 아비의 그늘에서 자라지 못해 버릇도 없고 천지분간 못 하고 살아왔지만 이제라도 노친네 같은 어른을 만나 봤으니…."

"이놈이! 닭살 돋게… 정신이 나간 게지?"

진중하게 주상을 바라보던 환수가 슬그머니 자리에 앉으며 느끼한 눈빛을 보냈다.

"왜, 더 할 말이 남아?"

"그… 하나 물어볼 게 있는데."

"오늘 과하게 귀찮네. 뭔데?"

"저… 기 무슨 사이요?"

"사이는 뭐가?"

환수의 턱짓을 따라 시선을 옮기는 주상의 시야에 규의 등을 바라보는 선정의 뒷모습이 들어왔다.

"야, 이… 어림도 없다! 넘볼 것을 넘봐야지!"

"늙어서 푸석한 사람이 남녀의 사정을 어찌 안다고!"

"허! 참 내."

주상이 같잖은 마음으로 환수를 흘겨보았다.

"그래. 뭐 네깟 놈이 뭘 어쩌겠냐. 하이고. 그래도 그렇지 내 평생 이리 어이가 없을 일이."

"두고 보래도!"

흥미로운 대화 내용에 다시 병사들이 모여들기 시작했다. 주상이 목을 가다듬으며 한껏 낮은 목소리로 말하기 시작했다.

"선정이네 오라비가 검사와 어려서부터 동문수학을 했다지. 정이는 제법 늦둥이인데 검사께서 어려서부터 그리 예뻐하고 심지어 칼 쥐는 법을 알려준 것도 검사라고 하니… 뭐 어린 소녀의 마음을 검사가 어찌 알았겠냐만은… 한데 정이 오라비가 젊어서 폐병으로 요절하는 바람에… 검사께서 그 집에 더 드나들며 아들 노릇도 하고 했다는데."

"총각이 아니지 않나?"

"당연히 아니지 이놈아! 애가 몇살인데. 여하튼! 소녀가 여인이 되고도 마음을 접지 못하니 사내는 뒤늦게 알고도 애써 외면하고… 세상 어떤 연정이 여인이 칼을 잡고 전쟁터로 뛰어들게 만들까. 참."

"흐. 그럼 둘이 별 사이는 아니네?"

주상의 낯빛이 어두워졌다.

"귀때기가 막혔나. 뭔 말을 들은 것이여?"

"뭐, 혼례를 올린 것도 아니고! 엄연히 부인도 있는 사내가 처녀를 뭘 어쩌지도 않을 테고. 되었네!"

"되긴 뭐가…."

환수가 불쑥 일어나 주상을 개의치 않고 선정에게 걸어갔다.

"이 미친놈!"

"잘들 보슈! 사내의 기개를 보여줄 터이니!"

주상이 넋을 놓은 듯 이마를 짚고 허리를 숙였다. 병사들이 침을 삼키며 눈을 크게 뜨고 환수의 뒷모습에 시선을 고정했다. 모르긴 몰라도 지금 상황이 살면서 보기 힘든 진귀한 광경 중 으뜸이라 할 만했다. 어느새 선정의 지척에 다다른 환수가 한 치의 망설임도 없이 선정을 불렀다.

"좀 봅시다!"

자신을 부르는 소리에 선정은 물론 규까지 고개를 돌려 환수를 바라보았다. 미간을 굳히고 벌레를 보듯 자신을 바라보는 선정의 눈빛에 환수가 갑자기 할 말을 잃고 멍하니 서 있었다.

"뭐요?"

날카로운 선정의 말에 환수가 흠칫거렸고 멀리서 그 광경을 지켜보는 주상과 병사들의 가슴이 덩달아 요동쳤다. 환수가 오줌을 싸고 몸을 떠는 듯 잠시 움찔거리다가 더듬거리며 말했다.

"나, 낭자!"

세상의 움직임이 멈춘 듯 정적이 일대를 휩쓸었다. 규의 뒤에서 땅을 긁던 유만이 그 정적에 상관없는 존재라는 듯이 천천히 몸을 일으켜 환수에게 다가갔다. 한 움큼의 숨도 들이쉬지 못하고 멈춰 있던 환수의 앞에 선 유가 한쪽 송곳니를 보이며 환수의 왼쪽 뺨을 툭툭 치고 자리로 돌아갔다. 순간, 멈춰 있던 석상이 살아 움직이듯 환수의 몸이 휘청거렸다. 마찬가지로 숨을 참고 있던 병사들이 깊은 한숨을 내쉬며 고개를 절레절레 저었고, 선정이 얼굴에 사악한 그늘을 드리우고 검 하나를 빼 들어 환수의 목에 들이댔다.

"아이고 선정아!"

주상이 급히 달려 나가 선정을 만류하자 환수가 부들거리다 바닥에 무릎을 꿇었다. 광경을 지켜보던 규의 얼굴이 일순간 일그러지나 싶더니 곧 박장대소가 터져 나왔다.

"하하!"

"오라버니!"

규의 웃음에 연쇄적으로 반응하듯 웃음이 전 대열로 퍼져 나갔다. 혼이 나간 듯 무릎을 꿇은 환수와 규에게 소리치는 선정의 얼굴만 웃음이 걸리지 않았다.

52 명적 鳴鏑

척후대로부터 적군의 주둔 소식이 전해졌다. 반나절 거리 여리참余里站에 천여 명의 거란병과 천여 명의 포로들이 진주 중이라는 보고였다. 여리참은 서북면 내에서 손에 꼽히는 역참이었다. 사방의 산맥을 끼고 평평한 분지를 형성한 지대에 자연스레 역참과 마을이 형성되어 일대의 교통과 물자 이동의 거점인 곳이었다. 전쟁 발발 후 여리참의 백성과 가축, 물자는 인근 성으로 이동되거나 징집되었다. 텅 빈 건물만 남은 데다가 마구간 같은 시설이 풍부한 여리참은 회군 중이던 거란군이 쉬어가기에 안성맞춤인 곳이었다.

규는 부대를 멈추고 작전을 세웠다. 회전이나 공성이 아닌 시가전이 예상되었다. 빽빽하게 들어선 건물과 구조물을 사이에 두고 고려군 최고의 장점인 활의 사거리는 그 의미가 없었다. 단순한 백병전을 하기에는 군사의 수가 적었고, 개인과 개인의 무력을 비교했을 때 고려군은 거란군에 열세였다. 또한 화공을 앞세운 야습을 염두에 두기에는 하늘을 가득 덮은 검은 구름이 언제 빗방울을 쏟아 낼지가 걱정이었다. 뾰족한 수 없이 골머리를 앓던 그때, 흥성군

앞에 늙은 약초꾼이 모습을 드러냈다. 그는 산새였다. 그는 산어귀 자신의 물자를 보관해 둔 곳으로 흥성군을 안내했다. 화살촉에 바를 독버섯의 진액과 자루 한가득 담긴 시무나무의 가시, 서른 개 정도의 명적 등 한 부대보다 유격을 펼치는 개인에 어울리는 병장기를 건네며 그는 이번 토벌에 합류할 뜻을 비쳤다. 규는 그중 명적을 눈여겨 보았다. 명적은 울음살이라고도 불리는 화살이다. 화살촉 부분에 빈 깍지나 가공한 동물 뼈를 달아 쏘았을 때 공기를 가르며 특유의 소리를 내는 특수한 화살이었다. 산새의 명적은 특이했다. 직접 잡은 오소리의 넙적다리 뼈를 다듬어 달았는데, 그 소리가 가히 음기 가득한 새벽녘에 울리는 요녀의 울음소리와 비슷하다고들 했다. 온몸의 잔털을 곧추세울 정도로 소름 끼치는 그 소리에 거란 병사들은 똥오줌도 가리지 못했다고 산새는 자랑스러워하며 말했다. 마침 여리참에 주둔 중인 부대는 산새의 구역인 산을 지나친 부대였다. 산새는 산중에서 포로들을 무자비하게 겁간하는 그들의 모습을 목도하고 한 명이라도 몸성히 보내지 않겠다 다짐했다고 했다. 그 말을 하는 순간, 산새의 표정은 명적의 울음소리를 연상시킬 만큼 음산했다. 규는 산새를 부대에 편입시키고 명적을 이용한 작전을 구상했다. 적지를 염탐하러 갔던 조경이 돌아오며 그 정보를 바탕으로 작전이 수립되었다.

먹구름 사이로 기를 펴지 못한 달이 떠올랐다. 흥성군이 여리참 방향으로 이동했다.

명적이 공기를 가르며 소름 끼치는 소리를 울렸다. 말들은 갈기를 떨며 눈동자를 굴렸고 번을 서던 거란 병사들이 순간 울상이 된 얼굴로 양 귀를 감쌌다. 금세 소란스러워진 거란 진영 곳곳에서 탄식 소리가 새어 나왔다. 마구간들이 몰려있는 곳 주변으로 병사들이 뛰쳐나오며 주위를 살피기 시작했다. 민가 곳곳에 자리를 잡고 잠에 들었던 병사들은 번을 서는 이들에게 다가올 위협을 맡겨 두고 머리를 다시 뉘였다. 횃불이 시가지 곳곳을 밝히며 경계심이 피어올랐다. 그 경계심이 무색할 만큼 명적의 울음 이후 별다른 기척은 없었다. 한참을 서성이던 병사들이 다시 제자리로 발길을 옮겼고 곧 여리참 전역에 고요가 가득 들어섰다.

자정 녘이 되자 두 번째 명적이 울렸다. 전보다 신경질적으로 병사들이 뛰쳐나왔고 마찬가지로 이후 별다른 일은 일어나지 않았다.

이각二刻[31]정도가 지나고 세 번째 명적이 울렸을 때 뛰쳐나온 병사들은 그전의 절반 수준이었다. 그중 몇몇은 단단히 부아가 치민 듯 조를 짜서 명적이 울린 방향을 따라 수색을 시작했다. 그러나 산새는 진즉 자리를 옮겼고 수색병들은 허탕을 쳤다는 분한 마음과 은근히 떠오르는 안도감을 애써 감춘 채진지로 돌아갔다.

네 번째 명적은 수색병이 돌아간 직후였다. 네 번째부터 열두 번째까지 연속으로 울리는 명적 소리에 기어이 잠들어 있던 대부분의 병사들이 거리로 뛰쳐나왔다. 서쪽 인근에서 울리는 그 소리에 수십 병사를 시작으로 백여 명이 넘는 병사들이 온갖 신경질적인 괴성을 지르며 서쪽으로 달려 나갔다. 혼란해진 순간, 동쪽 비탈에서 발소리가 들렸다.

[귀신이다!]

별안간 귀신을 외치며 달려오는 수십의 병사들은 거란의 털옷을 걸치고 있었다. 어수선한 경계 속에 병사들이 순식간에 시가지 내로 스며들 듯 들어와 군중에 파묻혔다. 그 순간, 북쪽에서 명적이 연달아 울었다. 거란 병사들은 진저리를 치며 어금니를 깨물고 갈았다. 얼마 지나지 않아 서쪽으로 달려 나갔던 병사들이 헐떡거리며 돌아왔다. 병사의 수가 확연히 줄은 데다가 몇몇 이들의 등에는 화살이 꽂혀 있었다. 그제야 무언가 잘못되어가고 있음을 느낀

---

31 30여 분

병사들이 급히 창검을 쥐어 들고 한껏 긴장된 몸짓으로 주변을 살폈다. 다시 명적이 울었다.

[이제 그만!]

몇몇 병사들이 절규하듯 몸을 떨었지만 울음소리는 끊이지 않고 귓가를 스쳤다. 귀를 막고 절규하던 병사의 목덜미 위로 화살이 날아와 박혔다. 앞으로 고꾸라지는 병사의 눈에 맞은편에서 넘어지는 다른 병사의 가슴을 꿰뚫는 화살이 보였다.

[습격이다!]

[언제? 어디냐!]

명적에 섞여 바람을 가르는 화살 소리를 그제야 눈치챈 병사들이 급히 하늘을 살피며 흩어지기 시작했다. 넓게 퍼진 진영을 갖춘 고려의 궁수들이 시가지 중앙으로 화살을 퍼붓고 있었다.

[으악!]

단말마의 비명을 지르며 고꾸라지는 전우의 모습에 병사들은 혼비백산하며 시가지 바깥으로 퍼져 나가기 시작했다. 한산해지는 시가지 중앙의 민가 곳곳에서 그림자들이 비쳤다.

"제대로 되고 있나 보네!"

"쉿! 조용히 움직이라!"

"알았소! 근데 때려죽일 때는 조용히가 안 되는데…"

"그런 건 알아서 하고… 몸 잘 챙기라!"

"흥. 노인네 몸이나 건사하시오!"

주상과 환수가 민가 안에 잠들어 있던 거란 병사를 추살하고 몸에 피를 묻힌 채 밖을 살폈다. 마찬가지로 잠입해 있던 수십의 고려 병사가 느슨해진 시가지 중간을 종횡하며 거란 병사들을 쓰러뜨렸다.

조경과 추가를 비롯한 오십여 명의 병사가 숨 가쁘게 달리고 있었다. 마구간 밀집지의 남쪽에 위치한 관아 건물에는 천 명의 포로가 갇혀 있었다. 적들이 동, 북, 서로 산개하는 틈을 타 오십여 명의 별동대가 포로의 구출 임무를 수행하기 위해 남쪽의 고개를 거슬러 올라가는 길이었다. 달리던 이들의 눈에 멀리 뾰족하게 세워진 울타리들이 비쳤다. 일전에 정탐을 했을 때, 관아 주변에는 40에서 60여 명 정도의 병사들이 상주하고 있었다. 밖을 지키는 이들이 서른 내외였고, 나머지는 울타리 안의 포로들을 감시하며 만일의 사태가 발생하면 포로들을 죽이는 임무를 띠고 있을 것이었다. 조경이 명적 하나를 시위에 걸어 관아의 왼편으로 비스듬하게 쏘아 보냈다. 역시나 병사들이 소란스럽게 왼편으로 몰려들었고, 그 틈을 타 조경과 추가의 일행들은 전속력으로 우측의 출입구로 달려들었다.

"열 명은 작전대로 안으로 들고! 추가야, 나머지랑 밖에 놈들 부탁한다!"

"걱정 말고 다녀 오시오!"

추가가 양손에 잡은 부월을 치켜들어 울타리에 걸친 쇠사슬을 끊어 냈다. 들려온 소리에 왼편으로 몰렸던 거란 병사들이 득달같이 달려들었다. 조경과 열 명의 병사들이 열린 문 틈으로 금세 자취를 감추었다.

[고려 놈들이다! 죽여라!]

추가를 포함한 40의 병력이 각자 병장기를 굳게 잡고 달려오는 적병들에 맞섰다.

"에이 샹! 뭐가 이리 많아!"

환수가 골타를 마구 흔들며 몰려드는 거란 병사들을 쓰러뜨렸다.

"하이고. 오늘 뒤지는 날이 맞나 보네."

"그 허튼 소리 그만하고! 지원군은 언제 오는 겨?"

골목을 돌아 민가의 담 안으로 숨어들며 환수와 주상이 호흡을 골랐다.

"지원은 개뿔. 밖이라고 사정이 좋으련? 다 때려죽인다더니 벌써 지쳐가지고! 덩칫값도 못하고!"

"한 백명은 때려죽인 것 같구면 무슨! 시…"

"아서라. 내 대충 헤아려 봐도 스물이 안 되는 구면. 하고… 계속 보니 네놈 된 발음이 안 되는구나?"

"뭐? 아니다! 잘 한다!"

"쌀 해 봐라!"

"아니! 지금 상황에 무슨 말장난을…"

"못 하네?"

"에? 흐흐. 사, 살…"

땀범벅이 되어서도 짓궂은 표정으로 압박하는 주상의 표정에 환수가 웃음을 터뜨리다 순간 입을 우물거렸다.

"이익! 이 보면 볼수록 진귀한 짐승이네. 혀가 짧아?"

"아! 됐고! 이제 나가자. 백 명 채워야지."

"그놈… 볼수록 귀여운 구석이 있네. 그래 백 명이든 이백이든 일단 가자!"

담을 돌아 나오는 환수와 주상 앞으로 거란 병사들이 스쳐갔다.

"응? 왜 그냥 가는겨?"

"정신이 없나 보지."

"쫓아가야 하… 아!"

스쳐 갔던 거란 병사 중 하나가 순간 몸을 돌려 들고 있던 창을 던졌다. 날아오는 창의 궤적을 살피며 환수가 급히 주상의 몸을 옆으로 밀쳤지만 창끝은 주상의 오른 어깨에 박혀 들었다.

"커, 컥. 어억…"

무너져 내리는 주상의 몸을 따라 환수가 몸을 숙이며 주상의 겨드랑이에 손을 찔러 넣었다.

[까딱하면 지나갈 뻔 했네. 거기 한 놈은 곤발을 했는데 늙어 빠진 놈은 대충 봐도 고려 놈이구먼. 그 행색으로 누굴 속이려고?]

창을 던진 거란 병사가 거들먹거리며 곡도를 빼 들었다. 그 뒤로 다섯의 병사가 각자의 병기를 들고 걸어왔다.

"우… 지… 마라. 컥! 이제야 아들놈 보러 가는 것이니…."

"노친… 어르신…."

"사, 살… 아라… 환수… 야…."

경련을 일으키며 피를 토하던 주상의 몸이 순간 축 늘어졌다. 환수가 커다란 손으로 주상의 눈을 닫고는 몸을 일으켰다.

"넷, 다섯, 여섯… 다 죽여도 한참 못 미치네."

[뭐라는 거냐! 사내놈이 질질 짜기는!]

폭포수처럼 쏟아지는 눈물로 얼굴을 적신 환수가 양 주먹을 움켜쥐었다. 지척에 다가온 거란 병사가 쓴웃음을 지으며 곡도를 내리쳤다. 환수가 내리치는 곡도 앞으로 왼 팔목을 휘둘렀다. '챙' 하며 곡도의 날이 튕겨 날아가고, 의아해할 틈도 없이 눈앞에 다가온 환수의 이마에 병사가 부딪히며 뒤로 넘어갔다. 왼 손목을 두른 쇠붙이를 잠시 어루만진 환수가 거친 몸짓으로 뒤의 병사들에게 달려들었다. 몸을 돌보지 않고 휘두르는 매서운 몸짓에 병사들이 하나둘 쓰러져 갔다. 좁은 골목 탓에 창검을 휘두르기 힘든 여건에서 혼신을 담은 환수의 주먹질과 발길질 한 번에 결국 다섯 병사 모두가 쓰러져 바닥을 뒹굴었다. 고통을 호소하는 한 명 한 명의 얼굴을 밟아 뭉개며 환수는 한참을 울부짖었다.

외곽의 활 세례에 밀리며 시가지 중앙으로 점점 몰려드는 거란 병사들은 기어이 서로의 등에 부딪히며 좌절감을 표했다. 그 와중에 간간히 울리는 명적 소리는 그 좌절감을 곱절로 증폭시키고 있었다.

"모두 섬멸하라!"

규가 말에 올라탄 채 쉬지 않고 창을 휘둘렀다. 특유의 채찍처럼 휘어지는 창이 쓸고 지나간 자리에는 어김없이 낭자한 선혈이 튀었다. 규의 지척에서 날아드는 화살들을 간간히 쳐내며 유 또한 마치 살육을 즐기는 듯 환도를 휘두르고 단검을 투척했다. 더 이상 밀려날 곳 없는 거란 병사들은 민가로 뛰어들어 문을 걸어 잠갔고, 여리참의 빈 골목을 고려군들이 채워 나갔다.

"와아!"

피를 뒤집어쓴 채 올가미를 끊어 주는 조경과 고려 병사들의 모습에 포로들이 환호성을 질렀다. 조경은 치열한 전투로 심신이 아득했지만 임무를 완수했다는 성취감과 포로들의 응원 덕에 고단함을 잊고 있었다. 천천히 포로들의 결박을 풀어 주던 조경이 단검을 젊은 포로에게 넘기며 밖의 상황을 살피기 위해 나섰다.

"아…"

고요한 밖의 공기에 눈을 돌리던 조경이 탄식을 뱉었다. 뜨거워지는 눈을 질끈 감은 채 조경이 천천히 발길을 옮겼다. 적과 아 구분 없이 섞여 쓰러져 있는 전장의 중간에 추가가 무릎을 꿇고 고개를 숙이고 있었다. 아랫배에서 뒷등까지 관통한 창이 땅에 기대어져 그 육중한 몸이 쓰러지지 않고 있었다. 허벅지와 등, 목덜미까지 대여섯의 화살이 박혀 있었고, 왼 팔꿈치 밑으로 잘려 나간 손이 바닥에 떨어져 부월의 밑자루를 쥐고 있었다. 조경은 다시 주위를 살폈다. 쓰러진 적병은 어림잡아도 육칠십이 넘었다. 저번 정탐 때보다 충원이 되었던 것인지 소란을 듣고 증원군이 왔던 것인지… 추가와 사십의 병력은 그 곱절의 병사와 함께 산화한 것이다. 허탈하게 하늘을 향해 고개를 치켜든 조경의 얼굴로 빗방울이 떨어졌다. 점점 거세지는 빗방울에 눈물이 섞여 주르륵 흘러내렸다. 좁은 입구로 서로의 몸에 끼어 나오던 포로들이 점점 몰려드는 인파에 울타리를 넘어뜨리며 쏟아져 나왔다. 인파에 깔려 신음을 내뱉는 이들을 보지 못하고 해방된 포로들은 떨어지는 빗물에 얼굴과 몸을 씻어 내며 울고 또 웃었다.

53 겨울비

내리는 빗속에서 희미한 동이 트기 시작했다. 전투의 고단함을 품은 병사들은 전우들의 시신을 수습하느라 바빴다. 민가 곳곳의 아궁이에서 불이 피어오르고, 마구간에서는 밤새 소란을 견뎌 낸 말과 가축들이 부산스럽게 울었다. 전쟁이 끝나고 여리참으로 돌아온 백성들이 가축들로 가득 찬 마구간을 보고 놀랄 모습을 그리며 규는 아주 잠시 미소를 지었다. 차곡차곡 쌓이는 시신 더미 앞에서 하석은 주상의 시신을 끌어안고 한참을 울부짖었다. 그 옆을 지키고 선 환수는 득도라도 한 듯한 표정으로 먼 하늘을 바라보았다. 병사들은 급하게 지은 밥을 눈물과 함께 겨우 삼키고 정오 즈음에 시신 더미 앞으로 도열했다. 조의를 표하며 고개를 숙이고 있던 규가 하늘을 살폈다. 빗살이 잦아들긴 했지만 그칠 기미가 보이지 않았다. 하늘을 살피는 규의 옆으로 환수가 흠뻑 젖은 몸으로 주상의 시신 앞에 섰다. 어디선가 가져온 고깃덩이 한 조각을 주상의 입 위에 올려 두고 환수가 어깨를 들썩였다. 뒤의 병사들이 환수를 따라 울부짖었다. 눈가를 때리는 빗방울에 규의 눈가가 순간 울컥하며

378

떨렸다. 애써 참으며 몸을 떠는 규의 옆으로 선정이 다가와 규의 한쪽 팔을 감싸 쥐었다. 규가 천천히 고개를 돌렸다. 내리는 빗속에서 언제까지고 병사들을 세워 둘 수는 없었다. 그 찰나의 순간에도 이적들은 한 명 한 명 국경을 넘고 있을 것이었다.

"당장 화장하기는 어려울 것 같소만…"

어느새 다가온 산새가 규의 얼굴을 올려다보았다.

"그러고 보니, 존함조차 묻지 못했습니다."

"허허. 늙은 약초꾼한테 존함씩이나. 양가에 이름은 강이라 합니다."

"집안 어른이셨군요."

"허허, 성이 같다고 핏줄이 게까지 닿겠습니까."

사람 좋게 웃는 양강의 얼굴을 살피던 규가 흠칫거리며 입술을 움직였다.

"어르신, 혹시…."

"예, 걱정 마시고 떠나시지요. 가시는 길에 아무 아궁이에나 불을 붙여 주시면 제가 머물며 지키다 그 불로 화장을 하겠습니다."

규가 말을 잇지 못하고 잠시 눈을 감았다.

"평장사 어른께서 정토에서 참으로 뿌듯해 하시겠습니다. 이리 훌륭한 장수를 남기고 가셨으니."

"지나친 과찬에 심신이 무겁습니다."

"허허… 삼이라도 한 뿌리 챙겨 났더라면 다려 올렸을 것을… 부디 심신을 다잡으시지요. 장군의 방식으로 이들의 넋을 위로하셔야지요."

"나의 방식…."

규가 다시 눈앞의 시신들을 살폈다.

노주상, 추가, 박필, 이성, 이범선, 박심, 정질, 금석, 대석진, 정도제….

규는 기억할 수 있는 이름과 얼굴을 하나하나 떠올리며 고민했다. 어떤 방식으로 그들의 넋을 위로 해야 하는 것일까, 적병 하나를 죽이면 그 이름 하나의 넋이 위로가 되는 것인가, 포로 한 명을 구하면 그 이름 하나의 넋이 위로가 되는 것인가, 아군 한 명을 지키면 그 이름 하나의 넋이 위로가 되는 것인가.

혹, 자신이 전사하여 같은 곳을 향해야만 그 모든 넋을 위로할 수 있을 것일까.

정의할 수 없는 그 방식을 규정하지 못한 채 규는 다시 하늘을 살폈다. 구름이 겨울비를 떨어뜨리며 동쪽으로 처연하게 움직였다.

애전, 그리고 최후

54 유

그 부락은 산 동쪽에 터전을 잡아 정주하면서도 일정 인구는 계절을 따라 유목과 어업을 겸업했다. 마을의 서쪽을 감싼 산 밑자락 개울가에 언젠가부터 한 여인이 움막을 짓고 그곳에 있었다. 여인은 넝마처럼 해진 가죽을 아무렇게나 몸에 걸치고 그곳을 지켰다. 개울에서 송사리와 개구리를 잡아서 산 채로 뜯어먹었고, 잔가지들을 모아 움막 안에 깔았다. 나무를 하러, 약초를 캐러, 사냥을 하러 산에 드나드는 사내들이 남은 가죽 조각이나 깨진 그릇을 움막 안으로 던져 주고는 했다. 여인은 말을 하지 못했다. 혀가 없는 것인지 유년을 야생에서 보내기라도 한 건지 부락민들은 알 도리 없이 자연스레 녹아든 그녀와 그녀의 보금자리를 묵인했다. 계절이 두어 번 지나고 움막 안으로 무언가를 던져 주던 사내들은 하나둘 몸을 움막 안으로 들였다. 여인은 어떤 감정이나 기색도 없이 사내들을 움막으로 들였다. 어느새 움막 주변에는 장작이 쌓이고 울타리가 솟았다. 화덕에 놓인 쇠그릇에서 고기가 삶아졌다. 여인은 가죽옷을 벗고 무명옷을 입었다. 사내들이 드나들수록 움막은 점점 울타리를 넓혀 갔다.

이른 봄, 싹을 틔우는 매화나무 아래에 앉아 여인은 한참 동안 아랫배를 어루만졌다. 여인은 더 이상 사내들을 들이지 않았다.

계절이 지나 부락으로 돌아오던 사내가 움막의 천을 걷어 젖히다 부풀어 오른 여인의 배를 보고는 기겁하며 움막을 떠났다. 그해 겨울, 인기척이 끊어진 움막 안에서 여인은 몸에서 쏟아 내듯이 사내아이를 낳았다. 산파도 없었고 더운 물도 없었다. 여인은 말 그대로 아이를 쏟아 냈다. 혹한 속에서 여인은 탯줄을 씹어서 끊어 내고 아이를 품에 안았다. 겨울잠을 자는 곰처럼 여인은 아이를 안고 겨울을 지새웠다. 다시 매화 잎이 날리던 봄날에 여인은 아이를 안고 마을로 뛰었다. 앙상하게 말라붙은 팔다리에 죽어 가는 아이를 안고 들이닥친 여인의 모습에 부락민들은 실색했다. 여인들은 사내들을 쏘아보았고, 사내들은 진땀을 흘렸다. 어수선한 분위기 속에서 노파 하나가 여인을 끌어당겨 집으로 들였다. 여인은 품에서 아이를 놓지 않았다. 노파는 여인의 품에 안긴 아이에게 이름 모를 풀을 짓이겨 먹였고, 쌀 씻은 물을 끓여 먹였다. 노파는 여인에게 칼을 쥐여 주고 생선의 비늘을 걷고 내장을 꺼내는 법을 보여 주었다. 고기의 뼈를 바르고 껍질을 뜯는 법과 찧은 마늘을 넣고 끓인 물에 고기를 넣어 삶는 법을 알려 주었다. 며칠 만에 원기를 회복한 여인은 노파가 건네는 쇠그릇과 식칼을 한 손에 들고 아이를 안은 채 움막으로 돌아왔다.

그 후 아이는 다시 자랐다. 기어다닐 때가 되어 기어 다녔고, 걸을 때가 되어 걸었지만 말을 해야 할 때 아이는 말을 하지 못했다.

어느 날부터 다시 사내들이 움막을 드나들었다. 소년이 된 아이는 어른이 움막에 들면 무릎을 끌어안고 그 밖을 지켰다.

뛰어놀던 부락의 아이들이 어느 날부터 움막까지 영역을 넓혔다. 아이들은 소년에게 돌을 던졌고 한 소녀는 소년의 앞을 막아서며 소년의 머리를 이따금 쓰다듬어 주었다.

소년의 키가 어른 사내의 키에 근접할 만큼 자랐다. 여인의 얼굴에는 깊은 주름이 잡혔고 사내들은 더 이상 움막에 발을 들이지 않았다. 소년과 여인은 늘 그랬듯 생선과 개구리를 잡아먹었다. 불을 피우고 쇠그릇을 올려 잡히는 아무거나 넣어 끓여 먹으면서도 둘은 서로를 보고 웃었다.

어느 날부턴가 쇳덩이를 두른 사내들이 말을 타고 부락을 들락거렸다. 나무를 하러 산을 오르던 장정들이 뜸해졌다. 그전과 다른 쇠붙이를 두른 사내들이 움막에 침을 뱉고 부락으로 향했다. 눈송이가 손톱만 하게 날리던 그날, 부락민들이 온갖 짐을 실은 수레를 끌고 움막 앞을 지났다. 그 인파를 무심히 보던 소년의 눈앞에 어릴 적 자신의 머리를 쓰다듬던 소녀가 서 있었다. 소녀는 알아들을 수 없는 말을 하며 한쪽으로 손짓을 했다. 여인과 소년은 알아들을 수 없었다. 소녀는 잔뜩 찡그린 얼굴로 쇠그릇을 집어 들어 한쪽 방향으로 던졌고 여인은 급히 달려가 다시 쇠그릇을 주워 왔다. 한참을 손짓 발짓하던 소녀가 나타난 어른들의 손에 끌려 수레 행렬을 따라 사라졌다. 소년의 가슴에 찌릿한 무언가가 치솟았다. 소년은 여인의 몸을 잡아 일으켜 이미 멀어진 수레 행렬 쪽으로 손을 뻗었다. 여인은 거세게 고개를 저었다. 소년이 쇠그릇과 칼을 집어 들고 한쪽 팔로 여인의 허리를 감아 당겼다. 여인은 발버둥을 쳤다. 그때 허공에서 떨어진 올가미가 여인의 목에 걸렸다. 말을 탄 사내 여럿이 괴성을 지르며 올가미에 걸린 여인을 잡아당겼다. 소년은 올가미에 달려들어 함께 끌려갔다. 여인과 소년의 무릎을 꿇게 한 사내들이 알아들을 수 없는 말을 했다. 여인과 소년은 답하지 못했다. 채찍이 날아들었다. 소년이 여인의 몸을 덮으며 감쌌다. 소년의 목에 다시 올가미가 걸렸다. 벗어나려 발버둥 치는 소년의 몸이 말이 달리는 방향으로 이끌렸다. 사내들은 여인을 가운데 두고 소년을 말에 매단 채로 주위를 빙글빙글 돌았다. 여인이 절규하며 소년에게 손을 뻗었다. 소년의 시야에 울부짖는 여인의 얼굴만이 가득했다. 빙글거리며 도는 세상의 중심에서 여인은 울고 소리치며 소년에게 손을 뻗을 뿐이었다. 소년의 정신이 아득해져 갔다. 팔과 다리 곳곳에서 뚝뚝거리는 소리가 들렸고 힘이 들어가지 않았다. 그때 하늘에서 떨어지는 나무줄기가 사내 몇을 덮쳤다. 피를 토하며 쓰러지는 몇몇의 사내를 버려둔 채 소년을 끌고 다니던 사내가 줄을 끊었다. 급히 달려가는 말의 위에서 사내가 여인의 가슴에 쇠붙이를 찔러 넣었다. 소년의 눈에 사내의 뒷모습이 멀어져 갔다. 소년은 멀어져 가는 정신을 겨우 붙잡은 채 그 사내의 얼굴을 머릿속에 각인시키려 애썼다. 귀 옆으로 땋아 내린 긴 머리카락… 소년의 귀에 또 다른 발소리가 들렸다. 움직일 수 없는 소년의 귓가에 어떤 목소리가 들려왔다.

"한 놈 튀었습니다!"

"이 아이는? 말갈족 같지는 않은데."

"여자는 이미 죽었습니다."

"이쪽 부락민들은 이미 모두 저희 쪽으로 합류했습니다."

"고려인인가?"

"그것도 아닌 것 같은데…."

"일단 다친 것 같으니 데려가 치료합시다."

"또, 또! 오지랖. 규야, 산송장 들고 가서 뭣하려고!"

잡고 있던 마지막 의식을 놓치며 소년이 눈을 감았다.

눈앞에서 어미의 죽음을 목격한 그 심정이 어떨까 싶어 소년의 얼굴이 계속 눈에 밟히던 규가 소년을 사가에 데려와 치료하고 보살폈다. 규의 부인은 별말 없이 방 한 켠을 내주었다. 여러 곳의 뼈가 부러져 가망이 없다는 말에도 규는 소년을 포기하지 않았다. 그 바람이 어느 정도 통했을까… 어느 날, 소년은 스스로 앉을 수 있게 되었고 팔을 저을 수 있게 되었다. 말을 하지 못하는 소년을 규는 채근하지 않았다. 언젠가 두 다리로 걸을 수 있는 날이 오면 기구한 팔자라도 주어진 어떠한 길이라도 있을 거라 믿고 기다렸다. 그런 규의 정성에도 소년은 어떤 표정도 짓지 않았다. 비바람이 휘몰아치던 어느 가을밤, 규는 소년의 방을 찾았다. 화로를 들고 조그마한 솥을 들였다. 육수를 끓여 고기를 데쳐 먹일 심산이었다. 화로에 불을 붙이고 솥을 끓이는 찰나 소년이 갑자기 솥을 끌어안았다. 화들짝 놀란 규가 떼어 내려 했지만 소년의 악착같음에 무슨 사연이 있겠거니 하고 손을 놓았다. 소년은 식어 가는 솥을 안고 울기 시작했다. 영문을 모르는 규는 소년의 등을 두드릴 뿐이었다.

규에게 눈물을 보인 후 걸을 수 있게 된 소년은 하루 종일 규의 뒤를 따라다녔다. 성가실 법도 했지만 규는 그저 웃으며 소년의 머리를 쓰다듬었다. 규가 무예를 익히려 칼을 들면 소년은 따라 들었다. 규는 소년에게 검을 가르쳤다. 어느 날부터 소년은 규의 부름에 자신만의 언어로 답하기 시작했다. 규는 소년이 낼 수 있는 유일한 발음을 본떠 그에게 '유' 라는 이름을 지어 주었다.

₅₅ 애전艾田으로

산의 중턱에서 척후대 병사들이 죽통을 주고받으며 바쁘게 움직였다. 행선지를 재차 확인한 병사들은 하나둘 각자의 방향으로 떠났고 그 뒷모습을 살피던 주연과 평수가 다가가 손을 맞잡았다.

"주 산원, 고생 많으셨습니다."

"무슨… 아직 끝난 것도 아닌데."

평수의 말에 주연이 잡았던 손을 놓으며 말의 안장에 슬쩍 손을 올렸다.

"흥화진으로 바로 가십니까?"

"그래야지. 압록에서 이미 부교를 만들고 있을지도 모르니… 자네는? 이제 서경으로 들어도 될 텐데?"

"예. 한데, 저는 조금 더…."

평수가 몸을 틀어 북쪽 산비탈의 아래를 바라보았다.

"굳이 더 살피다 가려고?"

"뭔가 마음이 뒤숭숭해서… 어차피 이적 놈들은 다 빠져나갔으니…."

"자네도 참. 산 곳곳에 잔당들이 제법 있을 터인데 조심하게나!"

"바라는 바입니다. 난리 통에 척후로 온 산을 누비면서도 일선에서 죽어 가는 병사들을 생각하면… 칼에 피 한 방울 안 묻힌 것이 죄스럽기도 하고…"

"어이! 그게 임무를 잘 수행했다는 증좌지! 척후가 칼에 피를 묻히는 경우는 적에게 발각되었을 때니."

마뜩잖은 표정으로 칼 손잡이를 쓸어 만지는 평수와 달리 주연은 가벼운 몸짓으로 어깨를 들어 올리며 몸을 풀었다.

"대장께서는?"

"뭐 벌써 서경 주막 어디에서 곡주나 드시고 계시겠지. 굳이 물어보나."

"하하! 그렇지요. 날씨가 제법 궂습니다."

"그러게나… 겨울 땅이 왜 이리 물러."

주연이 발끝으로 땅을 파고 디뎠다. 젖은 흙들이 튀어 올랐다.

"애전이라… 거기도 진창이 되어 있겠구먼."

"그러게 말입니다. 흥성군과 구주군… 무탈하여야 할 텐데."

땅을 밟아 대던 주연이 발을 멈칫하고 고개를 들었다.

"에잇! 나는 이제 가야겠다! 평수야, 어찌 되었든 항상 조심하고! 서경서 보자! 서라벌에 가야지!"

"예, 그래야지요! 산원께서도 주위 잘 살피시고 무사를 빕니다."

주연이 등자를 밟고 말 등으로 훌쩍 뛰어올랐다.

"간다…"

평수가 고삐를 흔들어 산길을 달려 나가는 주연과 병사들의 뒷모습을 한참 살피다 땅을 밟아 댔다.

"애전이라…"

척후가 전해 온 서신을 접으며 규가 흥얼거렸다. 조경이 다가와 서신을 받아 들었다.

"애전이면… 보자, 북동쪽으로… 지적이군요. 반나절 거리 즈음… 보병 천여 명에 포로가 삼천이나?"

"숙흥이와 구주군이 그쪽으로 거의 당도했다 하니 얼추 만나지겠다."

"그렇겠습니다. 두 부대가 합치면 적병 천 명 정도는… 그나저나 검사, 김 별 장이랑 응어리는 좀 푸셨는지요?"

"응어리는 무슨. 긴박한 상황에 사감을 가져서야…."

규가 귀끝을 만지다 말의 등허리를 쓰다듬었다.

"우선 서두르자."

"예, 검사!"

흥성군이 다시 말에 올라 달리기 시작했다.

평수와 척후병들이 산 중턱에 말을 세워 두고 경사를 올랐다. 북쪽을 훤히 내려다볼 수 있는 장소를 찾으며 산행을 이어 가는 일행들의 온몸이 흠뻑 젖 어 있었다.

"저기 괜찮아 보입니다!"

병사의 손짓에 평수가 앞을 살폈다. 가파른 경사면에 수평으로 돌출되어 자 리를 잡은 커다란 바위의 모습에 평수가 젖은 얼굴을 닦으며 미소 지었다.

"좋네! 가서 좀 쉬자!"

바위에 다다른 평수와 병사들이 짐을 내려 두고 허리를 한껏 펴며 하늘과 멀리 북쪽 아래를 번갈아 살폈다.

"아무래도 오후 안에는 퍼붓지 싶습니다."

"청승맞게 겨울비가 장마처럼 오고 지랄이래."

"예끼! 이적 놈들이 겨울비 맞고 개고생을 해야 다시 넘어올 생각도 안 하고 좋은 거지! 아주 그냥 펑펑 내려서 다 얼어 뒤져버려야…"

"너는 뭐가 그리 좋다고 계속 실실 웃어 쌌냐!"

"아이고. 내비 둬! 고향 가 혼례 올릴 생각에 얼이 빠진 게지!"

"그니까 하는 소리지! 그게 웃을 일이 아니라니까! 지금이라도…"

"예끼! 이놈아! 어디 남의 경사에 초를 치려고."

병사들의 환담을 흘겨 들으며 평수의 시선은 북쪽에 고정되어 있었다. 병사들은 자리를 잡고 엉덩이를 붙여 앉았다.

"교위, 이거 좀 드십시오."

병사가 건넨 육포를 무심결에 받아 한참 씹는 둥 마는 둥 하던 평수가 별안간 탄성을 질렀다.

"아앗!"

병사들이 다급히 일어나 평수의 시선이 향한 곳을 찾았다.

"저, 깃발 저거! 왜 돌아 나오지! 교위! 황제의 깃발 아닙니까?"

새벽녘 북측 산의 밑동 우측으로 돌아 북진했던 황제의 깃발이 어느샌가 서쪽 능선을 끼고 돌아 나오고 있었다. 깃발이라 부르기도 민망한 거대하게 물결치는 형상 뒤로 셀 엄두도 나지 않는 기마병들이 빽빽하게 쏟아져 나오고 있었다.

"큰일이다!"

평수가 급히 몸을 돌리며 병사들을 찾았다.

"저 방향이면 애전을 지날 것이다! 당장 알려야 한다!"

"예, 예! 그리해야지요! 한데, 지금 내려가도…"

평수가 하늘을 보며 해를 찾았다. 시간과 애전까지의 거리를 계산하려 잠시 눈을 감은 평수의 귓가에 바람을 가르는 불쾌한 소리가 들려왔다.

"으억!"

평수가 재빨리 눈을 떴다. 병사 둘이 비명을 지르며 바위 바닥에 고꾸라졌다. 연이어 날아오는 화살에 병사 하나가 평수의 앞을 막아서며 몸을 밀어 왔다.

"교위! 저쪽으로 몸을… 헉!"

말을 마치지 못하고 병사가 단말마의 비명을 터뜨리고 쓰러졌다. 평수가 입술을 물어뜯으며 급히 몸을 돌렸다. 바위 우측 편으로 발을 디뎌 이동할 만한 좁은 공간이 눈에 보였다. 두 가지 육성의 비명이 뒤에서 또 들려왔다. 평수가 짐과 활을 챙길 여력도 없이 바위 옆 경사면으로 엎드리듯 붙었다. 화살이 스쳐 갔다. 옆걸음질로 움질일수록 화살 소리는 멀어졌다. 화살의 궤도에서 벗어났다는 생각에 평수의 뇌리로 잠시 안도감이 스쳤다. 그 찰나 알아들을 수 없는 외침들이 평수의 귓가로 파고들었다. 다시 안도감이 물러가고 불안감이 엄습했다. 점점 경사가 완만해지고 있었고, 경사 아래 숲이 보이기 시작했다. 평수는 다시 입술을 깨물고 크게 숨을 내쉬었다. 천천히 경사면으로 내딛는 순간, 평수의 발끝이 미끄러졌다. 평수는 순식간에 아래로 떨어지는 몸의 균형을 잡으려 손톱으로 벽을 긁어 댔다. 미끄러지듯 경사면으로 떨어져 내려간 그 흔적 위로 화살이 다시 날아들었다.

56 깃발 旗

전속으로 진군하는 흥성군의 눈앞에 이색적인 장면이 펼쳐졌다. 우측 멀리 있는 산등성이 위로 수많은 인파가 산을 헤매듯이 달리고 있었다. 멀리서도 확연히 보이는 헐벗은 모습은 그들이 탈출한 포로라는 것을 뜻했다.

"전투가 시작되었나 봅니다!"

조경이 달리는 말의 위에서 규에게 소리치자 규가 뒤를 돌아보며 외쳤다.

"전속으로 진군한다!"

"수!"

거칠게 땅을 울리는 말발굽에도 젖은 땅은 흙먼지를 토해 내지 않았다. 가속의 정점을 찍은 말들의 속도가 떨어질 즈음, 쇳덩이가 부딪히는 소리와 함께 여러 병사들의 기합과 신음이 들리기 시작했다. 여러 크기의 돌들이 듬성듬성 널린 길을 지나 멀리 언덕의 초입 부분에 다다르자 널찍한 흙 벌판 위에서 고려와 거란의 병사들이 뒤섞여 치열하게 싸우고 있었다.

"저런! 그저 맞싸움을 하고 있습니다! 어찌할까요?"

"어찌하긴. 홍성군! 진격하여 적병을 섬멸하라!"

규가 채찍을 휘둘러 말을 재촉하며 앞으로 달려 나갔다.

"수! 수!"

규의 뒤를 따르는 기병들이 각자의 무기를 움켜쥐고 그 뒤를 따랐다.

"검사께서 오셨다!"

"와아!"

전투에 한창이던 병사 몇이 땅을 울리며 등장한 홍성군의 모습을 보고 전우들을 향해 외쳤다. 소리를 들은 구주군이 환호하는 순간, 거란 병사들이 움츠러들며 전세는 급격하게 구주군으로 기울었다.

"니미럴 것들이! 어느 구역이라고! 다 뒤져라!"

환수가 달리는 속도 그대로 골타를 휘둘러 두셋의 거란 병사를 스치고 지나갔다. 악에 받친 그 고함 소리에 반응하듯 거란 병사들이 더 몰려들었다. 쉬지 않고 움직이는 환수의 등 뒤로 거란 기병 하나가 달려들었다. 그 기척에 등을 돌리는 환수의 눈에 창을 치켜세운 채 목에 화살이 박혀 옆으로 넘어가는 거란 기병의 모습이 비쳤다. 멀리서 하석이 활을 들고 환수를 향해 눈짓을 보냈다. 환수가 씨익 웃으며 다시 골타를 휘둘렀다.

쐐기를 박듯 전장으로 치고 들어간 선발대가 창검을 휘둘러 선혈을 흩뿌리는 사이, 시간 차를 두고 전장에 도착한 후방의 기병들이 천천히 흩어져 전장을 에워싸기 시작했다. 수적 열세에 기세까지 완전 압도당한 거란군들의 시신이 점점 바닥에 쌓여 갔다.

"조속히 잔당을 토벌하라! 투항은 허하지 않는다! 모두 베어라!"

"검사! 형님!"

병사들을 독려하는 규의 등 뒤로 온몸에 피를 뒤집어쓴 고려 장수가 달려들었다. 규가 목소리에 반응하며 급히 몸을 돌렸다.

"숙흥아!"

"형님!"

내미는 규의 손을 지나치며 숙흥이 규를 와락 끌어안았다. 서로의 갑주가 얽히고 부딪치며 둔탁한 소리가 울렸다.

"이놈, 무탈해 보이는구나."

"형님! 몸은? 다치신 곳은 없습니까?"

숙흥이 급히 몸을 떼어 내며 규의 몸을 살폈다.

"네 티끌 하나도 안 상했는데, 내가 다쳤을까?"

"흐흐. 그렇지요! 그래야 고려일검이시지요!"

"또 쓸데없는 소리를… 그나저나 어찌 이리 막무가내로 싸우고 있던 것이냐! 기다리지 않고."

"그럴 틈이… 이놈들이 백성들에게 채찍질부터… 입에 담기도 뭣한 짓들을 하고 있기에…."

"보자마자 달려들었구면."

"예, 뭐… 타고난 성정이 그러해서…."

머쓱해하는 숙흥의 표정에 규가 미소를 지으며 주변을 둘러보았다. 대부분의 적병이 쓰러졌고 상황이 종결되고 있었다. 숙흥은 곤란한 표정을 짓다가 규를 불렀다.

"형님, 일전에 섭섭하셨던 것들은…."

"어허! 사내끼리 어찌 지난 일을 들추는 것인가? 이리 무탈하게 마주 보고 있으니 그걸로 족하지!"

"고맙습니다. 형님."

품에 남아 있던 소회를 한마디로 날려 버리며 규가 숙흥의 어깨를 부여잡았다.

"자, 우선 상황부터 추스르자! 포로들은? 오다 보니 이탈자가 제법 되어 보이던데…."

"그렇지 않아도… 저희가 들이닥쳐 결박을 풀어 주자마자 몇몇은 뒤도 안 보고 줄행랑을 치더군요. 이해는 합니다만 남은 이들은 저쪽에… 응?"

포로들 쪽을 살피려던 숙흥이 순간 실소를 터뜨렸다. 어느새 정리가 되고 있는 현장으로 달려든 포로들이 쓰러져 죽은 거란 병사들의 시체에 들러붙어 옷가지와 신발을 벗기느라 정신이 없었다. 규가 씁쓸하게 입을 다시며 말했다.

"백성을 두고 민초라 하는 것이…."

"참으로 질기긴 합니다."

"그래. 그래도 얼마나 보기 좋으냐. 저 살아야 한다는 집념이 있으니 우리 같은 이들이 더 뿌듯한 것이지!"

"그렇습니다! 참으로 옳은 말입니다. 어? 정아!"

다가오는 선정의 얼굴을 살피며 숙흥이 반가움을 표했다.

"별장! 무탈하시죠?"

"그래! 그럼. 이리 보니 참으로 반갑구나! 한데…."

숙흥이 선정 너머 주변을 살피며 의아한 표정을 지었다.

"들은 것에 비해서 병사 수가 적은 듯합니다. 듣기로는 삼수채 병력도 수습하셨고, 연전연승을 하셨다 들었는데…."

규가 숙흥의 눈을 피하며 하늘을 올려다보았다. 선정이 살짝 고개를 숙여 전하기 힘든 말을 몸으로 표했다.

"많은 일들이 있으셨겠죠…."

"검사! 우선 백성들은 안전한 곳으로… 김 별장!"

달려오던 조경과 하석이 숙흥을 발견하고 반갑게 손을 흔들었다.

"오, 다들 다친 곳은 없는가!"

숙흥이 손을 흔들며 일행들을 반겼다. 그 순간 병사들 몇몇이 북쪽 하늘을 가리키며 웅성거리기 시작했다. 묘한 기운에 규와 숙흥이 고개를 들어 하늘로 향했다. 이름 모를 철새와 산새가 섞여 사방으로 흩어져 날고 있었다.

"무슨…."

일순간 어수선해진 분위기에 병사들이 수군거리는 찰나 병사 하나가 소리쳤다.

"나팔! 나팔 소리가 들립니다!"

모든 병사들이 일제히 북쪽으로 귀를 돌렸다. 부우웅 하는 귀에 익지 않은 나팔 소리가 늘어지며 허공을 가르고 있었다. 고려의 것이 아닌 나팔 소리… 거란의 것이었다.

"이적이다! 다들 전열을 갖추라!"

규와 숙흥이 분주하게 자리를 잡아 가는 대열의 맨 앞으로 발길을 옮겨 전방을 살폈다. 쇳소리가 잦아들고 고요해지는 공간에 나팔 소리가 점점 선명하게 들렸다.

"형님…."

애달픈 호흡으로 숙흥이 규의 옆모습을 슬쩍 살폈다.

"온… 것인가!"

멀리 협곡 사이로 거대한 깃발들이 펄럭였다.

"황제의… 깃발입니다!"

57 찢다

    수풀 속으로 떨어진 평수가 귓가를 스치는 바람 소리에 감은 눈을 번득이며 일어났다.

"하아. 기절을…?"

    양손으로 몸을 훑고 주위를 급히 둘러보는 평수의 주위에 어떤 인기척도 느껴지지 않았다.

"무슨 소리였지. 우선…."

    평수가 몸을 숙여 풀어 헤쳐진 신발끈을 묶었다. 그 순간, 다시 바람 소리가 들렸다. 몸을 일으킨 평수의 옆 나무에 화살이 박혀 흔들거렸다.

"이런!"

    평수가 땅을 구르며 등 뒤의 바위 뒤로 뛰어들었다. 순간 여러 갈래의 바람 소리가 들리고 이내 바위 위로 화살들이 날아와 부러지며 떨어졌다. 적들은 이미 평수를 완전히 포위하고 있었다. 사냥감의 목을 꺾기 전 유희로 여기는 그 행동에 평수는 이가 다 갈릴 정도로 깨물고는 몸을 일으켜 소리쳤다.

"대고려국의 홍위위…."

거란 병사들이 유희를 충분히 즐긴 것인지 평수의 말이 끝나기도 전에 여러 개의 화살이 날아들었다. 본능적으로 감기는 평수의 눈앞에 어떤 그림자가 들어왔다. '투두둑' 하는 화살촉 소리에 평수가 천천히 눈을 떴다. 동그랗고 커다란 등의 사내가 방패를 들고 평수의 앞을 가리고 있었다.

"대장!"

"하아… 다행히 딱 맞춰 왔나 보구나!"

"맞추긴 뭘 맞춥니까! 사지에 굳이…."

퉁명스레 말하며 장서의 뒷모습을 살피는 평수의 눈동자가 파르르 떨렸다. 쓸모없이 넉넉한 살집에 눈살을 찌푸렸던 지난날과 달리 빛을 막아서며 넉넉한 그늘막을 만드는 그 뒤태가 왠지 모르게 든든하게 느껴졌다.

"허허. 되었네, 되었어! 인사하고 있을 상황은 아닌 듯하니… 회포는 나중에 풀고! 연이는?"

"서쪽으로 향했으니… 화는 피하셨을 겁니다."

"그래. 보자…."

돌연 화살을 막아 내며 등장한 장서의 모습에 거란병들이 잠시 멈칫거렸다. 장서는 천천히 주위를 둘러보며 공기를 삼켜 가슴을 부풀렸다.

[그대들이 대거란의 전사들이라 자부할 터인데 어찌 척후병 한 명을 상대로 모습조차 드러내지 않고 활을 쓰는가?]

산을 울리는 장서의 거란어에 거란병들이 흠칫거렸다.

"거란말을 하십니까?"

"허허. 내 일찍이 초원을 유랑한 적이 있다고 그리 말하지 않았던가?"

"그야 당연… 헛소리인 줄…."

평수가 말끝을 흐렸다. 장서가 다시 숨을 들이켰다.

[나는 대고려국의 흥위위 중랑장 척후대장 장서이다. 내 젊어 황수를 유람하며 초원의 전사들을 여럿 만나 보았으나 그중 어떤 이도 소수를 상대로 모습조차 드러내지 않는 겁쟁이는 없었다. 그대들이 진정 초원의 전사가 맞다면 모습을 드러내라!]

[맹수는 들쥐를 잡을 때도 몸을 낮추는 법! 허나, 네놈 기상이 장대해 보이니 잠시 상대해 주마!"]

모습을 드러내는 거란 병사들 사이로 장창을 세워 들고 담비털을 목에 두른 장수가 천천히 장서에게 다가왔다.

[그대가 대장인가?]

[그렇다! 벼룩 새끼마냥 끈질기게 달라붙던 네놈들의 수급을 베라는 폐하의….]

[말이 우습다! 거란의 척후는 적병의 지척에 가지 않고 움직이는가!]

[헛! 곧 죽을 놈이 쓸데없이 호방하구나!]

[허허! 그게 내 유일한 장점이니라… 그 호방함으로 초원에서 공짜 술을 얻어먹던 것이 아련하도다!]

[살은 뒤룩뒤룩 찐 놈이… 잠깐!]

돌연 거란 장수의 안색이 어두워졌다.

[네 이름이… 장 뭐라 하였느냐? 장 씨가 맞는가?]

[그렇다! 장서라 한다.]

[덩치에… 장 씨… 네놈 혹시….]

[내 초원에 그리 긴 세월을 머물지 않았는데도 나의 위명이 널리 퍼졌나 보구나!]

거란 장수가 잠시 고개를 숙이고 몸을 떨었다.

[나는 대거란의 원탐난자군遠探攔子軍[32] 부상온 무덕소다. 내 종형의 이름이 무간소인데 혹 아느냐?”]

[모른다!]

장서가 관심이 없다는 듯 고개를 흔들었다. 덕소가 언짢게 고개를 비틀다 다시 말했다.

[동경의 객잔에서 칼부림을 한 적이 없는가?]

[응?]

장서의 동공이 순간 부풀었다.

[왜, 답이 없나?]

[아하, 그렇지. 그런 일이 있었지… 하도 오래 되었으니… 그놈이 무 씨였던 가. 맞는 것 같기도 하고… 보자….]

[네 이놈….]

덕소가 온몸을 경련하며 독기 어린 눈빛을 장서에게 보냈다.

[그래! 객잔 뒤뜰에서… 어린 아들이 보는 앞에서 그 어미를 겁간하던 벌레 만도 못한 놈이 하나 있었지!]

[네 이놈! 내 집안의 원수를 이리 만나다니! 어찌 부처의 은덕이 아니겠는 가. 하!]

[지랄 똥 싸는 소리 집어치워라! 아무리 대자대비하신 부처시라도 설마하 니 너 같은 잡놈 은원을 들어주실 일이 있겠느냐! 흐흐.]

[이놈이… 좋다! 모두 물러나라! 내 오늘 이 짐승 같은 놈의 목을 베어 형님 의 위패에 가져갈 것이다!]

[응? 검을 겨룰 것이냐? 나랑?]

답하는 장서의 얼굴에 황당함과 당혹감이 동시에 맴돌았다.

---

32 거란군의 척후부대.

[응당한 일이 아닌가? 형님의 원혼을….]

[하하! 대단한 가문이구나! 천벌을 받아 마땅한 짐승놈 목을 하나 베었더니 그 종자가 감히 복수를 논한다고!]

[마음껏 떠들어라! 어차피 네놈이 살길은 없다!]

[아서라! 네깟 잡놈과 칼을 섞을 장서님이 아니니. 다 같이 덤벼 보거라!]

장서가 슬쩍 뒷걸음질을 치며 빠르게 눈알을 굴렸다.

[왜? 어차피 죽을 테니 여럿한테 당하는 게 자존심이 덜 상하느냐? 하면 재미있는 얘기 하나 들려 주마! 압록을 넘어 진군하며 내 눈앞에 치맛자락을 두른 것들은 아이부터 노인까지 가리지 않고 가랑이를 찢어 놓았으니 고려 땅에도 십수 년이 지나면 초원의 핏줄이 날뛸 것이다!]

[뭐? 찢어?]

순간 장서의 눈가에 냉혹한 기운이 감돌았다.

[왜? 이제 해볼 마음이 생기느냐?]

[더러운 종자가 어디 가지 않는구나… 그놈이나 네놈이나. 찢는다라… 좋다!]

장서가 어금니를 깨물다 갑자기 얼굴을 펴며 칼을 빼서 바닥에 던졌다.

[칼을?]

[좋은 말이다! 찢어 죽여 주마!]

[이… 이놈이!]

덕소가 창을 굳게 움켜쥐며 한껏 인상을 찡그렸다.

[내 이놈의 목을 직접 벨 것이니 그 누구도 나서지 마라!]

병사들의 답이 들리기도 전에 덕소가 창을 수평으로 쥐고 장서의 복부로 찔러 넣었다.

[어이쿠!]

장서가 엉성한 듯 재빠르게 뒷걸음질을 치며 창을 피하고 평수의 어깨에 손을 올려 낮은 음성으로 말했다.

"뒤의 왼편으로 병사가 셋뿐이다. 내 신호하면 당장 그쪽으로 달려 나가 포위를 벗어나라. 그길로 가파른 내리막을 지나 북쪽으로 돌아 나가면…."

[무슨 작당이냐!]

장서가 재차 찔러 오는 창을 몸을 틀어 흘리며 평수의 등을 반대쪽으로 밀었다.

"대장?"

"두 번 말할 시간 없다! 어떻게든 애전으로 가서 검사께 군사를 돌리라 전해야 한다!"

"하지만 대장을 혼자…."

"평수야!"

[이놈들이!]

신경질적으로 창을 휘두르는 덕소의 몸짓을 피하며 장서가 비장한 얼굴을 비쳤다. 평수가 눈을 떨며 입술을 깨물었다.

"따르겠습니다."

"좋다… 신호를 할 테니 잠시 있거라."

[작당은 끝났는가? 이제 목을 내놓거라!]

평수를 향하던 장서의 옆 틈으로 장창이 크게 휘둘러졌다. 순간 덩치에 어울리지 않는 유연함으로 장서가 허리를 뒤로 젖히며 아슬아슬하게 창을 흘려보냈다. 순간적인 상황에서 덕소가 희미한 미소를 지으며 창의 밑동을 왼손으로 잡아당기며 급히 방향을 틀었다. 장서가 지나간 방향을 그대로 거슬러 찔러 오는 창끝을 무심히 바라보며 젖혀진 허리에 탄력을 주어 몸을 일으키고 곧 덕소에게 부딪쳤다.

[억!]

육중한 어깨에 밀려 나간 덕소가 신음을 뱉는 찰나 장서가 내민 창날의 밑을 움켜쥐고 잡아당겼다.

[어엇?]

덕소가 끌려가는 상체를 뒤로 젖히며 디딘 발에 힘을 주었다.

[객기는 네놈이 부리는구나. 창을 놓아야 살 텐데?]

[이놈이! 무기를 버리는 장수가 어디… 어, 어?]

장서의 도발에 덕소가 한껏 힘을 주어 버티던 중 장서가 슬쩍 창을 앞으로 내밀었다. 덕소가 당기는 힘 그대로 뒤로 넘어가는 몸의 균형을 다시 잡으려던 찰나, 묵직하게 느껴지는 외력에 앞으로 넘어지며 장서에게 끌려갔다.

[으헉!]

[놓아야 산다고 분명 말했지.]

앞으로 고꾸라진 덕소의 왼 어깻죽지에 발을 올리며 장서가 비릿하고 언뜻 사악해 보이는 미소를 비쳤다.

[뭐, 뭘 하려고!]

[찢는다 하지 않았던가.]

장서의 미소가 옅어지며 표정에는 사악함만이 남아 맴돌았다. 장서가 몸을 숙여 덕소의 왼손을 꺾었다. 순간 '으적' 하며 인대와 근육이 끊어져 비틀리는 소리가 낮게 깔렸다.

[아, 아아악! 억!]

덕소가 소름끼치는 신음을 뱉었고 거란 병사들은 눈앞의 광경에 충격을 받은 듯 몸을 잘게 경련하면서도 어찌할 바를 몰랐다. 장서는 어떤 거리낌도 없이 끙끙거리며 덕소의 팔을 잡아 흔들고 또 비틀었다.

"에잇. 나이가 들긴 했구나. 이게 안 뽑히네. 보자….."

장서가 무심하게 중얼거리다 덕소의 허리 뒤쪽에 매인 칼집에서 곡도를 꺼내 들었다. 눈물과 콧물로 범벅이 된 얼굴로 본능적인 위협을 감지한 덕소가 급히 소리쳤다.

[허윽. 주, 죽여!]

거란 병사들이 덕소의 음성을 듣고 재빨리 시위에 화살을 걸었지만 손끝이 마비된 듯 제대로 움직이지 않았다. 그중 몇몇이 기어이 화살을 걸어 장서에게 쏘아 보냈다.

"이놈들이 사내끼리 맞싸움을 하는데 어디…"

거란 병사들의 마음을 대변하듯 흔들리며 날아드는 화살들에 장서는 절제된 동작으로 칼날을 흔들었다. 이윽고 화살들이 투둑거리며 바닥으로 떨어졌다.

[이런! 칼 빌린다는 말을 깜박했네!]

장서가 슬쩍 엎드린 덕소의 귓가에 속삭이고는 몸을 일으켜 비틀어진 어깻죽지에 곡도를 가져가 그었다. 직선으로 그어진 살결을 뚫고 피가 새어 나와 갑주를 적셨다.

[아참! 찢기로 했었는데… 이러면 찢는 것인가, 뜯는 것인가?]

[이… 미치….]

덕소가 말을 잇기도 전에 장서가 팔을 틀어쥐며 공중으로 잡아당겼다. 각종 부산물들이 튀어 오르며 핏줄기가 치솟았다.

[꺼이….]

후두둑 떨어지는 핏물을 바라보는 덕소의 눈에 생명의 빛이 천천히 빠져나갔다.

"평수야."

"대… 장!"

장서가 뽑힌 팔을 휭휭 돌리는 동시에 핏물과 살점을 튀기며 슬며시 평수를 향해 뒷걸음질을 쳤다. 거란 병사들이 눈앞에서 벌어진 수장의 잔혹한 죽음에 실색하다 천천히 정신을 차리고 활을 움켜쥐었다.

"지금!"

돌연 몸을 돌린 장서의 몸짓에 거란 병사들이 급히 활을 들어 겨누었다. 장서가 급히 평수의 등을 한 손으로 밀치며 뒤쪽의 병사들에게 달려들었다.

[죽여라! 화살을 쏴라!]

여기저기서 들리는 병사들의 외침에 평수가 입술이 찢어질 듯 깨물며 한 방향으로 달려 나갔다. 뒤편에서 활을 들어 올리는 거란 병사들 앞으로 떨어진 팔이 날아들었다. 실색하며 뒷걸음질 치는 거란 병사의 옆으로 장서가 지나가자 이내 병사의 목이 허공으로 떠올랐다.

"뛰어!"

뒤에서 날아드는 화살 소리에 장서가 급히 평수의 뒤를 막아서며 팔을 휘둘렀다. 평수의 귓가에 몇몇 화살이 바닥에 떨어지는 소리와 살과 뼈를 꿰뚫는 화살촉의 불쾌한 소리가 동시에 울렸다. 자신의 몸에 충격이 없음을 확인하면서 평수는 안도감과 비장함을 동시에 느끼고 있었다. 찰나에 뇌리를 스친 안도감에 스스로를 자책할 틈도 없이 장서는 어느새 자신의 앞으로 달려 나가고 있었다.

"평수야! 꼭 살아가거라!"

"대장…."

정면의 나무 뒤에 숨어 있던 거란 병사의 옆구리에 곡도를 박아 넣으며 장서가 외쳤다. 장서의 등과 뒤쪽 허벅다리에 박힌 화살 끝으로 핏물이 줄줄 흘러내렸다. 장서는 곡도를 뽑아 내며 급히 몸을 돌렸다. 순간, 아주 잠깐 마주친 두 눈빛을 거둔 채 장서는 다시 몸을 돌려 평수의 뒤로 날아드는 화살을 향해 달려 나갔다. 평수는 계속 달렸다. 뒤에서 들려오는 비명과 화살 소리들이 점점이 멀어져 갔다. 얼굴과 온몸으로 달리다 스친 나뭇가지들이 생채기를 내었다. 허파가 터질 듯 부풀어 떨렸고 코와 입으로 들이마시는 공기가 따가웠다. 달릴수록 나무들은 듬성듬성 줄어들었고 곧 절벽을 연상케 하는 가파른 경사의 내리막길이 보였다. 내리막 앞에서 평수는 양손을 무릎에 대고 잠시 숨을 골랐다. 호흡에 실려 침방울이 거칠게 튀었다. 요동치는 몸통을 양팔에 기댄 채 눈물이 흩날리며 땅에 쏟아졌다. 평수는 장서의 마지막 눈빛과 얼굴을 떠올렸다. 언제나 자신을 놀려 먹고 허풍을 떨 때 짓던 그 표정과 눈매를 기억하며 평수는 천천히 내리막을 향해 몸을 움직였다.

58 계향주 桂香酒

"형님, 만에 하나… 그냥 해 보는 말입니다. 저 정도 거리면 저희는 말을 타고 따돌릴 수 있습니다."

규는 숙흥을 쳐다보지도 않고 눈을 감았다 떴다.

"내가 그리 하자 해도 네가 온갖 행패를 부리며 말렸을 일 같은데?"

"하하! 역시나! 그럼, 백성들을 우선…."

숙흥이 멀찍이 뒤에 떨어져 모여 있는 백성들을 살폈다.

"시간은 벌 수 있겠지. 뒤 언덕을 통하면…."

"인근에 성은 없으나, 향산까지는 어찌저찌 갈 수 있을 겁니다. 그 이남으로 이적들은 없을 테니…."

"최소 반나절은 버텨야겠구나."

규가 고개를 들어 해의 위치를 살폈다. 숙흥이 고개를 돌리며 소리쳤다.

"장 산원! 최 대정!"

"예, 별장!"

"병사 열 명을 선별하여 백성들과 함께 고개를 넘어라!"

"허나….'

"항명은 허락치 않는다! 당장 움직여라!"

"따르겠습니다."

숙흥의 단호함에 산원 장일규와 대정 최시현이 머뭇거리던 몸을 급히 움직였다. 규가 고개를 돌려 선정과 재헌을 불렀다.

"정아, 재헌아. 다친 병사 중 걸을 수 있는 자를 선별해 저들을 따르거라.

"못 합니다!"

"검사!"

동시에 항명의 외침이 터져 나왔다. 숙흥이 인상을 찌푸리며 둘을 쏘아보았다.

"어디, 감히. 검사의 명을 거역하는가! 당장 목이 베이겠느냐!"

숙흥의 엄포에 재헌이 슬쩍 고개를 떨었고 선정은 주춤하다 이내 바닥에 가부좌를 틀고 앉았다.

"죽이시오!"

재헌이 선정의 한쪽 손을 끌며 일으키려 했지만 선정의 완강한 저항에 여의치 않은 듯 보였다.

"정이는 남거라."

규가 돌아보지 않고 어깨를 떨었다. 규는 선정의 고집을 이길 수 없다는 것을 누구보다 잘 알고 있었다. 선정 또한 그 나름의 방식으로 먼저 간 이들의 넋을 기리려 함일 것이었다. 무엇보다 촉박한 상황 속에서 개인의 감정으로 시간과 기력을 허비할 틈이 없었다. 재헌이 끙끙거리던 팔을 놓고 눈시울을 붉히며 고개를 숙였다.

"따르겠습니다. 검사, 맡겨 주십시오."

재헌이 일규와 시현을 따라 움직이며 부상병들의 몸을 확인했다.

"홍수라도 난 것 같습니다. 몇 명인지 헤아리려면 달포는 걸리겠습니다."

　점점 본체를 드러내며 다가오는 대규모의 행렬에 숙흥이 넋을 놓은 듯 중얼거렸다. 평지로 쏟아져 나와 펼쳐진 장대한 행렬이 먼 바다 끝에서 덮쳐 오는 해일처럼 밀려오고 있었다. 말 그대로 헤아릴 엄두가 나지 않는 그 행렬에 세워진 깃발의 숫자는 고려군 병사의 수보다 많아 보였다.

"평장사 어른을 뵙겠구나…."

"형님?"

　분주한 병사들과 자신을 부르는 숙흥의 목소리에도 규는 아찔한 뇌리 속에서 그리운 얼굴을 찾고 있었다.

"자네 백부께서 군영에 다녀가셨다지?"

"아! 며칠 전에 잠시 들르셨습니다."

　규가 찻잔을 상에 올려 놓으며 백부 이야기에 반가움을 표했다.

"듣자 하니, 아버지와 같이 대한다던데…."

"예. 백부께서 아버님 역할을 대신 해주셨기에… 혹, 저희 백부님을 아시는지요?"

　희가 소매를 걷어 올리고 일어나 몸을 돌려 등을 보였다.

"규야, 서북면 강동 6주를 어찌 생각하느냐?"

"예? 갑작스럽게…."

　갑작스러운 희의 질문에 규가 고개를 갸우뚱거렸다.

"말 그대로 어찌 생각하는지 말해 보거라!"

"음. 고려의 고토가 아닙니까? 마땅히 수복해야 할… 나아가 압록을 넘고 요하까지 진출할 교두보라 할 수 있겠지요."

말없이 등을 돌린 희의 모습에 규가 미묘한 감정을 느꼈다.

"혹, 따로 하실 말씀이라도?"

"후회한다."

"예? 무엇을 말씀이신지…."

"그 겨울, 그자와 나눴던 모든 대화들 또 지금의 결과까지…."

"평장사 어르신…."

규는 영문을 몰라 어리둥절해하며 말끝을 흐릴 뿐이었다. 희가 몸을 돌려 책 한 권을 규에게 건넸다.

"살펴 보거라."

얼떨결에 받아 든 책자를 바로잡으며 규가 책의 겉면을 살폈다. 별도의 표식이 없는 책의 모습에 규가 희를 잠시 바라보았지만 희는 별다른 답이 없었다.

"그럼 잠시…."

규가 천천히 책장을 넘기기 시작했다. 한 장, 두 장… 적혀 있는 날짜와 이름은 서북면 각지의 지명과 곡식이나 각종 물자의 양 등등 얼핏 봤을 때 두서없는 내용들로 뒤죽박죽이었다. 규가 미간을 찡그리며 희의 눈치를 살폈지만 여전히 그는 무표정으로 초점 없는 눈빛을 보낼 뿐이었다. 규는 다시 책에 집중했다. 다시 한 장 한 장 책자를 넘기던 규는 어느 정도의 규칙을 가지고 내용이 작성되었음을 알아차렸다. 어느 순간 적혀 있던 이름들이 왠지 낯이 익다 생각이 들 때쯤, 넘기던 책장에서 모를 수 없는 이름 하나가 눈에 각인되었다.

"이, 이건…."

규가 놀란 눈으로 책과 희를 번갈아 보았다. 그 순간, 스쳐 갔던 이름들 중 몇몇의 존재를 눈치챈 규의 검은자가 점점 커졌다. 그 이름들은 전현직 고려 고관대작들의 것이었다. 그 이름들 가운데 자신의 백부의 이름까지… 멀리 서북면까지 발걸음을 했던 백부의 뒷모습이 뇌리를 스쳤다.

"무엇인지 알겠느냐?"

"이게 대체… 여기 왜 서북면의 지명들이, 곡식의 출납은? 평장사 어르신, 이것이 설마…."

"네가 단지 출중한 용력만으로 나이에 비해 이른 품계를 받았을 거라 생각했느냐?"

어질어질한 이마에 손을 짚는 규의 맞은편에서 희가 크게 심호흡을 했다.

"그날, 내가 강동 6주를 우리 땅이라 주장한 것은 나의 가장 큰 업적이자 실책이다."

잠시 뜸을 들이던 희가 말을 이었다.

"그래. 자네가 투전에 능하니 잘 알겠구먼."

"어르신, 이 상황에 드릴 말은 아니지만… 능하지는 못합니다."

"허허! 그래."

예상하지 못한 규의 반응에 희가 실소를 터뜨리며 입을 가다듬었다.

"대체 무슨 말씀을 하시는 것인지 모르겠습니다!"

"들어 보거라. 그날… 나는 내가 제안할 수 있는 최대치를 그들에게 던졌느니라. 사실 속으로는 지금의 곽주 정도까지를 염두에 두고 있었지. 그런데, 결과가 어떠했느냐?"

"압록 이남을 모두 받아 내셨지요!"

"그러니 말이다! 아니, 사실 서북면 어느 곳이 거란의 영토였던가? 어차피 고려와 거란의 사이에서 여진족이 점거하다시피 한 무법의 땅이 아니었던가! 내 계획은 적당한 선까지 국경을 약속받고 그곳의 내실을 다지며 차츰 실리를 얻어야 한다는 것이었다! 한데, 저들은 내가 던진 최대치 이상의 제안을 수렴해 버리더구나."

"잘된 일이지 않습니까?"

희가 손을 뻗어 책을 뺏어 들었다.

"어찌 잘된 일인가! 하루 아침에 수천의 산이 생겼다고 해서 마냥 기뻐할 일이더냐! 그게 다 무슨 소용인가! 결국 이런 결과물로 남아…."

희가 숨을 고르고 말을 이었다.

"재물과 권력이! 영생토록 주인이 없이 유지되는 것인가."

"어르신!"

격변을 토하다 비틀거리는 희의 옆으로 규가 다가섰다.

"괜찮다. 마저 듣거라. 그래, 어찌 되었든 잘된 일이지. 하루 아침에 국토의 2할에 가까운 땅이 생겨 버렸으니. 임금께서 치하하시고 조정 대신들이 찬양하는 그 순간만큼은 내 태어나 느껴 본 희열 중 가장 큰 것을 느꼈으니… 허나! 그 이후는 어찌 되겠느냐? 그 거대한 땅덩어리를 내버려 두면 저절로 곡식이 자라고 성이 지어지는 것이냐? 오랫동안 그곳을 터전으로 잡고 있던 여진족은? 하루 아침에 하늘로 솟아 없어지느냐?"

"응당 개척하고 관리를 하여야지요."

"누가 하는가! 질기게 버틴 여진족을 몰아내고 황무지를 개간하고 돌덩이를 들어다 성을 쌓는 것을 누가 해야 하느냐?"

"조정에서…."

"그 조정에서 나오는 인력과 곡식은 어디서 오는 것이고?"

"백성들…."

"하루 아침에 백성들이 책임져야 할 산과 들이 얼만큼 늘어난 것인지 가늠이 되느냐?"

규가 서북면의 수많은 산과 척박한 땅을 떠올리고는 고개를 흔들었다.

"그리고 그곳의 관리는 누가 해야 하느냐?"

"금상께서… 대신들의 도움을 받아 해야 하는 것이 아닙니까?"

"참으로 듣기만 해도 아름다운 소리다."

"그럼…."

"평장사라는 감투를 쓰고 내가 하고 있는 것이 보이지 않느냐!"

"그렇지요… 그런데 갑자기 화를 내시고… 혹, 저의 백부께서 지나친 것을 요구하신 건지, 그래서 저에게…."

"하하! 보면 볼수록 재밌는 자로다. 그래, 그래도 눈치껏 그 책에 써진 게 뭔지는 아는가 보구나!"

"어찌 모를 수가 있겠습니까. 그저 부끄러울 따름입니다."

"그래! 부끄러워야지!"

"그렇긴 해도 당사자가 아닌 저에게… 제가 벼슬을 청탁한 것도 아닌데 너무 하시는 게 아닌지요. 게다가 어찌 준 사람만을 힐난하겠습니까… 준 사람이 있으면 받은 사람도…."

규가 희의 눈치를 살피며 뒷말을 삼켰다.

"그래, 그래. 어찌 주는 쪽만 부끄럽겠느냐. 그럼에도 한마디 꼭 하자면… 그 방법이 아니었다면 애초에 서북면은 와해되었을 것이니… 못난 말이나 그 수밖에 없었느니라."

"그러시겠지요. 제가 설마 어르신을 책잡으려 한 얘기겠습니까. 서북면 소속으로 누린 것을 생각하면 저 또한 수혜자일 테니…."

"그리 말해주니 다행이긴 하나…."

규가 이마를 문지르다 희의 눈을 마주치며 어렵게 입을 열었다.

"어르신, 감히 제가 요지를 예측하자면 넓은 땅덩어리를 들고 왔더니 대책도 없이 관리까지 맡기는 것들 때문에 힘들다… 애초에 땅을 안 가져올 걸 그랬다! 뭐 이런 말씀이신 거지요?"

"그리 단순히 정리가 되느냐? 내가 한 몸 힘들어서 어린애처럼 투정이라도 부린다는 듯이 얘기하는구나?"

규가 가슴을 앞으로 내밀었다.

"그러니 어르신! 아둔한 이에게 너무 복잡하게 말씀하십니다! 그냥 속 시원히 일러 주시면 참으로… 좋겠습니다."

높게 시작했던 규의 음성이 차츰 느려지면서 낮아졌다. 희가 눈을 찡그리며 다시 한번 웃었다.

"으이구. 그래. 네 그런 점이 맘에 들어서 앉혀 놓은 것이니. 맞다! 힘들기도 한데 그보다 내일이 걱정되어서 그러는 것이다. 내 당장 평장사라는 감투로 득실거리는 늑대를 상대로 버티고 있다만… 내가 얼마나 더 살겠느냐? 금상께서도 하루하루가 위태하시니… 이제 기틀을 잡아 가는 이 서북면 전역을 주상 전하와 내가 없다면 누가 집어삼키고 혹은 뜯어먹으려 할까 그게 걱정이 되어 심신이 남아나질 않는다는 말이다."

규가 머릿속으로 상황을 정리하다 금세 눈을 빛냈다.

"걱정하실 일이 아닙니다!"

"뭐라? 좋은 수가 있겠느냐?"

"뭐, 좋고 나쁘고도 없습니다! 그냥 태워 버리십시오!"

"이 정신 나간! 장부가 이거 하나겠느냐! 당사자들이 적어 놓은 건 어쩌고! 게다가 사내가 약속한 것을 어찌 태워 없앤다는 말이냐!"

"어르신! 거, 사람이 가끔 보면 좀 그렇습니다!"

"뭐! 뭐가 어째!"

눈을 크게 뜬 서희가 책을 머리 위로 집어 들었다. 규가 능글맞게 웃으며 희를 올려 보았다.

"원장부가 없는데 누가 장부를 들고 오건 말건 무슨 효력이 있습니까! 게다가 어르신께서 돌아가시고 나서 벌어질 일일 텐데 죽은 사람을 일으켜 세워 장부를 맞춰보겠습니까? 그리고! 어디 감히 국가의 재산을 개인이 함부로 저당을 잡는다는 말입니까! 간땡이가 수백 개 있는 것이 아니라면 있을 수 없는 일이지요! 암! 그리고 제일 중요한 것인데 그저 그자들도 보국하는 마음으로 남는 재산을 어르신께 위탁하신 게 아닙니까? 혹시 수령자가 사사로이 유용하기라도 했답니까?"

희가 한쪽 손으로 이마를 짚고 비틀거렸다.

"이자가 아주 사람을 앞에 세워 두고 먹이는구나?"

"흐. 어르신께서 그런 말을 다 쓰시고. 역시 사람이 배우건 못 배우건… 욕설 한마디가 더 쓸모가 있을 때가…."

"이놈이!"

희가 고함을 친 자세 그대로 자신의 입을 틀어막았다. 침묵하던 둘은 일순간 서로를 바라보며 한참을 웃었다. 희가 수염을 어루만지며 차분하게 눈을 깔았다.

"그래… 들어 보니 다 그럴 듯하구나. 한데… 네 백부는 어찌하겠느냐?"

"사사로이 저의 집안 어른이실 뿐 국가 대사에 어찌 백부님을 논하겠습니까!"

규의 콧구멍으로 숨결이 거칠게 새어 나왔다.

"불복한 이들이 세력을 모아 항의한다면?"

"어르신께서 키워 낸 저희입니다! 어디 감히 서북면에 숟가락을 얹으려고… 그저 칼로 답할 뿐입니다!"

"아이고. 이런 답답이… 그러다 역적으로 찍히면…."

"주상께서 성군이라 하시지 않았습니까?"

"아니, 입에 담을 수 없는 말이나… 어느 임금이 천년을 치세한다더냐?"

"그때 가서 생각하겠습니다!"

번뇌라고는 한 점도 찾을 수 없는 규의 얼굴에 희가 쓰러지듯 의자에 기대어 앉았다.

"하. 뭐가 이렇게 말도 안 되는데 믿음직스럽지? 내 이적의 장수와 담판을 나누면서도 이리 흔들린 적이 없는데, 이건 참."

"허허!"

천진하게 웃는 규의 얼굴을 보고 희가 따라 미소 지었다.

"규야."

"예!"

"서북면을 너에게 맡기마!"

"평장사의 금인을 주시는 것입니까?"

"에헤이!"

"농입니다! 하하."

"언제가 되었건… 저들은 분명 압록을 넘을 것이다."

다시 진중해지는 희의 얼굴을 따라 규도 얼굴에서 웃음을 지우고 눈에 힘을 주었다.

"네가 어떤 지위 또 어떤 위치에 있든 서북면을 사수하여야만 한다!"

"그러라고 녹을 받는 것 아닙니까! 염려치 마십시오!"

"그래. 오늘처럼 그때그때 할 수 있는 최선을 찾자…."

"예…."

"너라면 해낼 것이다!"

맞닿은 눈빛에 신분과 연륜을 초월하는 정이 퍼지며 공간을 데웠다. 희가 어느새 눈가에 맺힌 물기를 닦으며 고개를 돌렸다.

"어르신…."

"그래. 어찌 한잔 하겠느냐?"

"술을 드신다고요? 하루 종일 가슴을 부여잡고 기침을 하시는 분이! 가당치도…."

"계향주가 있느니라… 뭐, 몇 잔 먹어 며칠 일찍 죽는 게 뭐 그렇게 대수겠느냐."

"예! 계향주라면 마셔야지요! 뒷말은 못 들은 걸로 하겠습니다!"

"이… 하핫!"

다시 웃음을 터뜨리는 희를 따라 규가 익살스럽게 웃었다. 주고받는 계향주를 따라 부자의 모습을 비치는 둘의 음성이 밤새도록 퍼져 나갔다.

⁵⁹ 정해진 결과

'송구합니다, 어르신. 서북면을 온전히 지키지는 못할 것 같습니다.'

촉촉해진 눈을 뜨며 규가 희의 얼굴을 뇌리 한곳으로 밀어 넣었다. 규가 짧은 사색을 하는 동안에도 적군은 발을 멈추지 않았다. 다가오는 그 적군의 해일을 바라보며 규는 이상하리만치 마음이 가벼웠다. 그리운 이들을 만나게 된다는 설렘일까? 그렇다면 살아 있는 처와 자식은 어찌할 것인가? 그런 유형의 가벼움이 아니었다. 어떤 감정의 결인지 스스로에게 묻던 규는 적병의 얼굴이 인식될 정도로 가까워졌을 때 그것의 정체를 깨달았다. 그것은 정해진 결과였다. 앞으로 일어날 전투의 결과는 사실상 정해져 있었다. 이기기 위해서, 구하기 위해서 복잡하게 전략을 구상할 필요도 자신과 동료의 안위를 염려할 필요도 없었다. 정해진 결과를 따르는 과정에서 그저 한 명이라도 더 베고 조금이라도 시간을 지체시키는 것 그것만으로 충분했다. 그렇기에 역설적으로 규의 마음은 가벼웠다.

"형님, 따로 전략을 쓰실 건지?"

"소용이 있겠느냐?"

"그렇겠지요?"

"저 깃발 어디 황제가 있겠지?"

적군 대열의 앞쪽 중앙에 위치한 거대한 깃발 여러 개가 밀집되어 있는 곳을 살피며 규가 말했다. 숙흥이 턱을 들어 규의 눈을 따라 한곳을 살폈다.

"그렇겠지요. 이런 말 드리기는 뭣하지만… 불가능하지 싶습니다."

"이야! 네가 시작도 전에 안 된다 말하는 건 또 진귀한 일이다."

"저도 호기롭게 황제의 목을 따고 죽는다 말하고 싶지요. 어차피 죽은 목숨이니. 허나, 호기로 내세울 만한 일이 아니지 싶습니다."

"내 생각도 같다. 전략은 없다! 네 말대로 의미 없는 호기를 부리는 대신 그저 한 명이라도 더 베고 죽자."

"바라던 바입니다! 이번에는 제가 이겨 보겠습니다!"

"그거야말로 호기로 때울 말이 아니다! 더 불가능할 것이야!"

"흐흐. 두고 보지요."

규와 숙흥이 주먹을 움켜쥐었다. 뒤의 병사들도 각자의 결의를 다지며 병장기를 움켜잡았다. 규가 뒤를 살폈다. 백성들은 이미 고개를 올라 모습을 감췄고, 병사들은 두려움이 섞인 눈빛을 애써 빛내고 있었다. 규는 전투가 시작되면 개중 몇은 대열을 이탈할 것이라는 것을 알고 있었다. 하지만 그들을 탓할 생각은 없었다. 마음 같아서는 모든 병사들을 물리고 자신이 홀로 대군에 맞서고 싶었다. 결과를 책임져야 할 장수의 입장에서 정해진 결과에 앞서 병사들의 얼굴을 볼 낯이 없었다. 들려오는 나팔과 북 소리에 규가 다시 앞으로 고개를 돌렸다. 활의 사정거리를 살짝 남겨 두고 적군이 멈춰 섰다.

"애초에 포로들은 안중에 없었구나!"

"그런가 봅니다. 그들을 잡으려면 기마병을 앞세워 저희를 밟고라도 지났을 테니⋯."

"그렇다면 역시!"

적군의 선두에 장방패를 든 병사들이 횡의 모양으로 겹겹이 나섰다.

"꼴사나운 광경을 좀 볼 수도 있겠습니다."

"생포하려 한다⋯ 수십도 아니고 수백을?"

"황제가 여러모로 우리에게 미운 정이 들었나 봅니다."

"다들 올가미를 조심하라! 적들이 우리를 욕보이려 하니 모두 최악의 경우를 상기하라!"

규의 외침에 병사들이 가슴팍이나 허리 어디쯤에 맨 단검의 위치를 확인했다.

"어찌하시겠습니까? 먼저 두드리겠습니까?"

"타고난 성정대로 하는 게 맞지 않겠느냐!"

규의 말에 숙흥이 익살스러운 표정을 지으며 고삐를 움켜잡았다. 규 또한 한 손에 창을 수평으로 쥐고 남은 손으로 고삐를 잡았다. 언덕 위에서 북쪽으로 바람이 내려왔다. 등을 밀며 재촉하는 듯한 그 바람에 규와 숙흥이 동시에 외쳤다.

"흥성군!"

"구주군!"

"수!"

"충!"

"진격한다!"

"와아아아!"

비장하게 퍼지는 함성과 함께 흥성군과 구주군이 내리막을 내달렸다. 거란군의 방패병들이 촘촘히 서며 끈끈하게 진을 형성했다. 이어 고려군 측에서 발사된 화살이 날아들었다. 대부분의 화살은 방패에 막혔다.

다시 화살이 날아들었다. 결과는 같았다. 지척에 다다른 고려군이 방패진을 앞에 두고도 말의 고삐를 당기지 않았다.

"으아악!"

함성과 함께 기마병들이 거란 진영에 충돌했다. 순간 수백의 고려 병사들이 공중에 떠 거란의 진영으로 떨어졌다. 방패병 사이 낮은 곳에서 오직 말만을 노린 창들이 뾰족하게 튀어나왔다. 대부분의 말들은 고꾸라졌고 그 반동으로 병사들도 낙마했다. 고려 병사들이 떨어지는 지점으로 거란 병사들이 공간을 비웠다. 이내 땅에 떨어진 병사들의 팔과 다리 그리고 목으로 올가미가 날아들었다.

60 나비

수많은 병사들이 올가미에 끌려 거란 병사들 사이로 사라졌다. 허무할 정도로 전력이 꺾인 전장에서 규가 날아드는 올가미를 쳐내며 병사들이 몰린 곳으로 달려들었다. 도약하는 발길질 한 번에 땅이 움푹 파였다. 그 반동으로 사람의 것이 아닌 속도로 휘둘러지는 창날에 여러 방향에서 동시에 핏줄기가 튀어올랐다. 창을 휘두르는 규의 귓가에 익숙한 음성이 들렸다.

"샹! 다 들어와! 죽어! 죽어!"

요행이었을까? 환수가 멀쩡한 말 위에 올라 온갖 악다구니를 쓰며 아래로 골타를 휘두르고 있었다. 멈칫거리는 거란 병사들 뒤에서 환수를 향해 올가미가 날아들었다. 이내 골타가 올가미에 걸렸다. 여러 명이 당기는 그 힘을 버티지 못하고 환수가 손을 놓쳤다. 허공을 가르는 골타가 병사들 사이로 끌려가며 서너 명의 머리와 어깨를 타격했다.

"흐흐흐!"

그 광경에 이를 훤히 드러내며 웃던 환수의 뒤에서 날아온 올가미가 그의 목을 죄었다. 버둥거리며 올가미를 잡아 뜯으려는 몸짓과 함께 환수가 바닥으로 떨어져 끌려가기 시작했다.

"어억!"

환수가 괴성을 지르며 무릎을 굽혀 바닥을 세게 디뎠다. 버틸수록 숨이 막혀 오는 상황에서 돌연 바닥을 박차며 환수가 날아올랐다. 환수를 끌던 올가미의 탄력은 환수를 공중에 띄웠다. 환수는 그대로 병사들 쪽으로 떨어지며 팔과 다리를 마구 휘저었다.

[아악!]

몇몇 병사가 비명을 지르며 뒤로 넘어졌다. 환수가 올가미를 거꾸로 잡고 기어이 그 끝을 잡은 병사들 앞으로 다가섰다.

[올가미 더 던져!]

[한 놈이다! 몸으로 막아라!]

"어딜!"

환수가 눈앞에 보이는 대로 병사들의 어깨를 잡아끌어 자신의 이마에 찧었다. 투구까지 갖춰 쓴 병사들이 피를 토하며 쓰러졌다.

[짐승이 따로 없구먼. 떨어져라!]

환수가 자신에게서 멀어지는 병사들을 기어이 하나하나 잡아가며 쉬지 않고 머리를 흔들었다. 이마의 살갗이 다 찢기며 그 사이로 허여멀건 뼈가 보였다. 철철 흘러넘치는 피에 흰자위마저 빨갛게 물든 채 환수가 천천히 멈춰 섰다. 땅에서 튀어 그의 몸을 적신 축축한 흙이 땅으로 뚝뚝 떨어졌다. 곧 환수의 육중한 몸이 흐느적거리며 무너져 내렸다.

[휴.]

[사람이 맞나?]

경계하며 다가선 거란 병사가 허리를 숙여 환수의 어깨를 콕콕 찔렀다.

"으어!"

벌떡 일어나며 몸을 젖히는 환수의 몸짓에 병사가 놀라는 사이, 그의 눈앞으로 환수의 이마가 들이닥쳤다.

비명 한마디 지르지 못하고 쓰러진 병사가 깨문 혀의 끝이 잘려 땅으로 떨어졌다.

"죽….."

환수의 상체가 다시 뒤로 넘어갔다. 거란 병사들 누구도 근처로 다가서지 못했다. 환수의 눈가로 핏자국이 흘러내리며 피눈물을 연상시켰다. 환수는 다시 움직이지 않았다.

하석이 날아드는 올가미를 날렵한 몸짓으로 피하며 연신 시위를 당겼다. 숨이 차오르고 팔의 감각이 무뎌지는 순간에도 하석은 활을 놓지 않았다. 곤란한 쪽은 거란 병사들이었다. 하석을 죽일 수도 없는 상황에서 올가미에 걸리지 않고 화살을 날리는 그의 몸짓에 병사들은 곤혹스러움을 감추지 못했다. 하석은 그 이점을 이용하며 진영을 휘저었다. 다시 화살을 들어 시위를 당기던 순간, 하석의 몸이 휘청거렸다. 수명을 다한 현궁이 부러졌다. 대를 고정하는 실이 풀어 날리며 고정되어 있던 뼛조각이 부서져 사방으로 튀었다. 그중 한 조각이 하석의 얼굴로 날아들었고 곧 하석은 주저앉았다. 한쪽 눈 옆에 박힌 뼛조각 사이로 피가 흘러내렸다. 찰나의 순간에 다시 날아든 올가미가 하석의 오른 발목에 걸렸다. 양손으로 땅을 짚고 버티는 몸짓에도 몸은 자꾸만 끌려갔다. 하석이 입술을 깨물며 급히 허리춤으로 손을 가져갔다.

"어르신… 뵈러 갑니다."

일말의 망설임도 없이 뽑은 단검을 자신의 목으로 박아 넣은 하석의 몸이 거칠게 경련했다.

팔과 다리에 올가미가 걸린 조경이 안간힘을 썼다. 산속의 날다람쥐를 연상시키던 그 날렵한 움직임을 더 이상 뽐내지 못하며 조경이 고함을 질렀다.

"그냥 죽여!"

조경의 외침에도 아랑곳 않고 팽팽한 올가미가 그의 몸을 계속 끌어당겼다. 끌려가는 몸짓에서 품의 단도를 꺼내 들던 조경의 뒷머리로 돌멩이 하나가 날아들었다. 조경의 몸이 축 늘어진 채 병사들에게 끌려갔다.

[폐하. 모두 생포하기는 어려울 것 같습니다. 저항이 만만치 않습니다.]

재단처럼 만들어진 구조물에 높게 놓인 어좌에서 황제가 주위를 둘러보고 있었다. 일산을 들고 시중을 드는 이가 황제의 시선이 향하는 곳을 가리지 않으려 부지런히 그 주변을 맴돌았다. 어좌의 주변으로 소배압과 대승상大丞相 한덕양 등을 비롯한 대신들이 황제의 눈치를 살피며 전황을 살폈다. 아군의 당연한 승리에 대부분의 얼굴에는 화색이 돌았지만 대열의 끄트머리에서 백의를 입은 사내가 울상으로 고개를 숙이고 있었다.

[어려우니 하지 않겠다는 말인가?]

[폐하! 어찌 그러하겠습니까. 다만, 적병 모두를 상하지 않고 잡는 것은 저희 병사들의 희생이 필연적으로 따르는 바… 폐하의 백성을 아끼시어 적어도 화살이나 창상 정도는 허락해 주시길 청하는 바입니다.]

[이미 그러고 있는 것이 아닌가?]

슬쩍 높아진 황제의 음성에 신료들이 허리를 숙였다. 거란의 대승상 한덕양이 몸을 앞으로 내밀었다.

[폐하, 대신들이 폐하의 백성을 염려하는 마음이 실로 갸륵합니다. 자고로 전투에서 적을 섬멸하기보다 사로잡기가 어렵고, 사로잡기보다 내 사람으로 얻는 것이 더 어렵다 하였습니다. 이미 폐하의 사람인 병사들을 먼저 아껴 주

시는 은덕을 베푸셔야 얻고자 하는 일이 잘 풀릴 것입니다.]

[대승상의 뜻이 그러하다면… 잠깐!]

고개를 돌리며 전황을 살피던 황제가 자리를 박차고 일어났다. 대신들이 황제의 시선이 향한 곳으로 급히 고개를 돌렸다. 고운 머릿결을 허공에 휘날리며 가녀린 몸으로 올가미를 피하는 병사의 모습에 황제를 비롯한 신료들이 순간 입을 동그랗게 벌렸다.

[여인, 여인이지 않은가!]

[멀어서 식별이 잘 되지는 않으나 폐하, 고려 백성들은 상투를 틀기 때문에….]

[맞다! 분명하다! 짐이 사내와 계집을 구분 못 하겠느냐!]

배압과 덕양이 상투를 논하던 신료에게 눈빛을 쏘아 보냈다.

[마, 맞습니다. 폐하, 신이 연로하여 잘못 보았습니다. 혜안을 믿지 못한 죄를 벌하여 주시옵소서….]

[벌… 치우고! 생포하라! 저 몸에 생채기 하나라도 난다면 그야말로 벌을 내릴 것이다!]

[예, 폐하.]

신료들이 곤란한 표정으로 바삐 움직였다.

땅을 뒹굴며 떨어진 비녀 탓에 머리가 풀어진 채 선정이 올가미를 피하고 있었다. 잠시 뜸해진 올가미와 주위를 둘러싼 병사들의 바뀐 눈빛을 느끼며 선정이 입술을 깨물었다. 점점 더 넓은 공간을 만들며 뒷걸음질을 치는 병사들의 움직임에 선정이 그들의 태세가 전환된 것을 어렴풋이 짐작하고 있었다. 아마도 자신이 지치기를 기다리는 듯했다. 시간이 지나 몸을 움직일 여력이 없을 때 만에 하나라도 적병의 포로가 되는 순간 닥쳐올 상황을 그리며 선정은 마음을 다잡고 두 개의 검을 꺼내 양손에 쥐었다. 두 검은 일반 환도의 절반 길이였다. 사내에 비해 힘이 부족하지만 그만큼 민첩함의 이점을 가진 선정에게 규가 직접 대장간에 들러 고안하고 제작해 준 소중한 검이었다. 적병들은 검을 보고도 멀찍이서 선정을 관망할 뿐이었다. 선정이 찰갑의 이음새를 풀고 끈을 빼내어 오른손에 검을 대고 묶었다. 여전히 다가오지 않는 병사들을 경계하며 이빨로 끈을 끌어당겨 왼손에 검을 마저 묶은 선정이 양손을 내리고 서늘한 안광을 빛냈다. 일순간 선정이 땅을 박차며 한쪽의 병사들에게 달려들었다. 대열에 끼어 뒷걸음질 칠 공간이 없는 병사들 앞에 다다른 선정이 양손을 마구 휘젓기 시작했다. 허공에 튀는 핏줄기에도 병사들은 선정을 피하기 바빴고 선정이 지나가는 자리로 병사들의 몸이 쓰러져 뒹굴었다.

[폐하! 죽으러 달려드는 이를 어찌 맨몸으로 상대하겠습니까! 병사들의 사기가 땅에 떨어질까 두렵습니다!]

시종 낮은 목소리를 유지하던 덕양이 다급하게 어조를 높였다. 황제가 선정의 움직임에 넋이 나간 와중에도 평소와 다른 덕양의 어조에 슬쩍 눈을 감았다 떴다.

[올가미는 허락하겠다.]

[예, 폐하!]

다급하게 전달된 명령이 선정 주변의 병사들에게 닿았다.

다시금 날아드는 올가미를 하나하나 쳐내는 선정의 얼굴이 한껏 붉어졌다. 차오르는 호흡을 가다듬을 틈도 없이 올가미는 계속 날아들었다. 선정이 올가미를 피하며 다시 입술을 깨물었다. 순간, 선정이 몸을 비틀며 양팔을 수평으로 펼쳤다. 비틀어진 몸동작이 탄력을 받아 빨라졌고, 선정의 몸이 회전하며 빙글빙글 돌았다. 날아드는 올가미는 선정의 회전하는 몸과 칼날에 튕겨 나갔고, 회전의 움직임은 적병들이 밀집된 곳으로 천천히 이동했다.

[아름답다. 그 어떤 검무도 저것에 비할 바 아니니….]

황제가 중얼거리며 선정의 움직임을 따라 고개를 움직였다.

[어엇!]

황제의 탄식에 신료들이 몸을 움찔거렸다. 날아드는 올가미 하나가 기어이 선정의 한쪽 팔에 걸려들었고, 회전하는 그 원심력에 이끌려 반대쪽 팔이 묶인 팔의 어느 한곳을 때렸다. 파열음과 함께 선정이 바닥에 주저앉았다. 멀리서도 선명히 보일 정도로 묶인 선정의 팔꿈치 아래가 바깥으로 꺾여 너덜거리고 있었다. 황제가 어좌에 털썩 주저앉았다.

[날개가 꺾인 나비로구나.]

중얼거리는 황제의 왼쪽 눈 밑으로 눈물 한 줄기가 흘러내렸다.

[폐하! 어찌 용루를 보이시나이까.]

신료들이 급히 땅에 무릎을 대며 몸을 숙여 흐느꼈다. 황제는 신료들의 움직임에 찰나의 눈길도 주지 않은 채 쓰러져 허덕이는 선정의 얼굴을 눈에 담고 있었다. 턱으로 떨어지는 눈물을 손등으로 닦아 내며 황제가 입을 열었다.

[꺾인 꽃이다. 안타까우나 짐이 병사들의 고단함을 어찌 묵과하겠는가!]

황제가 배압을 보고 슬쩍 고개를 끄덕였다. 배압이 손짓을 보내자 병사들이 급히 움직였다.

"오라버니…"

삼라만상의 티끌 하나 없이 맑은 선정의 눈동자에 연모의 빛이 피어나며 붉어졌다. 쓰러진 선정의 뒤로 거란 병사들이 다가왔다. 선정은 고개를 숙이며 흙을 움켜쥐었다. 움켜쥔 손등으로 눈물 몇 방울이 떨어져 내리는 찰나 여러 개의 창날이 선정의 등을 관통했다. 경련하며 피를 토하는 선정의 몸짓에 거란 병사들이 선정의 몸을 밟고 창을 빼내었다. 땅에 댄 선정의 얼굴에서 눈물이 흘러 땅을 적셨다. 젖어 있던 흙 위로 잠시 부풀어 올랐던 눈물 방울이 금세 땅으로 스며들어 사라져 갔다.

61 바람

[대승상….]

[예, 폐하.]

[흥화진의 성주 한 명만이라도 무탈하게 보고 싶다면 그것이 짐의 욕심인가?]

덕양이 올라가는 입꼬리를 겨우 통제하며 입을 열었다.

[폐하의 어심을 채워 드리지 못한 신들의 부덕함이 통탄스럽습니다. 남은 어심을 헤아리지 못하는 죄를 어찌 감당하겠나이까. 소장군!]

덕양의 눈길에 배압이 아주 잠시 안도의 숨을 내쉬고 부관들에게 지시를 내렸다. 수면에 물결이 일듯 명령이 퍼져 나갔다.

"으악!"

곳곳에서 잡히지 않으려 애쓰던 고려 병사들에게 일시에 화살이 날아들기 시작했다. 버티고 버티던 최후의 병사들이 하나둘 쓰러져 갔고 거란 병사들은 정리되지 않은 곳으로 급하게 움직였다.

"형님!"

숙흥이 거란 병사의 시신 하나를 왼 어깨에 걸치고 규를 찾았다. 온통 피를 뒤집어쓰고 등과 허리, 왼쪽 팔에 화살이 꽂힌 숙흥은 얼굴에 미소를 짓고 있었다.

"형님! 어디 계십니까!"

날아드는 화살비를 향해 시체를 어깨로 들어 올리며 숙흥이 몸을 움츠렸다. 살을 뚫는 화살 소리는 끝나지 않았고 순간 느껴지는 통증에 숙흥의 무릎이 바닥에 닿았다. 시체를 뚫고 옆구리로 파고든 화살을 부러뜨리며 숙흥이 포효했다.

"형님! 아우 먼저 가겠습니다! 대고려국! 만…."

등 뒤에서 날아든 창이 숙흥의 목덜미를 꿰뚫었다. 끝마치지 못한 말을 순간 중얼거리며 숙흥의 몸이 천천히 바닥으로 쓰러졌다.

"유야!"

대여섯 개의 화살을 온몸에 꽂은 채 무릎을 꿇은 유의 앞으로 규가 달려들었다. 규의 등장에 화살비가 순간 멈췄다.

"유야! 정신 차려 보거라! 유…."

"으… 유…."

힘겹게 손을 든 유가 규의 얼굴을 보며 미소를 지었다.

"괜찮다. 괜찮아… 이제 곧 편해질 것이니…."

"유… 흐…."

유가 마지막 힘을 짜내어 규의 목을 감싸며 품속으로 파고들었다. 순간 규의 귓가에 또렷한 유의 육성이 들렸다.

"감사했습니다."

유의 몸이 흐느적거리며 무너져 내렸다. 규의 머릿속이 아득해졌다. 환청이었을까. 말을 할 수 있다는 것을 숨겨 왔던 걸까. 규는 갈피를 잡지 못한 채 늘어지는 유의 몸짓을 다잡으려 팔에 힘을 넣었다. 순간, 규가 고개를 젖히고 웃기 시작했다. 육체를 잡는다고 존재를 끌어안을 수 없다는 것을 다시 한번 깨달으며 규가 미친 사람처럼 허공에 웃음을 퍼뜨렸다.

"하하하하!"

그때 올가미 몇 개가 날아들었다. 규는 몸을 숙여 유의 시신을 단정하게 놓았다. 몸을 숙이는 그의 동작에 올가미가 규의 등을 두드리고 땅에 떨어졌다. 창의 밑동을 잡고 천천히 일어서는 규의 등 뒤로 다시 올가미가 날아들었다. 순간, 규가 바닥을 밟았다. 움푹 파인 바닥 위로 규가 자취를 감췄다. 날아드는 올가미 방향으로 규가 도약했다. 올가미들이 스쳐 갔고 날아드는 규의 몸짓에 병사들이 움찔거렸다. 공기를 가르는 창의 소리가 돌풍처럼 퍼졌다. 휘두르는 속도를 이기지 못한 창의 몸통이 채찍처럼 휘어졌다. 어느 병사는 창날에 살이 찢겼고 어느 병사는 창의 몸통에 뼈가 부러졌다. 규는 적병들이 자신에게 어떠한 위해조차 가하지 못한다는 사실을 알고 있었다. 이미 잡혔거나 전멸해 어느 곳에서도 느껴지지 않는 고려군의 기척이 규의 마음을 오히려 홀가분하게 했다. 지금부터는 세상 어느 곳으로 창을 휘둘러도 되는 일생의 한 번뿐인 순간이었다. 규의 머릿속이 차갑게 식어 갔다. 눈앞에 비친 광경 중 자신이 구별할 것은 허공과 그렇지 않은 공간 단 두 개였다. 자신이 할 일은 무엇이라도 물체가 존재하는 곳에 창을 휘두르는 것… 규가 종횡무진을 했다. 발을 한번 디딘 곳에는 깊숙한 구덩이가 패었고 그 탄력에 인력을 초월한 속도로 규는 움직이고 있었다.

베었다. 또 베었다. 또 다시 베었다. 적병의 방패에 막혀 창이 부러졌다. 맹수 같은 움직임으로 적병에 달려들어 창을 뺏어 들었다. 다시 베었다. 또 베고 또 베었다.

수만의 병사들이 창 한 자루를 피하려 물결처럼 요동쳤다. 지치기를 기다리며 갈라졌다 합쳐졌다를 반복하는 병사들이 규보다 먼저 지칠 지경이었다.

[만인적萬人敵[33]을 지척에서 보는 호사를 누리는구나….]

황제가 탄식하며 어좌의 팔걸이 끝을 부숴 버릴 듯 꽉 쥐었다.

[폐하! 저자가 실로 무력이 출중하긴 하나 자신이 공격받지 않음을 알기에 저런 움직임을 보이는 것입니다. 초원의 숱한 전사들 중에 저 정도 인물이 없겠습니까. 감탄을 거두시고 결단을 내리셔야 합니다!]

덕양이 잠시 전의 안도감을 모두 잊어버린 채 황제를 채근했다. 배압을 비롯한 고위 장수들의 표정이 한껏 일그러져 있었다.

[배압!]

[예, 폐하!]

황제의 부름에 배압이 급히 팔을 가슴 앞으로 들어 올렸다.

[대승상의 걱정을 덜어 줘야 하지 않겠는가!]

[예! 폐하, 그럼 바로….]

[허나! 어찌 대국의 대승상이 말을 번복하겠는가. 우리 장수 중에 저자를 대적할 자가 있다면 내보내라! 그 외의 접촉은 허하지 않는다!]

황제의 말에 배압과 장수들의 눈이 크게 떠졌다. 배압이 숨을 가다듬고 장수들에게 몸을 돌렸다.

[누가 나서서 초원의 맹위를 떨칠 것인가.]

---

33 홀로 만명의 적을 상대할 정도의 전술 혹은 무력.

순간 진중에 정적이 감돌았다. 배압이 곤란한 표정으로 휘하 장수들에게 굳은 표정을 보냈다. 순간 여기저기서 움찔거리며 몸을 내밀려던 장수들이 서로의 몸짓에 반응하고 멈춰 섰다.

[이런 천하의 무능한 자들이 있나! 선봉을 자처하던 그 용맹은 다 어디 갔다는 말인가!]

배압의 외침에 진심 어린 짜증이 묻어 있었다.

[제, 제가!]

[되었다!]

앞으로 나서는 장수의 동작이 황제의 말에 멈춰 섰다.

[그대들이 짐을 실망시킨 것이 문제가 아니다. 그대들은 무인으로 누릴 수 있는 절호의 호사를 스스로 놓쳐 버린 것이다!]

[폐하….]

황제가 탄식을 터뜨리는 무장들에게 눈길을 주지 않고 일어났다. 그의 움직임을 따라 시선을 옮기는 대신들의 눈에 멀리 바닥에 무릎을 대고 있는 규의 모습이 보였다.

[이제 그를 맞을 시간이다.]

황제가 계단을 내려오며 한껏 밝은 표정을 지었다.

규가 창에 몸을 기대고 호흡을 추슬렀다. 몇 명을 베었을까. 지나온 꿈결을 거니는 것처럼 아득히 느껴졌다. 들이쉬고 내쉬는 숨에 드나드는 기체들이 폐를 따갑게 두드렸다. 들썩이는 어깨 위로 내려앉은 공기들이 깊은 호수 속의 물결처럼 어깨를 짓눌렀다. 겨우 창을 쥐고 있는 손가락은 이미 굳어버린 듯 무감각했고 온몸의 근육 한 줄기 한 줄기가 찢기고 끊어진 듯 너덜거렸다. 몰려오는 오한에 온몸 구석구석 머리카락과 잔털들 수십만 개의 위치가 어디 있는지 느껴질 정도로 피부가 떨렸다. 극한에 처한 신체와 달리 머릿속은 고요했다. 이상하리만큼 차갑게 식어 명료해지는 기분과 몰려드는 희열감이 규의 뇌리를 가득 채웠다. 살면서 느껴 본 적 없는 차분해지는 심상에 규는 두 눈을 감고 다가올 순간을 기다렸다.

수천의 병사들이 커다란 칼에 베인 것처럼 한 방향으로 갈라졌다. 황제를 필두로 거란의 수뇌부들이 규를 향해 걸어왔다. 병사들이 다가와 규의 손에서 창을 빼 들고 뒤로 한 걸음 빠졌다. 느껴지는 인기척에도 규는 고개를 들지 않았다. 황제의 옆으로 역관이 몸을 떨며 다가왔다. 이어 황제의 음성이 내리깔리며 규의 귓가로 파고들었다.

[그대를 만나기를 참으로 고대했다.]

규가 천천히 고개를 들었다. 땀과 피에 절어 찐득거리는 눈가를 가까스로 벌리며 규가 황제의 눈빛을 마주쳤다.

"거란의 황제인가."

[그렇다.]

"흥화진에서 서로 느끼지 않았던가. 나의 착각인가?"

[무인의 말 치고는 참으로 고상하다. 그렇다. 흥화진에서 그대를 느꼈고 고려 땅에 있는 내내 그대를 떠올렸다.]

"나를 떠올리면서 왜 진즉 찾지 않았는가. 그대의 군대가 다른 곳을 종횡할 동안 나는 항상 서북면에 있었다. 그간 백성들이 너무 큰 고통을 받았다."

[고려의 백성들에게 미안하게 생각한다. 머지않아 짐의 백성이 될 터인데…]

"착각이 심하다. 고려의 임금이 두 발로 버티고 있거늘, 어찌 너의 백성이라 하는가?"

[착각이 아니라 짐이 그리 하고자 하는 바다.]

"황제는… 하고자 하는 바를 모두 할 수 있는가?"

[그렇다.]

역관을 통해 오가는 대화에 거란의 대신들이 귀를 기울였다. 잠시 입을 멈춘 규를 바라보는 황제의 눈빛이 촉촉했다.

"그렇다면 그대가 하고자 하는 바를 행하라. 패장과 더 말을 섞을 필요가 있는가?"

[짐이 하고자 하는 바는… 바로 그대다.]

"고맙다. 패전의 부끄러움을 잊고 싶으니 당장 목을 베어 주길 바란다."

[그대의 목을 베지 않을 것이다.]

"그럼 나를 욕보이려 하는가?"

[그것이 어찌 욕인가! 짐의 사람이 되어라!]

황제의 음성이 높아졌다. 규가 다시 눈을 감았다.

"무장에게 두 임금을 섬기라는 것이 어찌 욕이 아닌가? 차라리 살을 베어 내라."

[강조를 말함인가? 허나, 고려에는 이현운도 있고 하공진도 있다. 그대도 잘 알지 않은가?]

"고려인이 아닌 고려인은 모른다."

[안타깝다! 어찌 부모에게 받은 신체를 버리려 하는가? 무능한 임금을 머리에 이고 천수를 누리는 게 그대가 바라는 바인가?]

"무장의 충성은 임금이 아니라 백성을 향하는 것이다. 임금은 백성을 대표하는 것이고 백성은 임금에 기대는 것이다. 임금이 무능할 수는 있어도 만백성이 무능하지는 않다. 패전한 장수가 무능한 것이지 백성이 무능한 것이 아니다. 그러니 나의 임금과 백성을 모욕하지 마라."

[이제 보니 그대의 언변이 고상한 게 아니라 괴기하기 이를 데 없다.]

"그렇다. 그대는 유학에 심취한 성군이라 들었다. 식견 없는 무장과 더 이상 대화할 필요가 없다."

황제가 한숨을 내쉬며 이마를 짚었다. 거란의 대신들이 규에게 따가운 눈빛을 보냈다. 다시 자세를 고쳐 잡은 황제가 슬쩍 몸을 숙였다.

[그대를 왕으로 삼고 싶다. 거란의 왕이 되고 싶다면 줄 것이고 고려의 왕이 되고 싶다면 주겠다. 그대가 말하는 백성을 향한 충성은 왕이 되어서 더 잘할 수 있지 않은가!]

"하늘과 땅과 서해의 용왕과 만백성이 왕씨를 왕으로 세웠다. 내 부모에게 받은 성을 바꿀 수 없으니 거절한다."

[이… 좋다! 송을 정벌하고 나면 너에게 송의 황제의 자리를 주겠다!]

거란의 대신들이 몸을 떨며 웅성거렸다. 황제가 얼굴을 더욱 규에게 가까이 가져갔다. 규가 다시 눈을 떴다.

"내 고려 땅에서 태어나 자라고 평생을 고려의 음식을 먹고 고려말을 쓰고 살았다. 바다 건너 있는 나라의 초목과 강산이 나에게 무슨 의미가 있겠는가? 송의 황제보다 고려의 필부가 나에게는 백 곱절 나은 자리다."

[하… 고려의 장수와 백성들은 어찌 이리 고집이 드세다는 말인가. 지천에 솟은 산의 기운을 받아서 그런 것인가! 내 군사를 몰아 모든 산을 깎아 내리면 그대가 짐의 말을 듣겠는가!]

"못난 패장을 얻기 위해 산을 깎는다는 그대의 생각이야 말로 괴기하기 짝이 없다."

[그대를 옆에 두고 싶은 것이 그리 큰 욕심인가!]

황제가 고성을 터뜨렸다. 그의 침방울이 규의 얼굴로 거칠게 날아들었다.

"그대의 욕심은 나와 관계없다."

[이렇게까지 거절을 하는 이유가 무엇인가! 그대의 백성이 상했기 때문인

가? 고려가 고구려를 이은 나라라면 그대도 잘 알 것이다! 그 오랜 세월 고구려가 우리 거란을 어찌 대했는가! 나만이 그대들의 백성을 상하게 한 것인가!]

"궤변이다. 그대들 또한 요동을 지배하며 고구려의 후예를 자청한 적이 있지 않은가? 그렇다면 그대는 그대의 선조를 욕하고 있는 것인가?"

[이런….]

한껏 인상을 쓰고 이를 갈던 황제가 다시 몸을 일으키며 자세를 고쳐 잡았다. 황제의 입에서 애절함과 독기가 뒤섞인 음성이 흘러나왔다.

[마지막으로 묻겠다. 짐의 사람이 되지 않겠는가?]

"그대의 신하가 소년의 눈을 파서 내게 보낸 순간… 그대와 나는 양립할 수 없게 되었다."

[뭐? 눈이라니?]

황제가 급히 뒤를 돌아보며 덕양과 배압을 번갈아 노려보았다. 영문을 몰라 고개를 젓는 덕양의 뒤로 붉은 정복의 관리 하나가 천천히 걸어 나와 황제의 앞으로 다가갔다.

[폐하… 그것이….]

[곽도양!]

황제가 거칠게 팔을 휘둘렀다. 도양이 비틀거리며 쓰러져 뺨을 만지다 급히 엎드렸다.

[죽여 주십시오, 폐하!]

[네, 네깟 놈이 감히 짐의 위신에 똥물을 끼얹었다는 말인가!]

황제가 도양에게 다가가 발길질을 시작했다. 화들짝 놀란 신료들이 황제의 앞에 무릎을 꿇었다.

[폐하, 신 한덕양 승상부의 수장으로 부덕한 부관의 죄를 대신 받겠습니다.

신을 죽여 주시옵소서.]

황제가 발길질을 멈추고 호흡을 가다듬었다.

[짐이 모후와의 정이 깊어 그동안 승상부를 너무 간과하였나 보오. 이 일은 내 잊지 않을 것이니… 돌아가서 다시 짐의 격노를 마주해야 할 것이오!]

[폐하….]

황제가 엎드려 떠는 신하들에게서 등을 돌려 다시 규의 앞에 섰다.

[변명할 수가 없다… 짐의 신하이니 짐의 잘못이 맞다.]

"그대들의 집안일을 더 이상 보고 싶지도 듣고 싶지도 않다. 그대가 참으로 성군이라면 타국의 장수에게도 은덕을 베풀 것이라 믿는다!"

황제가 눈을 감고 고개를 젓다가 턱을 신료들의 뒤편 먼 곳으로 가리켰다. 이어 흰 의복을 입은 사내가 눈시울을 적시며 규에게로 달려왔다.

"검사!"

"고려인이 아닌 고려인이 왔구나!"

공진이 싸늘하게 자신을 바라보는 규의 앞에 무릎을 꿇으며 울음을 터뜨렸다.

"검사, 어찌 이리 매몰차시오! 지난날 매수암에서 맺었던 형제의 결의를 다 잊으신 거요!"

규의 눈끝이 슬쩍 떨렸다. 매수암은 훈련대에 역임할 때 장교들이 즐겨 쓰던 암호였다. 감찰이나 상관의 순시가 있을 때, 영내를 이탈하거나 과음해서 자리를 비운 장교의 행적을 묻는 상관에게 매수암 주지승의 급한 전갈을 받으러 갔다고 둘러대는 용도로 쓰였다. 장서가 같은 상관에게 두 번이나 써서 진중이 뒤집어진 후로 금지 단어가 되었지만 긴 세월 서북면에 몸담았던 공진이 그 단어를 말한 이유를 규는 금세 짐작하고 있었다.

"결의를 져버린 것이 누구인지 모르시오!"

"검사….'

440

냉대하는 규의 손을 덥석 잡아채며 공진이 오열했다. 순간 규의 손바닥으로 어떤 감각이 전해졌다. 규는 냉담한 표정을 유지한 채 느껴지는 감각에 집중했다. 세로 획, 세로, 가로, 세로, 세로 획, 세로, 가로, 세로, 같은 유형의 반복되는 모양….

　날 출!

　애원하는 공진의 얼굴을 보고 규가 그 뜻을 온전히 알아차렸다. 거짓으로 고하고 출한다… 투항을 위장하고 적당한 때를 봐서 탈출하겠다는 말이었다. 뜻을 알아차린 규가 잠시 눈을 감았다 뜨고는 공진의 눈을 다시 마주 보았다. 애원하는 공진의 눈에 규의 동공이 천천히 좌우로 움직이는 것이 보였다. 공진이 다시 규의 손을 잡고 흔들었다.

　"그대가 고려를 저버린 것을 내 어찌 원망하겠습니까! 그저 나는 나의 길을 가려할 뿐이니 부디 강건하시어 그대의 선택을 한껏 누리시오!"

　규가 공진의 손에서 손을 빼내며 고개를 저었다. 공진이 고개를 떨구고 다시 울었다. 규가 자신의 길을 가겠다는 뜻을 보였다. 언제까지고 그 손을 붙들고 선택을 강요할 수는 없는 노릇이었다. 공진의 뒤로 거란의 장수들이 걸어와 어깨에 손을 얹었다. 공진이 천천히 몸을 일으키며 규의 눈을 마주했다. 아주 짧은 순간, 규의 턱 끝이 위아래로 흔들렸다. 공진이 뒷걸음질을 치듯 뒤로 끌려가면서도 규의 눈을 놓치지 않으려 눈에 힘을 주었다. 아주 짧은 순간 규의 입꼬리가 올라간 듯했다. 황제가 다시 규의 앞으로 섰다. 심사가 어느 정도 정리된 듯한 표정에 더 이상의 아쉬움이 느껴지지 않았다.

　[그대가 짐의 마음을 몰라주는 것이 안타까우나… 어찌하겠나! 그대의 뜻이 그러한 것을.]

　"너무 오랜 시간을 허비하였다. 이제 은덕을 베풀어 주길 간곡히 청한다."

　[시신을 어찌하면 좋을지… 바라는 바가 있다면 말하라.]

규가 버릇처럼 고개를 들어 하늘을 살폈다. 습한 바람이 허공을 휘저으며 스산한 소리를 냈다.

"그냥… 두길 바란다. 고려의 바람에 날려 고려 땅에 흩날리고 싶다."

[고려의 바람이라….]

착잡한 얼굴로 바람을 느끼는 황제의 귓가에 소음이 들렸다.

"같이 죽겠다!"

"놓거라!"

규의 뒤편에서 일찍이 올가미에 끌려갔던 병사들이 눈물을 흘리며 외쳐 댔다. 역관의 통역에 황제가 고개를 끄덕였다.

"같이 가실 분은 모두 이곳으로 나오시오! 나오지 않은 이는 전향으로 알고 압록을 넘을 것이오!"

역관의 외침에 병사들이 몸을 비틀며 속박을 뿌리쳤다. 배압이 신호를 보내 포로로 잡힌 병사들의 결박을 풀어 주었다. 병사들이 규의 뒤편으로 가지런히 간격을 두고 무릎을 꿇었다. 규가 고개를 돌려 뒤를 살폈다.

"자네들… 경아! 살아야 할 자들이 어찌…."

"검사! 흥성군은 같이 살고 같이 죽어야 한다고 출성할 때 말씀하셨지 않습니까!"

병사들을 대표하듯 조경이 외쳤다.

"옳소!"

"저는 구주군이지만 같이 죽겠습니다!"

"하하하…."

병사들이 눈물을 흘리면서 웃고 있었다. 규가 인상을 찌푸리며 돌려지지 않는 고개를 병사들을 향해 숙였다.

"고맙다… 흥성군!"

"수!"

"충!"

마지막 생명을 쥐어짜며 흥성군과 구주군이 다시 기상을 발하며 외쳤다.

"모두! 내세에서 다시 만난다!"

"수! 수!"

"충!"

눈물범벅이 되어 외치는 병사들의 뒤로 거란의 도부수들이 줄지어 섰다. 죽음을 앞두고 보여 준 그 기상에 거란의 신료들과 병사들이 고개를 숙여 화답했다. 황제가 천천히 오른손을 들어 올렸다.

바람이 불었다.

규와 병사들의 눈물의 물기를 머금은 채 바람이 불었다.

몇몇 어깨를 떠는 이들의 어깨 위로 바람이 내려앉았다.

애전 들판 곳곳에 쓰러진 흥성군의 시신을 애처로이 훑으며 바람이 불었다.

황제의 들려진 오른 손가락 사이를 스치며 바람이 불었다.

황제의 손이 천천히 내려갔다.

튀어 오르는 핏방울을 싣고 바람이 치솟으며 불었다.

[바람이 북풍인데, 초원의 바람이거늘. 어찌 고려의 바람을 말하는가⋯]

황제가 씁쓸한 눈으로 하늘을 살폈다.

[행군 중 그 누구도 시신들을 밟지 마라⋯]

[예, 폐하!]

하늘을 살피던 황제의 눈가로 물기가 떨어졌다.

[또 비가⋯]

점점 내리기 시작하는 빗방울들이 일순간 방향을 바꾸며 흩어져 떨어졌다.

황제가 고개를 돌리며 하늘을 살폈다.

　[바람이….]

　남쪽에서 불어오기 시작하는 따듯한 바람에 황제가 세차게 고개를 저었다.

　[지긋지긋한 고려 땅….]

　황제가 진절머리가 나는 듯 고개를 세차게 저었다.

　[가자!]

　거란군이 남풍을 비껴 맞으며 서북쪽으로 진군했다.

62 다시, 장막

행군 대열의 마지막 병사가 흥성군의 시신들을 피하며 지나갔다. 거란군의 행군을 따라 비추던 태양이 가라앉았다. 인기척이 사라진 애전의 고개 앞에서 따스한 바람만이 일렁이며 시간의 흐름을 나타냈다. 나부끼는 먼지 위로 잘게 흩어진 빗방울이 내려앉아 땅을 적셨다.

하늘을 향한 채 미처 감지 못한 규의 눈동자에 적막이 감돌았다. 초점 없이 허공을 담은 투명함과 혼탁함이 섞인 각막에 천천히 밤하늘이 새겨졌다. 먹구름이 바람에 이끌려 서쪽으로 움직였다. 하나 또 하나, 별빛들이 각막의 가장자리에 떠오르기 시작했다. 구름이 밀어낸 빈 공간을 어둠이 덮어 갔고 그 어둠 사이사이를 비집고 나온 별들이 빛을 발했다. 별들은 어둠이 덮인 하늘과 투명과 혼탁이 섞인 규의 각막에서 동시에 노닐었다. 흐려짐과 선명함을 번갈아 발하며 변덕을 뽐내던 별들이 일순간 선을 늘어뜨리며 서로의 손을 잡았다. 선들은 사방으로 뻗치고 휘날리며 부드럽게 펄럭였다. 펄럭임이 부풀며 허공을 갈랐다. 하늘거리며 지상을 향하는 그 빛의 광채가 거대한 몸집을 움츠리며 천천히 내려앉았다. 규와 흥성군의 시신 위에서 광채는 천천히 그 빛을 잃었다. 흐릿해져 가는 장막의 흔적을 쫓지 못한 채 규의 각막에 선명함이 바래지고 있었다. 흥화진의… 북방 하늘의 별들이 눈물에 비쳐 보이듯 흐릿하게 빛났다.

애전의 고개 위에서 가슴을 부여잡고 바닥에 쓰러진 평수가 한 손을 뻗으며 바닥을 긁었다. 저 멀리 즐비하게 늘어진 시신들에게 닿지 못하고 평수는 그저 흐느낄 뿐이었다.

63 그 후

흥화진 진사 정성이 압록강을 건너던 거란군의 배후를 습격하였다. 수많은 거란군이 익사하거나 참살당했다.

양규 사후 고려 현종顯宗은 양규를 공부상서工部尙書로 추증하고 그의 아내 홍 씨에게 생전 매년 쌀 100섬을 지급하게 하였으며, 그의 아들 양대춘에게 교서랑校書郞 벼슬을 내렸다. 대춘은 훗날 재상의 지위에까지 오른다.

고려 현종은 애전에서 양규와 함께 전사한 별장 김숙흥에게 장군직을 추증하였고, 그의 어머니에게 매년 쌀 50섬을 지급하였다.

현종 10년(1019년) 음력 2월, 상원수上元帥 강감찬이 이끄는 20만의 고려군이 소배압을 필두로 한 거란의 10만 병력을 귀주(구주)에서 격파하니 이것이 곧 귀주대첩이다. 사실상 귀주대첩은 여요전쟁의 종막을 선언하는 최후의 전투였다.

30여 년에 걸친 여요전쟁의 막이 내린 후 현종 10년(1019년), 임금은 양규와 김숙흥을 공신으로 삼고 1024년 공신호를 추증하니, 그 공신호가 '삼한후벽상공신三韓後壁上功臣'이다. 태조 왕건의 건국공신들이 받았던 그 공신호를 받음으로 양규와 김숙흥은 고려의 개국공신에 준하는 공신의 반열에 오른다. 후일, 고려 문종文宗은 양규와 김숙흥의 영정을 신흥사 공신각에 봉안하게 하였다.

　여요전쟁이 완전히 갈무리된 후 고려사 최고의 성군으로 추앙받는 현종의 치세하에 고려는 내정을 수습한다.

　이후 100여 년의 태평성대, 고려 최고의 전성기를 누린다.

| 여요전쟁麗遼戰爭 연대기 |

916년

요 태조遼 太祖 야율아보기耶律阿保機 거란국 건국.

(거란은 건국 후 국호를 거란과 요로 번갈아 혹은 혼용하여 씀.)

918년

태조 왕건太祖 王建 고려 건국.

926년

발해 요나라에 멸망.

942년

태조 왕건, 거란의 사신을 섬으로 유배 보내고 공물인 낙타를 만부교萬夫橋 밑에 묶어

굶겨 죽임. 이후 훈요10조訓要十條를 유훈遺訓으로 남겨 반거란의 기치를 세움.

981년

고려 성종成宗 즉위.

982년

요 성종遼 聖宗 즉위(즉위 당시 11세) 후 예지황후睿智皇后 소蕭씨 섭정 시작.

이후 사실상 예지황후와 연인 관계였던 한덕양韓德讓을 등용.

993년

소손녕蕭遜寧, 80만 대군을 칭하며 고려 침입(실제 6만 정도로 추정). 제1차 여요전쟁.

고려, 봉산에서의 대패와 여러 국지전 상황 속 화친론和親論과 할지론割地論의 양론으

로 국론이 분열됨.

서희徐熙, 양론을 반대하며 담판에 나섬.

서희와 소손녕의 담판 결과 압록강 이남의 땅을 고려가 획득(강동 6주).

997년

고려 목종穆宗 즉위. 천추태후天秋太后 섭정 시작.

1009년

강조康兆의 정변으로 김치양金致陽, 유행간庚行簡 일파 축출, 천추태후 실각 후 황주로
유폐. 목종 폐위 후 시해됨.

고려 현종顯宗 즉위.

요나라 예지황후 사망.

1010년~1011년

요 성종 40만 병력을 이끌고 압록을 넘어 친정親征에 나섬. 제2차 여요전쟁.

양규 휘하 흥화진, 7일간의 수성 성공.

거란군, 무로대에 20만 병력 주둔 후 남하.

통주 인근 삼수채에서 고려와 거란군 격돌. 30만의 고려 주력군과 검차를 앞세워 분
전하였으나 거란군의 기습에 강조를 포함한 지휘부 대거 포로로 끌려가고 잔존 병력
와해됨.

강조, 전향 거절 후 사망.

거란군 공세에 통주 방어 성공. 곽주 함락 이어 서경 공격 시작.

지채문智蔡文, 탁사정卓思政, 대도수大道秀, 강민첨姜民瞻, 조원趙元 등의 활약으로 서경
수성.

서경 공방 한창이던 와중 양규, 별동대 이끌고 출성하여 곽주 탈환.

거란군, 서경 함락 실패 후 개경 공략 시작.

고려 현종, 남쪽으로 파천 단행.

개경 함락, 거란군의 대대적 약탈과 방화.

좌사낭중 하공진河拱辰, 고려왕이 이미 수천 리 밖으로 거동하였다 속여 거란군의 남

하를 막음. 이후 고려왕의 입조入朝를 조건으로 포로를 자청함.

거란군 회군 결정.

양규, 김숙흥 등의 대활약으로 거란군 회군 난항.(무로대 급습, 이수, 석령, 여리참 전

투)

양규, 김숙흥, 애전에서 거란군 본대와 분전 후 전사.

압록을 넘던 거란군, 흥화진 진사 정성의 후방 공격에 궤멸적 타격 입음.

1014년

상장군 김훈金訓과 최질崔質의 정변. 이후 1015년 정변 주모자 참살로 정변 수습.

1018년~1019년

소배압蕭排押을 필두로 한 10만 거란군, 고려 침입. 제3차 여요전쟁.

거란군, 흥화진에서의 패배 후 개경으로의 속공 결정.

개경 인근 다다른 거란군에 현종이 청야전술淸野戰術 지시하여 수성 결의.

개경 함락에 실패한 거란군, 회군 결정.

귀주에서 대기 중이던 고려군 20만과 회군 중이던 거란군 10만의 대회전, '귀주대첩'.

고려군의 대승.

30여 년에 걸친 여요전쟁 종막.

작가의 말

KOREA, KITAN CATHAY

천여 년 전 그야말로 영혼을 다해 피 튀기는 전쟁을 치렀던 두 국가는 각기 다른 모습으로 현대에 그 흔적을 남기고 있다.

여러 시대의 부침을 겪다 대한민국의 영문 이름으로 맹위를 떨치고 있는 '고려, KOREA' 여러 요소에서 K를 앞세우며 지구촌의 대표적인 국가명으로 자리매김한 그 단어에 나는 격세지감을 느끼곤 한다.

'거란'이라는 명칭은 'KITAN, CATHAY'를 필두로 전근대 중국을 대표하는 명칭 중 하나로 명맥을 이어 오고 있다. 하지만 거란은 장대했던 제국의 흔적을 후대에 전하지 못하는 모양새다. 중국의 소수 민족 중 '다우르'족이 거란의 직계로 추정될 뿐 문자, 언어, 예술 등 수많은 그들 유산의 형태는 흐릿할 뿐이다.

고려와 거란의 전쟁은 그 규모에 비해 현대에 인지도가 매우 낮은 편이다.

우리 역사에서 타국의 침략에 맞서 장기간 치른 전쟁 중 가장 높은 인지도를 가진 것은 단연코 임진왜란−정유재란이다. 간단히 포탈에 검색만 해 보아도 쏟아져 나오는 정보의 양과 질이 '여요전쟁'을 훨씬 상회한다. 드라마, 소설, 영화 등 컨텐츠로 만들어지는 빈도는 비교하기 민망한 수준이다.

어떤 이유일지 추론을 해 보자면 우선 사료의 양과 질의 격차가 크다. 국가의 공인 사서부터 개인의 기록까지 임진왜란−정유재란의 기록은 그야말로 차고 넘친다. 반면에 여요전쟁에 관련된 사서는 고려사, 고려사절요, 요사 정도일 뿐이다. 그마저도 전체 사서에서 여요전쟁의 비중은 미약한 수준이다.

임진왜란−정유재란이 현 시점에서 더 가깝다는 이유도 한몫할 것이다. 천년을 거슬러 가야 하는 거리감에 더해 두 번의 왕조가 바뀐 것에 대한 막연함….

그 외에도 여러 이유가 있겠지만 필자가 생각하는 큰 이유 하나를 덧붙이자면 거란이라는 나라의 부재가 아닐까 한다. 존재하지 않는 나라와 행방이 묘연한 거란족은 현대의 한국인에게는 어렴풋한 개념이 아닐까? 필자조차 역사에 관심을 가지지 않던 유년 시절에는 그저 암기해야 하는 항목 중 하나로밖에 인식을 하지 않았으니….

거란족=유목민족=야만, 미개. 언제부턴가 앞의 등호를 당연시하던 필자의 기억과 유사한 경우의 독자분들도 많을 것이라 감히 예상한다.

하지만 그들이 정말 야만적이고 미개하였을까? 뭐… 그런 부분이 전혀 없었다고는 말할 수 없겠지만… 적어도 덮어놓고 위의 등호를 일반화하는 것은 고쳐야 할 인식이 아닐까 한다.

그들은 고유의 문자를 가졌고 찬란한 불교 문화를 이룩했으며 세계사에서 손꼽히는 영토를 정복하여 위세를 떨쳤다. 적국이었던 그들을 높게 평하는 이유? 간단하다. 그들이 우리의 선조들과 치열한 전쟁을 치렀기 때문이다.

대제국을 건설했던 그들, 당대 강국이던 송나라마저 힘겨워하던 그들에 맞서 보여 준 우리 선조들의 기상과 단결력은 실로 놀라운 것이었다.

역사에 그토록 거대한 족적을 남긴 고려와 거란의 승부.

동원된 병력 규모와 전쟁 기간, 주변국에 미친 영향 등 여러 요소를 종합해 봤을 때 여요전쟁은 한국사뿐 아니라 세계사에서도 손에 꼽을 대전쟁이었다.

그리고 그 전쟁의 한 가운데 '양규'와 '별들'이 있었다. 그들의 대활약에 따른 전쟁의 판도 변화와 우리 역사에 끼친 영향을 봤을 때 우리는 그들을 더 자세히 알고 기억해야 하지 않을까? 대상의 부재로 관심을 두지 않는 것이 마땅할까….

그런 생각들에서 이 소설이 시작되었다.

그렇다고 해서 그 시작이 어떤 특별한 사명감 같은 것에 기인한 것은 아니었다. 그저 기억되지 않은 숨은 영웅을 조명해 보는 것, 거대한 위협에 맞섰던 모든 이들의 행적을 가늠해 보는 것, 초원을 종횡하던 기수들의 발자취를 상상해 보는 것들에 느껴지는 여러 감정을 담아 이 소설은 쓰였다.

사료의 부족과 고증의 험난함에 이를 갈면서도 기어이 완성된 이 소설이 미약하게나마 사람들의 뇌리에 각인되길… 흥화진의 성벽과 북방 하늘의 별들이 기억되기를 기대해 본다.

추상에 대하여.

한반도 남부를 동서로 횡단하는 남해고속도로. 매일같이 오가는 그 지난한 시간 속에서 나는 문득문득 곁눈질로 북쪽을 살펴 보고는 했다.

눈꽃, 벗꽃, 백일홍, 단풍까지 계절에 따라 즐비한 그 광경 너머 나는 무엇을 그리 찾아 보려 했던 것일까….

이 소설의 첫 문장을 시작하는 그 순간부터 나의 곁눈질로는 담을 수 없는 북쪽의 광경들이 아른거렸다. 시공간을 거슬러 그 현장에 당도할 수 없다는 것과 여권이 있어도 갈 수 없는 역사의 현장들을 끊임없이 추상하며 나는 여러 번 좌절하기도 했다.

이 소설이 추상이 아니라 어떤 근거 있는 결과물이 되기 위해서 나에게 필요했던 것은 '통일'과 '타임머신'이었다.

어릴 적 주입당하던 '우리의 소원은 통일'이라는 문구를 문득 떠올려 보던 나는 실소를 터뜨렸다. 나의 추상을 위한 통일이라니….

통일보다는 타임머신의 발명이 현실적으로 느껴질 정도인 현 정세에 나는 다시 실소를 터뜨렸다.

'타임머신의 발명을 가장 고대하는 것은 어떤 저명한 물리학자보다 골방의 역사 애호가 한 명일 것이리라….'

불가능한 것들을 계속 붙잡고 있을 수 없었기에 나는 다시 추상해야만 했다. 결국 나는 가 보지 못한 곳, 느껴 보지 못한 감정, 지켜 보지 못한 광경들을 자판으로 두들겨 이 형편없는 글을 완성해 냈다.

내가 이 소설을 완성할 수 있었던 것은 양규를 비롯한 제2차 여요전쟁에 대한 사료가 빈약하다는 것이었다. 자료의 빈약은 역설적이게도 나의 추상에 힘을 실어 주는 부분이었다. 30여 년에 걸친 여요전쟁 그중에서도 몇 안 되는 양규와 흥화진의 기록들. 흐릿하게 밑그림이 그려진 도화지 위에 나는 그야말로 마음껏 붓을 휘갈기듯 글을 써 내려갔다. 실존했던 인물의 틀에 색을 칠할 때나 분별없이 창조된 인물들을 끼적일 때나 나의 추상의 붓은 점과 선을 마음대로 그어 댔다.

추상적으로 완성된 이 소설과 관계없이 역사는 동적이다. 고려가 천 년 후에 어떤 의미를 가질지 거란이 어떠할지는 알 길이 없다. 확연하게 그어진 국경의 세상을 사는 나의 개념에는 천 년 전은 물론 천 년 후의 고려와 거란의 정의를 내릴 합리적인 이성이 존재하지 않는다. 나는 그저… 혹시 모를 한 명이라도 나의 추상을 통해 그것들을 기억하기를 고대할 뿐이다.

나는 이제 이 소설에 대한 모든 추상을 끝마친다.
하지만 나는 여전히… 가끔… 앞으로도… 북쪽 하늘을 힐끔거릴 것이다.

2022. 11. 09. 새벽녘에
민강

흥화진의 별들

초판 1쇄 발행 2022년 12월 22일
　　2쇄 발행 2023년 11월 24일

지은이 민강
발행인 공정범

발행처 역바연
주소 경기도 용인시 수지구 수지로421, 503호
전화 031-896-7698
등록 2021년 11월 26일 제 2021-000150호
ISBN 979-11-976930-5-2 (03810)

이 책을 만든 사람들
기획·편집 역바연
디자인 여울지

책값은 뒤표지에 있습니다.
잘못된 책은 구입처에서 바꿔 드립니다.